【劉再復文集】⑮〔現當代文學批評部〕

魯迅論

——兼與李澤厚、林崗共悟魯迅

劉再復 著

題贈知己摯友再復兄

古今中外，洞察人文。
睿智明澈，神思飛揚。

——高行健，著名作家，諾貝爾文學獎獲得者。

煌煌大著，燦若星辰。
光耀海南，特此祝賀。

——李澤厚，著名哲學家、思想家。

一枝巨筆，兩度人生。
三十大卷，四海長存。

——劉劍梅，劉再復長女，香港科技大學人文學部教授。

出版說明

劉再復

香港天地圖書有限公司即將出版我的文集，二零二二年出齊三十卷，這是何等見識、何等作為、何等氣魄呵！天地出「文集」，此乃是香港文化史上的盛舉，當然也是我個人的幸事、大事，我為此感到衷心的喜悅。

我要特別感謝天地圖書有限公司。「天地」對我一貫友善，我對天地圖書也一貫信賴，我曾為天地圖書的傳統題詞：「天地遼闊，所向單純，向真，向善，向美。圖書紛繁，索求簡明，求質，求精，求好。」天地圖書的前董事長陳松齡先生和執行董事劉文良先生都是我的好友。和我情同手足的文良好兄弟雖然英年早逝，但他的夫人林青茹女士承繼先生遺願，繼續大力支持我的事業。此文集啟動之初，她就聲明：由她主持的印刷廠將全力支持文集的出版。三四十年來，「天地」歷經多次風雲變幻，對我始終不離不棄，不僅出版我的《漂流手記》十卷和《潔白的燈芯草》、《尋找的悲歌》等，還印發了《放逐諸神》和八版的《告別革命》，影響深遠。現在又着手出版我的文集，實在是情深意篤。此次文集的策劃和啟動乃是北京三聯前總編李昕（現為商務顧問）和天地圖書的董事長曾協泰二兄，他們怎麼動起出版文集的念頭我不知道，但我知道他們都是性情中人，都是出版界老將，眼光如炬，深知文集的價值。協泰兄和李昕兄商定之後，請我到天地圖書和他們聚會，決定了此事。讓我特別高興的是協泰兄拍板之後，天地圖書的全部脊樑人物，全都支持此事。天地圖書總經理陳儉雯小姐（陳松齡的女兒）直接代表天地掌管此事，編輯主任陳幹持小姐擔任責任編輯。其他參與「文集」編製工作的「天地」同仁經驗豐富，有責任感且好學深思，具體負責收集書籍、資料和編輯、打字、印刷、出版等事宜，讓我特別放心。天地圖書全部精英投入此事，保證了「文集」成功問世，在此我要鄭重地對他們說一聲謝謝。

閱讀天地圖書初編的文集三十卷的目錄之後，我的摯友、榮獲諾貝爾文學獎的著名作家高行健特寫了「題贈知己摯友再復兄：古今中外，洞察人文。睿智明澈，神思飛揚。」十六字評價，一言九鼎，讓我高興得好久。爾後，著名哲學家李澤厚先生又致賀，他在「微信」上寫道：「煌煌大著，燦若星辰。光耀海南，特此祝賀。」我的長女劉劍梅（香港科技大學人文學部教授）也發來賀詞：「一枝巨筆，兩度人生。三十大卷，四海長存。」我則想到四五十年來，數十卷書籍，至今之所以不會過時，多年不衰，值得天地圖書出版，乃是因為三十卷文集都是純粹的學術探索與文學創作，而非政治與時務。政治以權力角逐和利益平衡為基本性質，即使民主政治也改變不了政治的這一基本性質。我的所有著述，所有作品都不涉足政治，也不涉足時務，所以站得住腳，贏得相對的長久性。

我個人雖然在三十年前選擇了漂流之路，但我一再說，我不是反抗性的政治流亡，而是自然性的美學流亡。所謂美學流亡，就是贏得時間，創造美的價值。今天我對自己感到滿意的就是這一選擇沒有錯。追求真理，追求價值理性，追求真善美，乃是我永遠的嚮往。我對此無愧無悔。我的文集分兩大部份，一部份是學術著述，一部份是散文創作。無論是人文學術還是文學創作，我都追求同一個目標，持守價值中立，崇尚中道智慧，既不媚左，也不媚右；既不媚上，也不媚下；既不媚俗，也不媚雅；既不媚東，也不媚西；既不媚古，也不媚今。所謂中道，其實是正道，是直道，是大道。

最後，我還想說明三點：一是本「文集」，原稱為「劉再復全集」，後來覺得此名不符合實際，因為收錄的文章不全。尤其是非專著類的文章與訪談錄。出國之前，特別是上世紀七十年代末與八十年代初的文字，因為查閱困難，幾乎沒有收錄集子之中。所以還是稱為「文集」較好，可留有餘地。待日後有條件時再作「全集」。二是因為「文集」篇幅浩瀚，所以成立了一個編委會，我們不請學術權威加入，只重實際貢獻。這編委會包括李昕、林崗、潘耀明、陳松齡、曾協泰、陳儉雯、梅子、陳幹持、林青茹、林榮城、劉賢賢、孫立川、李以建、葉鴻基、劉劍梅、劉蓮。「文集」啟動前後，編委們從各自的角度對「文集」提出許多很好的意見，所有的意見都非常珍貴。謝謝編委們！第三，本集子所有的封面書名，全由屠新時先生一人書寫完成。屠先生是《美中郵報》總編。他是很有才華的追求美感的書法家。他的作品曾獲國內書法比賽中的金獎。

「文集」出版之際，僅此說明。

於美國科羅拉多州波德
二零一九年十二月三日

目錄

出版說明 劉再復 …… 5
代序 徬徨無地後又站立於大地
——魯迅為甚麼無與倫比 李澤厚、劉再復 …… 11

第一輯 海外自論魯迅

魯迅研究的自我批判（一九九一）
——在東京大學「魯迅和異文化接觸」學術會議上的發言 …… 26
附論：反思，是為了超越
——東京紀念魯迅誕辰一百一十週年國際學術討論會側記 孫立川 …… 39
論魯迅狀態——答香港《城市文藝》編者問 …… 49
中國現代文學的奇蹟與悲劇
——紀念魯迅誕辰一百二十週年在新加坡實驗戲劇學院的演講 …… 63

魯迅的復仇情結與復仇意象——重讀《鑄劍》……84
中國現代文學中的兩大精神類型——魯迅與高行健……91
朱正新著《魯迅傳》港版序……98
看得見與看不見的中國——劉再復訪談錄……102

第二輯　海外共論魯迅

魯迅與胡適比較——與李澤厚的對話……128
中國現代諸作家評論——與李澤厚的對話……134
「五四」新文化諸子評説——與李澤厚的對話……143
新文化運動中的懺悔意識——與林崗共論魯迅……149

第三輯　八十年代自論魯迅

論性格真實——《魯迅美學思想論稿》節選……178
魯迅的悲劇觀……206

魯迅雜文中的「社會相」類型形象 226
魯迅與中外文化
——在中國社會科學院紀念魯迅逝世五十週年
國際學術討論會開幕式上的發言 254
《孔乙己》的美學力量 268

第四輯　八十年代共論魯迅

「吃人」筵席的發現——與林崗共論魯迅 278
尋求解脫的代價——與林崗共論魯迅 292
後記　有眼應識金字塔　劉劍梅 361
劉再復著作出版書表　整理：葉鴻基 363

代序　徬徨無地後又站立於大地

——魯迅為甚麼無與倫比

李澤厚、劉再復

劉再復：（以下簡稱「劉」）您的《略論魯迅思想的發展》發表在一九七八年的《魯迅研究集刊》上，至今已三十二年。三十年前我讀後受到啟發，三十年後的今天重讀一下，還是受到啟發。不過，您這篇文章的第一句「魯迅是中國近代影響最大、無與倫比的文學家兼思想家」，後來有所變化。二零零一年您在與我的對話中，提出應當摘掉魯迅「革命家」與「思想家」這兩頂帽子，說他是一位具有巨大思想深度的文學家即可。我明白您的意思，但我還是願意稱魯迅為思想家，只是他不是那種訴諸邏輯思辨的思想家，而是訴諸於情感力量的思想家，他的雜文且不說，即使小說，其形象也蘊含着強大的深刻的思想。

李澤厚：（以下簡稱「李」）我說的思想家有廣義的和狹義的兩種。狹義的思想家應當有自己的一套思想理論、概念系統，魯迅不是這種思想家，給他一頂「思想家」的帽子，會對他作這種要求，不合適。廣義的思想家是指有一定思想深度的學者、作家以及政治家等等。從廣義說，稱魯迅為思想家也沒有錯。不過，「廣義」也得有個限度。南京大學原來的校長匡亞明，編了一整套一、二百個「思想家」的大叢書，把帝王將相各種名人都列在其內，都成了「思想家」，這就未免太寬了，人人都有思想，就都是思想家了。

劉：您把魯迅界定為具有巨大思想深度的偉大文學家也好。文學是最自由的領域，文學可以走極端，我一再說，好作家最重要的「文本策略」是把自己的發現、思想、情感、表現手法推向極致。唯其如此才能走出平庸。魯迅的許多思想都很極端，例如主張報復、主張黨同伐異、主張以牙還牙等等，在文學上是允許的，而且可以表現得非常精彩，例如《鑄劍》就把復仇寫得非常悲壯，非常美。如果用思想家的尺度看《鑄劍》，就會覺得他在鼓吹「與汝皆亡」、「同歸於盡」的死亡哲學，與當代恐怖主義自殺炸彈所象徵的「你死我也死」的死亡哲學差不多。

李：魯迅有許多偏見，許多激憤之語，作為文學家，可以理解，但作為思想家，就不那麼好理解。他對中醫的偏見，對梅蘭芳的偏見，對許多人許多事的偏見，我們只能視為文學家的偏激情感。他和梁實秋關於文學階級性、人性的論辯，文學家着眼於他的情感感受，看到人處於社會不同的階層確實有不同的情況和境遇，而發出強烈的不平之鳴，這沒有錯。資本家當然想你工人多幹活我少發工資，工人想的正相反。作為一個文學家，魯迅強調資本家的這一方面無可指責，他的階級性主張也無可厚非。但如果從一個思想家的角度去要求，我們就會覺得魯迅有些批判太片面太武斷。文學可以見證階級性，也可以見證普遍人性，不能說梁實秋的人性論就是「資本家的乏走狗」的理論。十年前我們那次談話，我就說，魯迅的啟蒙是訴諸人的情感方面，是情感的力量，這是文學，包括後期的雜文，雖然包含着許多思想，但所以能強烈影響人們、感染人們，還是其中的情感力量，而不是他的說理。他那貌似說理的論辯其實是蘊涵着情感的文學表述。純從思想理論上看，是有許多破綻的。

劉：魯迅的創造體系，不僅是小說，還有散文，散文又包括散文詩（《野草》）、敍事散文（《朝花夕拾》）、小品文、雜文等。雜文是魯迅獨創的散文文體，它有形式，我曾寫過一篇文章，叫做《魯迅雜文中的「社會相」類型形象》，探討魯迅創造的雜文形式，而雜文之所以是文學，更根本的是磅礡於字行中的思想情感力量，也可說是感憤的力量，這是真文學。我們應當高度評價這種天才的文體創造。除了小說、散文，魯迅還寫了《漢文學史綱》、《中國小說史略》等文學論著，這都是文學業績。他還翻譯了那麼多外國文學作品和文學批評論著，真不簡單。當今的文學批評者好像只知小說，不知其他文類，談起魯迅，幾乎不敢理直氣壯地正視他的雜文，其實，他創造的這一文體，是中國現代文學的一種無與倫比的成就。

李：魯迅的多方面成就，他的巨大思想深度，他也把這深度融化為情感力量和文體創造等等，形成一種其他現代作家難以比擬的境界。張愛玲的一些小說雖然也不錯，確實有文采，描繪精緻，但從整體境界說，就無法與魯迅相比。有人多年來拚命拔高張愛玲、拔高周作人，聲音很響，氣勢很盛，但看來無濟於事，仍然動搖不了魯迅在讀者心中的位置。在近年幾次百年作家評選中，魯迅不仍然是穩居第一嗎？

劉：作家之別，作品之別，歸根結底是境界的差別。魯迅在中國現代文學中所以如奇峰屹立，形成一座白話文的文學金字塔，全在於他的境界高出其他作家，高出很多。周氏兄弟都有成就，但就其境界而言，我們會覺得魯迅的境界還不僅僅在於他自始至終對於人間有大關懷（這一點周作人當然望塵莫及），而且還在於他對中國歷史、中國社會的認知以及對人性、國民性的認知，都有一種大眼界，這更是周作人望塵莫及的。還有他對雜文文體的創造，對黑暗的決不妥協的戰鬥精神與思想情感等等，也都構成他的境界的一角。我寫過文章，說文學批評不能僅僅着眼於語言，應着眼於根本，這根本就是精神內涵，它與審美形式構成境界。境界看不見，但可以感受得到，文學批評者應當具備這種感受能力。王國維的《人間詞話》所以了不起，就在於他有一種境界感覺，他能感悟到李後主的詞境非同一般。

李：我曾和你聊過，就語言功夫而言，陀思妥耶夫斯基未必能比得上屠格涅夫，但就整個創作境界而言，陀思妥耶夫斯基卻大大高於屠格涅夫。

劉：這裏有眼界之別，有氣魄之別，有思想深度之別，有情感力度之別。

李：我不喜歡周作人，歸根結底還是不喜歡他的整體創作境界太舊，工夫下了不少，但境界與明末作品相去不遠。境界正是由思想深度和情感力度所組成的。現代人們喜歡把二周（周樹人、周作人）相提並論，我不以為然。

劉：有些研究者說周作人「半是儒家半釋家」，我卻覺得周作人離釋家的高遠境界很遠。大乘佛教的普度眾生是很高的境界，中道智慧也是很高的境界。曹雪芹的《紅樓夢》就抵達了這一境界，而周作人在抗日戰爭時期的行為語言，反映出他還是缺少大乘佛教的那種大慈悲，缺少這一根本，他就喪失了良知拒絕的力量，從而造成「千古之恨」。

李：周作人大節已虧，從整體做人上便無境界可言。《略論魯迅思想的發展》（一九七八）和《胡適、陳獨秀、魯迅》（一九八七）發表之後這二、三十年，我有兩個不變，一是對魯迅的評價不變，至今還是我的偶像；二是我的基本觀點未變，我用「提倡啟蒙、超越啟蒙」八個字來概說魯迅，現在還覺得這一論點沒有過時，只是從來沒有展開來談罷了。魯迅不同於中國現代作家，也不同於西方的作家、思想家，全在這八個字之中。魯迅的總特色也在於此。魯迅的啟蒙，不是泛泛的啟蒙，不是一般性的啟蒙，他的啟蒙是超越啟蒙理性之後再進入啟蒙，這是一種極具深度的啟蒙。「五四」時期，他不僅有《吶喊》、《徬徨》、《熱風》，而且還有《野草》。陳獨秀、胡適、郭沫若、錢玄同以及周作人，包括後來的茅盾、巴金、老舍、曹禺等等都缺乏「超越啟蒙」這深刻的一面。我說胡適引用易卜生「世界上最強有力的人就是那個最孤獨的個人」這句話，但不能深刻理解這句話，唯魯迅能理解，而且通過作品表現出孤獨的個人和個人的孤獨感。

劉：您曾提出過「五四」乃是「啟蒙與救亡的雙重變奏」，但是對於這一論斷，有不少朋友和您提出討論或在文章中委婉地提出不同的看法，例如汪暉在《徬徨無地》一書中，就說「……民族危機日益深重，於是，『人』的啟蒙問題才應運而生。因此，從基本的方面說，中國啟蒙思想始終是中國民族主義主旋律的『副部主題』，它無力構成的所謂『雙重變奏』中的一個平等和獨立的主題。」[1]汪暉的問題是說，包括魯迅在內的「啟蒙」，是否只不過是民族救亡這一大主題的「副曲」，本身並非主旋律。

李：我在《中國近代思想史論》（一九七九）早講過，民族救亡問題是整個中國近代史的總主題和主旋律。我在論說鄒容與陳天華時就說前者說啟蒙後者重救亡，但還是陳天華的救亡成了近代史的主旋律。但我認為，「五四」新文化運動這一段歷史時間，大約從一九一七到一九二七年北伐前，也可說到二十世紀三十年代日本大舉侵略中國之前，這段時間的「啟蒙」不是「副主題」，而是正主題。「五四」之初陳獨秀寫了《最後的覺悟》一文，中心意思是說道德的覺悟、文化的覺悟才是根本，這就是說，與政治救亡相比，文化啟蒙才是根本，反對舊道德、反對舊文學，其實包括反整個傳統文化，才是要務和主題所在。所以才有「新青年」，才有「五四新文學」、「新文化運動」。這個運動是文化啟蒙運動，不是政治民族救亡運動。可惜這段時間太短，講「最後的覺悟」，宣告不談政治的陳獨秀很快又投身政

1《徬徨無地》第二八頁，浙江文藝出版社，一九九四年。

治去組建共產黨了。但其他許多人仍在繼續搞啟蒙，包括教育救國和向國民黨要民權等等。所以我認為「啟蒙」、「新文化運動」是「五四」時期一個獨立的主題，並不是直接依附於民族救亡的副題。當然「啟蒙」的來源是為了救亡即拯救中國，這我在近現代思想史論兩本書裏交代得很清楚，強調了它與西方的啟蒙（解脫神的統治的個性解放）的不同，而且指出後來救亡又很快壓倒了啟蒙，等等。

劉：《野草》是魯迅「超越啟蒙」最有力的明證。中國現代作家一直處於民族危亡的陰影籠罩之下，他們的焦慮主要是群體生存問題，不是個體存在意義問題，或者說，他們關注的主要是社會制度合理性問題，不是個體生命的存在意義問題，因此，中國現代作家普遍缺少現代感，缺少在現代社會面前的不安感與孤獨感。魯迅在中國現代作家群中，具有現代感，完全屬於個案。這只能用「天才」來說明。

李：魯迅的孤獨也包含四面受敵（包括晚期受「同一陣營」的無數暗箭）無人理解的孤獨。當然也有對人生意義的感嘆懷疑的深重孤獨，《野草》表現得最突出，晚期也仍有。魯迅始終是懷疑派，包括對人生意義的懷疑。魯迅不是依歸上帝的那種個體孤獨，所以魯迅的現代孤獨感仍然不同於西方那種「孤獨的個人」。西方諸如克爾凱郭爾那種孤獨個人，是大宗教背景下的孤獨，是面對上帝關於個人存在意義的叩問，這是純粹個人主義的孤獨，而魯迅的孤獨感卻有深刻的特定時代內涵，包含了自己的思想得不到共鳴的孤獨，是「荷戟獨徬徨」的孤獨，是投槍無處投射、聲音沒有回響的孤獨。正是他那超越啟蒙和提倡啟蒙相矛盾、相衝突，卻又相結合、相融匯，這才可能有那深層次的孤獨絕望中仍然展示出對人世的關懷，既絕望、孤獨、超越，卻又仍然有啟蒙的戰鬥情懷和人道心緒。《野草》裏有《這樣的戰士》。這「戰士」就是他自己，這是孤獨的戰士，戰士的孤獨，是帶有時代苦悶內容的戰士，不是西方那種絕對的原子式的個人。

劉：《野草》之前，魯迅就寫過您特別喜歡的小說《孤獨者》。那也是孤獨的戰士，或者說是孤獨的失敗的戰士，孤獨到極點，寂寞到極點！魯迅在《這樣的戰士》裏說：「他走進無物之陣，所遇見的都對他一式點頭。他知道這點頭就是敵人的武器，是殺人不見血的武器，許多戰士都在此滅亡，正如炮彈一樣，使猛士無所用其力。」其實，孤獨者魏連殳也是「無所用其力」的大寂寞。失敗者的大寂寞。西方的孤獨者當然不是魯迅這種走進無物之陣的戰士的孤獨。二十世紀八十年代後期和九十年代，大陸有一些研究魯迅的朋友強調魯迅超越啟蒙、孤獨個體這一面，但描述得有點過份，幾乎把魯迅和陀思妥耶夫斯基、克爾凱郭爾等同起來，這樣，魯迅又失去了本來的面目。

李：過份誇大魯迅個體孤獨的一面，並不是真實的魯迅。魯迅經過一番對存在意義的叩問之後，也就是超越了啟蒙之後，又回到啟蒙與救亡（主要指在邏輯上而非一定在時間上），又繼續他的戰鬥。魯迅由孤獨的個體又積極回到爭鬥的人間，這才是魯迅的偉大處。近代的譚嗣同、章太炎、熊十力等，都有一個從俗到真，從真返俗的思想歷程。魯迅也是這樣一種三段論，但比他們要更深刻。從提倡啟蒙到超越啟蒙又返回啟蒙，把「提倡」和「超越」的矛盾衝突和結合融匯充分展現出來，所以特別深刻豐富。

劉：魯迅不是長久地「徬徨無地」，而是徬徨之後又站立於大地，戰鬥於人間。這一點真了不起。您一再說，真正的哲學難題是看透了、看空了之後怎麼辦。看透了不是不再生活，而是更明白更清醒地生活。經過一番徹悟，理解了存在的意義再回到存在（生活）之中，就明白哪些有價值，哪些無價值，哪些值得追求、眷戀，哪些不值得追求、眷戀。徹悟之後，看空看透之後不是不生活，而是不再虛妄地生活。但還是要生活。我在《紅樓四書》中也一再強調這一點。曹雪芹看「空」看「破」之後還寫《紅樓夢》，徹悟之後不是不寫，而是不為功名、功利而寫。章太炎由真返俗，正是徹悟之後的重返生活，因此生活（包括戰鬥）得更天真、更瀟灑、更有力量。

您說「提倡啟蒙——超越啟蒙——返回啟蒙」這「三段論」主要是指在邏輯上而非一定在時間上，這一點以後有機會還要聽您細論。因為如果從時間而言，「提倡」與「超越」很難分清界限，例如寫作《野草》的時間與寫作《徬徨》的時間差不多，都是在一九二四、一九二五年，收入《華蓋集》和《華蓋集續集》中的一些雜文也在這一時間段上，很難分清哪篇屬於「超越啟蒙」，哪篇屬於「提倡啟蒙」。但從邏輯上說，《野草》則是「超越啟蒙」的重大標誌。難怪聶紺弩要說《野草》是魯迅思想發展全程中的一個重要樞紐。

李：徹悟了又回到人間，徬徨之後不是躲在院牆內談龍說虎，飲茶避世，這才真偉大。看破了還積極地生活着，沒有矯情，不唉嘆，參加左翼，培育青年，不妥協地戰鬥到最後一息，這才是魯迅。把魯迅描繪成孤獨的個人，恰恰抹掉了魯迅最偉大的一面。

劉：魯迅有孤獨感，但他一生都未曾孤芳自賞，顧影自憐。也沒有舊文人那些習氣。我們所以能感到魯迅人格的詩意，就在於魯迅身上一點兒也沒有舊文人的酸氣。

李：我從中學開始，就喜歡魯迅的《孤獨者》，你注意了沒有？魯迅的「自選集」，並沒有選上《孤獨者》。

劉：我沒有注意到這一點，他未選這一篇，也許是他覺得「孤獨者」太冷了。

李：魯迅了不得的地方恰恰是他既熱情滿懷又非常冷靜。這冷靜也是一種藝術形式。巴金的小說有熱情，但只是宣洩熱情，缺少形式，從而沒有審美意味，遠不如魯迅。孤獨者在深夜裏那一聲如狼長嗥，何等孤獨，何等寂寞，又何等意味深長，那是極其熾熱的聲音，卻是非常冷靜的筆墨。

劉：魯迅內心是熾熱的，但他的作品形式給內心的烈火一種冷的外殼。魯迅身上又有一種很深刻的懷疑主義。「從來如此，便對嗎？」從第一篇小說開始，他就懷疑。懷疑使人冷靜。他揭露中國的國民性，只是從病理學的角度去揭露，去展示，至於國民性能否改造，人性是否改造，世界是否改造，他從來未說過樂觀的話，他顯然是懷疑的。阿Q至死都不覺悟，高喊「二十年後還是一條好漢」，等於說二十年後、二百年後的阿Q還是阿Q，無可改造，看透了這一切就冷靜了。

李：魯迅有懷疑精神，這與他生性多疑有關係，像李四光那麼好的人，他也懷疑。曹操多疑，那是君臨大位使然。魯迅的多疑可能與他「從小康落入貧困」等人生經歷有關，他看透了人情世俗的虛偽，「從中可見世人的真面目」，從而懷疑一切被稱為美好的東西。魯迅抨擊梅蘭芳，那是偏見，但對李四光等人，卻是多疑，他還懷疑過許多人。記得在《略論魯迅思想的發展》中，我說過魯迅對人對事從來不輕信。

劉：我一直感到，魯迅對人性是不信任的。不僅是對中國國民性。人性的貪婪、人性的自私、人性的虛偽，這一切魯迅看得很透徹。他的小說《弟兄》，你可能不太留心這一篇。

李：我忘了它寫了甚麼？我對藝術上不成功的作品，包括魯迅的好些作品，我都記不住。但我對魯迅的許多材料還是比較熟悉的，也曾想專門寫魯迅，後來作罷。

劉：這篇小說情節很簡單，寫的是一個公務員，平常曾以珍重手足之情見稱，但是自己的弟弟果然病重之後，他產生的心理完全卻是生怕弟弟死了之後他怎麼供侄兒上學，盤算的全是現實的功利而不是兄弟之情。魯迅這篇小說對人性悲觀到極點。連親兄弟都沒有真情，更何況對其他人。在魯迅看來，人性深處的黑暗正是人性的真實，這種真實根深蒂固，根本無法改變。這是一篇深刻見證人性黑暗的作品，但在魯迅研究界，卻很少有人提及，倒是黃仁宇先生在《中國大歷史》這本書中特別以這篇小說為例，說明魯迅對傳統道德持有一種刻薄的批評態度。這段話挺有意思，我唸給您聽。

> 在這雜誌裏有好幾個作家盡力抨擊時人認為「國粹」之傳統道德。當中諷刺最力者為周樹人，筆名魯迅。周樹人早歲在日本學醫，此時在教育部任僉事（科員）。當陳獨秀以論文辯說時，魯迅以短篇小說及短篇評論發揮他筆下專長。他的一段短篇小說，題為《弟兄》，數年之前發表於其他刊物，最能表現他觀察之尖銳及他對傳統道德所持之刻薄態度。據評論家研究，事實上，此文有若干自傳成份。其中提及一個公務人員平日以篤於手足情誼見重於人，有朝發現他弟弟病重。在夜晚等候着醫生上門診治的時候，他心頭感到如軸轆似的上下不定。他以為症象是猩紅熱，也害怕弟弟突然死去，自己無力資送三個孩子再搭着兩個侄兒上學，醫生診斷發現並非猩紅熱，不過是疹症，他也鬆了一口氣。不過，夜間的緊張仍不能使他夢寐之間忘卻。那晚上他夢見弟弟死去，他讓自己的孩子上學而不及於侄兒。一個侄子吵着要去的時候他伸手給一個耳光。他看着侄兒滿面流血而從夢中驚醒，仍不免汗流浹背，喘息未定。第二天上班，同事都恭維他骨肉情深。[1]

李：《弟兄》這篇小說我沒留心，黃仁宇這段話，我也沒注意到，《中國大歷史》這書我倒是翻過，

1 《中國大歷史》第二七五頁，北京三聯，二零零四年。

但未細讀。我對黃包括那本非常著名的《萬曆十五年》，評價遠沒有時賢那麼高。

劉：魯迅在「五四」時以激進的態度和中國傳統文化徹底決裂，對儒、道、釋三家都沒好感。在「打到孔家店」的潮流中他是主將之一；對莊子他則從頭到尾也沒有好感過。對釋，他則批評中國人虛假的實用主義的「吃教」，魯迅對中國傳統文化的基本態度恐怕沒甚麼可爭議的。奇怪的是，對他一生蓋棺定論的評價，如您注意到的，還是「民族魂」。感受他的人生整體，讓我們感到他不僅沒有離開中國文化，而且還體現了中國文化的精髓與魂魄。您對這一現象似乎還沒有作過解釋，我很想聽聽您的見解。

李：這是一個重要問題。我覺得對中國文化，魯迅是得其「神」，不在於其「形」。他身上恰恰體現了中國文化的主體精神，這種精神就是求生存、求溫飽、求發展，也就是「天行健，君子以自強不息」、「天地之大德曰生」、「生生之謂易」的總精神。凡是有利於這一目標的他都吸收，凡是不利於這一目標的一概批判，他說過，凡是阻礙中國人生存、溫飽、發展的，無論是古是今，是人是鬼，是三墳五典，百宋千元，天球河圖，金人玉佛，祖傳丸散，秘製膏丹，均一概打倒。看似激進反傳統，卻抓住了中國文化的根本，這比那些大喊國粹至上、國學至尊的古今名士要高明得多。是魯迅而不是這些國粹派才真正是中國的「民族魂」。

劉：有礙生存、溫飽、發展這三者，都要加以抵制，加以撲滅。這一態度，他在《忽然想到》一文表述過，又在《北京通訊》中再次表述。（兩文都收入《華蓋集》中。）魯迅的態度極為鮮明。當時這套三墳五典、金人玉佛等傳統糟粕，非常猖獗，確實窒息生命活力，不能不掃滅。中國的文化整體是求生的文化，進取的文化，魯迅確實抓住了這一點。他雖然也批孔，但他又肯定孔子的「知其不可為而為之」的精神。《易經》講天地之大德曰生，魯迅抓住「生」的總方向，這與孔子的「未知生，焉知死」

的思想是相通的。

李：中國文化與基督教的「生而有罪」文化不同，也與佛教的「空」文化不同。你在答香港《城市文藝》編者時說魯迅很實在，他不諱言教書是為了「餬口」，是「吃飯哲學」。他很重視生活，重視肉身，沒有肉身哪有靈魂？沒有「臭皮囊」，哪來靈魂的創造？基督教把肉身視為「罪」、視為髒，魯迅並不這麼看。他要喝牛奶、吃魚肝油，很重視肉身，很重視身體健康。魯迅也不同於「空」文化，前邊我已說過，他始終在人間，儘管這個人間如同地獄，但他還是站在人間的黑暗中，扛住黑暗的閘門，不避世，不厭世。這才是真正的中國文化，中國文化總體是「慶生」，是「喜」生，是「多子多福」，魯迅超越了啟蒙，「孤獨徬徨」可說是領悟到「空」（對存在意義的懷疑甚至否定），但並不因此而擺脫世間去作「自了漢」。他始終沒有脫離人間。他最後那些雜文，稱之為匕首與投槍也罷，仍然充滿人道關懷人情眷戀，這才是偉大的無與倫比的魯迅。

劉：魯迅對「安貧樂道」、愚忠愚孝、封建宗法制確實極其反感，但他對人間的苦痛又那麼敏感，他熱烈地擁抱是非，熱烈地關懷民瘼，熱烈地愛與憎等等，都與中國的樂感文化、求生文化精神相通。您曾講過，西方文化的長處是思辨藝術，中國文化的長處是生存智慧。求生存，確實是中國文化的魂魄，魯迅倒是真的得其魂魄。

李：對。還有一點，我在《略論魯迅思想的發展》中指出魯迅和中國普通農民的天然聯繫，魯迅的身心不沒入上層的士大夫文化中，而是十分關懷底層的農民大眾，他後來接受馬克思主義與此有關。

劉：魯迅在《中國人失去自信力了嗎？》一文中說，儘管他看到中國文化的許多病態，但對中國及中國文化並沒有失去信念，為甚麼？因為還有底層的人民在。所以他說，要看「地底」。他對閏土、祥林嫂這類底層農民的苦難充滿同情，但沒有失去信心。魯迅始終有這一份關懷。

李：西方強調面對上帝，他們的孤獨是面對上帝的靈魂孤獨，所以是純粹的「個人主義」，突出的是靈魂歸宿問題。而中國知識分子，當然是指像魯迅這種知識分子，他們關懷人世，重視生活，面對底層，靈肉不徹底分離，這仍然是儒家傳統，這一點在《史論》裏也強調說過了，「五四」那些急進反傳統的人恰恰是深受儒學和傳統影響的人，他們才是傳統的真正繼承者。這是魯迅的人道主義重要來源之一。所以魯迅說他總是在個人主義與人道主義之間徘徊。你說魯迅有懷疑主義，的確有，他似乎懷疑一切，也懷疑上帝，但他並不懷疑底層勞苦大眾和替他們說話的人，他認為他們是中國的脊樑，這一點很不簡單。

劉：西方知識者的孤獨是靈魂的孤獨，突出的是靈魂歸宿的問題；中國知識者關懷人世、重視生活，靈肉不徹底分離，突出的其實是「肉」是「生」，您點破這一根本區別，極為要緊。魯迅心中沒有天父（上帝），但有地母（勞苦大眾）。他顯然也是重視生活，靈肉不分離。這一點，與儒相通。魯迅除了呈現中國文化「求生、慶生、謀生」的總精神之外，他自己還加進了一條「能殺才能生」。這一條使他總是積極，總是拼搏，晚年意識到時日無多，更是敦促自己要「趕快做」。生命途中有時感到絕望，他又「反抗絕望」，繼續展開希望，繼續發出自己的聲音。

李：所以魯迅的文章就表現出一個最根本的特點：愛憎分明。這不是簡單的情緒，而是融入了思想判斷的情感，魯迅的雜文之所以是文學，正因為它具有這種鮮明的、具有思想深度的情感。

劉：魯迅的作品很有感染力，包括雜文，也很有感染力。這種感染力來自情感。文學感染人的力量歸根結底是文學的思想情感力量。周作人的作品缺少這種感染力。他骨子裏接近莊子（不是儒家也不是釋家），但也缺乏莊子那種大氣魄。莊子那種「扶搖直上九萬里」的大氣魄還是很有強烈的感染力。

二零一一年二月中旬
於美國 Boulder

第一輯

海外自論魯迅

魯迅研究的自我批判（一九九一）

——在東京大學「魯迅和異文化接觸」學術會議上的發言

提要：魯迅是本世紀中國文學與中國文化的特殊現象，它是一個精彩而獨特的偉大存在。然而，我的論著在肯定這一存在時又把魯迅絕對偶像化，把魯迅思想視為不可置疑的文學法則和絕對價值尺度，缺少與魯迅對話的能力和提出質疑的能力，使魯迅研究過程變成單向的接受過程和謳歌過程，而不是雙向的對話過程和探究過程。魯迅是一個充滿「內在悖論」的複雜存在，然而，由於受到瞿秋白「兩段論」（從進化論到階級論，從民主主義到共產主義）敘述模式的影響，就常常對魯迅作了意識形態的簡化，以政治意識形態的價值判斷代替魯迅豐富複雜的人生過程與藝術過程，不能真正地看到魯迅的精彩之處和接受階級論之後的性格分裂現象。魯迅是一個支持革命但又清醒地看到中國激進革命家的荒謬和革命文學嚴重幼稚病的作家，而接受流行的「三家」（革命家、思想家、文學家）整合觀念之後，則拔高魯迅「革命家」形象，而忽視魯迅的本質是具有巨大思想深度的一個作家，因此，就把魯迅一時的激憤之辭上升為革命的絕對命令與普遍性原理，使魯迅嚴重變形，這種以政治意識形態塑造魯迅的時代應當結束。

一、魯迅的偶像化：丟失與魯迅的對話能力和提出質疑的能力

魯迅研究是我國當代文學研究的一門顯學，我也是這門顯學的一個研究者，魯迅研究不僅是我從事文學研究的一個基地，而且是我從事社會科學研究的第一個出發點，除了寫作《魯迅和自然科學》、《魯迅傳》和《魯迅美學思想論稿》之外，還寫了《魯迅雜文中的社會相類型形象》、《魯迅成功的時代原因與個人原因》、《魯迅與中外文化》等文章，在《傳統與中國人》中，我對魯迅又有一些新的思考，這些論著，產生過影響，因此，嚴肅地進行一些反顧乃是我的責任。

首先，我要說明的是，我的反省不是對我所選擇的整個研究對象的否定，至今，國學界把《紅樓夢》和魯迅研究作為顯學，並非沒有道理，因為，魯迅與《紅樓夢》確實是近五百年來中國文學史上的特殊文學現象，就二十世紀中國文學與中國文化而言，魯迅更是一個特殊現象。魯迅的思想和創作，是一個精彩而獨特的存在，它自成一個由魯迅語書創造的獨殊的世界，這一自在之物，值得我們紀念和研究，不論是從文學藝術的角度，還是從思想文化的角度，還是從社會歷史的角度，都值得研究。二十世紀的中國作家，確實沒有另一個人的作品，其中所蘊藏的思想內涵和美學容量可與魯迅相比，因此，魯迅將不會隨着歲月的沖洗而失去他的魅力，他將繼續吸引許多研究中國現代文化和現代文學的學者。我對自身魯迅研究的自我批判，也包含着對魯迅的一種更加理性的尊重。這兩年多，我在西方學術界的邊緣地帶生活，才知道西方學術界對馬克思格外尊重，哈佛大學社會學系規定學生必讀的三個最重要的學者的書，其中一個就是馬克思；但是，他們的尊重是一種理性的尊重，這種超越政治功利的尊重與我們國內

那種膜拜很不同。我們是把馬克思當作偶像，當作神像，當做不能質疑不能揚棄只能崇拜和全盤接受的思想規範，這樣就使馬克思變成一個陌生化的神像從而失去親近感；而對馬克思的理性的尊重，卻使馬克思回復為一個真實的存在。

我在魯迅研究中也一直把魯迅作為偶像，把他的思想作為一種不可置疑的文化法則和文化前提，直到一九八七年我在《魯迅與中外文化》的學術報告中，仍然把魯迅作為導引中國文化方向的指路明燈，沿襲流行的對魯迅的「方向性」規定。這就在實際上把魯迅作為一種絕對權威和文化法則。因此，魯迅在自己的面前，實際上並不是真正的研究對象，而是一個陌生化的崇拜對象。這樣，就帶來了研究中的兩個基本問題：一是把魯迅的研究變成魯迅思想的演繹、註疏和謳歌，喪失與魯迅對話的能力和提出質疑的能力，使研究過程變成單向性的接受過程和謳歌過程，而不是雙向性的對話過程和探索過程，因此也就接受魯迅提出的全部命題。二十世紀八十年代初，當王蒙對魯迅的「費厄潑賴應當緩行」的命題提出「費厄潑賴應當實行」的反命題時，我仍然難以認同王蒙的思路，也不能對魯迅的「痛打落水狗」的「徹底戰鬥」命題進行質疑性對話。魯迅提出「痛打落水狗」的命題是從辛亥革命失敗的教訓中總結出來的，他認為辛亥革命的教訓是革命不徹底，即不能痛打落水狗。因此，今後的出路應當用另一場更徹底的革命來代替這場不徹底的革命，這種思路是當時一些激進知識分子的共同性思路，這種對辛亥革命教訓的總結帶有很大的片面性。事實上，辛亥革命之後所以會造成帝制復辟等問題，不能說是革命不徹底，而是革命方式本身所造成的後遺症。作為暴力革命的辛亥革命和中外歷史上許多暴力革命一樣，在推翻舊政權之後，不能提供新的政治框架，這就造成革命後的政治真空（也就是後遺症），而填補這種政治真空捨再次專制別無出路，這才是問題的所在。可惜，當時魯迅和其他知識分子看不到這一點，所以他們就以造成後遺症的藥方（革命）醫治後遺症，結果便是革命藥方的不斷加濃、加重、加劇（越來越徹底）。二十世紀的中國，就是處於不斷革命和不斷加劇革命的過程，是一場革命比一場革命更加徹底的過程，也是革命的後遺症不斷加深、加重，不斷暴烈化的過程。這種現象，就是魯迅看到的「革命，革革命，革革革命」的惡性循環現象，可惜他沒有看到這種循環正是起源於本來就蘊涵着「徹底」的暴力革命方式。在魯迅研究中，對魯迅提出的影響全社會思路的基本命題進行思考，其意義非常重大，但我以往的研究，缺乏這種意識。

魯迅的偶像化在我的研究中帶來另一個問題，是把魯迅的思想當成戰鬥的工具以對抗其他權威，也就是在對某種絕對價值尺度提出批評的時候又把魯迅的思想當成絕對價值尺度，缺乏對魯迅思想自身局限的發現和認識。例如《魯迅美學思想論稿》，以真、善、美三者作為全書的上、中、下三篇的精神支撐點，又以魯迅關於藝術真實、社會功利和審美特點相結合的標準以取代《在延安文藝座談會上的講話》的「政治標準第一，美術標準第二」的評價尺度，這對我國文學藝術從狹隘的政治牢籠裏擺脱出來是起了積極的作用。但是，魯迅美學思想本身也被當時的時代潮流所影響，本身也帶有決定論和獨斷論的偏頗。例如，確認文學藝術可以作為政治鬥爭的一翼的觀念，文學藝術無法超越時代與階級的觀念，絕對排斥「為藝術而藝術」的觀念等等，都是值得質疑的。又如，魯迅後期熱情地翻譯和介紹馬克思主義文藝理論，特別是普列漢諾夫的理論，我在《論稿》中評價他的譯介時就沒有揚棄普列漢諾夫在美學思想中的機械論，也沒有注意到魯迅接受時的缺陷。這一點，李歐梵在《鐵屋中的吶喊》中就作了理性的分析和中肯的批評。他說：「普列漢諾夫在《藝術和社會生活》中，曾為『為藝術而藝術』辯護，認為這種觀念和唯物主義是相容的。因為如果任其自然，藝術家會自然地（常常是無意識地）記錄下社會的情況，正是功利主義者對藝術家提出人為的、非自然的政治責任、干擾了藝術和社會之間的自然關係，普列漢諾夫這些變化着的而且互相矛盾的態度來自他的哲學前提中同樣的『內在悖論』，這一點魯迅似乎完全不了解，只是愛好普列漢諾夫也認為是正統的馬克思主義的藝術的階級性、歷史制約藝術、藝術的功利的社會功能等等教義。魯迅吸收的看來正是普列漢諾夫僵化的、決定性的一面。」[1]在我的《論稿》研究中，疏忽了這一面。把魯迅當作絕對價值尺度之後還帶來一個問題，就是對中國現代文學史上的重要作家和重要文學現象的評價，就接受魯迅的判斷前提，而缺少超越的態度。我在《論稿》中對魯迅批評過的胡適、梁實秋、林語堂、朱光潛和所謂「第三種人」的批評，都接受了魯迅的判斷前提，儘管我揚棄了魯迅批評中的火藥味，但仍確認魯迅批評的絕對正確性。然而，魯迅在這些兩項對立的文化批判中所反映出來的美學觀念，是以他剛剛接受的階級論為價值尺度和理論根據的。這種價值尺度和理論依據完全排除了文學藝術的超越性特點。根據夏衍的回憶，對於「第三種人」的批判，即使是當時思想相當激進的茅盾也採取保留的態度。他對夏衍和葉以群說：「批『第三種人』的調子，和過去批我的《從牯嶺到東京》差不多。」[2]今天，如果我們不是把魯迅偶像化，完全可以用更加廣闊的文化情懷揚棄當時政治衝突帶給文壇的兩極對立的亢奮情緒和排他情緒，而理性地分析雙方文藝觀點的得失，吸收蘇汶、林語堂、梁實秋的合理見解，以多元文化的胸襟兼容各家的文藝觀點，而不會沿襲歷史的不幸，硬是把文藝觀點的論爭分為「革命營壘」與「反動營壘」，把梁實秋、林語堂、蘇汶等判入政治性的精神地獄。

1 《鐵屋中的吶喊》第一七三頁，香港三聯書店，一九九一年。
2 夏衍：《懶尋舊夢錄》第二一一頁，北京三聯書店，一九八五年。

二、瞿秋白「兩段論」模式的影響：忽視魯迅的「內在悖論」

今天，我說魯迅是一個真實的存在，就是說，它是一個非常複雜的存在。魯迅的現象，是一個非常複雜的現象。我在撰寫《魯迅傳》的時候，已開始注意到不應當把魯迅簡單化，所以，一開篇就說明他出生後的第一聲啼哭也很普通，並不是一首詩，而且還特意把魯迅和朱安的初婚作為一章寫入傳中。應當說，我作了努力希望走進魯迅複雜的世界。但是，由於我在研究之初就接受瞿秋白所描述的「從進化論到階級論」、「從民主主義者到共產主義者」的決定論，所以仍然沒有足夠的力量擺脫這種隨着時間推移而進步的敍述模式。這種敍述模式產生之後，魯迅的道路就被添上一種歷史的必然性，魯迅接受階級論觀念也變成一種歷史客觀法則的產物，一種政治飛躍、思想飛躍甚至是文學飛躍的巨大進步。但是，宇宙間任何時間過程都不可能直接告訴人們甚麼是進步甚麼是落後，某些過程看起來是進步，某些過程看起來是落後，全在人們自己的價值判斷，瞿秋白事實上是以自己的價值判斷代替魯迅真實的人生過程和藝術過程。瞿秋白的這種方法是以政治意識形態的判斷代替對具體對象的實際觀察，以社會政治的分析作為作家分析的前提，並以直線的時間觀代替文學史發展的悖論。這樣就把複雜的魯迅作了意識形態的簡化。可是這種研究模式卻主宰了中國數十年的魯迅研究，也影響了我的魯迅研究，無論是《魯迅傳》還是《魯迅美學思想論稿》，都在很大的程度上把魯迅的人生過程甚至文學過程視為一種意識形態性的「進步過程」，而沒有充分意識到，如果套用某種政治意識形態來理解魯迅的人生，就會把這一過程簡單化、表層化而拋棄其過程的複雜內容。一個作家，如果套用某種政治意識形態理解文學，也會損害藝術的價值。魯迅在用意識形態理解文學之後，更多地把人看成是階級的存在物，這不但給後來的中國文學造成消極的影響，而且也限制魯迅本人難以更多地創造出狂人、阿Q這種階級觀念難以涵蓋而文學容量極其豐富的形象，以及《野草》中那種帶着複雜的現代感拷問人生、拷問世界的獨特意象。作為魯迅研究者，我也一度套用意識形態原則來理解魯迅，因此，也就不可能充分地展示魯迅真實的人生過程，特別是魯迅真實的文學過程，也不能充分地發現和評價前期（即未被意識形態化時）文學創造的精彩之處和成就所在，反而把魯迅前期豐富複雜的部份視為不成熟的部份，而把後期的部份視為馬克思主義化的真理。總之，接受瞿秋白的「政治進步」和「思想飛躍」的模式，使得我筆下的魯迅帶上太濃的意識形態色彩。

說魯迅後期的「進步」和「飛躍」，實際上是說魯迅終於接受了一個由馬克思建構的全盤性的理解世界和理解包括文學在內的各種精神現象的基本框架。「五四」時代，是一個各種「主義」、各種思想互相競爭，沒有肯定性主流意識形態的時代，是一個懷疑既成的價值觀念但又不懷疑自己的時代，是一個張揚個性的時代。儘管參與者對個性各有各的理解，但個人獨立、肯定自我價值、否定依附性格等，清楚地構成了那個時代的主旋律。十月革命送來了馬克思主義之後，特別是經過「主義—問題」的論戰、「中國社會性質問題」的論戰和「魯迅—創造社」的論爭之後，參與「五四」運動的中堅分子逐步改變了原先的懷疑與重估一切價值的態度，轉變到確信一種「主義」，認同一種「主義」，並以此為宗旨來解決中國的社會問題的態度。此時，他們找到了馬克思主義，並以這種「主義」對中國社會作出全盤性的解釋。馬克思主義作為一種意識形態在思想文化上的至尊地位確立之後，它本身所包含的對社會、對人生、對藝術的解釋也就變成一種權威性的思想模式提供給作家，而作家一旦以這種思想模式代替了創作方法，就結束迷茫時代的自我探索和自由尋找的活潑狀態：不確定讓位給確定，懷疑讓位給崇仰，革命代替了徬徨。這種確定，彷彿是作家的進步和飛躍。然而，這種確定，恰恰是作家藝術家的致命傷。文學藝術最大的陷阱就是確定化，一旦確定，就沒有自由去創造，更沒有魯迅前期所說的「天馬行空似的」大創造。

在政治進步和思想飛躍的描述框架下，我和許多魯迅研究者一樣，把後期魯迅視為馬克思主義化的魯迅，即經過神聖洗禮之後而洞察一切的純淨的魯迅，因此，就把研究的注意力集中在證明魯迅如何達到這種聖化的程度和證明他的思想與來自西方的經典是如何吻合，而忽視甚至拒絕承認後期的魯迅仍然是一個複雜的並非純淨的存在，是一個分裂的並非與某種主義完全相等的存在。（他仍然是一個大於主義、超乎主義的特殊的存在。）

事實上，無論是前期的魯迅或後期的魯迅都是一個矛盾的複雜的存在。但是，在前期，這種複雜性主要是表現在他的懷疑、徬徨和不確定，也就是表現在各種文化因素的匯聚、碰撞和衝突上，這個時候，他的大苦悶，他的複雜世界，其內在表現與外在表現是比較一致的。無論是他的小説還是他的雜文，我們都可以看到他的複雜的內心世界，這個內心世界看透了外部世界的絕對荒謬，阿Q是大荒謬，阿Q生活的世界也是大荒謬，魯迅對這個荒謬的世界已經絕望，他的矛盾就在絕望與反抗絕望中搏鬥，就在荒謬與反抗荒謬中搏鬥，他的一切吶喊、徬徨、懷疑、苦悶都是真實的。這個時期，他的分裂性並不明顯，到了後期，我們看到魯迅表現出來的複雜性，則是一種帶有明顯的人格分裂的複雜性，他在絕望與懷疑中找到階級論、找到馬克思主義之後曾經感悟到一種希望，並以自己的創作強化這種希望。因此，他加入左聯，參與左聯組織的文化鬥爭，努力譯介馬克思主義文學理論和蘇聯文學，並把自己的行動比作「竊火」行為，他確實覺得自己和自己的同伴在吸取異文化的光明，並以這種光明照亮故土上無所不在的大黑暗。但是，恰恰也是在這個時期，魯迅表現出一種新的分裂。這種分裂，是作為一個接受馬克思主義觀念的革命戰士和作為一個深刻了解文學藝術內在規律的作家的分裂，是加入革命文化集團、作為集團之一員的魯迅與超越集團的獨立不倚的孤獨者的魯迅的分裂，是在黑暗中看到光明的魯迅和在光明中又看到黑暗的魯迅之間的分裂。一九二七年，魯迅寫了《文藝與政治的歧途》，確認文學家與政治家是無法一致的，他們注定要分道揚鑣，但是，命運卻把這個偉大的文學家推向當時無法迴避的政治漩渦之中，這就迫使他扮演雙重性格的矛盾角色：一種是帶着強烈政治色彩的革命戰士，一種是反抗政治的深刻了解文學的作家。這兩種角色的衝突，使他產生一種前期所沒有的內心的煎熬，使他不得不「橫着站」，一方面向舊的政治營壘射擊，一方面又與自己置身於其中的革命文學營壘抗爭。所以他既批判「民族主義文學」派別，又批判創造社與所謂「四條漢子」；既加入「左聯」這種集團性的文化陣線，又厭惡文學的集團性而保持自身人格的獨立和保持對左聯的批判立場。由於感受到中國人民的巨大苦難和解放鬥爭的必要，他確認文學藝術應當成為無產階級政治鬥爭的一翼，但另一方面，他又對創造社、太陽社和左翼文學的政治泛化和激進態度強烈不滿。在他自身的創作實踐中，更是表現出創作的自由態度。對於魯迅這種複雜的分裂性狀況，我在寫作《魯迅傳》與《魯迅美學思想論稿》時，都不能充分正視，自然也就不能充分揭示，應當說，這是研究中的重要缺陷。

三、「三家」整合觀念的影響：拔高魯迅「革命家」形象，缺乏對魯迅本質化界定的警惕

我在對魯迅縱向的把握上沒有擺脫瞿秋白的影響，在橫向的把握上又受了流行的關於魯迅是革命家、思想家、文學家等「三家」的整合形象這一觀念的影響。當我沿用「三家」來界定魯迅本質的時候，總是突出

魯迅的革命本質，而忽略魯迅的本色是一個作家，是一個擁有深刻思想的偉大作家。魯迅確實也是思想家，但他是文學性的思想家，而不是像康德、黑格爾、馬克思這種構築思想體系、具有嚴密邏輯系統的思想家。

用「三家」界定魯迅的本質，帶來兩個根本問題，一是把魯迅的文學作品均作本質化、革命化的闡釋，使魯迅研究帶上缺少學術尊嚴的「媚俗」傾向，把魯迅作品豐富的精神內容簡化成政治符號；另一方面，又因為所有的作品都貼上革命標籤而魯迅本人又戴着偉大革命家的桂冠，因此就又把魯迅的許多文學性語言人為地提升為革命性語錄，即把一個作家常常爆發的激憤語言（包括喜怒哀樂的情緒性語言）一律提升為普遍性原理和絕對命令，從而造成我國精神上的極大混亂。

我在自己的論著中儘管努力避免把魯迅一時的激憤之辭抽象為放之四海而皆準的普遍性原則，但是，在把握魯迅整體形象時總是不僅把「三家」並列，而且按照通常的排列秩序，把革命家放在第一位，突出魯迅的革命家形象和他的作品的「革命靈魂」，而忽視和單一革命靈魂完全不同的具有「內在悖論」的非革命靈魂。實際上魯迅的精彩之處並不在於革命，也不在於那些革命鋒芒、戰鬥鋒芒的作品，如批判陳源、梁實秋、「第三種人」的文章和《我們不再受騙了》這類戰鬥氣息壓倒文學氣息的作品，他的精彩之處反而是《阿Q正傳》這種調侃革命、諷刺革命的小説和《野草》那種與革命不相關卻展示出內心的大荒野和大寂寞的文字。作為一個很有思想的傑出作家，魯迅與同時代的其他左翼作家相比，他有一點特別的也是非常卓越的地方，就是當這些作家都以激進的、完全亢奮的狀態謳歌革命的時候，他卻清醒地觀察着革命與革命文學，並發現中國革命文學的嚴重幼稚病。他第一個發現革命文學的「革命加戀愛」的幼稚公式，發現革命文學在滿篇「熱血」的詞句中卻犯了文學的貧血症，他還發現他們是照搬蘇聯文學模式的教條主義者。他所寫的《非革命的激進革命論者》、《上海文藝之一瞥》等，都是調侃和批評革命幼稚病的精彩之作。可以說，魯迅是一個支持革命但又最清醒地看到革命文學幼稚病的作家。而這種清醒，是真切了解文學的清醒，不是革命家的政治表現。

任何人都不可能是完人。一個人在不同的社會層面上和精神層面上，其形象的高低往往差得很遠。歷史上出現了許多科學上是巨人、政治上是矮子的人物，魯迅雖然在革命、思想、文學的三個層面上都不同於常人和一般性的作家，但是，他在這三個層面上，其智慧和貢獻還是很不一樣的。作為一個文學家，他的卓越是無可懷疑的；作為思想家，他的深刻性也是罕見的；但是，作為一個革命家，他卻比較「勉強」。就像托爾斯泰一樣，他作為偉大作家，也設想過改革與參與改革，但不必勉強封他為偉大的改革家。就以上面已經講過的魯迅對辛亥革命所作的總結並引出「痛打落水狗」的形象性命題來說，就未必是一個革命家對革命真切的理性見解。其實，所有的暴力革命者，都想徹底鏟除自己的敵手，都想除惡務盡，都想痛打落水狗，我國二十世紀六、七十年代還曾以「痛打落水狗」為基本口號，把千百萬的知識分子和所謂「修正主義分子」打進牛棚，其數量之大是人類歷史上少見的，那真是痛打又痛打，但是，仍然不可能徹底。暴力革命問題恰恰不是不徹底，而是太徹底，即企圖通過一次暴烈行動解決所有矛盾，不知道妥協、讓步、對話的重要。一個真正的革命家，除了革命熱情與革命勇氣之外，還需要政治理性和政治智慧。但我們不能這樣苛求魯迅，因為魯迅畢竟是個作家，他看到辛亥革命後一些原先的官僚政客也「咸與維新」，換個面孔恢復舊秩序甚至屠殺革命者，對此魯迅感到義憤並加以揭露是必要的。但是，問題在於後人，包括我們這樣的一些魯迅研究者，把魯迅的形象性和情緒性的政治感觸上升為不可懷疑的公理，並以此公理在全國範圍內進行一場痛打落水狗的革命，弄得人人發瘋，個個變成虐待狂和被虐待狂，造成中華民族產生一種新的殘暴的精神特徵。

類似「痛打落水狗」的觀念，魯迅還主張過「黨同伐異」、「拳來拳對，刀來刀擋」、「能殺才能生」、反對「恕道」等重要觀念。他的作品明確地主張報復主義。在現代中國，幾乎找不到另一個作家如此鮮明坦率地表明他對社會的憎惡與仇恨。魯迅的這些表達得極為確切、極為尖鋭的觀念對二十世紀二、三十年代之後的中國產生了巨大的影響，特別是對下半世紀的中國，產生了更加巨大的影響，因為下半世紀中國的主流意識形態恰恰是以鬥爭為哲學基點、以階級鬥爭和政治革命為綱領和核心內容的意識形態。因此，魯迅的一些思想便被視為與主流意識形態完全相通的觀念。也由此，魯迅遭遇到了一種巨大的不幸：他被徹底地變形，變成了一個極端的革命派，變成一個與任何人道原則完全不相容的革命器具。一切製造仇恨、製造寃獄的革命激進分子都打着魯迅的名字，以魯迅的名義肆意地踐踏同胞，並塑造一種好鬥、嗜殺和以虐待他人為樂的精神性格，不斷地摧毀着中華民族的良知系統。這是值得一切關心民族命運的中國知識分子充分注意的重大精神現象。作為一個魯迅的研究者，我本來早就應當面對這個嚴重事實負責地思考、反省和説明，但是，由於人文環境的惡劣，我始終無法在自己的論著中坦率地表明自己的憂慮，並着意迴避這些尖鋭的問題。今天，我想借此機會，表明三點意見：

1、對於魯迅的「報復」和以「殺」求生等重大思想觀念，我首先採取理解的態度，因為這是一個作家的情緒表述，而不是政治家充分理性的表述。作為一個作家，他們對人類的愛和關懷，可以有不同的形態，也可以有不同的表述。魯迅與托爾斯泰、陀思妥耶夫斯基都愛人類，但他們表明這種愛的形態很不相同。托爾斯泰以「勿報復」和「寬恕一切」的形態，陀思妥耶夫斯基是以對基督的懺悔和無限信賴的形態，而魯迅，則是以對危害人類的鬼蜮的仇恨來表述。除了個體的生命權利之外，魯迅對一切都以冷眼看透，特別是對一切神聖價值，包括神性的溫柔、人性的同情與關懷都深深絕望。這種絕望，是根植於愛的絕望，是對一個壞透了的充滿虛偽的社會的心理拒絕，也就是說，它是在具體的歷史情景和歷史語境下對壞社會的一種抗爭形式，而不是普遍性的反社會的仇恨形式。

2、顧及魯迅的全人，注意魯迅這些基本命題的反命題。魯迅一方面固然強烈主張「能殺才能生」，拒絕一切「寬恕」，視「仗義、同情」等為虛偽的「放鬼債」，但是，他又有一些與這些思想和命題背逆的反命題，例如，他也替托爾斯泰辯護，也主張在中國惡劣的社會環境不可簡單地拋棄人道主義，他在《「醉眼」中的朦朧》中就批判創造社和太陽社對人道主義的攻擊，他說當「殺人如麻不聞聲」的時候，連人道主義的抗爭也沒有，還算甚麼革命者。

3、對魯迅這些觀念的抽象化原則採取質疑的態度。魯迅的這些觀念，是在具體歷史情境下產生的激憤之辭，因此，它帶有明顯的歷史具體性與現實的針對性。也因為這樣，這些觀念帶有偏激形式，而不帶普遍形式，它不是純粹理性，也不是絕對的道德律，因此，對魯迅這些觀念，必須作理性的洗禮，以理性揚棄其片面性和偏激形式，說明其離開具體的歷史情境和具體的語境之後的另一種意義。也就是說，如果離開具體的歷史情境和具體的語境，假定這些觀念乃是魯迅對待社會的普遍性原則，那麼，就必須對這些原則進行質疑，以防止這些原則對社會的誤導，避免陷入報復與反報復的惡性循環之中，也避免陷入以斷殺生命的手段維繫生命目的的惡性循環中。

魯迅是二十世紀中國產生的最偉大的作家，可以斷言，魯迅的創作將超越世紀的時間界限，繼續被後人所欣賞和闡釋，然而，我相信，一個研究魯迅的時代，即以政治意識形態重塑魯迅的時代，將會和這個世紀同時結束。我今天的初步反省，正是和這個時代告別，我希望，它將成為結束這個時代的一種聲音。

選自《現代文學諸子論》香港牛津大學出版社

附論：反思，是為了超越

——東京紀念魯迅誕辰一百一十週年國際學術討論會側記

孫立川

今年是魯迅誕辰一百一十週年，海內外都有一些紀念活動。一九九一年九月二十七至二十八日在東京大學召開的「紀念魯迅誕辰一百一十週年國際學術討論會」則是海外學術界最受矚目的國際性學術會議。會議的主題是「魯迅與異文化的接觸」，副題為「對現代精神的摸索與傳統批判的深化之軌跡」。

早在年初，日本學術界就有動議舉行一次國際魯學會議。受仙台魯迅誕辰一百一十週年紀念節執行委員會之委託，由著名漢學家尾上兼英教授為主成立了「學術運營委員會」，當時所定的題目側重在以日本留學時代的魯迅接觸西方近代文化這一原點上。但是，由於某些人為的干擾，仙台紀念節執行委員會未經學術委員會同意，突然更改與變動這次會議的人選與活動，學委會遂因此宣告解體，一批富有正義感的日本漢學家們為了表示抗議這種懾於政治勢力而對思想與學術自由原則的踐踏，也為了堅持學者的信條，他們重新醞釀與組織了這次的學術討論會。學委會仍以尾上兼英教授為主，由東京大學的丸山升教授，丸尾常喜教授，藤井省三助教授以及東京女子大學的伊藤虎丸教授等委員所組成，應邀參加會議的講演者有美國威斯康辛大學的林毓生教授、加州大學洛杉磯分校的李歐梵教授，原中國社會科學院文學研究所所長、現美國科羅拉多大學訪問學者劉再復教授，台灣大學蔡源煌教授等人。

討論會主要圍繞兩個重點進行，一是關於魯迅思想的探索，一是對魯迅研究的反省與檢討，除了講演者外，主持者及與會者也就講演的題目提出看法並進行了討論。

伊藤虎丸教授扣緊大會的主旨，他講演的題目是《魯迅與異文化的接觸——對現代精神的探求，以明治的日本為舞台》。伊藤先生認為：之所以將明治時期的日本作為魯迅理解外來文化的背景，是因為魯迅思想的原型是在這一時期（留學）所形成的。他認為，如果將「異文化」（歐洲文化）分為「現代科學文明」與「現代市民社會文化」兩大側面而論，則魯迅與「異文化」的接觸的最大特點：並不將這兩個側面分離或作為對立來看；依據「外來精神」而對傳統進行激越的批判。伊藤認為：「現代」不是單純的時代概念，而是文化概念，存在着從政治（思想、主義）到文化的（人、精神）「魯迅像」之變遷，這種「變遷」是中日共通的課題。中國的知識界在經歷了「文革」之後，對於中國固有的「文化心理」進行了深刻的反省（也有人從與魯迅相反的立場出發對儒教文化進行再褒揚的工作）。但是在日本，對於戰前的「反省」是戰後日本的魯迅研究的出發點。如果從知識分子的各種「反省」、反思而言，對於魯迅作為普通人向亞洲以至世界所提出的新的精神價值的摸索，則是一個共同的有意義的事業，否則「魯迅與日本」的題目也就不存有任何意義。

一、魯迅個人主義的性質及含義

林毓生教授的論題為「魯迅個人主義的性質及含義」。他針對魯迅在一九二五年五月三十日致許廣平的信上所說的其思想上的「人道主義與個人主義這兩種思想的消長起伏」而深入討論魯迅的「個人主義」，林先生指出：魯迅既肯定他的「人道主義」，也肯定他的「個人主義」，但又覺得它們是互相衝突的。然而，從另一種觀點來說，這二者不但並無衝突，而且還有相輔相成之關係。因為，人的尊嚴，這是人道主義的理論根據，而人的尊嚴所蘊涵着對人的尊重（包括自尊）在事實上已賦予個人自由的遠義。這個人自由又包含着三個面向：人的自主性、隱私權與自我發展的權利。所以，主張與堅持人道主義的人就必須主張與堅持這個意義之下的個人主義。

那麼，魯迅為甚麼認為它們在其內心之中是衝突的呢？林先生從考證資料入手，指出在原信中，「個人主義」是寫為「個人的無治主義」的，並且對「人道主義」和「個人的無治主義」都加了引號。魯迅在《譯了〈工人綏惠略夫〉之後》一文中曾說：「無治的個人主義（Anarchistische Individualismus）就是『無政府安那其個人主義』亦即『個人的無治主義』。」顯然，魯迅所說的「個人無治主義」就是「無政府安那其個人主義」，林教授進而引用魯迅解釋《工人綏惠略夫》的主旨加以說明魯迅的「人道主義」與「個人主義」及二者之間的關係，與上述公認的「人道主義」與「個人主義」是不同的。他早期所欣賞的人道主義理想是帶着托爾斯泰身影的，含有至上、絕對的情操。而所謂的「個人主義」則是「備嚐人間無邊黑暗、無理、與罪惡後所產生的反抗任何權威、任何通則的思緒」，以為除了滿足自己的意願之外，一切都是假的。這樣的「個人主義」沒有是非，沒有未來，只有自我的任意性，而具有任意性的不同思緒與行為之間也無須任何合理的關聯。這是他發現多年來為挽救中國所堅持的理念與工作已到了盡頭，在其意識中也已清楚地感到那是一個「死結」。林先生援引魯迅寫於那封信的十八天後的作品——散文詩《墓碣文》，認為這可能是其一生中最黑暗的一篇作品，並進而指出：他在酷烈的創痛與絕望之中，時有深具任意性與虛無性的安那其個人主義的衝動是可以理解的。但是，魯迅對「安那其個人主義」並不滿意，對於不分敵我的大愛主義也是批評的，所以他在此後出版《兩地書》時，就不僅刪去了二者的引號，而且把「個人的無治主義」改為「個人主義」，也許是要表示有所緩和他的嚴峻的、絕對的立場。

接着，林先生對魯迅的「改造國民性」進行再探討。他認為：魯迅早就對中國的國民性得出了負面的結論，並以此鑒定國民性或民族性的傾向。因受政治革命失敗所產生的失望情緒以及最終是思想決定一切的中國傳統一元有機式思想模式的深切影響，就愈來愈往負面走去，最後達到必須對中國傳統作整體攻擊的結論。一方面創作出反傳統的不朽的文學作品，另一方面卻從主張改造國民性與思想革命的觀點出發，走向邏輯的死結。所以，魯迅在情緒好時，只能故作輕鬆地說沒人能夠預言未來；情緒壞時，便陷入絕望的深淵。他渴望能走出思想的困局，而在中日戰爭後作為一名愛國者，他之所以成為共產革命的同路人，這一重大的變遷基本上是受其思想困局之壓迫性影響所致，並非根據強大的理性資源思考所得。林先生的論旨有嚴密的邏輯性，深入淺出，論證有力，獲得相當好評。他的思辨方式和研究方法對於重實證的日本學界不啻是一種刺激與啟發。

二、魯迅和當代台灣文學

蔡源煌教授的題目是《魯迅和當代台灣文學》。以當代台灣文學與魯迅的關係為軸，則不失為這次學會的另一種新聲。他從回顧入手，指出在大多數生活在台灣的作家心中，都有某種「魯迅情緒」。魯迅對台灣作家產生的影響，小說較雜文來得顯著。而小說中，尤以鄉土文學為最，他舉出黃春明的《鑼》為例，指出其主人公憨欽仔可說是阿Q的翻版。魯迅的小說，除了寫農民予人深刻印象之外，在技巧和題材上，也為二十世紀五十年代以後的台灣作家所師法。「魯迅的文體給人的印象是冷雋刻薄；但事實上像《傷逝》或《示眾》開頭的鋪景（exposition of setting），遣詞用字極為婉約，頗有巴洛克（baroque）

之美。」在技巧上，《狂人日記》是一篇大膽而有創意的小說。在題材方面，不論是農民的悲苦，或舊社會的惰性、封建積習等，至今仍一直是部份台籍作家所樂於擁抱的。魯迅擅長的人物速寫（sketch）對台灣小說界必定是有影響，近幾年報刊副刊常載「極短篇小說」就是這種影響的反映。在知識分子題材方面，以白先勇的《冬夜》與陳映真的《唐倩的喜劇》都與魯迅的描寫有所相像。而在雜文方面，台灣解嚴以來，魯迅的影子也許更不能忽略。「對台灣作家而言，魯迅幾乎是一個『概念性符號』，代表了文人和作家必要的批判思維。」以前也常見有魯迅與台灣文學這種論題，大都是大陸論者寫的，所據都是文學史上資料，所論不免以「統一」的政治主題先行。蔡先生從台灣文學的角度探討這一問題，所闡釋的論點就令人耳目一新，起碼在孤陋寡聞的筆者聽來，別有一番新意。

從自己過去的魯迅研究的再檢討中，省思魯迅思想及研究的現實意義，則以李歐梵教授及劉再復教授的兩篇論文為主。李教授的主題是：《關於〈鐵屋中的吶喊〉的再思考》，《鐵屋中的吶喊》是李先生出版於一九八七年的一本英文的魯迅研究著作。[1] 他從對此書的「自我反省」開始，拉開對於魯迅研究的再思考。他認為：用傳記考證與索引的基本模式繼續研究魯迅是否已經山窮水盡？他想提出一個口號：超越「魯學」，既不把他神化，也不把他個別處理，而把魯迅的生平、思想、作品放在一個廣義的文化層次中重新詮釋，並以此來反思這個文化遺產的本質。

在對待傳統與西化的問題上，李先生以為要揚棄對立二分法的思考方式，他同意林毓生教授的看法：魯迅的反傳統只能是在一個意識形態的表面層次，他更着重的是創新——特別是文學形式上的創

1 《鐵屋中的吶喊》（中譯本），香港三聯書店，一九九一年三月。

新，創新是歐洲二十世紀初的「現代主義」藝術家最關心的問題，這是從浪漫主義傳統所尊重的藝術和藝術家的獨創性衍生的，這一時期的歐陸藝術的創新在於反理性、反中產階級的人文主義現實，中國的「五四」文化既發掘了人文主義的自我又推崇理性、注重藝術形式的創新，但在表面上這三者皆為反傳統的意識形態所用，因而，魯迅作品中的現代主義也是三者兼得的，但在其作品中，這三種意識又衝擊得很厲害。

魯迅語言的文學性問題。魯迅在早期作品中更扮演一個語言「解構」的角色，以《狂人日記》的主人公探討中國傳統的流水賬為例，就是一個極精彩的德里達式的文本解構，並試圖作一新的詮釋，從而創出第一篇中國的現代小說。

在二十世紀末，討論魯迅的現代性是否仍有意義？李先生的答案是肯定的，他從兩個層面加以論述。其一，魯迅作品中的現代性對西方從現代走向後現代的歷史過程是一個挑戰。魯迅在作品中對於過去與未來之間的關係思索得很多，他似乎永遠徘徊在一個不穩定的現在，這與西方現代主義的看法是不大相同的。魯迅那一代的大部份中國知識分子都堅信歷史的潮流是湧向一個美好的未來，所以很容易接受共產主義，只有像魯迅這樣的人才半信半疑。他在藝術上的創新，一方面是表達一種現在的「焦慮」，而這種獨特的焦慮感正是魯迅的可貴之處。但在後現代語系中，已無所謂任何焦慮，李先生表示不能同意美國的「馬克思主義學者」詹明遜（Fredric Jameson）教授對魯迅的評價，而認為魯迅作品的寓言性，就在於它的公私之間的鬥爭——既非高爾基亦非普魯斯特，而是兩者得兼，與卡夫卡更相當。其二，必須回歸中國，把魯迅作為庸俗化的反證。當主流意識形態把魯迅納入歷史神話以後，他的現代感和獨創性更顯突出，與官方的政治「媚俗」傳統（如「形勢大好」等）恰成對比。魯迅的「現代性」是與「先鋒」

的意義相適的。在二十世紀二十年代的歐洲（包括蘇聯），「先鋒」就是革命；藝術形式上的偏激，就是一種進步，至少它反對保守或庸俗的衛道者，魯迅有這種想法，但對當時所謂的「革命」卻有所勉強，這種感受是極為複雜的。

三、魯迅與馬克思主義美學

魯迅與馬克思主義美學這個題目可以重新研究。中國學者接受了四十多年的馬克思主義洗禮，但對於「新馬克思主義」（特別是法蘭克福學派）發生興趣才是近年的事。這門學問在美國學界仍盛，中國年輕學者反而不太注意。從廣義的馬克思主義立場看魯迅，李先生認為盧卡契並不適用，反是布雷希特更有啟發性。他還舉出意大利的「革命導師」葛蘭西的「傳統知識分子」的看法與魯迅不謀而合。葛氏關於「有機知識分子」的看法值得重視。

在世界文壇上，魯迅生活的時代是現代性文藝和革命性的左翼思潮交錯互融的時代，魯迅的思緒自有其國際性的視野，他的革命性是奠定在一個國際性的知識分子的抉擇與思考之上，而不僅僅是為了中國民族的救亡圖存，所以他的「革命」與毛澤東的革命在本質上有顯著的不同，聽完李教授的發言，我覺得他似乎也有着一種焦慮，一種希望超越快要隨這個世紀結束的舊魯迅研究的熱切感，他為此在探察另一條新路。

劉再復教授曾是五年前北京魯迅討論會的主持者，作為大陸著名的魯迅研究家，他的講演揭示中國魯迅研究界近年中的一種反思。他的論題是：《魯迅研究的自我批判》，經過兩年來海外的回顧與思考，他通過這一報告進行兩種反省：一是對中國知識分子在本世紀中歷史角色的轉變的反思；一是對自己過去十幾年中的魯迅研究作根本的反省。

首先，劉教授指出這種反省不是對魯迅的否定。對自身的魯迅研究的自我批判，包含着對魯迅的一種更加理性的尊重，就如哈佛大學對馬克思的尊重，使得馬克思顯得是一個更加真實的存在。劉教授指出，長期以來，「我在魯迅研究中一直把魯迅作為偶像，把他的思想作為一種不可置疑文化法則和文化前提，直到一九八六年在《魯迅與中外文化》的報告中，仍然將魯迅作為導引中國文化方向的指路明燈」，這就帶來兩個問題：其一，是把魯迅的研究變成其思想的演繹和註疏，因而也接受魯迅提出的全部命題，二十世紀六十年代初當王蒙提出「『費厄潑賴』應該實行」的反命題時，劉教授並不認同王蒙的思路，事實上，魯迅對於辛亥革命教訓的總結也帶有很大的片面性，「痛打落水狗」的思路使得革命的後遺性不斷加劇，滑向暴力化。其二，劉教授認為，把魯迅的思想當成器具以對抗其他權威，對某種絕對價值尺度提出批評時又把魯迅的思想作為絕對價值尺度，缺乏對魯迅自身局限性的發現與認識，在評價其譯作時沒有注意到，魯迅吸收的看來正是普列漢諾夫僵化的、決定性的一面，同時，這種尺度還導致在對中國現代文學史的重要作家和重要文學現象進行評價時，以接受魯迅的判斷為前提，缺乏超越態度，因而在《魯迅美學思想論稿》中對胡適、梁實秋、林語堂等的批判都以魯迅的判斷前提為尺度。

劉教授談到魯迅的現象是一個非常複雜的現象，在撰寫《魯迅傳》時主要接受了瞿秋白的《從進化論到階級論》，從民主主義到共產主義的決定論，這種研究模式主宰了中國數十年的魯迅研究，也影響了自身的研究，這種政治進步和思想飛躍的模式，使得自己筆下的魯迅帶上太濃的意識形態色彩，當馬克思主義作為一種新的思想模式在思想文化上確立統治地位之後，作家一旦接受，就結束迷茫時代的自我探索和自由尋找的活潑狀態，這種確定，彷彿是作家的進步和飛躍，其實卻是作家藝術家的致命傷，文學藝術的最大陷阱就是確定化。魯迅是一個複雜的存在。尤其是後期，帶有明顯的人格分裂的複雜性，這是作為一個接受馬克思主義觀念的革命戰士和作為一個深刻了解藝術內在規律的作家的分裂。我以前沒有予以正視，也是一個缺陷。

同時劉教授指出，在研究中又接受流行的關於魯迅是革命家、思想家、文學家的整合形象的觀念之影響，用「三家」界定魯迅本質，把魯迅的文學作品均作革命化的闡釋，將其豐富的精神內容簡化成口號和革命的絕對命令，把魯迅一時的激憤之辭上升為普遍性原則。作為一個文學家，魯迅是偉大的，魯迅的本質是一個作家；作為一個思想家，其深刻性是少見的；但作為一個革命家卻比較勉強。尤其在二十世紀五十年代的中國，魯迅被徹底地變形。一切製造仇恨的革命激進分子都打着魯迅的名字，以他的名義踐踏同胞，奴役他人，我卻始終無法在論著中坦率地表明自己的憂慮。並有意迴避這些尖銳的問題。

最後，劉教授表明三點意見：（1）對於魯迅的「報復」和「能殺才能生」等觀念表示理解，因為這是一個作家的表達，而非政治家充分理性的表述。（2）顧及魯迅的全人，注意他的這些基本命題的反命題。（3）對魯迅這些觀念的抽象化原則採取質疑的態度，以理性揚棄其片面性和偏激形式。魯迅是二十世紀中國產生的最偉大的作家，他的創作將超越時間的界限，繼續被欣賞和闡釋，但是，一個以政治意識形態重塑魯迅的時代將會和這個世紀同時結束，劉教授認為，他的這個初步反省，正是和這個時代告別，希望它將成為結束這個時代的一種聲音。劉教授的發言誠懇而且充滿理性，代表着正在海外的中國知識分子的一種自省與反思的嚴肅的學術態度。林毓生教授就高度評價他的這一「反省」，認為這場報告是劉教授魯迅研究道路上的一個「重要的里程碑」。在某種意義上來說，他的這一「反省」也標記着中國魯迅研究界開拓新路的一種轉折。

四、呼喚新的魯迅研究時代

會議開了兩天，有許多關西、東北地區的日本教授和中國留學生遠道趕來赴會，最後一天又適逢週六，會場上更是座無虛席，有不少人只得站着旁聽，會議的討論也熱烈，以致會議時間延長了一個多小時才結束。在會議上，日、中、美三國學者認真地進行交流與討論，可以說是眾多紀念活動中最為成功的一次學術會議。更重要的是，學者們在不滿足於魯迅研究現狀的同時，也對自身的研究進行深刻的自省與反思，從而提出新的目標與追求。因而，東京會議是呼喚一個新的魯迅研究的學術時代到來的先聲，也是面對新世紀而再出發的起跑點。

選自《學術》

論魯迅狀態

——答香港《城市文藝》編者問

編者：你的學術從魯迅研究出發，二十多年前就寫作了《魯迅美學思想論稿》、《魯迅與自然科學》、《魯迅傳》。出國後不久，你在日本東京大學的學術研討會上發表了《魯迅研究的自我批判》，但你似乎並沒有停止對魯迅的思考，五年前，你在紀念魯迅誕辰一百二十週年時，就發表了《中國現代文學的奇跡與悲劇》，並在《亞洲週刊》上和李澤厚先生作了一次對談。最近這幾年，你「返回古典」，出版了《紅樓夢悟》，還經常涉筆談論《山海經》、《六祖壇經》等古代人文經典，那麼，你還繼續思考研究魯迅嗎？

劉再復：（**以下簡稱「劉」**）出國後我就放下對魯迅的學術研究，視野投放到更廣闊的領域。但是對魯迅的思考卻從未中斷過，這種思考將貫穿我的整個人生。魯迅對於我，不是一般的研究對象，他已成為我的精神血脈的一部份。

一九九一年，我在東京大學所作的自我反省，事實上，是作一次心靈告白，告訴朋友也告訴自己，儘管有那麼多朋友肯定我的研究，但我覺得自己的過去並未完全擺脱意識形態的陰影，也沒有擺脱革命領袖的「三大家」（革命家、思想家、文學家）和瞿秋白的「兩段論」（從進化論到階級論的馬克思主義飛躍）的影響。也就是說，沒有放下他人設置的概念，只用「頭腦」思索魯迅。反省之後，則要放逐概念，用生命去感受魯迅，用生命面對生命，揚棄一切政治話語。

編者：用生命面對生命和用頭腦面對頭腦，應當有很大的區別，你能說說這兩者的區別嗎？

劉：任何思索都離不開頭腦，我說不能只用頭腦，是指不能只用概念去界定魯迅而把魯迅本質化。我曾說過，本質化就是簡單化。把魯迅界定為「革命家」，「兩段」人，都是簡單化。生命是極為豐富複雜的，例如王國維，他在政治變動和朝代更替中，確實是「落後」的，完全跟不上所謂「時代步伐」，和張勳復辟的辮子軍勾勾搭搭；但是，在人文的思索中，卻很先鋒。二十七歲的時候，就借用德國哲學家叔本華的思想闡釋《紅樓夢》，完全是個先知型的天才。魯迅也極為豐富，你說他是「革命家」，可是他偏偏是嘲弄「革命」、「革革命」的幽默家，對「排頭砍去」的李逵和殺人如麻的張獻忠等農民革命者非常憎惡，對滿身革命氣的創造社諸子也極反感（郁達夫例外），難怪郭沫若要說他是「二重反革命」，其實，說他是革命家和說他是「反革命」，都是簡單化。作為一個很有創造活力的生命，魯迅絕對不會同意用幾個大概念來描述他，他自己也絕對不會認為自己是甚麼「革命家」、「馬克思主義者」。他死後那麼多文章說他是馬克思主義者，都是強加給他的大概念。

編者：作為一個生命，魯迅這個生命個體的複雜性表現在哪裏？你能否概括地講講。

劉：說他豐富複雜，是指他的生命整體是個巨大的矛盾體，其生命場是個巨大的張力場。你說他是啟蒙家，不錯，可是，他又偏偏超越啟蒙，成為中國現代作家中唯一有現代感、唯一叩問存在意義的先鋒派，《野草》就是明證。然而，也不要把超越啟蒙、具有形上意味這一面過份渲染，以為魯迅就是克爾凱郭爾，就是陀思妥耶夫斯基。其實，他根本就不想進入陀氏的靈魂磨難的世界。他有時非常形而上，非常虛無，有時又非常形而下，非常實際。他公開宣稱編講義是「為吃飯」（《集外集續編．廈門通訊（二）》），寫文章就是為了餬口，並非為了甚麼革命大業。他有時非常關心民瘼、關懷社會，很「人道」，有時又想「躲進小樓成一統，管他冬夏與春秋」，很個人化。正如他自己所說的，常在個人主義與人道主義之間擺動。他討厭莊子的無是非觀，寫了《起死》嘲諷他，其厭惡情緒波及到施蟄存先生，可是他又承認自己中了莊周的毒，有時很隨便，有時很峻急。在中國現代作家中，沒有一個像他那樣能說出「唯虛無乃是實有」的話，具有那樣刻骨銘心的空無感，也沒有一個作家像他那樣重視「吃飯哲學」。當「五四」新文化運動高舉易卜生的「娜拉」大旗時，唯有魯迅最清醒，他提出「娜拉走後怎麼辦」的問題。婦女解放、個性解放的「模範」娜拉，她告別丈夫走出家門後，靠誰吃飯，靠甚麼吃飯？沒有飯吃，哪來的自由？《傷逝》裏的子君，就是中國的娜拉，她的悲劇不正是沒有飯吃而保不住情愛的悲劇嗎？魯迅臨終之前，還叮嚀不要讓孩子充當空頭文學家，也就是不要當只會唱高調、一點也不正視社會根本的空談家。

編者：你剛才說魯迅的「個人主義」不同於西方的克爾凱郭爾、陀思妥耶夫斯基，能否更具體地說說。

劉：西方思想者，不管他們的思想有多大的差異，但都有宗教大背景，所以他們的「個人主義」，便連帶着個人靈魂拯救的問題。克爾凱郭爾和陀思妥耶夫斯基的焦慮，不是魯迅那種在很個人化時還有吃飯問題（人道關懷）的焦慮，而是靈魂如何解脫與飛升的焦慮。可是，魯迅不管怎麼形而上，卻始終關心一個「肉」的解放問題，一個「人」的生存問題即社會合理性和人道主義問題。所以他無法接受陀思妥耶夫斯基那樣通過「肉」的磨難而達到「靈」的拯救的思路。儘管魯迅知道把這種思路帶入文學，會使文學獲得靈魂的深度和崇高感。在陀氏看來，只有在地獄（苦難）中忍受，才能走向天堂，苦難本身就是天堂的階梯，甚至苦就是樂，這種東正教邏輯，魯迅是絕對無法接受的。所以他只能擔當揭露苦難、反抗苦難、拆毀地獄的角色，對於維護地獄的各種鬼蜮，一個也不寬恕。魯迅的孤獨感，不是被上帝拋棄後的孤獨，不是失去精神家園的孤獨，而是面對麻木的社會，他的吶喊無人回應的孤獨。夢醒了，但醒後無路可走。他想改革，但積習太深的國民根本無法理解改革的真正內涵，他所要啟蒙的民眾，靈魂離他太遠了。

編者：你和林崗合著的《罪與文學》，也說明了魯迅與陀思妥耶夫斯基的區別，你們認為，陀氏的罪感，是存在之罪，也就是生而有罪，是不遵從父親的意旨偷吃禁果而播下的原罪。而魯迅的罪感，則是歷史之罪，是父輩文化、祖輩文化的吃人之罪，所以他不再遵從父親，而要審判父親，他的《狂人日記》和「五四」時期的作品，都在審判父輩文化。魯迅這種對罪的判斷，是不是把責任都放在父輩身上，對傳統過於苛求？

劉：魯迅的《狂人日記》確實是在聲討父輩文化的歷史之罪，非常激烈，非常徹底，其他作品也不留情，但是我們在《罪與文學》中特別指出一點，就是魯迅的可貴之處是不僅揭露父親有罪，而且正視「我也有罪」。狂人在抗議「被吃」的同時，也確認「我也吃人」——「吃妹妹的肉」，這就是懺悔意識。所謂懺悔意識就是確認我也有罪，我也有責任，我在有意無意中進入了「共犯結構」，就像《藥》中的華老栓，無意中也參與了吃「人血饅頭」。魯迅「啟蒙」讀者，把祥林嫂推入苦難深淵的，並非幾個「壞人」，而是與她相關的那個關係網絡，我們都可能是扼殺她的共謀。魯迅關於罪的思索與呈現沒有宗教背景，這一點使他與西方思想家區別開來。他看到中國歷史文化的「大罪」，而我們又是這一歷史文化的載體，身上帶有這一文化的毒菌，所以也有罪，也要無情地解剖自己。西方宗教家認為你的罪是因為你早已背離你的父親（天父），而魯迅則認為你的罪（包括我的罪）是因為你我承繼了父親（父輩歷史文化）的基因。把握這一巨大的區別，就可以了解魯迅和「五四」新文化運動的思想特色。魯迅和「五四」文化改革者發現「父親」乃是罪源時，便採取「矯枉過正」的策略，「反戈一擊」，不僅宣判父親有罪，而且有「吃人」的滔天大罪，這當然是太激烈、太偏激了。今天我們只能把當時的思想放在那個歷史語境去理解，而不是把它拿來當作今天評價故國文化的準則。

編者：你最近在香港《文學研究》的創刊號上發表了《中國現代文學中的兩大精神類型》，把魯迅視為熱文學的類型，把高行健視為冷文學的類型。一個熱烈擁抱是非，一個抽身冷觀是非；一個是救世的戰士態度，一個是自救的隱士態度。魯迅在世時，對周作人、林語堂等人的隱士態度是批評的，不滿的，可是你既崇尚魯迅，又欣賞、支持高行健，這不是有衝突嗎？

劉：我是個多元論者，覺得作家要選擇怎樣的立身態度，具有充分的自由，我既喜歡魯迅所愛的嵇康，也喜歡高行健所愛的慧能。魯迅「救救孩子」的吶喊非常寶貴，高行健的「救救自己」也有理由。魯迅和高行健相隔六十年，處於完全不同的歷史場合和時代語境。魯迅那個時代，對於中國來說，確實是個生死存亡的時代，用魯迅的話說是「風沙撲面」「狼虎成群」的時代。在那種語境中，魯迅認為躲到一邊飲茶喝酒、玩玩幽默小擺設是不和諧的。魯迅始終「肩扛黑暗的閘門」，義無反顧。這確實是偉大的。但是，即使在「風沙撲面」的歷史場合中，我們也不能要求每個作家都去當「戰士」，也應當允許有些作家抽離戰場去進行冷觀與進行精神創造。當年的喬伊斯，如果不是從世界大戰的戰火中抽身，就沒有巨著《尤利西斯》。我們不能要求普魯斯特一定要當左拉式的抗議社會的作家。高行健所處的歷史場合是市場覆蓋一切，權力角逐和財富角逐佈滿人間的社會，而作家一旦進入權力框架，就會失去自由，所以他選擇抽離現實權力關係的路向，不做造反者、革命者，也不做審判者和「社會良心」等大角色，只做觀察者、見證人和藝術呈現者。他不是不關懷社會，而是從更長遠的層面上關懷社會。他是一個卡夫卡、貝克特式的作家，所以我也欣賞、支持。

編者：你在闡釋高行健時，用「文學狀態」四個字來描述。你界定的「文學狀態」，是非政治、非集團、非功利、非市場的狀態，按此尺度，你是不是會覺得，魯迅有時不在文學狀態中？

劉：我始終認為魯迅是中國現代文學中最偉大的作家，並認為他多數時期都有很好的文學狀態，尤其是他的前期。他是個「孤獨者」，基本上是一生孤軍奮戰。他雖然關懷政治，但不進入任何政治集團，不上任何政治戰車，也沒有甚麼「主義」，更沒有權力慾望與功名心，這就是最基本的文學狀態。他對政治對社會說了許多真話，甚至說了許多極為犀利的激憤之辭，但這些言論文章，都是作家的真誠由衷之言，並非政客的虛假之言。正因為是作家的率性之言，所以我們不能因為尊敬魯迅，就把它上升為普遍理性原則，更不能把它視為革命真經，這樣不僅會誤導社會，而且也會毀掉魯迅。我常感到惋惜，魯迅的文學生涯太短，從發表《狂人日記》到去世，還不到二十年。在短暫的文學生涯中，他又花了那麼多時間去介入社會紛爭，特別是後期，他受國際上的左翼思潮的影響，也宣稱文學是政治鬥爭的一翼，政治傾向性過於強烈，在文學之外花費了太多心思，無端地消耗了自己的一部份天才。後期魯迅的「知識分子角色」常常壓倒「文學家角色」，換句話說，魯迅後期常常離開文學狀態。所以我用「文學狀態」來描述高行健，卻不用這四個字來描述魯迅，我寧可用「特異精神狀態」來說明魯迅這個偉大文學家。

編者：你能講講魯迅精神狀態的特殊點嗎？

劉：魯迅的精神狀態很特別，也因為特別，才形成他的人格奇觀。我們可以多視角地觀賞他的特異的精神狀態。僅以他的文學出發點而言，就非常奇特，可以說，他一步入文壇，寫作《狂人日記》，就「破釜沉舟」，不留後路，不留退路。他宣佈故國的人文體系是「吃人」的體系，不留任何餘地，不給老祖宗一點面子，完全是與之決戰到底的姿態。他的作品和思想的徹底性，正是來自這種精神狀態的絕對性。宣佈與傳統決裂，不留後路，這只是一方面。另一方面他又沒有前路，西方文明並不是他的前路，他不像胡適，對西方文明有那麼多認同，他很早就懷疑以「眾數」決定一切的議會民主。他崇尚的文學並非歐美文學，而是果戈理所呈現的俄羅斯文學和東歐等小國的被壓迫民族文學。還有一點是值得注意的，他不信神，沒有宗教信仰，也就是說，他也不指望天上有路。最後，他甚至覺得地下也沒有路，即死後也沒有路。祥林嫂擔心死後被鋸成兩半，於是詢問：人死後還有靈魂嗎？這是魯迅的問題（祥林嫂不可能提出這種問題）。顯然，魯迅覺得死後靈魂也無路可走。在前後上下的困境中，他只知道自己是個過客，只是努力活在當下，努力往前行走。他的戰鬥幾乎是在四面楚歌、四面埋伏狀態下的戰鬥。在沒有前路後路和天上地下之路的境遇下，既不自殺，也不頹廢，既不發瘋，也不退隱，那就只有選擇決一死戰的殊死的鬥爭。「能殺才能生」，這是他的人生理念，也是他的精神狀態。他就是要與黑暗抗爭到底，不惜與黑暗同歸於盡。《鑄劍》中的黑衣人（宴之敖者），他的人格化身，所選擇的路就是復仇到底，與仇敵同歸於盡的路，這是一種氣壯山河但又令人感到恐怖的路。魯迅的這種特異精神狀態，是戰士狀態，猛士狀態，甚至是「死士」狀態，其感人處是他一點也不妥協，其讓人困惑之處，是他「一個也不寬恕」。

編者：你有宗教情懷，主張寬恕一切人，但你對魯迅的戰鬥精神也很肯定，這又如何化解矛盾？

劉：我充分地理解魯迅，理解他的「愛」不得不通過「恨」的形式來表述，也理解對於濃重的黑暗，沒有鋼鐵般的人格是無法抗爭的。但我的精神個性使我無法像魯迅那樣，時時緊繃一根弦，聲稱喝牛奶吃魚肝油，不是為自己，也不是為愛人，而是為了敵人。

編者：魯迅的精神狀態為甚麼如此緊張，如此決絕，這是不是與他對中國歷史與中國社會的深刻認識有關？

劉：顯然是的。要說把人生只有一次的「地球之行」視為「地獄之行」，那麼，魯迅是典型的一個。可以說，魯迅是中外作家中一個具有最高地獄意識的作家，一個充滿地獄感的作家。他把中國視為地獄，用他的語言表述就是「鐵屋子」。魯迅所以要作一次破釜沉舟的決鬥，就因為他決鬥的對象是沒有窗口的、令人窒息的千年鐵屋，是籠罩着大黑暗的牢獄。這種創作出發點與陀思妥耶夫斯基的「地下室」相似，兩者都有高度的地獄意識。但丁是地獄意識最高的偉大詩人，但他的《神曲》尚有三界：天堂、地獄、淨界（人間）。而魯迅不信天堂，也沒有淨界，他宣稱「我活着的並非人間」，人間也是地獄。在他看來，社會上各種名目的爭鬥，無非是爭奪誰來主宰地獄的權力角逐。他說：「那些稱作神的和稱作魔的戰鬥，並非爭奪天國，而在要得地獄的統治權，所以無論誰勝，地獄至今也還是照樣的地獄。」（《集外集．雜語》）鐵屋中、地獄中只有黑暗，只有鬼蜮和被鬼蜮統治的奴隸，只有「黑暗的動物」與「死魂靈」。因為充滿地獄意識，他才說：「我太黑暗了，唯黑暗與虛無乃是實有。」也因為充滿地獄意識，他的作品才充滿「毀滅」意識，恰似佛洛伊德的「死亡意識」。他譯法捷耶夫的《毀滅》，那麼愛這部作品，這與他的「毀滅意識」是完全相通的。魯迅說：「無破壞即無新建設。」也就是說，無毀滅便無可言新生，必須先推倒地獄再說。魯迅被革命家們所認同，大約也正是這種不破不立、破字當頭的毀滅意識。

編者：魯迅的「無破壞即無新建設」的思想恐怕不能成為普遍的命題，他的毀滅意識是不是也過於激烈？

劉：不破不立，先破後立，無破壞即無新建設，當然不能成為普遍命題，不可視為普遍真理。這是一種革命意識，革命理由，一切革命者大約都會維護這一命題，包括現在還很時髦的所謂「後現代主義」，大講顛覆、解構，其致命的弱點是只有破壞意識沒有建設意識，只有解構意識沒有建構意識，只有空頭理念，沒有精彩作品。我的看法正相反，認為世界發展的邏輯應當是先立後破，先建設後破壞，建設新的自然就會淘汰舊的。確立一種新規則自然就破壞舊規則，就像自然科學，新的原理一旦確立，舊原理就被淘汰。我們完全能夠理解魯迅，但不可把他說過的話當作四海皆準的真理。魯迅沒有天堂，沒有淨界，也沒有類似引導但丁的女神貝雅特麗齊。他的絕望感是可以理解的。

編者：魯迅「破釜沉舟」的精神狀態與地獄意識，對他的作品產生怎樣的影響？

劉：魯迅特異的精神狀態與意識，給他的作品帶來巨大的力度。他的現代小說開山之作《狂人日記》就如晴天霹靂，力拔山兮氣蓋世，其效果不是讓人感動，而是讓人震動，讓中國震動。也只有破釜沉舟，才有《鑄劍》這種與黑暗同歸於盡的大崇高。這部作品顯示一種「與汝偕亡」的石破天驚的死亡意識，一種「你死我也死」的黑色力量。這種意識絕不可以上升為普遍原則，但在文學中卻可表現。我多次講過，成功的作家，都有一種文本策略，就是把自己捕捉到的感受和自己的理念推向極致，這樣才能擺脫平庸而走出自己的路。文學是最自由的領域，是允許走極端的領域，和理性領域不同。魯迅正是把自己對舊中國的感受推向極致，一點也不留情面。他是偉大的療治中國的醫生，是偉大的中國國民性的解剖家，他的刀、他的匕首，其力度無人可比。不過，他的精神狀態也確實帶給他一些壞脾氣，他對中國社會壞的方面看得太深太透，把有些好人也看壞了。例如，他對梅蘭芳的批評，近乎把梅蘭芳看成「妖」。他稱顧頡剛先生為「鳥頭先生」，也把這位認真的學問家視為「怪物」，他對李四光、梁實秋、施蟄存等的批評都過頭了。二十世紀下半葉，中國的語言暴力那麼厲害，他和創造社都有責任。總之，魯迅雖然是個療治中國的偉大醫生，但他只是個病理學醫生，並非生理學醫生，他沒有給中國的生長和發展開出任何藥方。無論是社會主義藥方還是資本主義藥方，無論是民主的藥方還是開明專制的藥方，他都未曾開過。

編者：你曾寫過，魯迅最突出的成就是對民族劣根性的解剖與揭示，但魯迅已經去世七十年了，國民性命題是不是像有些人說的，有點過時了？

劉：沒有過時。所謂民族性、國民性，是指全民族性、全國民性。這個大概念首先懸擱民族的多階層、多類型的區分，把民族視為歷史的整體存在，把國民性視為千百年來歷史積澱的共同的文化心理結構。也就是說，不是把民族視為語言單位、經濟單位、地理單位，階級單位，而是視為精神性格單位，因此，國民性是不論身處政府機構、文化單位，還是身處民間社會的中國人共有的特性。魯迅感到悲觀與絕望的正是這種長期形成的根深蒂固的精神性格。他覺得，中國人正是從「根」上出問題了，從基因上出問題了。中國國民性病症已病入膏肓，病入骨髓，病入本能深處，因此，不動大手術，不下重藥不行。他的許多文章都在說明，中國除了制度問題之外，還有一個文化問題，一個深層文化心理問題，這就是國民性問題。這個問題不解決，甚麼好制度到了中國都會發生變形變質。魯迅所提醒的這個問題，至今仍然存在。例如他曾提醒，教授、博士，原是好名詞，但到了中國，可能會變得一團糟，事實上，正是這樣。魯迅說，抓住中國人愛面子，就抓住中國人的精神總綱，講面子，就是虛榮，就是表面功夫，場面功夫，媚俗功夫。當今中國，到處是精神浮腫病，從上層到下層均如此，連教授、學者、作家也如此，面子大於良心，姿態大於真理，名號大於作品。可見，魯迅的提醒並沒有過時。

編者：你在論述魯迅解剖國民性的成就時，曾說，他不僅揭示國民的病態靈魂，而且塑造了阿Q這樣一個靈魂意象，給中國貢獻了一個阿Q。但是，這個意象是魯迅前期塑造出來的，如果是後期，可能塑造出來嗎？

劉：不可能。因為他後期接受了階級論，一想到階級歸屬，就麻煩了。從經濟地位上說，阿Q是社會底層的傭農，沒有財產妻小，沒有土地，所住的土穀祠，也不是他的房子，他真正是一無所有的鄉村無產階級。按階級論的邏輯，這樣的階級分子，應當是很純樸、很誠實的，但是，在魯迅筆下，恰恰是這個被壓迫、被剝削的無產者阿Q，身上帶有中國舊文化的全部病毒，中國國民性的全部可怕弱點。奴才性、專制性、投機性、自私性、排他性、狡黠、滑頭、虛榮、麻木、自卑、自負、自欺欺人、媚上壓下等病態，全都集於一身。尤其是精神勝利癲狂症，更是突出，愈是失敗，就愈是勝利，小失敗，小勝利；中失敗，中勝利；大失敗，大勝利；失敗得最慘，也勝利得最歡；最慘時就是砍頭，但他也叫得最響：二十年以後還是一條好漢。至死還麻木，至死還虛榮，至死還「死要面子」，面子下全是瞞和騙。所有這一切是哪個階級的特性？是貧傭農的特性嗎？可以肯定，魯迅一旦接受階級論，就寫不出阿Q。文學是真實人性的見證，也是真實的民族性的見證。文學不是理念的形象轉達，不是意識形態的號筒。真實的人性和真實的人類生存困境，一旦經過理念的過濾，就會失去它的生動性和魅力。魯迅後期接受階級論，對「知識分子魯迅」可能有收穫，但對於「作家魯迅」，則是一種損害，一種不幸。甚至可以說，也是中國現代文學的一種不幸。

編者：四、五年前，你在嶺南大學的張愛玲學術討論會上，對夏志清先生的《中國現代小說史》的魯迅論與張愛玲論，提出一些商榷意見。你認為魯迅的成就比張愛玲高，認為張愛玲是個「夭折的天才」，而夏先生在接受《亞洲週刊》記者的採訪時，回應你的批評，說按你的說法，魯迅也「夭折」。那麼，你剛才說魯迅接受階級論，損害了他的創作，是不是「夭折」？

劉：就精神創造總量總質來說，魯迅不僅高過張愛玲，也高過與他同時代的其他作家，特別是巨大的思想深度，張愛玲更無法與魯迅相比。張愛玲在二十三歲那一年，僅僅一年，創造力爆發，藝術天才一下子噴射出來，寫出《金鎖記》和《傾城之戀》，真是一種生命奇觀與寫作奇觀。她當時也有一種文學自覺，就是不寫左翼作家熱衷的戰爭、革命、時代等大題材，就寫家庭、婚姻、情愛等人性、人生困境。但是，在時代的大變動中，她守持不住自己的文學立場與文學理念，她的天才被大時代的巨輪碾得完全變形了。從《小艾》開始，她就把時髦的政治話語諸如「蔣匪幫」、「吃人的舊社會」等帶入作品，到了《秧歌》與《赤地之戀》，則是另一傾向的政治話語完全壓倒文學話語，這兩部小說，是很一般的政治譴責小說。讀了她的《金鎖記》、《傾城之戀》，再讀這兩部小說，我們會感到心疼，覺得殘酷的政治風暴捲走了一個天才的筆觸，真是不幸。從此之後，張愛玲便徬徨無地，失去其靈魂的活力。這也是中國現代文學的不幸。我說張愛玲天才夭折，不說魯迅天才夭折，是因為儘管魯迅後來也把政治話語帶入作品，也被政治衝擊了文學，但由於他個人特別倔強的性格和在世事糾纏中仍然保持獨立不移的個性，因此，至死也沒有失去靈魂的活力。其天才雖有挫傷，但不算夭折。可以肯定，如果不是政治風潮的影響，魯迅與張愛玲的成就會更大。

編者：以前大陸曾把魯迅的方向確定為中華民族的文化方向，你支持這種規定嗎？

劉：儘管我格外敬重魯迅，但並不支持這種規定。前邊已經說過，我是個多元文化論者，尊重不同的文化選擇與文學選擇，尊重不同的精神類型與文學類型。在日本，川端康成與大江健三郎，一個唯美，一個關注社會，雖處兩極，卻都有其價值。如果日本規定其中的一個為文學方向或文化方向，那是很荒謬的。同樣，如果法國要在巴爾扎克、雨果、福樓拜、左拉、貝克特、普魯斯特等不同類型的作家中找一個方向盤，也是荒謬的。左拉具有社會主義傾向，普魯斯特則完全不理會社會，貝克特更帶有悲觀主義，他們的創作個性差異很大，但都豐富了法蘭西民族的文學文化，哪一個能代表法國民族文化方向呢？方向的規定是真正本質化、簡單化的規定。魯迅是中華民族經受了鴉片戰爭、甲午戰爭的大失敗、大恥辱之後對民族文化進行大反省的作家。因為受到大失敗大恥辱的強烈刺激，反應難免過度，對民族文化壞的方面也難免看得過頭了，以致把民族文化視為「吃人」文化。把魯迅還原到當時的歷史語境，可以理解。但如果把魯迅對民族文化的聲討和絕對化的批判視為方向，則是很危險的。魯迅作品的精神基本點是抗爭的、批判的、顛覆的，其了不起之處，是他能賦予抗爭精神以很高的審美形式。但是，今天如果還把魯迅的精神基點視為文化方向就未必正確。在中國現代文學史上，與魯迅的精神基本點完全不同的胡適、冰心、沈從文、錢鍾書、張愛玲等，我們不能說他們的方向不對，以往大陸的文學史寫作，正是在這點上，有過很嚴重的教訓。

編者：十多年來，你主要在海外、港、台講學、寫作，依然不忘魯迅，認真反思，擯棄一些簡陋舊觀，通過自身的生命體驗，從真實人性，從文化精神內質和東西人文思想比較的角度重溫魯迅，提出上述很有意思的見解，使「魯學」增添了新課題，更顯生命力。我想，有志鑽研魯迅的讀者，將獲益匪淺。

聽說，近年你和李澤厚先生多次對談魯迅，殷盼可以整理出來，交本刊發表。萬分感謝你百忙中解答我們的問題，謝謝！謝謝！

選自《思想者十八題》香港明報出版社，二零零七年六月

中國現代文學的奇蹟與悲劇

——紀念魯迅誕辰一百二十週年在新加坡實驗戲劇學院的演講

一

在二十世紀，對中國的集體文化性格和集體文化心理產生最廣泛、最深刻影響的作家，是魯迅。這種影響的巨大，可能超過契訶夫之於俄國。契訶夫不像魯迅那樣，後來被整個國家權力系統所推動，成為一個歷史時期的全民族的精神偶像。魯迅的思想與語言作風，影響了幾代人，幾乎也塑造了一、兩代中國知識分子的文化心理結構。

我從二十世紀七十年代開始研究魯迅，出國後又寫過《魯迅研究的自我批判》。反省後就比較冷靜。近年來，雖然沒有寫甚麼魯迅研究的文章，但還是不斷思索着。思索時常冒出兩個核心概念：一是「奇蹟」，二是「悲劇」。

魯迅的文學創造是個奇蹟。不必説全部著作，僅僅兩部小説集（《吶喊》、《徬徨》）和一部散文集（《野草》），就足以卓絕千古。他的《狂人日記》、《阿Q正傳》、《祝福》等作品，其精神內涵的深廣，讓研究者開掘不盡。而他的文字之成熟和獨特更是令人驚訝。「五四」新文學運動，進行另一種語言方式（白話文）的寫作試驗，魯迅提供給試驗之初的開山之作（《狂人日記》）和第一批作品，文字就那麼成熟，那樣富有文體的風采，真是奇了。想想胡適的《嘗試集》，雖有開創新詩的意義，但文學幼稚，就可知道魯迅的成熟不簡單。魯迅作品帶給人的閱讀總效果不是讓人感動，而是讓人震動。他確實搖醒和撼動了中國千百萬麻木的沉睡的靈魂。在中國現代文學史上，也出現了沈從文、巴金、冰心、張愛玲、錢鍾書、老舍等傑出的文學家，但他們都不是思想家，唯有魯迅，可以說是文學家與思想家二者兼之。他的思想不是灰色的思想，而是有血液的傾注着大生命的思想。但他的本體、本真、本色是一個偉大的文學家，一個具有巨大精神內涵的劃時代的偉大文學家。他不僅反映了中國現代文學最高的藝術水準，而且代表了一個時代的思想深度。魯迅曾翻譯過日本文論家廚川白村的《苦悶的象徵》，倘若借用這一概念，我們可以說，魯迅就是中華民族苦悶的總象徵。他所負荷的思想總和和文學藝術總和，中國近代以來的思想家和文學家，無人可以和他相比。

魯迅既是個奇蹟，又是個悲劇。魯迅生前是個獨立不移的知識分子，以改造中國人為使命，但是死後卻不斷被中國人所改造、所塗抹，被納入某種政治意識形態的框架與軌道之中。他在被聖化、被神化的背後是被傀儡化，即被利用成一個歷史的傀儡和政治意志的玩偶。在二十世紀六、七十年代，他被政治權力推上社會的尖峰，同時也經受了一次歷史性的大歪曲，完全變成造反、打人、橫掃一切的器具。一個作家被政治利用到如此地步，是中外文學史上所沒有的。當時，魯迅已完全變成非魯迅。他首先被非人化，然後才去裁決別人和淩虐別人。魯迅生前就意識到中國作家生存的人文環境異常惡劣，要麼被扼殺，要麼被捧殺。他自己正是經受了雙重惡劣的環境：生前被扼殺，死後被捧殺。由於被無休止地捧殺，所以年青一代的中國人便產生一種逆反心理，不喜歡魯迅，甚至有些文學論者也疏遠魯迅。魯迅在經歷了被利用的悲劇後險些要經歷被遺棄的悲劇。魯迅的悲劇告訴人們：一個卓越人物的不幸往往是多方面的，他們不僅生前可以成為傀儡，死後也可能成為傀儡。時代的潮流，包括政治潮流與市場潮流往往強大得難以抗拒，無論是身體還是靈魂，都可能被吸進潮流，變成潮流機制的一部份，從而使卓越的人物發生巨大變形，然後遭到後人的誤解。

二

要對魯迅作理性的評價，首先要把魯迅放回他生存的歷史場合，即他的寫作語境。魯迅產生於二十世紀第二個十年發生的新文學運動之中，這是常識。魯迅並不是新文學運動的發動者（發動者是陳獨秀和胡適），但他確實是體現新文學創作實績和最高文學水準的運動主將之一（與陳獨秀、胡適、周作人並列的主將），他的小說及散文創作的靈魂與新文化運動的總體歷史傾向完全聯結在一起，因此，對他的評價涉及到對「五四」新文學運動乃至整個新文化運動的評價。今天，對「五四」新文學運動的評價應當是肯定的。這是因為，這場文學、文化運動具有兩項歷史合理性：第一、中國要走向現代社會，但無法從自己的父輩文化中吸收必要的資源，即以儒家學說為代表的主流文化傳統，已經喪失活力。第二、中國要走向現代社會，需要與之相適應的西方理性、邏輯文化，而這種文化在中國卻嚴重闕如。具體一些，可以舉例說，例如在社會制度的一般層面上，傳統沒有提供建立現代社會的資源。現代社會，用黃仁宇先生的解釋，是一個用數字管理的社會，它首先與法制精神相聯繫。但以宗法制度為基礎的中國傳統社會，離法律精神太遠，不能給現代社會提供新的生長點。日本也是東亞國家，但傳統還是提供一些資源，比如，它的家族制中的遺產繼承辦法，對產權非常重視，規定產權由長子繼承，這樣，產權就集中，而且可以進行再生產。而中國則是由幾個兒子平分家產，這種平均主義的、分散的制度就不利於再生產，而且法律也沒有提供對遺產的保護。在社會的上層結構（如宮廷）上，中國的皇帝制度也與現代社會距離太遠。日本的天皇是虛權，幕府是實權。明治維新鏟除幕府，天皇仍然可以使國家不會大亂，不會變成一盤散沙。儘管天皇在，下層仍可以自生長自變革。中國的皇帝則是虛權、實權都有，因此，如果上層不變，就一切都不變。而下層要生長，只好通過暴力革命的辦法推翻上層結構。既然中國要走向現代社會，而傳統文化又幫不上忙，那就只能從傳統中走出來。從這個意義上說，「五四」運動是非常必要的。要從傳統走出來，就要反省。魯迅正是一個自己先從傳統裏走出來然後又對傳統進行反省的偉大戰士。正如他自己所說的，是一個「反戈一擊」的戰士。

然而，不管是辛亥革命前梁啟超等人的反省，還是辛亥革命之後魯迅、胡適等的反省，都是一種「被逼迫形態」的反省。換句話說，這種反省，不是自然的、自發的，而是外力逼迫的結果。我在《二十世紀中國三大意識的覺醒》一文中曾說，甲午海戰的失敗，使中國知識分子發現自己的國家是個大國，但不是強國。戰敗的恥辱感和「弱勢國家」的自我發現，使得中國知識分子空前悲憤，心理嚴重傾斜，相應地，便產生一種反省的過敏、過激狀態和「推倒」式的過激的片面的策略，魯迅思想也帶有這種形態。這裏順便說一下，歷史的發展確實沒有那麼多必然性，它充滿偶然。假如甲午海戰中國的海軍不是全軍覆沒、徹底失敗，而是戰勝日軍，哪怕是打一個平手，中國的二十世紀可能就會是另一種面貌。然而，這場慘敗帶給中國極大的震撼，也帶給中國知識分子急於化弱為強的焦慮心態和反省中的過激心態。梁啟超、魯迅的反省，就是在沉重的亡國危機感逼迫下的反省。因此，它既反映了時代的合理要求，也帶有這個時代的局限。

三

「五四」的反省不是個人的反省，而是歷史的反省。因此，反省本身帶有啟蒙的特點。或者說，「五四」知識分子對中國文化的反省是與「五四」啟蒙運動緊密結合着的。這場偉大的啟蒙運動，以文學革命為第一小提琴手，因此，若干文化主將，除陳獨秀外，胡適、魯迅、周作人等均是文學家。除了這四位主將外，還有蔡元培，李大釗，錢玄同、吳虞、傅斯年，劉半農等。與這群啟蒙家相比，魯迅所以更為深刻，表現在下列兩點：

1、魯迅不僅在制度層面上對傳統展開批判，而且在文化層面上展開批判。文化批判中，不僅在意識層面上進行，而且在潛意識層面即集體無意識層面上進行。可以說，魯迅的啟蒙是深層啟蒙。

2、魯迅不僅進行啟蒙，而且超越啟蒙，從「生存」層面進入存在層面。

中國近代的啟蒙家，從梁啟超到陳獨秀、胡適等，啟蒙的重心是學習西方的現代政治理念和社會制度，如「科學」、「民主」、「法治」觀念等，這無疑是意義非常。魯迅也關注、啟蒙這些內容，但魯迅比這些啟蒙家更清醒的一點是他看到中國除了「制度問題」之外，還有一個更大、更麻煩的「文化問題」。也就是說，他看到：如果中國的文化根性不改造，即使把西方的民主制度和法治制度引入中國，也無濟於事。因為中國的文化根性已像大染缸，甚麼先進事物進入都會發生變質，甚麼都會被黑染缸所同化。他說：「中國大約太老了，社會上事無大小，都惡劣不堪，像一隻黑色的染缸，無論加進甚麼新東西去，都變成漆黑。可是除了再想法子來改革之外，也再沒有別的路。」在黑染缸的覆蓋之下，一切都變形變質：「外國用火藥製造子彈禦敵，中國卻用它做爆竹敬神；外國用羅盤針航海，中國卻用它看風水；外國用鴉片醫病，中國卻拿來當飯吃。同是一種東西，而中外用法之不同有如此……」魯迅深刻地洞察了「黑染缸」這一深層文化結構的巨大力量之後，對中國制度的變革便不盲目樂觀。和那種制度一變其他問題均迎刃而解的「主義」和觀念不同，他提醒人們說，通過革命改變制度並不難，難的是改造制度所立足的文化土壤——國民性。這一點，他在《兩地書》裏說得格外明白。他說：

> 最初的革命是排滿，容易做到的，其次的改革是要國民改革自己的壞根性，於是就不肯了。所以此後最要緊的是改革國民性，否則，無論是專制，是共和，是甚麼甚麼，招牌雖換，貨色照舊，全不行的。

近代中國知識分子在鴉片戰爭特別是甲午戰爭失敗之後所作的反省經歷了三個階段：第一階段是曾國藩、李鴻章、張之洞等洋務知識分子：發現中國技術有問題，所以要謀求「船堅炮利」以救國家；第二階段是康有為、梁啟超、孫中山等改良派與革命派，發現中國制度有問題，所以要改革或推翻舊制度；第三階段是陳獨秀、李大釗、胡適等新文化先驅者，發現中國文化有問題，所以要進行一場新文化運動。可是，新文化運動的代表人物陳、李、胡等，還是側重於介紹西方和俄國的制度文化和相應的理念，缺少對中國深層文化心理結構的關注與研究，沒有像魯迅這樣對國民性具有如此高度的自覺。在魯迅的論說中，背後有一個沒有直接道出的語言，這就是中國的嚴重問題在於改革國民劣根性。有舊國民性在，新制度必將被曲解、化解、瓦解。這一點，魯迅比同時代並肩的新文化先驅者看得更深、更透、更徹底。魯迅所說的「國民性」、「民族劣根性」，就是民族集體無意識。魯迅的天才，魯迅卓著的歷史功勳，也是中國現代其他啟蒙家、文學家望塵莫及的，正是他對中華民族集體無意識的發現、解剖、批判並訴諸文學，使他成為中華民族病態靈魂的偉大療治者。

魯迅的「國民性」和「民族劣根性」概念，相當於榮格所說的「集體潛意識」（collective unconsciousness）。這是指民族群體歷史積澱在心靈深處的不自覺的文化心理。這也正是民族靈魂的根柢。民族與種族不同，種族是生理的單位，民族則是文化心理的單位。我認同《西方的沒落》（*The Decline of the West*）的作者斯賓格勒對民族的界定：「民族既不是語言的單位，也不是政治單位，也不是動物學上的單位，而是精神的單位。」而每個民族，尤其是歷史悠久的大民族，作為精神單位，確實存在着靈魂的巨大差異。例如俄羅斯的大曠野靈魂就顯然不同於希臘的阿波羅靈魂和西歐的浮士德靈魂。斯賓格勒曾作這樣的比較：

> 浮士德靈魂與俄羅斯靈魂之間，深不可測的差異，可由一些字音之中透露出來：俄文中「天」字是nyedo，其n即含有負面的成份。西方人眼光向上，俄國人則平面地望向廣闊的平原。這兩種靈魂的深度脈動，也是判然有別：西方的是驅向於無窮空間的狂熱之情，而俄國的則是一種自我的展現和擴伸。……俄羅斯的神秘主義，絕無哥德式、藍布朗、貝多芬那種向上掙扎的內涵，也無那種翱翔天際狂歡慶祝的激情——同為其神祉不是那深邃高遠的碧空。

這種深不可測的精神差異，不可能實證，也不可能通過邏輯的方法作精確的計算，但可以通過宏觀比較達到「模糊把握」。

魯迅堪稱具有巨大思想深度的偉大文學家，正是因為他把握住中國民族的靈魂，並描摹出一群極其精彩的、具有高度文學水準的「靈魂意象」，而首先是阿Q。魯迅東渡日本，本來是學醫的，他所以棄醫從文，正是他痛切地感到救治國民的靈魂才是最迫切、最要緊的。所以他帶着生命的熱情與敏感，挺進到民族靈魂的深處，直指民族的集體無意識，然後發現和指出這一靈魂的大病症。魯迅對中國國民性的批判，其無可比擬的力度，在於他不僅指出中國人一些性格表面的弱點，如圓滑、世故，懶惰、馬虎等，而且揭示了產生這些弱點的總根——中國靈魂（集體無意識）有大問題，有大病症，這種病症已形成致命的民族劣根性，林崗和我合著的《傳統與中國人》把這種劣根性概括為「主奴根性」。魯迅說：

> 專制者的反面就是奴才，有權時無所不為，失勢時即奴性十足……做主子時以一切別人為奴才，則有了主子，一定以奴才自命：這是天經地義，無可動搖的。

這種靈魂的內容，在阿Q這一靈魂意象中，表現得淋漓盡致。他在未莊本沒人理會，很有點「羊相」。後來在趙太爺兒子中了秀才時，他隨大流去賀喜，就得意地認本家，但趙太爺不許他姓趙，打了他一巴掌，經這一打，阿Q便出了名，地位也在王胡、小D們之上，而且可以欺負這些沒挨過巴掌的人了。阿Q曾得意過幾年，不過至死都未曾改過「羊相」。革命不成後，其不可救藥的奴性——羊相便推上「極致」。他一見「一個滿頭剃得精光的老頭子危坐公堂」，便本能地感到這人有來歷，膝關節也隨之本能地鬆軟而「跪了下去」，公堂裏的人要他「站着說，不要跪」，可是阿Q「總覺得站不住，身不由己的蹲了下去，而且終於趁勢改為跪下了。」阿Q見到主子就恐懼，就膝關節發軟，就站不住，就跪下，這就是「無意識」。魯迅真了不起，他把這種無意識寫透了，在冷靜的筆調中令人驚心動魄地寫透了。奴性，幾千年歷史的結果，幾千年的歲月形成的病毒，已經浸入了中國人的膝關節，已經浸入中國人的骨髓深處和本能深處。在未能站立的阿Q背後是中國未能站立之靈魂，是在權勢面前不敢申訴、不敢呻吟的恐懼與怯弱的靈魂。魯迅對中國國民性中的奴性有痛切之感，其痛徹骨，痛入整個身心，沒有另一個作家有這種感受力、穿透力和表現力。所以，應當承認，魯迅是揭示中華民族集體無意識的首席偉大作家。

筆調冷靜，讓人讀後身心震撼，這在魯迅的國民性展示中處處可見。他看到中國人的虛偽，不是一般的虛偽，而是非常成熟的虛偽；他看到中國人的圓滑，不是一般的圓滑，而是非常成熟的「天氣哈哈哈」的圓滑；他看到的中國人的自私，不是一般的自私，而是非常成熟的血腥式的自私。以最後這一項來說；他多次寫到中國人喜歡看同胞被殺頭，因車從街上走過，滿街圍觀。阿Q在被殺前夕無師自通地說了半句話之後，人群「便發出豺狼的嗥叫一般」的喝彩：「好!!!」觀賞殺頭戲時，如果只見到「槍斃」，就會失望，只有見到大刀砍頭才痛快。觀賞掛着的人頭，跟站在羊肉舖前「張着嘴看剝羊」差不多。因犯死了，同胞死了，戲看完了，一切都與自己無關。倘若有關，就想從死人身上撈點好處，吃一下「人血饅頭」，包括不惜喝「夏瑜」這種獻身者的血。可見，這種自私性與奴性一樣，也進入了骨髓深處和本能深處，吃人血饅頭和看殺頭戲是怎樣的悲哀，全不自知，全無意識。這種狀態，魯迅用「麻木」二字，極為貼切地表達了出來。需要療治、需要喚醒的正是麻木的靈魂。魯迅發現了靈魂的內涵，提供了靈魂的意象（阿Q等），而且發現了靈魂「麻木」的形式。阿Q的「精神勝利」法，就是麻木的形式，非常成熟、非常精巧的形式。林崗和我在《傳統與中國人》中曾說：

> 阿Q精神勝利法的內核是把外部世界看成意識內部自己同自己達到的契約。這種奇特的性格和心理其實寓含了兩個方面：它首先把世界看成可依主觀想像、幻想而轉移的；其次主動棄除改變生存環境以適合生存和發展的興趣和能力。

這是一種把地獄認作天堂、把失敗認作勝利、把恥辱當作光榮，把虛名當作實在的精神逃遁法、自我欺騙法。這也是一種精神陷阱，一落入陷阱，便成為妄心妄目的妄人。在魯迅之前，中國人一般都以欣賞的態度對待阿Q式的人生，以為改變了心中自己同自己達成的契約，改變世界在自我內心中的形象就等於改變了世界。通俗地講，精神勝利法就是神話式的用幻想幻覺一廂情願去改變世界、改變自身的方法。因此，那種於事無補的幼稚的自我幻覺和自我滿足，就可以看作是真實的勝利。在阿Q式的眼中，世界沒有獨立的實在，實在是人去命名它的，因為人命名了它，它才看起來是實在的，於是改變了它的名，就改變了實在，這就是精神勝利法的全部訣竅。阿Q明明挨了閒人的揍，五、六個響頭撞得牆上還發出聲來，但阿Q不但不承認失敗，反而認為勝利在他這一邊。這種思想方法在華人中很普遍，比如被盜而丟了一筆錢財，就會在心理上自我安慰，說是「散財消災」；吃了虧又無從伸冤時就想起「君子報仇，十年不晚」；與仇人對罵而力不及對手，即以「雞不和狗鬥」自我解嘲。現代的中國人仍然如此，明明在挨餓，卻在「憶苦思甜」；說現在比以前闊得多；明明是火車晚點不好，卻偏說這是「寧要社會主義的晚點，也不要資本主義的正點」，以為用社會主義之名去解釋貧窮、混亂現象，就等於改變了貧窮與混亂。在中國二十世紀六、七十年代，精神勝利法也可以說就是概念勝利法，概念自我麻醉、自我欺騙法。在這個年代裏，所有的中國人都在概念的包圍中迷失。現在一些知識者缺乏真才實學，卻沉醉於「博導」、「主編」等名號上，以為有了這些概念、名稱，就真的有學問，就可以改變知識貧困與思想貧困的實在，這都是靈魂麻木的形式。

與魯迅同時代的文化先驅者陳獨秀、胡適等，對中國文化深層的集體無意識認知的深度以及揭示的力度都遠不如魯迅。這裏順便說一下，在探討「五四」運動（一九一九）前後十年的文化變革中，研究者常常只談北大——《新青年》，而不談清華——國學院。其實，在「用」的層面即在制度層面上變革的先鋒固然是北大系統，但在「體」的層面即深層文化層面上深思的除了魯迅之外，還有蟄居清華的梁啟超、王國維等。代表中國「五四」時期新的政治理念的是陳獨秀、胡適，而代表文化思索的深度的，是魯迅、王國維。最近李慎之先生著文對「五四」新文化的功過重新認識，反省自身六十年來一直崇魯抑胡，現在有了大的變化。他坦率而誠懇地說：

> 我六十年來一直愛戴崇敬魯迅。對胡適的感情是完全無法與之相比的。在我心目中，胡適當然也「是個人物」，但是他軟弱，易妥協，同魯迅比起來，「不像一個戰士」，而且顯得「淺薄」……這些「胡不如魯」的印象本來也一直存在心裏。……經過一番思索，我的思想居然倒轉了過來，認為就對啟蒙精神的理解而言，魯迅未必如胡適。

李慎之先生這種轉變反映着當代一些正直的中國知識分子認真的反省精神，而且轉變中也包含着對大陸文化界數十年批判胡適的「撥亂反正」。胡適在中國現代文化運動中的先驅作用和卓越功勳是批判不倒的，也是「淺薄」等字眼抹煞不了的。到底是主張一點一滴改良深刻還是主張「根本解決」的革命深刻，這是大可討論的。批判「改良淺薄」的深刻者未必深刻。此外，胡適的寬容作風也的確是魯迅所欠缺乃至是中國所欠缺的。但是李慎之先生似乎沒有分清當時啟蒙的兩個層面，即「用」——政治制度（包括政治理念）變革的層面和「體」——文化精神的層面。在第一個層面上（表層啟蒙），李慎之先生也許有道理，但在第二個層面上（深層啟蒙），胡適對民族集體無意識的認識，顯然不如魯迅。除了「認識」之外，魯迅通過病態靈魂意象對中國人的啟蒙，其力度石破天驚，也是胡適望塵莫及的。魯迅的啟蒙是深層啟蒙，他的思想與文學作品，其後設語言是：倘若中國文化的深層結構不變，表層結構的引進和變易也是不牢靠的。建立在阿Q精神基礎上的制度，無論是專制制度還是民主制度，恐怕都是不牢靠或要走樣的。即使是民主制度，恐怕也很可能是阿Q式的或梁山泊似的民主制度。這種啟蒙思想，應當說，比胡適更深一些。

魯迅通過對國民性的解剖達到啟蒙最強的力度和最大的深度。可以說，魯迅關於國民性的見解至今沒有過時。二十世紀中國的歷史實踐說明，中國的國民性確實有病，中國的政治、經濟有問題，但文化心理結構更有問題。同時又說明：不能迷信制度。制度固然有優劣之分，制度的改革確實重要，但是，如果沒有相應的健康的文化基礎，再好的制度也會變形變質。李大釗當年主張通過某種主義「根本解決」中國問題；以為所有制一變，一切便可迎刃而解，事實證明這種看法是幼稚的。魯迅的見解不是說不要制度改革，而是說，中國需要的是包括制度，也包括文化在內的結構性改革。

四

魯迅不僅在啟蒙的深度上超過同時代的思想家與作家，而且還有一點也是非常了不起的，就是他不僅提倡啟蒙、進行啟蒙，而是超越啟蒙，進入對「存在」的直接叩問。關注民間疾苦，關注社會制度的合理性問題，甚至關注國民性的病態問題，都是屬於「生存」層面的問題。「五四」新文化運動中與「五四」後的啟蒙內容，主要是「生存」內容，當時的新文學作家，從文學研究會的葉紹鈞、茅盾等寫實主義作家到創造社的郭沫若、郁達夫等帶有浪漫色彩的作家詩人，都是在「生存」的層面上為民請命和進行啟蒙呼喚。一九二四年之後，創造社更是宣佈告別「表現自我」，進入生存鬥爭的最前沿。但是，魯迅除了繼續關注中國人的苦難命運之外，卻在一九二五年奇蹟般地寫出《野草》，進入「存在」層面，即跨入對人自身活着的意義進行叩問的形上精神層次。關於魯迅「超越啟蒙」的精神特色，一九八七年李澤厚早已在《中國現代思想史論》中道破。他說：

> 魯迅卻始終是那樣獨特地閃爍着光輝，至今仍然有着強大的吸引力，原因在哪裏呢？除了他對舊中國和傳統文化的鞭撻入裏沁人心脾外，我以為最值得注意的是，魯迅一貫具有的孤獨和悲涼所展示的現代內涵和人生意義……這種孤獨悲涼感由於與他對整個人生荒謬的形上感受中的孤獨、悲涼糾纏融合在一起，才更使它具有了那強有力的深刻度與生命力的。魯迅也因此而成為中國近現代真正最先獲得現代意識的思想家和文學家。

他還說，魯迅孤獨感的形上意味不僅是文學領域中郭沫若（浪漫主義），茅盾（寫實主義）所沒有，也是人文科學領域中那種倡導「人道主義」、「集體主義」、「科學主義」、「理性主義」的思想者所沒有的。後者這種擁抱「主義」的論者，忘記對個體「此在」的把握。魯迅一方面超越啟蒙，超越中國新文化運動中其他啟蒙家的思索水平線，使孤獨與悲涼具有形上哲理意味；而另一方面又在超越中依然保持啟蒙的精神內涵，這又區別於西方那種純粹個人主義的超人幻想和純粹的現代意識。也就是說，魯迅的孤獨與悲愴，不是離開人世界的孤獨與悲愴，是具有非常具體的社會歷史內容的孤獨與悲愴。李澤厚的這些見解，是當代魯迅研究真正具有突破性的思想成果。在此思想見解的基礎上，我在一九九五年發表的《中國現代文學的整體維度及其局限》中，說明魯迅「超越啟蒙」在中國現代文學史上的特殊意義，指出中國現代文學從精神內涵上說只有「國家、社會、歷史」的維度，而缺乏（不是沒有）叩問存在的本體維度、叩問超驗世界的本真維度，以及叩問自然的本然維度。而魯迅通過《野草》等作品卻例外進入形上世界，在孤獨感中叩問存在意義，直接與二十世紀西方文學精神靈犀相通相應，為中國現代文學開闢另一精神維度——具有宇宙感的存在之維。對於這一論點，我在文章中作了說明：中國進入二十世紀的時候，沒有西方那種物質文明高度發展的前提，因此沒有西方知識分子那種被物質所異化之後的虛空感與迷失感。同時也沒有宣佈「上帝死了」之後信仰失落的無家可歸感、中國進入二十世紀之後，不是物質高度發展後人被異化的焦慮，而是「民族—國家」意識覺醒後國家存亡的焦慮。從上一世紀末到「五四」運動發生前夕，焦慮的全是國家的命運，還來不及考慮個人的存在價值問題。因此，中國近代文學精神乃是一種憂國精神。「五四」新文學運動不同以往，它的特點是突出個人，更新個人，人的意識開始覺醒。但是，好景不長，只是幾年時間，國家、民族、階級意識又壓倒個人意識。作家又把全部心思投向社會制度的合理性問題，而把個體生存意義的思考擱置一旁。因此，文學只是擺動在救亡與啟蒙之間，對存在意義的叩問，一直未能構成中國現代文學的一個強大維度。但是，進入二十世紀之後的中國也進入現代社會的準備階段。在這個階段上，中國知識分子為了創造一個夢中的「大同」社會，也奮不顧身地吶喊、征戰、犧牲，也用自己的身軀去「肩開黑暗的閘門」，可惜啟蒙的吶喊之後是大寂寞，救亡的征戰之後仍然是大黑暗。剛剛推開一座大山，另一座大山又高壓下來，血流不斷，黑暗沒有窮期。那麼，吶喊的意義在哪裏？犧牲的意義在哪裏？作為存在的意義在哪裏？這是二十世紀中國知識分子孤獨感的特殊內涵。叩問這種存在意義並用自己的作品展示這種特殊內涵的只有一個作家，這就是魯迅。

魯迅的小說《孤獨者》佈滿懷疑的氛圍。它實際上在叩問：中國文化先驅者戰鬥的意義何在？在中國，作為文化先覺者是否可能？人文環境那麼惡劣，個性有沒有生存的土壤？黑暗那麼濃重，獨戰黑暗的個體是否可能不回到黑暗的原點上去躬行先前反對的一切？而最典型的直接叩問自身存在的意義的是散文詩集《野草》。

《野草》的大部份篇章都是作者和存在自身的對話。特別是《野草》中的《過客》更是中國現代文學中極為少見的叩問存在意義的篇章。人是甚麼？彷彿只是偶然到世界走一遭的過客。人從哪裏來？何處是故鄉？人到哪裏去？何處是歸程？都不知道。那麼，自己是誰？也不知道，知道的只是他人對自己的各種命名，而且命名不斷變幻。然而，人畢竟被拋在歷史之路上，儘管不知道往哪兒走，但還得走，孤單單地一直往前走。這是人對自身被拋入荒誕之中的自我發現，是本世紀卓越作家不約而同的對「無意義」的發現。這種對「無」的發現，正是對現存的「有」的懷疑。這是人對自身存在意義的一種自覺。

所謂高峰體驗，常常正是對這種「無意義」的發現並在這種發現中放射出動人的孤獨感和徬徨感。

今天我想借用「個人主義」與「人道主義」這兩個古老的概念再次觀照一下魯迅的精神特點。魯迅在給許廣平的信中曾說：

> 我的意見原也一時不容易瞭然，因為其中本含有許多矛盾，教我自己說，或者是人道主義與個人主義這兩種思想的消長起伏罷。

魯迅這一自白是了解魯迅的重要鑰匙。作為啟蒙者，魯迅是一個偉大的人道主義者。只要讀他的《狂人日記》、《孔乙己》、《故鄉》、《祝福》，我們就會感受到他的大悲憫與大關懷。像蝸牛那樣負載人間的大苦惱，正是他自己。但他又不是純粹「為民請命」的人道主義者，他在面向大眾的時候又常常轉向自身，擁抱個體，提問生命的意義。他說他「忽而愛人，忽而憎人；做事的時候，有時確為別人，有時卻為自己玩玩，有時則竟因為希望生命從速消磨，故意拚命的做」。魯迅的「為自己玩玩」，「拚命的做」，都是極端孤獨時對存在的懷疑。「玩玩」與「消磨」的背後是人生的大悲愴。與他同時代的啟蒙家，往往只有對現實苦難的大悲憫，沒有對自身生命存在狀態的大悲愴。這種大悲愴與大孤獨感，就是魯迅的所謂「個人主義」，然而，這種個人主義又不同於西方的個人主義。儘管西方的廣義「個人主義」本身有一個發展的歷史（從洛克、盧梭→尼采、海德格爾、薩特→福柯、德里達），世有不同類型的「個人主義」，但是，從總體上均離不開西方文化的大背景（有上帝、基督存在的背景）。其個人主義並不包含人道主義，甚至是排斥人道主義的。也就是說，其個人的「此在」，在不同層面上是和社會底層的現實苦難脱節的。以尼采而言，魯迅也受其影響，在「五四」時，也有「重估一切價值」的氣象，對一些麻木的、充當戲劇看客的國民，也總是「怒其不爭」。但是，魯迅從來不做尼采式的「超人」，從不自我膨脹；在感情上，或者說在心靈深處，也從不蔑視勞苦大眾。不僅不蔑視，而且給予深深的同情與關懷，「哀其不幸」。這種對勞苦大眾不幸的人道主義哀傷與關懷貫穿魯迅的一生。可以說，人道主義立場是魯迅的根本立場。而這種基本情感與基本立場是尼采所沒有的。即使是後來的存在主義代表人物薩特，儘管他的行為也有對社會的關懷，但是其「他人是自我的地獄」的基本思想命題卻表明他們是以「自我」為根本，而不是以人道關懷為根本。再看看魯迅與他多次評價過的陀斯妥耶夫斯基的差異。從克爾凱郭爾到陀思妥耶夫斯基這些宗教性很強的形上思索，強調的是個體存在直接面對上帝。他們有關懷與悲憫，但其重心是個人的精神拯救而不是社會拯救。至少可以說，他們對個體精神拯救的關注大於對現實苦難的人道關注。如果說陀思妥耶夫斯基的早期成名作《窮人》還側重於關懷現實苦難的話，那麼，後期的《卡拉瑪佐夫兄弟》則明顯只是關注個人精神拯救。在陀思妥耶夫斯基的心靈深處，人於現實苦難中受到折磨是獲救所必須的，承受苦難是通向天堂的必由之路，從這個意義上，苦難即快樂。魯迅雖然了解陀氏在上帝面前「忍受」的偉大，也知道他走進很深的境界以至深刻打破世俗價值系統的善惡界限，但最終還是無法認同陀氏的思想而選擇了自己的靈魂之路。他在極端孤獨的時候，仍然牽掛人間地獄，仍然肩負「黑暗的閘門」，仍然「洞見一切已改和現有的廢墟與荒墳，記得一切深廣和久遠的苦痛，正視一切重疊淤積的凝血」，始終把「人世界」放在「神世界」之上。他的「折磨」不是面對上帝的內心苦痛，而是面對現實淋漓鮮血的內心煎熬。也就是說，即使他很「個人」的時候，仍然很「人道」；即使很「形上」的時候，仍然很「形下」，關於人生意義的思索始終與關於現實社會的悲憫相依相伴。換言之，他在熱烈擁抱個人超脱的「此在」時，仍然熱烈擁抱現實是非善惡的「彼在」，在個人孤獨悲愴的時候，仍然不失「叛逆猛士」的情懷，並對社會罪惡繼續發出他的抗議。古今中外，我們很難找到類似魯迅的這種特殊性格。毫無疑問，這是黑暗社會中一種火炬似的偉大性格。

五

儘管魯迅在一九二五年寫了傑出的散文詩集《野草》，超越了救亡與啟蒙。但在當時的時代氛圍下，他花費了太多的時間投入筆戰，思想也被筆戰所影響而過於激烈。「五四」運動發生之後，中國一些先進的知識分子發生分化，一部份知識分子，如陳獨秀、李大釗等都急於尋找一個解救中國的道路，並且以為已經找到這種道路，這就是馬克思主義救中國的道路。而另一些知識分子如胡適，則認為還應繼續反省。他主張蹚進研究室研究問題，正是這種思路。但是，他的主張未被多數知識分子所接受；也未被魯迅所認同，因此，自由主義精神很快就淡化與沉淪，「五四」開始的反省也因此而無法形成一個持久的精神價值創造階段。這一點顯然限制了魯迅取得更大的成就。李大釗與胡適辯論之後，許多「五四」運動的積極參與者都從形而上的反省層面走入形而下的實踐層面，忙於政治實踐，忙於投入「主義」所導引的革命潮流。當時的兩股主要潮流，一是三民主義潮流，一是共產主義潮流。兩者分分合合，但多數思想者都確認擁抱時代潮流是唯一的出路。魯迅當時也擁抱潮流，只是沒有真正進入潮流的中心。投入革命潮流的代價，是削弱或放棄個人的文學立場，使自己的思想激進化與黨派化。「五四」本來突出的是個人，是「己」，比梁啟超那個突出「群」的時代前進了一大步。可惜捲入潮流後又回到「群」，回到梁啟超，即把文學又視為歷史發展的槓桿和救國救民的工具，服務於一個實際的運動，變成革命的號筒。魯迅雖然較清醒地看到文學與政治的區別，努力保持自己的批評視覺，但也不能不對「將令」有所遵從，把自己的文章變成「投槍與匕首」，與大時代的階級觀念及階級觀念之下的大革命實踐運動相適應。這本來已是悲劇，加上當時的解救中國的實踐運動太劇烈，民族生活太緊張，魯迅的心態也隨之激進化，從而發生了幾個在今天很值得我們商榷與質疑的觀念與情結。比如：

1、以為辛亥革命之後袁世凱稱帝等復辟現象及其有關的中國問題，不是暴力革命本身帶來的問題，而是革命不徹底的問題，即對「落水狗」未加「痛打」的問題。因此，解決中國的問題乃是把革命徹底化，而不是努力改良。關於這一點，我在《魯迅研究的自我批判》中說過這樣一段話：

> 魯迅提出「痛打落水狗」的命題是從辛亥革命失敗的教訓中總結出來的，他認為辛亥革命的教訓是革命不徹底，即不能痛打落水狗。因此，今後的出路應當用另一場更徹底的革命來代替這場不徹底的革命，這種思路是當時一些激進知識分子的共同性思路，這種對辛亥革命教訓的總結帶有很大的片面性。事實上，辛亥革命之後所以會造成帝制復辟等問題，不能說是革命不徹底，而是革命方式本身所造成的後遺症。作為暴力革命的辛亥革命和中外歷史上許多暴力革命一樣，在推翻舊政權之後，不能提供新的政治框架，這就造成革命後的政治真空（也就是後遺症），而填補這種政治真空捨再次專制別無出路，這才是問題的所在。可惜，當時魯迅和其他激進知識分子看不到這一點，所以他們就以造成後遺症的藥方（革命）醫治後遺症，結果便是革命藥方的不斷加濃、加重、加劇（越來越徹底）。二十世紀的中國，就是處於不斷革

命和不斷加劇革命的過程，是一場革命比一場革命更加徹底的過程，也是革命的後遺症不斷加深、加重，不斷暴烈化的過程。這種現象，就是魯迅看到的「革命，革革命，革革革命」的惡性循環現象，可惜他沒有看到這種循環正是起源於本來就蘊涵着「徹底」的暴力革命方式。

2、與此徹底的革命態度與鬥爭立場相應的是魯迅的復仇情結。魯迅提出「痛打落水狗」口號的文章是《論「費厄潑賴」應當緩行》。他所拒絕的「費厄潑賴」是現代社會公平競爭的行為準則。這一準則的背後是西方的理性精神和基督教的愛的精神。這種精神與中國的「禮讓」精神，「溫、良、恭、儉、讓」精神也是相通的。在拒絕「費厄潑賴」之後，復仇情結在魯迅身上不斷發展，以至形成「一個也不寬恕」的終極遺言，完全失去寬容。魯迅沒有意識到，人的尊嚴歸根結底並不存在於仇恨之中，而在遠離互相廝殺的精神境界之中。復仇情結，是一種非理性的情結，它給人生造成一個極大的牢房與誤區。中國「文化大革命」進入瘋狂狀態，並把魯迅的名字作為旗幟，這裏的責任當然主要不在魯迅，因為魯迅的復仇情結，本來是文學狀態下的復仇情結，文學可把某種情緒推向極致，作為文本策略，它有偏激的理由。但魯迅復仇情結本身缺少慈悲內涵的調節，也有責任。復仇情結一旦訴諸社會，就會造成革命狂熱和破壞性結果。「文化大革命」中，魯迅被推上至高無上的神壇地位，並以他的「痛打落水狗」作為一種基本口號，這正是當時的激進革命者企圖把復仇情緒社會化與合法化。

3、由於魯迅走上文學的第一步就與傳統徹底決裂，不留任何餘地，因此就完全堵死自己的後路與退路。而他不僅拒絕從自己的父輩文化中尋找出路，也拒絕從西方的基督教文化及其他西方主流文化中尋找出路。（他所提倡的只是被壓迫民族的文學，即東歐的反抗文學與俄國的革命文學。）在前後都沒有文化精神依託與精神逃路的情形下，他只能橫站着孤獨地與黑暗肉搏。這種與黑暗同歸於盡的絕望狀態與特殊處境使他把自己的文章也變成肉搏的武器，變成匕首與投槍，從而表現出一種語言暴力傾向。他把論敵稱為「落水狗」、「巴兒狗」、「喪家的資本家的乏走狗」等，都表現出這種傾向。這種筆仗法與筆仗中的冷酷的命名，對現代的中國人的文化性格產生了消極的負面影響。二十世紀下半葉中國的人文環境充滿戾氣，這與知識分子接受魯迅語言作風中的消極面也有關係；

在與黑暗的肉搏中，魯迅的許多激憤情緒與激憤語言是可以理解的。因為他的本色是把思想訴諸情感的文學家，而不是政治理性主義者。他的深刻，他的感人，他的弱點，全在片面的、偏激的文學形態中。倘若忘記魯迅是個作家、忘記產生魯迅的語境，而把魯迅一時的激憤之辭，上升為普遍的思想原則，那就會造成極大的混亂。今天我們紀念魯迅，已經和魯迅拉開比較長的時間距離了，心態完全可以比較冷靜與正常。我們既可以告別「捍衛魯迅」的脆弱心態，也可以拒絕痞子式的「解構魯迅」的犬儒心態。一種偉大的文學存在，本身擁有巨大的內在力量，並不在於外部的評語。正如高山峻嶺，它平實地坐落於大地，但指向藍天，指向永恆，沒有任何時間與空間的邊界。

選自《現代文學諸子論》香港牛津大學出版社

魯迅的復仇情結與復仇意象

——重讀《鑄劍》

復仇情結在小說中所表現出來的極端情感形態，具有很高的文學價值。但是，復仇情結一旦推向社會，卻會造成很大的負面效果。復仇情結是一種消極的非理性情緒，也是一種導致暴力的破壞性情緒。

魯迅《故事新編》中的多數小說，均不能算是魯迅的力作，唯有《鑄劍》是例外。「小說不僅是傳奇，而且是精彩的藝術品」，如果對這句話有懷疑，讀讀《鑄劍》大約就會相信。我在拙作《中國現代文學的整體維度及其局限》中，遺憾現代文學（從審美內涵的角度）只有「國家、社會、歷史」維度，而缺乏「叩問存在意義」、「叩問超驗世界」、「叩問自然」的維度，可又發現《野草》和《鑄劍》是例外。《野草》超越啟蒙而擁抱個體生命的「此在」（Dasein，存在的領悟者和體現者），於孤寂中對人生意義發出大提問；《鑄劍》則通篇籠罩神秘氛圍，整個故事均非現實所有。要說魔幻現實主義，這就是。不過，說它是魔幻俠義小說，也可以。主角宴之敖者（黑衣人），就是一個神魔般的英雄俠客，其俠義行為奇特而令人驚心動魄。

黑色大俠客唱的歌神秘而慘烈，歌的語言也是超驗語言：

哈哈愛兮愛乎愛乎！愛青劍兮一個仇人自屠。夥頤連翩兮多少一夫。一夫愛青劍兮嗚呼不孤。頭換頭兮兩個仇人自屠。一夫則無兮愛乎嗚呼！愛乎嗚乎兮嗚呼阿呼，阿呼嗚呼兮嗚呼嗚呼！

他的行為更是神秘而慘烈，當少年眉間尺請求他幫助自己為父親復仇的時候，他答應了，但有一個可怕的條件，這就是要借用眉間尺兩樣東西：一是其父留下的寶劍，二是眉間尺的頭。眉間尺復仇決心已定，便伸手向肩頭抽取青色的劍，順手從後項窩向前一削，頭顱墜在地面的青苔上，一面把劍交給他。他發出「呵呵」一聲慨嘆，便「一手接劍，一手捏着頭髮，提起眉間尺的頭來，對着那熱的死掉的嘴唇，接吻兩次，並且冷冷地尖利地笑」，接着便走進黑暗的杉樹林中。磷火似的目光閃動的餓狼撲來，第一口撕盡了眉間尺的青衣，第二口便吞沒了整個身體，連血漬也頃刻舔盡。一匹大狼又撲向宴之敖者，「他用青劍一揮，狼頭便墜在地面的青苔上。別的狼們第一口撕盡了它的皮，第二口便身體全都不見了，血痕也頃刻舔盡，只微微聽得咀嚼骨頭的聲音」。這場生死廝殺一結束，他立即走進仇人——國王的宮廷之中，進行另一場更加慘烈的血腥的廝殺。除了具有驚天動地的勇敢之外，他還具有驚天動地的智慧；國王落入他設計的殘忍的遊戲圈套，在熱水沸騰的鼎中，他先擲下眉間尺的頭，然後閃電般地劈下國王的頭，當兩個仇恨燃燒的頭顱相互撕咬打得勝負難分的緊要時刻，他毅然削下自己的頭顱，加入注定死亡的搏鬥，和孩子一起咬住國王頭，然後同歸於盡，從而完成了一場血腥的復仇。

這位黑色大俠是誰？是神魂，是鬼魂，還是人魂？他是眉間尺父親的化身還是魯迅的人格化身或者是人間復仇者的化身？他從哪裏來？到哪裏去？他設計的血腥遊戲出自內心還是出自經典？一切都是超驗與神秘的。當作家們紛紛在「現實主義」的單一路上行走的時候，魯迅卻以超常的藝術才華，開闢超驗的維度，並把自己的精神與思考在這種奇特的審美維度中充分表現出來。在中國現代文學史上，我們找不到第二篇把悲壯氣氛與慘烈氣氛寫得如此精粹、如此精彩、如此精深的小說，也找不到另一篇如此緊張又如此自然、如此冷靜的超驗性作品。魯迅的天才之筆，在《鑄劍》中表現得格外分明。整部作品沒有一個人物、一個情節、一個句子是平庸或因襲的。魯迅的復仇精神在這篇作品中被推上極致。作為偉大的文學家，他的文學想像力也達到了極致。二十世紀的中國文學固然有許多人間關懷，但總的來說則是想像力不足，因此，《鑄劍》便是別開生面的文學珍奇。魯迅真不愧是具有原創力的文學大師。

魯迅一走上現代文學之路，就破釜沉舟，發表與傳統決裂的宣言書《狂人日記》，不給自己留下任何退路。他對中國歷史與中國現實社會壞的方面看得太透，以至判決父輩文化犯有最高的「吃人罪」，而自己也無意識地進入吃人的共犯結構（「我亦吃人」），也有罪。面對大黑暗，他雖然絕望，但還是要反抗絕望，要為眉間尺似的孩子「肩住黑暗的閘門」，要為他們殺出一條血路。一九二六年十月寫作這篇小說時，他已感到吶喊「救救孩子」太空洞，應當對吞食孩子的黑暗勢力進行復仇。復仇又應當是徹底的，最快的辦法是火與劍。《鑄劍》中兩個手段象徵，一個是青劍，一個則是火鼎。敢於使用劍與火進行復仇的黑俠客宴之敖者，正是魯迅的理想人格，或者說，正是魯迅人格的化身。

魯迅在《鑄劍》中實際上也暗示，這個黑俠客正是他的靈魂意象。當眉間尺問他：「你為甚麼給我去報仇的呢？你認識我的父親麼？」他回答說：

> 我一向認識你的父親，也如一向認識你一樣。但我要報仇，卻並不為此。聰明的孩子，告訴你罷。你還不知道麼，我怎麼地善於報仇。你的就是我的；他也就是我。我的魂靈上是有這麼多的，人我所加的傷，我已經憎惡了我自己！

這段話是《鑄劍》的文眼，它告訴讀者：這位黑俠客正是魯迅自己和魯迅所期待的自己。早在寫作這篇小說的一年前（一九二五年一月），魯迅在《希望》的散文中就自白道：「⋯⋯我的心也曾充滿過血腥的歌聲：血與鐵，火焰和毒，恢復和報仇。」（原發表於《語絲》，後收入《野草》。）這一自白正可以作為黑俠客的註腳。黑俠客顯然有魯迅的血肉與精神，不過，魯迅了解自己還是缺乏直接行俠的勇氣，因此，便在宴之敖者身上寄託理想：倘若自己太怯弱、太怕死，太缺少復仇的剛性與野性，那麼，這一顆黑色的血腥的靈魂，就是該嚮往的榜樣。

黑俠客為孩子復仇是義無反顧的。當他接受報仇的使命時，就樹起必死的信念。他頭腦是異常清醒的，除了願意為孩子赴湯蹈火，他還要求孩子不可只說空話：孩子也要犧牲，也要為復仇付出最高的代價——最寶貴的劍與最高貴的頭。不盡職責的報仇是空洞的。空頭革命家是魯迅憎惡的，空喊革命口號的青年太多了，他們總是情緒有餘，理性不足。

黑俠客是野性的，又是理性的。他告訴孩子，走上復仇之路必須視死如歸，不再回頭。魂靈去赴湯蹈火，身軀被狼吃盡也在所不惜。不能存有復活之希望。我們是人，不是耶穌基督。不要存有再生的幻想，存有幻想便是投機，徹底的革命者不可有機會主義色彩。它可以有理想，但不可有僥倖心理。

黑俠客是英雄，因為他的靈魂是俠魂而不是盜魂。俠與盜很容易混淆。魯迅在《流氓的變遷》中感到悲哀的是俠常常蛻化為盜。「俠」與「盜」根本的區別在於：兩者都不滿現狀與反抗現狀，都會路見不平拔刀而起，但盜在反抗之後要佔有，要佔山為王，要擁抱權力江山美人；而俠則為反抗而反抗，追尋反抗本身之美。反抗之後揚長而去，或留下戰死的身軀與頭顱。魯迅故鄉浙江一帶的英雄秋瑾、徐錫麟等，就是這樣的只是捐軀而沒有慾望的大俠。黑俠客宴之敖者正是秋瑾等偉大靈魂積澱而成的，所以他說，我的魂靈上有許多人我所加的傷。以刀對刀，以劍對劍，以暴抗暴，以牙還牙，他的復仇大義凜然。黑俠客的復仇，最後結果是劈下自己的頭顱與仇人同歸於盡，沒有任何佔有，只在天地之間留下一股永恆不滅的豪氣、奇氣與俠氣。

「同歸於盡」，把一切有價值的東西都撕毀給讀者看，這正是魯迅的悲劇觀。你期待復仇成功，來個大團圓嗎？對不起，魯迅絕對要撕毀大團圓的幻想。亞里士多德把悲劇定義為靈魂的淨化，魯迅則在悲劇中把靈魂的齒痕、傷痕與碎片顯示給人間。

從《鑄劍》可以看到，魯迅的復仇情結是非常激烈、非常徹底的。復仇是悲壯的，又是毀滅性的。它不可能帶有理性，一有理性，就要考慮能否贏，是否值得報仇——用兩個頭去換取一個頭是否值得？復仇只考慮為了消滅仇敵而不惜代價，不惜一切犧牲。「費厄潑賴」的原則是競爭中的公平禮讓原則，它要求理性地考慮雙方的利益，要求讓雙方都有所贏。而復仇原則絕對不考慮輸贏，不求勝利，復仇者明知失敗也要奔赴失敗，明知死亡也要奔赴死亡。魯迅嘆惜的正是中國少有失敗的英雄。魯迅的復仇情結在小說中表現得極為精彩，因為它不是抽象的理念，而是拋頭灑血、生死與共的情感，是疾惡如仇、大勇大義的情感，是不惜身首斷裂、伸張正義的情感。文學本是打破平均、平庸的極端物，《鑄劍》把復仇情結推向極致，也就把一種崇高情感表現得極為動人。文學謳歌復仇精神無可非議。

文學中的復仇情結可以表現為極端形態，也可表現為矛盾形態。文學可以歌吟復仇，也可否定復仇。《基度山恩仇記》是復仇英雄的傳奇，《悲慘世界》則是拒絕復仇的慈悲精神的讚歌。而《哈姆雷特》與《鑄劍》不同，丹麥王子的手中之劍始終是猶豫的。他從父親的鬼魂那裏得知毒死父親的仇人正是自己的叔父克勞狄斯，而叔父這位新王又是母親的新丈夫。仇人謀害了父王，篡奪了王位與王后，可謂十惡不赦。哈姆雷特隨時都可以一劍把他了結。可是，他的復仇情結中卻蘊含着一個更重要的情結，這就是結束顛倒混亂、重整乾坤的責任情緒。他在接受父親鬼魂的復仇使命之後說了一句最重要的話：「這是一個顛倒混亂的時代，唉，倒霉的我卻要負起重整乾坤的重任。」哈姆雷特在德國威登堡大學接受人文教育，他在接受「復仇」使命的同時感受到另一個重大的人文責任。因此，他的復仇內涵便異常豐富複雜。復仇不是為了給父親雪恥、爭一口氣，也不是為了坐上本可繼承的王位，而是為了讓後人明白事情的真相，即王宮發生的謀殺事件所隱含的人性危機與時代內容。哈姆雷特的憂鬱，正是他的人文理想與他所看到的現實的巨大落差所產生的巨大苦悶。他的復仇情結裏包含着一個大時代衝突不盡、梳理不清的心結。《哈姆雷特》中還有另一個復仇者、被哈姆雷特誤殺的御前大臣的兒子雷歐提斯，他又是哈姆雷特的情人奧菲莉亞的哥哥。他向哈姆雷特復仇的原因是單一的，那就是為他的父親雪恥，為他的家族榮譽決一死戰。

在人類的文學史上，把復仇的精神內涵展示得最為深廣的可說就是《哈姆雷特》了。如果以《哈姆雷特》為參照系，我們就會覺得，《鑄劍》的復仇內涵顯得單薄一些，它的復仇主體缺乏內在衝突的張力。這一方面是因為《鑄劍》只是一篇短篇小說，難以充分展示內心深度；另一方面也反映了魯迅的復仇情結過於執着，復仇情結中缺乏慈悲內容的調節與牽制。倘若魯迅能以慈悲精神和更寬廣的人文精神對復仇情結提出某種質疑和叩問，他將更加偉大。

如上所述，復仇情結在小說中所表現出來的極端的情感形態，具有很高的文學價值。但是，復仇情結一旦推向社會，卻會造成很大的負面效果。復仇情結是一種消極的非理性情緒，也是一種導致暴力的破壞性情緒。魯迅的復仇情結，包括拒絕「費厄潑賴」、「痛打落水狗」、「一個也不寬恕」、「黨同伐異」、「以牙還牙」等具體內容，這一切都不是理性的。換句話說，這一切只有放在大黑暗的具體歷史語境下才是可以理解的，我們也正是這樣理解魯迅的。但是，二十世紀下半葉，魯迅卻被神化與聖化，隨之而來的便是把他在特殊歷史場合中的極端情感上升為普遍理性原則，把「復仇」、「拒絕費厄潑賴」、「一個也不寬恕」合理化甚至崇高化，結果加劇了革命狂熱和其他種種破壞性狂熱。今天應當正視復仇情結在社會思想層面上的消極影響，努力避免人類陷入「報復與反報復」的惡性循環中。

令人高興的是，現在已有一些獨立的中國作家，他們雖然崇敬魯迅，但並不沿襲魯迅的復仇思路。他們也寫復仇，也寫俠客，但已提出許多懷疑。例如余華的《鮮血梅花》，寫的也是一個擔負為父親報仇使命的阮姓少年，背負着也是一把奇異的寶劍（每殺死一個仇敵，就會在劍上開出一朵梅花，前輩已留下九十九朵），母親囑咐他去尋找殺父的仇敵，並在劍上添加一朵新的梅花。可是阮家少年走上復仇之路後，便陷入迷宮似的尋覓怪圈，根本無心也沒有能力復仇，我不是說《鮮血梅花》的文學價值比《鑄劍》高，而是說，中國作家已走出魯迅復仇情結的陰影，正在尋找自己的路。對此，九泉之下的魯迅一定會投以欣慰的目光。

真正崇敬魯迅，應當把他參與開創的中國現代文學事業推向更光輝的里程，而不是對他盲目模仿與謳歌，更不是利用他的名字左右折騰，把他當作歷史的傀儡和政治的玩偶。

寫於二零零一年九月，原載《明報月刊》二零零一年十月號

選自《現代文學諸子論》

中國現代文學中的兩大精神類型

——魯迅與高行健

一

韓國的「中國現代文學研究會」理事長朴宰雨先生在兩三年前曾設想舉辦一個「從魯迅到高行健」的討論會，並發函與我聯繫，但因高行健身體不好，沒有辦成。他看到高行健與魯迅是很不同的作家，可以作比較論說，這是很有見地的。事實上，這兩位作家是二十世紀中國現代文學中很有代表性的兩種精神類型。

只要留心一下，就會發現，世界各國的作家，儘管各有各的個性，但仍然可以看到完全不同的精神類型，例如日本的兩位諾貝爾文學獎獲得者川端康成和大江健三郎，就很不相同，川端遠離政治，拒絕干預社會，屬於唯美的一極；大江則關注政治，擁抱社會，屬於國際知識分子左翼，完全站在川端的彼岸。這兩種極端的精神類型，在法國則是左拉與普魯斯特的巨大差異；在德國則是歌德與荷爾德林的巨大差異；而在英國與愛爾蘭，則是拜倫與喬伊斯的差異；在葡萄牙，則是薩拉馬戈和比索瓦的差異，兩者都是精彩的存在。

今天我所講的魯迅與高行健，也是精彩的存在。但是，對於中國人來說，對魯迅已非常熟悉，認識也很充分，而對於高行健，雖然也知其名，但仍然很不了解。對於高行健，我們最好先認知，然後再作價值判斷與感情判斷。高行健是一個非常特別的中國作家，正如我的朋友李歐梵教授所說，高行健的審美趣味是歐洲高級知識分子的審美趣味，精神內涵比較深邃，藝術形式也比較不同一般，因此，要進入他的世界，相對就比較難。

二

這兩位作家，我都非常喜愛。魯迅不僅是我文學研究的出發點，而且是我崇尚的對象。魯迅這一名字，早已成為我的血肉，我的靈魂的一角；而高行健是我的摯友，二十多年前，我就和妻子抱着小女兒去觀賞他的《車站》。在北京，我和劉心武、劉湛秋，常與他聊天。那時就覺得他比我們「先鋒」，聽他講話，真是「如聞天樂」。

魯迅逝世於一九三六年，高行健則誕生於一九四零年。魯迅逝世後五十年，高行健才作為獨立不移的思想者與作家站立起來。

他們兩位有兩個共同點：第一，他們都是原創性極強的文學天才。「五四」新文學運動，是用一種新的語言方式進行寫作實驗的運動。那時開風氣之先的前驅者有陳獨秀、胡適、周作人等。胡適開了新詩的風氣，寫了《嘗試集》，雖有首創之功，但寫出來的詩卻很幼稚；而魯迅則出手不凡，一寫起新小說，就寫得那麼成熟，自成一種文體，其《狂人日記》，今天讀起來，還讓我們覺得文氣那麼充沛，文字那麼漂亮。魯迅的《孔乙己》、《故鄉》、《祝福》等等，伴我精神生活幾十年，至今一想起，還會在內心震盪。魯迅小說的藝術效果不是讓人感動，而是讓人震動，它總是搖撼着你的靈魂。《故鄉》裏的閏土那一聲「老爺」，不僅震撼魯迅，也震撼我們。一聲「老爺」，把童年時代兩位天真的朋友，一下子拉開十萬八千里。舊制度，舊文化，不僅吞沒了閏土的青春、健壯，把他的臉變成樹皮式的臉，而且吞沒了他內心的那一點人的驕傲與人的尊嚴，把他的靈魂變成麻木的靈魂，即「死魂靈」。一讀《故鄉》，我就產生一種非常特別的、他人也許想不到的鄉愁，這種鄉愁不是對於故鄉的浪漫情懷，而是童年時代和窮苦兄弟一起抓麻雀，一起在圓月下看守瓜田的本真狀態。我的憂傷常常是一種喪失本真自我的憂傷。

高行健也很特別。二十世紀八十年代他的作品還沒有正式問世，僅僅寫了幾篇小說給巴金看（高行健是以巴金為團長的訪法作家代表團的翻譯），就得到巴金的激賞。巴老對着法國朋友說，高行健是個真正的作家。他寫出《小說技巧初探》，一下子就引發一場全國性討論，而他的長篇小說一旦寫成，就完全改變了小說的觀念與小說的文體。《靈山》以人稱代替人物，以心理節奏代替故事情節，以內心多重語言關係代替外部的主體關係，這是中外小說史上所沒有的，但它獲得成功。而他的十八個戲劇，每個都不重複自己。他的戲劇所以會在西方打開一條新的道路，除了他把中國的「禪」帶入戲劇，從而送入一股精神新風之外，還在於他完成了三項突破：一，在戲劇內涵上，突破了奧尼爾的四重關係（人與上帝、人與自然、人與社會、人與他者），創造了「人與自我」的第五種關係。二，在戲劇藝術上，他創造了戲劇史上未曾有過的內心狀態戲。內心狀態本來就看不見，難以捉摸，他卻把不可視的狀態呈現於視覺性特別強的舞台。三，創造了演員、角色、觀眾的戲劇表演三重性。這一切，如果沒有特別的才能就難以做到。

魯迅和高行健還有另一個共同點：他們不僅是作家，而是深刻的思想者，作品中都有一般作家難以企及的思想深度。對於同一個問題，魯迅比同時代的作家、思想家總是看得深一層。「五四」的新文化先驅者，都看到禮教「吃人」，魯迅也看到了，但他多看到了兩個層面，一是「我亦吃人」，二是「自食」，自己吃自己。《狂人日記》中的主角就說「我也吃妹妹的肉」，在無意中進入了吃人的「共犯結構」。自食，則是自我撲滅。阿Q就是自我撲滅，自我扼殺的典型。當時的思想者，如李大釗等，只看到中國的制度問題，以為制度一旦得到「根本解決」，其他的都會迎刃而解；而魯迅則還看到「文化」問題，特別是深層文化問題，即國民性問題。他看到國民性不改變，甚麼好制度進來都會變形變質。事實證明魯迅的見解是對的。

高行健也是如此。一些知識分子認為，只要能從政治陰影中逃亡，便萬事大吉。高行健則想到，人最難的是從「自我的地獄」中逃亡。人最難衝破的是自我的地獄，無論走到天涯海角，自我的地獄都會跟隨着你。高行健劇本《逃亡》，表述的正是這一哲學主題，但它一度被誤認為是「政治戲」，其實，這是很深刻的哲學戲。

三

魯迅和高行健是兩種完全不同的精神類型。簡要地說，魯迅是入世的、救世的、戰鬥的，熱烈擁抱社會與熱烈擁抱是非的；而高行健則是避世的、自救的、逃亡的，抽離社會與冷觀社會的。

魯迅在他發表的第一篇白話小說《狂人日記》的結尾，就發出「救救孩子」的吶喊，之後，他又宣告要為青年「肩住黑暗的閘門」。魯迅的人生邏輯，用他自己的語言表述是「能殺才能生」的邏輯。所以他反對籠統地說「文人相輕」，認定文人之間的爭論不是「相輕」，其中有大是大非。而且認為知識分子應當熱烈擁抱是非，他甚至主張要「黨同伐異」，要「以牙還牙」，要報復，一個也不能寬恕。不管是二十年代中期說「『費厄潑賴』應當緩行」，「痛打落水狗」，還是三十年代中期臨終之前說「損着別人的牙眼，卻反對報復，主張寬容的人，萬勿和他接近」，其邏輯是一貫的。魯迅是近代中華民族苦悶的總象徵，他最愛中國人，又最恨中國人，總是哀其不幸，怒其不爭，其深邃的「愛」不得不通過「恨」的形式來表達，只好「橫眉冷對千夫指」了。

與魯迅的「橫眉冷對」不同，高行健的特點卻是「低眉冷觀」。他高舉「逃亡」的旗幟，拒絕政治投入。他從政治中逃亡，從集團的戰車中逃亡，從「主義」中逃亡，最後又從市場中逃亡。他的逃亡，不是政治反叛，而是自救，也可以說，逃亡不是一種政治行為，而是一種美學行為，一種人生態度，一種從現實政治關係和其他各種利益關係的網絡中抽離出來的生命大書寫，簡單地說，是一種冷觀現實的超然態度。所以他不是魯迅式的熱烈擁抱是非，而是以中性的眼光冷觀是非。從《車站》開始，他就逃亡，劇中主角「沉默的人」就是第一個逃出是非糾纏的人，以後，《彼岸》的主人翁拒絕充當領袖，走出公眾意志，也是逃亡。甚至可以說，《靈山》就是一部逃亡書，一部精神越獄書。

魯迅與高行健不同的精神取向，可以從他們崇尚的人物和筆下人物看得十分清楚。魯迅不喜歡莊子，他的《起死》（《故事新編》）嘲弄了莊子的無是非觀，而高行健則喜歡莊子的自然文化。魯迅批判「隱士」，高行健則尊崇隱逸文化。魯迅以《鑄劍》裏的宴之敖（黑衣人）表達了他的人格精神，特別是復仇精神，這是一種無情廝殺最後同歸於盡的猛士、鬥士精神。而高行健則以他的戲劇《八月雪》，倡導禪宗六祖慧能的精神與人格。慧能與基督不同，他不是救世，而是自救。他對政治權力，對社會人生看得那麼透。作為宗教領袖，他拒絕偶像崇拜。當他名滿天下之後，唐中宗和武則天要請他進京當太師，而且派了將軍薛簡來逼迫，但他軟硬不吃，完全不在乎甚麼皇恩浩蕩，完全看透權力把戲，知道一旦進入宮廷便要付出獨立思考的代價，所以就拒絕進入權力框架。最後，他把禪宗傳宗接代的衣砵也打碎廢棄，不要這種教門的權力象徵，以免以後為正宗、邪宗而爭鬥。慧能的精神在《八月雪》中表現出力透金剛的力度。如果說，《鑄劍》中的黑衣人表現出來的是「斷殺」、戰鬥的力度，那麼，《八月雪》中的慧能，表現出來的則是拒絕的力度，看破的力度，放下的力度，守持自由的堅定不移的力度，中國佛教史上，多少寺廟都因為皇帝的賜字賜號而歡呼，唯有慧能看得那麼透，這不能不說是一種精神奇觀。如果說，黑衣人宴之敖是魯迅的人格化身；那麼，慧能則是高行健的人格化身。這兩個化身形象，映射出兩種非常不同的精神類型。

這裏應當指出的是，人們往往誤以為魯迅有社會關懷而高行健則沒有。這是極大的誤解。其實他們都有關懷，只是從不同層面去關懷而已。高行健不像魯迅那樣，直接投身社會鬥爭，從政治或半政治層次上切入現實關係；他是在從政治中抽身之後，從更高的精神層面去關懷人類的生存困境和自身的人性困境與心靈困境。

四

與上述兩種不同精神類型相對應，魯迅和高行健又形成兩種不同的文學形態：熱文學與冷文學。

魯迅是一種典型的熱文學。《吶喊》、《熱風》、《鑄劍》，連名稱都是熾熱的，魯迅把自己的雜文稱作「匕首與投槍」，稱作「感應的神經」、「攻守的手足」，當然是熱的。即使是前期的小說，其基調也是批判的、抗爭的、感憤的。

高行健則拒絕做魯迅式的批判者、反叛者、裁決者。作為一個作家，他給自己的定位是觀察者、審美者、呈現者。他的所謂「冷」，不是冷漠，而是冷觀。他的作品的詩意不是來自莎士比亞、歌德式的激情，而是來自卡夫卡式的冷觀。卡夫卡才是高行健的出發點。不了解卡夫卡，就沒有辦法了解高行健的《夜遊神》、《叩問死亡》等荒誕戲劇，就不可能進入高行健的深層世界。他的《一個人的聖經》寫的「文化大革命」，是黑暗的年代，是混亂的現實，但寫得很有詩意，其關鍵就在於它不是訴諸譴責控訴，也不是訴諸悲情，而是冷靜地呈現。詩意來自低眉冷觀。這與魯迅的詩意源泉——戰鬥激情，差別很大。在說明高行健文學的詩意源泉時，特別應當強調的是高行健發現了內部主體三重性，即人的內心中「你」、「我」、「他」三坐標，尤其是「他」，這是一雙具有觀察自我的中性眼睛。有了這雙審視自我、評述自我的眼睛，便有冷靜。可以說，到了高行健，中國現代文學的政治浪漫和文學浪漫才有了一個句號，一個終點。

每一個傑出作家都是一種很奇特的「異象」，並非甚麼「歷史必然」，中國現代文學出現一個「熱烈擁抱是非」的作家之後，又出一個拒絕擁抱是非但也非常傑出的作家，這完全是歷史的偶然。高行健選擇一種和魯迅完全不同存在方式和寫作方式，卻在不同程度上反映中國現代知識分子和現代作家巨大的精神變遷。研究這種變遷，將是一個很有趣的課題。

在台灣清華大學台灣文學研究所和菲律賓亞洲華人作家協會上的演講稿
發表於香港《文學研究》二零零五年創刊號

朱正新著《魯迅傳》港版序

新年前夕，我接到香港三聯總編輯陳翠玲兄的電話，説出版社準備推出朱正先生的新著《魯迅傳》，讓我先看看電子排印稿，並説説感想。聽到這個消息，我立即答應。一是朱正屬於我敬重的友人，一個很有才華的耿介學者，一聽到他的名字，自然就升起一種懷念與親切感；二是我很早就讀過他的《魯迅正傳》及其修訂本，而我自己也寫過《魯迅傳》，很想知道穿越過歷史滄桑和個體浮沉後，他如何重新把握魯迅。還有一個原因是這些年一直覺得，無論是對於中國，還是對於世界，都需要一本還給魯迅真實風貌的《魯迅傳》。儘管對於魯迅總有不同看法不同評價，但是，不能不承認，魯迅是二十世紀中國最偉大的作家，其巨大的思想深度和文學水平，無人可以企及。更重要的是，他的影響太大，恐怕超過契訶夫對俄國的影響。二十世紀下半葉，魯迅的名字在很大程度上塑造了中國大陸知識分子的性格。雖然他在「文化大革命」中被當作歷史傀儡和政治器具，雖然這之後讓人產生逆反心理遭受過冷落，但魯迅還是魯迅，偉大的精神存在還是繼續存在着。至今，魯迅仍然影響着中國的深層文化心理，在當今具體的歷史時空中，魯迅作品與魯迅精神，仍然是一種觀照中國歷史與觀照中國社會現實的巨大參照系。對於中國知識分子的骨骼與心靈，它仍然是一種光輝不滅的坐標。

帶着這種心境讀朱正兄的新著《魯迅傳》，在電腦面前一坐到底，從第一句讀到最後一句，不知歷時多久，中間沒有停留。讀後，我鄭重地寫下了如下的心得：

這是一部真正的魯迅史記，其史料之翔實，旁證之完整，敍述之準確，方法之獨特，前所未有。其人文價值、學術價值超過以往所有的魯迅傳，尤其是史實部份，更是魯迅研究界多年考證成果的集大成者。我確信，這是一部最可靠、最可信、最可讀的魯迅傳記。

朱正先生二十五歲時就寫過《魯迅傳》，二十多年後（二十世紀八十年代初）他又修訂與重寫，但這部新著全然不同以往。同樣一個對象，同樣一個作者，為甚麼會寫出如此不同的傳記？了解中國的人對此不會感到奇怪。因為魯迅曾被國家機器推動過，被知識界聖化與神化過，在大潮流與大風氣中，翔實的魯迅傳很難產生。朱正先生的可貴與可敬佩，是他首先面對過去的歷史，正視自己以往的寫作沒有擺脫時代投下的陰影和因為時代條件的限制造成自身缺少充分準備的弱點。他真誠地正視自己年青時的粗糙與幼稚，在序言中做了一番真誠的「自看」與「自省」，因此獲得「自明」，即獲得傳記書寫中最重要的清明意識。這一意識決定了重新寫作的成功，使他終於跳出他人的框架，也跳出自己的框架，創出新格局。

以往的魯迅傳寫作，尤其是二十世紀八十年代之前的魯迅傳寫作（包括文學史教科書中的魯迅），最致命的弱點是走不出意識形態的框架，太多先驗設定，太多價值判斷，尤其是太多政治道德「名相」，包括「革命家」、「馬克思主義戰士」等名相，以至把魯迅傳寫成「魯迅傳奇」或「魯迅英雄傳」，以謳歌代替研究，以崇奉代替平實的記述。八十年代後，魯迅走下神壇與英雄舞台，魯迅研究也獲得解放，但他的「超越啟蒙」的一面又被描述得玄之又玄，一個活生生的扎根於中國苦難土地上的魯迅又變成克爾凱郭爾似的存在主義者，魯迅再次遠離魯迅。經過幾番折騰、幾番揉捏，疲倦了的讀者已厭倦任何高調、反調與怪調，只想見到真實的魯迅了。朱正兄的《魯迅傳》新著在此語境下應運而生，既必要，又及時。

傳記作者對傳主的視角，是仰視、平視還是俯視，歷來都有爭議。但我覺得，即使傳主是個大人物，也應當用超越的、大觀的眼睛來看待，只有站在比傳主更高的立足點上才能清楚地看清傳主的足跡和把握傳主的真實。這就是說，最好還是選擇「俯視」的態度。可惜以往的魯迅傳和魯迅評述太多仰視態度，包括我和他人合著的《魯迅傳》。但是，無論是選取何種視角，首先必須有一個堅實的前提，這就是必須寫出真實的魯迅，必須真實地記錄魯迅在大地上留下的無可更改的腳印——他的全部書寫語言與行為語言。傳記總是有記有傳有論有評，如果「記」不扎實，「傳」就會顯得輕飄。以往的魯迅傳，是記不足而論太多，或者說，是塗抹在魯迅臉上的脂粉太重太厚，從而使魯迅變得可愛而不可信，甚至是可怕又不可信。鑒於以往魯迅傳寫作的經驗，朱正先生選擇的方式是以「記」為經脈，以「信」為魂魄，揚棄先驗界定，淡化甚至空化價值判斷，以還原魯迅真面目為本。因此，寫作方式是歷史的，不是文學的。我喜歡這種比較乾淨的、老實的寫法，沒有脂粉的遮蔽、沒有概念的語障，沒有意識形態的「隔」，也沒有「春秋筆記」的旁敲側擊。如果我重新寫作魯迅傳，大約也會首先破除種種「執迷」，抹掉遮蔽魯迅的一切「法塵」，甚至連朱正兄在傳後所加的「一個世紀的魯迅」這類感評和總結也放下，可惜恐怕沒有這種機會與熱情了。所以，我要從落基山下，衷心地祝賀朱正兄又有新的完成，在晚年時仍有如此充沛的創造活力和如此認真的求索求證精神，而且如此清醒地「擺正」自己的位置：傳記作者只做觀察者、呈現者、敍述者，不作裁判者、裁決者。

儘管朱正兄的魯迅新傳寫得很好，但這並非是魯迅研究的終結。對於魯迅這一二十世紀的大文學現象，值得繼續思索的層面還很多。特別是後期的魯迅，他如此熱烈擁抱社會甚至熱烈擁抱政治，是事實，但如何駕馭這事實，讓冷靜作傳的朱正兄也格外費力。魯迅儘管是個天才，但也難以逃出二十世紀二、三十年代的激進大潮流。在精神創造中，也曾悲劇性地用政治話語取代文學話語，消耗太多寶貴的心力。他那麼深地介入政治和左翼營壘，是幸還是不幸，尚須時間來判斷。朱正兄只充分展示史實和語境，不參與爭辯，結論留給後來者。為而不爭，這正是《道德經》的遺訓。

看得見與看不見的中國

——劉再復訪談錄

訪談時間：紐約時間二零零八年十一月六日

訪談地點：美國馬里蘭大學亞洲與東歐語言文學系

訪 談 人：劉再復，美國科羅拉多大學客座研究員、香港城市大學中國文化中心名譽教授。著有《魯迅美學思想論稿》、《魯迅傳》、《性格組合論》、《文學的反思》、《放逐諸神》、《告別革命》、《罪與文學》、《傳統與中國人》、《現代文學諸子論》、《紅樓夢悟》、《共悟紅樓》、《高行健論》等，散文集有《讀滄海》、《尋找的悲歌》、《人論二十五種》、《漂流手記》九卷等。作品已翻譯成英、日、韓、德、法等多種文字。

採 訪 人：姜異新，北京魯迅博物館副研究員，北京師範大學文學院博士後，約翰斯．霍普金斯大學歷史系訪問學者。

在二十世紀八十年代的中國，很多青年讀着劉再復的《論文學主體性》而成為文學青年，很多學子讀着劉再復的《性格組合論》而走向人文研究，如今劉先生在海外從事漢學研究已二十年。置身於中西兩個截然不同的文化大環境，劉先生對人類精神史和文化中國的持續思索始終未間斷，並具備了更加開闊的比較視野。當「五四」新文化運動走到她的第九十個年頭，對於中國近現代知識分子提出的啟蒙、自由、人性等種種命題，獲得了複雜文化他者認識的劉先生又有怎樣的學術心得呢？在即將回國之際，有幸訪談到了劉先生，並很快收到他就訪談問題寄來的一摞手稿，在這個處處依賴電腦的數字化時代，還能見到散發着墨香的手寫稿，着實讓人感動不已。

姜異新：（以下簡稱「姜」）「五四」運動至今已經九十週年，今天再來回顧啟蒙，不是簡單的懷念，而是對啟蒙的反思，或者說對啟蒙的再啟蒙，您是「五四」新文化運動熏陶下長大的知識人，過去您在啟蒙問題上給國人帶來很多的啟發，今天，您對「五四」啟蒙又有甚麼新的看法？

劉再復：（以下簡稱「劉」）「五四」時代是一個大社會、小政府的時代，一個政治權力比較薄弱的時代，因此也變成一個思想開放的時代。儘管當時各種思潮（包括人道主義思潮、個人主義思潮、自由主義思潮、民粹主義思潮、社會主義思潮、無政府主義思潮等）並置，但第一思潮是注重個人、突出個體的個人主義思潮。其他思潮雖然「主義」不同，但有一個共同的啟蒙主題，就是喚醒每一個人的生命主權與靈魂主權。作為奴隸、作為牛馬沒有這種主權，作為國家偶像的器具、男權家庭的玩偶、宗法族群的子孫也沒有這種主權。「五四」啟蒙旗幟上正面寫的是「人」字，背後寫的是「己」（個體、個人、個性）。這一啟蒙內涵，與歐洲「文藝復興」運動的核心價值相似，但策略上卻相反。「五四」採用的不是「回歸希臘」的「復古」策略，而是「反古」策略：向中國古文化經典宣戰，旗幟鮮明地審判父輩文學與祖輩文化。如果說，西方「文藝復興」是個戀母（戀希臘）運動，那麼，「五四」則是個「審父運動」。而「五四」啟蒙家找到的「父親代表」——父輩文化代表是孔子。這些啟蒙先驅者崇尚的尼采宣佈的是「上帝死了」，而他們自己宣佈的是「孔子死了」。這是一個驚天動地的劃時代的大事件。漢以後，唐、宋、元、明、清一千多年裏出現過李卓吾這樣的異端，但沒有出現過如此規模的、徹底的挑戰孔子的運動，很了不起。打倒孔家店的策略為的正是「人——個體」解放的目的。當我們明瞭這個歷史語境之後，再讀魯迅的《狂人日記》，就會讀出它是一部用文學話語寫成的呼籲生命主權的獨立宣言。

「五四」啟蒙運動的核心內容合乎時代大勢，也合乎人性，因此，「五四」精神將不朽不滅。但是，這一啟蒙運動過去九十年之後，我們回頭來進行冷靜地觀照，就會發現它的一些弱點。

第一，「五四」啟蒙家的眼睛幾乎一律是西方理念的眼睛。他們發現中國大文化中缺少理性邏輯文化，努力引入西方文明，這是大功勞，但是，他們看中國，尤其是看中國文化，使用的全是西方理念的參照系。使用這一新的參照系確實啟迪了中國人，但他們太徹底了，以至認定中國古文化一無是處，也沒有可開掘的有益於人的生命主權與靈魂主權的任何資源。他們一味「刨祖墳」，但祖墳中除了「屍骨」之外難道甚麼都沒有嗎？先不說從《山海經》到《紅樓夢》這一重個體、重自由的系列，就以他們要打倒的孔子來說，其儒家體系也有表層內涵與深層內涵之分，揚棄其表層的束縛人性的意識形態和行為模式（如「非禮勿視」與「三從四德」等）之後，可以看到它的深層哲學，則是一套提高人在宇宙中的地位的哲學，它的不仰仗上帝肩膀而仰仗自身肩膀「自強不息」的精神和重視人際溫馨、調節人際關係的道理也絕對有它的合理性。中國文化歷經數千年的顛簸而不會滅亡，關鍵性的原因是它的深層內涵具有合理性，即合目的性——合人生存、溫飽、發展的總目的。「五四」過後，周作人講述中國文學的淵源，特別肯定明末的真性情文字。魯迅講述「魏晉風度」，特別讚賞嵇康人格和魏晉異端，我們不妨把它視為這是啟蒙者們在修正自己的偏頗。

第二、「五四」啟蒙者儘管以西方理念為參照系，但對參照系本身的哲學內涵和整個精神內容都未能充分把握。就以「個人主義」而言，當時胡適雖有些界定，但仍然是膚淺的。李澤厚先生和我在《告別革命》的談話錄中，有一節講「個人主義在中國的浮沉」，已作了些說明，歐洲個人主義思想系統，英國強調的重心與法國強調的重心很不相同。洛克（英）等強調的是自由；盧梭（法國）等強調的是「平等」，中國接受的是盧梭而不是洛克，因此只重人身解放，不重思想自由。而對於尼采，啟蒙家們把它作為旗幟，這無疑是強大的旗幟，但是尼采是歐洲貴族文化傳統的護衛者，用他來打擊奴隸精神很得力，用它來推動「平等」與「博愛」則文不對題。

第三，與前述相應，「五四」啟蒙因太匆忙，並沒有留下啟蒙思想的深厚的經典文本。或者說，根本就沒有現代經典意識。胡適說當時的啟蒙者是「提倡有餘，建設不足」，倒是大實話。魯迅在《中國新文學大系．小說二集》的序言中說他的小說體現了「五四」新文學運動的「實績」，這也是實話。除了魯迅的小說《吶喊》與《徬徨》，其他人的著作，均稱不上經典文本。胡適的《嘗試集》相當幼稚，其《白話文學史》也很粗糙。只能肯定其「開風氣」的功勞。幸而有魯迅的著作在，否則「五四」就如同「後現代主義」思潮——只有解構，沒有建構；只有破壞，沒有建設；只有理念，沒有審美成果。

這裏我順便講兩點與我們的論題相關的思考。一是西方解構思潮；二是啟蒙觀念本身。從十九世紀末期到二十世紀，西方發生過兩次大解構思潮。第一次是尼采（他於一九零零年去世），他是對柏拉圖以來的理念體系和基督教體系的解構，其思想的力量可謂力透金剛，但是他本身的著作是個巨大的建構。而第二次則是發生在二十世紀六、七十年代而延續至今的「後現代主義」思潮。這一思潮的前身是現代主義（尼采也是開創者之一），然而，現代主義與後現代主義完全不同。現代主義有大建樹，有創造實績。「後現代主義」則屬革命思潮，只解構前人創造的經典，自身則缺少經典文本（福柯、德里達的一些著作雖也可取，但比起尼采則是霄壤之別）。我把「五四」新文化運動也看作是一個大解構運動，解構孔子，解構儒家經典，解構宗法禮教，很有氣勢；但從建構的角度看，文學上還有若干經典文本，而人文科學方面，則幾乎沒有一部可站立於歷史舞台之上。因此，「五四」新文化運動啟蒙的核心內容，其突出個體生命權利的思想就很脆弱，根本不堪一擊，後來很快就被集體主義思想所取代，「己」迅速地被淹沒於「群」中，個人主義糊裏糊塗地變成罪惡思想而被消滅，也就可以理解了。第二點是想說明一下，儘管我肯定「五四」啟蒙的功勳，但又認為，作家和思想者不一定要扮演啟蒙者的角色。文學與哲學是充分個人化的精神活動，它的原創性來自超越平均數與大多數的水平線。而啟蒙則以喚醒大眾為目的，大眾只需要平均數和實際利益，不需要創造性的真理，因此，思想家與大眾總是發生衝突。蘇格拉底不是被專制權力處死的，而是被大眾處死的。這是一個永恆的寓言。魯迅後來陷入孤獨與絕望，恐怕也是他的聲音大眾根本聽不懂。我個人認為，一個作家只有放棄啟蒙大眾的企圖，才有精神自由。

姜：在中國，自由、啟蒙、理性、革命等等很多話語都是由西方思想史中來的，它們始終是在與基督教的持續爭辯和對話中產生的，而當中國近現代知識分子將這些話語與自身的民族危機聯繫在一起，將之作為中華民族尋找出路的思潮支持的時候，卻幾乎無視與它們持續對話的基督教文化背景。實際上，「五四」時期，基督教文化與現代理性啟蒙這兩個對立的思潮在國內幾乎同時形成了引介的高潮，您如何看待這種狀況？在沒有上帝的語境下，或者說在沒有宗教大背景的情況下，您認為中國的近現代啟蒙有自己獨特的話語譜系嗎？

劉：這個問題提得極好，你自己很有研究才能提出。今天我不一定能回答得好，但以後可以再深入思索探究。

探討中國問題，特別是近現代中國問題，注意中國和西方不同的大文化背景，極為重要。西方各種思想、思潮，儘管差異很大，但都有一個宗教背景，包括持守反基督教立場的思想家，其思想、言論和精神價值創造，也離不開宗教背景。沒有宗教背景的論辯，只能是膚淺的論辯。文藝復興運動是擺脫中世紀宗教統治的運動，人的解放，其對立項是神的禁錮。後來的啟蒙運動和運動中產生的自由、平等、革命等，也如你所說的，是在與基督教的持續爭辯和對話中產生的，從斯賓諾莎到尼采，都是宗教的異端。中國近現代知識分子引入西方的啟蒙話語時，的確幾乎無視基督教文化背景。「五四」啟蒙運動前前後後，固然是把雅典（理性文化）和耶路撒冷（基督教神性文化）同時引介，但重心是雅典而不是耶路撒冷。當時的啟蒙先驅者只是發現中國文化中柏拉圖（理性、邏輯文化）的闕如，並不在乎基督的缺席。他們在倡導賽先生（科學）、德先生（民主）時，鞭撻的對象是儒、道、釋合流的中國教義而非基督教義，但這不是對基督教的認同，而是把基督放在可有可無的無關緊要的位置上，儘管有冰心、許地山等蘊涵某種基督精神的作品，但其愛的聲音均十分微弱。於是，「五四」啟蒙便發生一個體用分裂的現象，即在「用」的層面上鼓吹民主的時候，卻全然不知道歐美的民主有一個「體」的支持，這個「體」就是基督教文化。如果沒有在神面前人格平等的「根本」精神的支撐，如果高唱民主的志士自身佈滿專制細菌，他們建立的民主秩序怎能不變形變質？一個離基督很遠的專制人格所主宰的「天國」最終恐怕只能變成地獄。「五四」新文化運動中的科學、民主、啟蒙、理性等理念顯得格外脆弱，民主也屢屢變質，就因為各種牌子的民主都找不到一個堅實的「體」來支撐。這也是對你的第一個問題的補充回答。

但是，在沒有上帝的語境中，中國的啟蒙者還是努力尋找自己的啟蒙話語。魯迅對陀思妥耶夫斯基的態度，可視為一個象徵。魯迅一面讚賞陀思妥耶夫斯基開掘「靈魂的深」，另一面又說自己終於無法走入他的世界，因為他知道這兩種文化的差異太大。他說：「在中國，沒有俄國的基督。在中國，君臨的是禮，不是神。」（摘自《且介亭雜文二集·陀思妥耶夫斯基的事》）魯迅非常清醒地看到中西文化的差異，而且一語中的地道破中國文化是以「禮」取代「神」的文化。其實，整個中國文化系統都是「無神論」文化。儒以禮代神，老莊以道代神，禪則以覺代神。中國文化本就是在人格神缺席的語境下創造了自己的話語譜系。古代是這樣，近現代也是這樣。魯迅的許多話語都是面對「禮」而發的，他在對中國禮教的深刻批判中形成了自己的一套獨特的思想和語言，完全不同於陀氏的語言。從《狂人日記》開始，他所聲討的「罪」——吃人的罪，就不是基督教教義中的原罪——離開天父之罪，而是另一種「原罪」：地父的罪，父輩文化的罪。魯迅和其他啟蒙者發現的第一罪人正是自己的父親（父輩文化）。這種發現和以後的闡釋，使「五四」新文化運動的話語譜系和西方的話語譜系完全不同：中國講的是歷史之罪；西方講的是存在之罪（人一存在就帶上罪）。中國現代文學所以沒有懺悔意識，就因為從不體認自己的良心責任，把罪全歸於「歷史罪人」，「五四」時歸於第一罪人「父親」，二十世紀三十年代（左翼文學）則歸於第二罪人「地主資本家」。這兩次「歷史罪人」的發現，形成中國近現代文學很獨特的話語譜系。我和林崗合著的《罪與文學》對此有較細緻的說明。未能體認自己良知上的罪，在審判社會的時候缺少審判自身的意識，使我國的現代文學缺少靈魂的深度。但是，也有可取之處（也許有些朋友恰恰認為不可取），這就是沒有基督教的「忍受」。陀思妥耶夫斯基不僅要返回苦難，擁抱苦難，忍受苦難，最後甚至把「苦」當作「樂」，即把苦難作為走上天堂的階梯，但以魯迅為符號的現代作家無法接受這種思路，他們的話語核心是要反抗壓迫，反抗黑暗，反抗地獄統治者製造的各種苦難，他們正視慘淡的人生、淋漓的鮮血，以打破「黑暗的閘門」為己任。魯迅一整套反對寬恕、反對安貧樂道、主張報復、主張熱烈擁抱是非的話語譜系，就是在上帝缺席的條件下形成的。我認定，這套話語具有很高的價值，但不可以把它上升為社會人生的普遍原則。

中國近代啟蒙者大體上有不同的兩翼。一翼是西化派，一翼是民粹派。這種劃分也許過於「本質化」，但能使我們的講述方便一些。前一翼是嚴復、康有為、梁啟超、胡適等。後一翼則是章太炎、李大釗、毛澤東、梁漱溟等。兩翼都沒有上帝的背景。你所說的「獨特的話語譜系」如果可以理解為原創性思想的話，那麼，我認為，真有原創性的思想家與作家並不多。上邊所列的這些啟蒙家的名字，我們在講述他們時有個困難，就是他們實際上處於許多層面，有政治史層面，有思想史層面，有學術史層面，有哲學史層面，有文化史、文學史層面。有些人在政治史上是一流人物，如孫中山，但在思想史上，他則說不上有甚麼深刻的話語。有的人在學術史上是一流人物，如錢鍾書，但在思想史上則不必硬給他甚麼地位。從啟蒙的角度說，康有為的思想有原創性，而梁啟超的原創話語則不多，但其影響力則非同小可。現代新文化諸主將，其有原創的話語譜系的是魯迅，而陳獨秀、胡適則如梁啟超，社會影響力極大，但原創的思想也嫌太少。二十世紀上半紀，有些很有才能的思想者，如梁漱溟、熊十力等，也努力開掘故國的文化資源，想建構一套自己的話語體系，可惜時代的大潮流打斷了他們的思索，其學術人生帶有很大的悲劇性。

姜：過去談論「五四」新文化運動，學界喜歡談論周氏兄弟、陳獨秀、胡適等的共性，能否談談他們的差異，或者說屬於個人的獨特的啟蒙思路？

劉：魯迅、周作人、陳獨秀、胡適這四位，是「五四」新文化運動的主將，啟蒙大潮的旗手，四位缺一不可。但他們四個不僅個性有很大的差別，而且啟蒙的方式與思路也很不相同。如果繼續用回答你前一個問題的語言，把「五四」視為與世界現代思潮相交匯的一部份，那麼，可以說，魯迅抓住的是尼采；胡適抓住的是易卜生（後來還有杜威）；陳獨秀抓住的是馬克思；周作人抓住的是希臘、日本等國的新知識。陳獨秀創辦《新青年》發表《文學革命論》、《偶像破壞論》等，入手是文學，但關注的是政治，因此，他不僅是新文化的領袖，而且成為新政治的領袖。和陳獨秀相比，個性與文字最溫和、最「不政治」的是周作人，而他最後卻被政治所吞沒，而形成巨大的個人悲劇。他在抗日戰爭中為敵國服務的拙劣表現所造成的失節行為，是個鐵鑄的歷史錯誤，無論作怎樣的辯護，都難改其錯誤性質。因為這不是意識形態問題，而是承認不承認道德絕對性的問題。如果我們懸擱他的個人歷史整體，僅着眼於「五四」，那也應當說，他的文章的力度與深度也遠遠不如魯迅，儘管那時他是「五四」人文主義的第一闡釋者和旗幟，其名聲和影響比魯迅還大。兄弟之差，最重要的原因是魯迅抓住的是敢於宣佈「上帝死了」力拔山兮的尼采，而周作人抓住的只是一些新知識，博是博了，但不深，也沒有力量。尼采很豐富，他在二十世紀的負面影響很大，以至被納粹所利用，但他又是歐洲現代主義思潮的哲學源頭。沒有尼采，就沒有荒誕體系（包括荒誕意識與荒誕文學）的誕生。「五四」時，魯迅抓住尼采來反奴性，反浸入到民族骨髓深處的奴性，氣勢非凡。我自己私下認定（沒有公開發表文章），魯迅的兩篇代表作，《狂人日記》寫的是尼采的「超人」——狂人即超人；《阿Q正傳》寫的是尼采的「末人」——阿Q即末人。魯迅的小說、散文，特別是《熱風》、《野草》，其文體可視為尼采的文體。尼采沒有一部著作是用西方傳統哲學方式表述的。他顯然刻意打破體系，以讓思想更自由地噴發。魯迅也是如此。如果千百年之後，抹掉魯迅的名字，在《熱風》、《野草》上署下尼采的名字，恐怕有許多人會信以為真。李澤厚先生用「提倡啟蒙、超越啟蒙」八個字來描述魯迅，非常恰切。魯迅抓住尼采，就一定會超越中國啟蒙內涵，進入形而上的現代思潮。與魯迅相比，陳獨秀、周作人、胡適都沒有完成這種超越，就進入不了現代形而上的大孤獨與大苦悶。周氏兄弟中、作為兄長的可稱為思想家，作為老弟的周作人則始終是舉辦知識、書本博覽會的文人。前者揚棄了中國舊文人的所有習氣，而後者則滿身是舊文人的氣味。與魯迅相比，胡適抓住易卜生而宣揚個人主義，也相當準確。他在「五四」新文化運動中，是語言形式革命的第一小提琴手，但他真正擅長的不是文學，也不是思想，而是學問，他自稱有「歷史癖」，在考證上也有成就，但思想的力度與深度與魯迅相去很遠。他只走到呼籲娜拉走出去（個性解放）的層次，提不出魯迅的問題：「娜拉走後怎麼辦？」更不能像魯迅那樣面對中國歷史文化和現實黑暗作出那種深刻的前所未有的批判。魯迅可以稱為二十世紀世界現代主義思潮的一部份，而胡適則不能，用「構不上」與「夠不上」均可。還有一點，胡適雖是文學改良的戰將，但文學感覺很差。他考證《紅樓夢》有成就，卻認為《紅樓夢》不如《儒林外史》甚至不如《海上花列傳》，真是莫名其妙。不過，胡適本人的自由主義作風，有成就而不稱霸、不罵人的作風，則是二十世紀中國所缺少的。他與蔡元培的兼容作風和寬厚情懷，屬沒有文字的行為語言，具有很高的啟蒙價值。在一個充滿人格專制的國度裏，這種作風值得我們懷念。

從「作風」着眼，是一種倫理主義評價。如果從歷史主義角度評價，則應當承認，「五四」這些啟蒙先驅者，從不同方面影響了二十世紀中國的社會風貌尤其是精神風貌。陳獨秀推動和影響了社會主義思潮，胡適推動和影響了自由主義和個人主義思潮，周作人推動和影響了人文主義思潮，魯迅則通過他的大於各種主義的文學精神內涵，推動和影響了人文主義、人道主義、個人主義甚至是社會主義思潮。

姜：您認為中國現代新文化運動史的敍述，不應只講北大，不講清華，兩者雖有激進與保守之分，但都在為中國新文化奠定基石。應當把與「五四」主潮（北京大學為中心的陳獨秀、胡適、周作人等）之外的具有不同理念的清華大學學者的人文論述（包括王國維、梁啟超、吳宓等）納入新文化的範疇。能否具體談談他們共同呈現的是一個甚麼樣的多元文化景觀？

劉：「五四」新文化運動的中心是北大，陳獨秀、胡適、周作人都屬北大，這一點無可爭議。但清華總是被視為新文化的對立面，卻不公平。錯覺的原因是清華大學國學研究院的三個代表人物梁啟超、王國維、吳宓都被視為保守派。尤其是吳宓，他和劉伯明、梅光迪、柳治徵、胡先驌等先生創辦的《學衡》被視為《新青年》和新文化的反動。其實，吳宓編輯《學衡》雜誌期間（從一九二一到一九二四年）身在南京東南大學。直到一九二五年初，他才被聘到清華大學研究院國學門（通稱「國學研究院」）。不過，他是一九一七年由清華留學預備學校派往美國學習的，因此被視為清華文化的一個符號，也理所當然。一九二五年梁啟超被邀擔任研究院導師（於一九二八年夏季辭去職務）。同年，王國維也受聘於研究院，並攜全家遷居於清華園，兩年後自殺前夕留下的遺書囑家人把他「行葬於清華園塋地」。與王國維相比，梁啟超更早就與清華大學有關係。一九二零年，他結束了歐洲之旅（從一九一八年年底開始，和丁文江、張君勱、蔣百里等同行訪問了英國、法國、比利時、荷蘭、瑞士、意大利、德國）回到中國不久，就到清華講述「國學小史」，一九二三年又再次到清華講學。由於梁啟超訪歐時親眼目睹西方的社會危機，因此回歸故國後在上海吳淞公學發表演説並寫了一些文章，認為中國數十年來一味效仿西方，終歸失敗，並認為中國不可以照搬西方的議會制。在新文化運動熱潮中，他發表這些意見，便被誤認為是反新文化的保守派。梁啟超被視為文化轉向，王國維被視為擁護張勳復辟的遺老，吳宓被視為與

《新青年》唱反調，於是，清華就被剔除於新文化的範疇之外了。我現在為清華請命，提出問題，是從兩個層面着眼。

第一，是把「中國現代新文化運動」這一範疇和「『五四』新文化運動」分開，把「五四」新文化運動視為中國現代新文化運動的一個部份，突出的、走向巔峰的部份。「五四」之前，晚清有個維新思想運動，這也是現代文化的一部份。可以說，中國現代新文化運動從一八九八年嚴復發表《天演論》和康梁維新運動前後所發表的一系列論著，就拉開了新文化運動的序幕了。所謂新文化，乃是與中國固有文化相區別的帶有異質的文化，即以西方理念為參照系的文化。梁啟超提倡新小說，改變了中國文學史把小說視為邪宗的觀念，便是新文學革命的先河，而他在史學上用進化史觀取代循環史觀，哲學上介紹霍布斯、笛卡爾、洛克、康德等西方大哲（參見《西儒學案》），這也是「五四」的先聲。王國維介紹康德、叔本華等也應作如是觀。梁啟超把甲午海戰前前後後的「接受歐人深邃偉大之思想」（王國維語）的潮流，稱作「晚清之新思想運動」，我們把這一新思想運動視為「五四」新文化運動的前奏與序曲，並不唐突。胡適、魯迅這些「五四」健將無一不受其影響。胡適自己說，連他的名字都是在「適者生存」潮流下的產物。魯迅則說他在水師學堂裏最快樂的事是吃辣椒、剝花生米、讀《天演論》。

梁啟超認為，晚清新思想運動的主體不是西洋留學生，他說：「晚清西洋思想之運動，最大不幸者一事焉，蓋西洋留學生殆全體未嘗參加於此運動，運動之原動力及其中堅，乃在不通西洋語言文字之人。」，所以他責備說：「則疇昔之西洋留學生，深有負於國家也。」他大約沒想到，正是這些西洋（還有東洋）留學生，發動了另一種規模的新文化運動，把啟蒙的重心從「新國民」（群）移向「新個人」（己），而在運動興起之時，他已踱入研究室寫他的《清代學術概論》。儘管他對西洋留學生早有微辭，對以留學生為主體的「五四」新文化運動也不介入，但他畢竟為這個大運動開闢過道路。儘管此時他的思想已回歸傳統，立於保守之地，但敍述中國現代新文化史，都離不開身在清華的先覺者的名字。

第二，在「五四」運動中，胡適與吳宓的對立，《新青年》與《學衡》的對立，魯迅對《學衡》的批評，使吳宓被「本質化」為反新文化的符號，這也是不妥當的。我這麼說，本需用論文形式來論證，但我已「返回古典」，不想再進入這一論題。今天只能簡單地講講。首先，我認為胡適與吳宓都是美國留學生，他們都在美國接受新文化、新思潮，只是接受的是不同學派的不同思想，胡適傾心的是詹姆士、杜威的實用主義和科學方法，吳宓則師從白璧德。杜威實用主義理念所派生的「學校如社會」的教育思想，在美國影響極大。這種思想的正面影響是使學生不會當書呆子，負面則是不重系統的知識灌輸和「德育」建構，而身在哈佛大學的白璧德則強調「紀律」（規律），強調「規範」，包括講文學紀律、文學規範，本就保守一些。吳宓在《學衡》雜誌中，曾對白璧德及穆爾的人文主義思想做了認真的評介。這些評介，當然是新文化。此外，吳宓還用西方的宗教理念和哲學理念解釋《紅樓夢》，我曾引述過他的論述，其理念與方法都很新鮮。特別應當提起的是蔡元培先生倡導的「美育代宗教」的思想，在清華有兩個同道，除了王國維就是吳宓。關於這一點，已故哲學家和西方哲學翻譯家賀麟先生曾做過公道的評價，他說：「……從文化價值的觀點，特別提倡美育或藝術，以作新文化運動時期，介紹新文化，改革舊思想舊道德的重要指針的人，當推蔡元培先生。蔡先生力主以美育代宗教，已揭示了西洋近代宗教藝術與宗教，同樣做有力提倡，見到二者貫通一致，相互為用的地方的人，我們應舉吳宓先生……吳先生所謂『借幻以顯真』，意思實與蔡先生『藝術所以表現本體界之現象』相通。現象屬幻，本體屬真。吳先生所謂『由美而生善』，與蔡先生認為美有增進超功利的道德之作用，甚為相符。不過吳先生對於宗教價值之尊崇，認藝術為方法，宗教為目的之說，便超出了蔡先生所處的啟蒙時代的思想了，至於吳先生認政治實業等皆須有宗教精神充盈貫注於其中的說法，尤值得注意，蓋依吳先生之說，則宗教精神不一定是中古的出世的了，而是政治實業，換言之，近代的民主政治，工業化的社會所不可少的精神基礎了。德哲韋伯於其宗教社會學中，力言歐美近代資本主義之興起及實業之發達，均有新教的精神和倫理思想為之先導，吳先生之說，實已隱約契合韋伯的看法了。」[1] 吳宓先生無論是努力評價白璧德、穆爾的人文主義思想，還是譯述霍恩雷的《神、心靈、生命、物質》一書，或是講美育、釋《紅樓夢》，都進入到世界西方新思潮的深層，我覺得應把這些深層論述列入「五四」新文化的領域。陳寅恪先生在王國維墓碑上的題辭是：「獨立之精神，自由之思想」，這正是世界新文化的核心內容。擁有這種精神與思想的王國維、吳宓等清華學人，他們在中國現代文化史上應有重要的位置。

姜：在最近寫的《「五四」理念變動的重新評說》一文中，您認為「五四」運動的三大發現，也就是周作人提出的「人的發現」、「婦女的發現」、「兒童的發現」，曹雪芹早就完成了，應把一九零四年王國維所作的《紅樓夢評論》視為新文化的先聲。能否具體談談這一問題。您是否認為中國現代文學的起源因此也應該重新追溯？

劉：周作人提出的三大發現，在「五四」時期係集體發現，並形成了一個運動。而作為個體的個人，曹雪芹早就發現了。他發現每一個個體都有價值，所以未界定任何一個生命是絕對壞的壞人，連讓人最厭惡的趙姨娘，寶玉也從未說過她的一句壞話，他遠離她，是出於本能，並非出於仇恨。《紅樓夢》發

1 「西方哲學的紹述與融會」，《賀麟選集》第三七零—三七一頁，吉林人民出版社，二零零五年。

現婦女特別是發現青春少女是天地鍾靈毓秀的結晶，是美的象徵，宇宙的本體，淨水世界詩國的主體，這種發現帶有徹底性，因此舉世無雙。而發現兒童則常被論者忽略。其實，對主人公寶玉的描述是從娘胎裏開始的（胎中的玉石更久遠），而在一週歲的時候，他面對慶祝週歲的滿目物件卻只抓住胭脂釵環，便寫出他的性情，後來他第一次見到黛玉，實際上已進入戀情，也才七、八歲的光景。他和黛玉、寶釵及其他女子的很長的一段故事，也包括他上學讀書的友情故事，都是童年的歷史。曹雪芹發現兒童不僅有天真，而且是天才。常人只知童言無忌，曹雪芹卻發現童言乃是天語——宇宙之語，往往一鳴驚人。「男人泥作，女子水作」，「女兒」二字比元始天尊、釋迦牟尼還尊貴，都出自兒童之口，皆是一掃千百年陳腐舊見的天才之語。關於這些發現，我在《紅樓四書》中已有論述，這裏簡要地再提一提，是為了說明曹雪芹是中國「人、女子、兒童」生命價值的第一發現者。我認為應把王國維於一九零四年所作的《〈紅樓夢〉評論》視為新文化的先聲，其理由：一是他把擁有三大發現內涵的《紅樓夢》作為中國文學的典範推向歷史平台；二是他第一個抓住叔本華哲學，並用它來闡釋《紅樓夢》，而叔本華和尼采，是整個世界現代思潮的開創者，或者說，是現代思潮的哲學動因。十九世紀下半葉，德國是現代思潮的故鄉。叔本華哲學揭示人的無法克服的生命意志所造成的悲劇循環，實際上說明了人的生命不是上帝可以掌握的。人的生命內部的魔鬼——慾望，恰恰主宰着人的生命方向並造成人生的無可逆轉的悲劇性。「五四」是中國的現代思潮，當時高舉的是尼采、易卜生的旗幟，而王國維在這之前，舉起的是叔本華的名字，因此，可以把他視為新文化的先聲。也就是說，以王國維為起點，中國的知識人已經終結了南北文化交融的思維方法，開始了「中西文化交匯」的思維方式了，已經借用西方的現代參照系來看中國文化了。如果我們不是用群體運動視角，而是用個體生命創造的文化發生學的視角，那麼，新文化的緣起，應追溯得更遠。

姜：在新時期，您的魯迅研究影響很大。您曾著有《魯迅和自然科學》、《魯迅傳》、《魯迅美學思想論稿》等專著。儘管這些年來沒有專門的有關魯迅論著出現，但您仍然關注着魯迅研究，思索着魯迅思索的種種命題，能否談談您去美這些年對魯迅的思考的新收穫？在闡釋框架上與以前相比有甚麼新突破？

劉：出國後我只寫過《魯迅研究的自我批判》、《中國現代文學的奇蹟與悲劇》和《論魯迅本色》兩篇文章和一個訪談錄，還和李澤厚先生作過一個「魯迅與胡適比較」的對話。第一篇是在東京大學學術討論會上的講稿；第二篇是在新加坡實驗戲劇學院上的講稿；第三篇是答香港《城市文藝》編輯部問，都不屬專著，只是思考。不過，放下論文的框架，倒是使思想更為明晰地表述。

一九九一年我在東京所作的自我反省，是表明在海外思想自由的條件下，我將放下以往流行的「二三模式」，即兩段論（前期進化論、後期馬克思主義階級論）和三個帽子（革命家、思想家、文學家）。揚棄兩段論本質主義的劃分，可以更真實地面對魯迅本來豐富的、多面的、複雜的存在。這既能充分開掘前期（非馬克思主義）的巨大思想深度，排除用庸俗階級論去觀照阿Q等形象，又能充分揭示魯迅後期在國際左翼思潮勃興的語境下矛盾痛苦的內心，也能解釋一個所謂馬克思主義者何以如此無情地鞭撻農民革命領袖張獻忠等。揚棄三頂帽子，主要是去掉「革命家」的帽子，仍然確認魯迅是具有巨大思想深度的文學家、中國現代文學的首席作家和通過意象表述歷史認識與現實認識的思想家。給思想家的前邊加上定語，是為了說明魯迅的本色是文學家，他的深刻思想是由精彩的意象和濃烈的情感傳達的，因此不可把他的文學語言上升為普遍的理性原則，以免使魯迅繼續淪為歷史傀儡和政治器具。去掉他的「革命家」帽子也是為了避免這種悲劇，而魯迅本身在客觀上也並非革命家。關於這一點，我在東京大學的講演中曾以魯迅總結辛亥革命失敗的經驗為例，說明他對革命的思考未必抵達「革命家」的高度：

魯迅提出「痛打落水狗」的命題是從辛亥革命失敗的教訓中總結出來的，他認為辛亥革命的教訓是革命不徹底，即不能痛打落水狗。因此，今後的出路應當用另一場更徹底的革命來代替這場不徹底的革命。這種思路是當時一些激進知識分子的共同性思路，這種對辛亥革命教訓的總結帶有很大的片面性。事實上，辛亥革命之後所以會造成帝制復辟等問題，不能說革命不徹底，而是革命方式本身所造成的後遺症。作為暴力革命的辛亥革命和中外歷史上許多暴力革命一樣，在推翻舊政權之後，不能提供新的政治框架，這就造成革命後的政治真空（也就是後遺症），而填補這種政治真空捨再次專制別無出路，這才是問題的所在。可惜，當時魯迅和其他激進知識分子看不到這一點，所以就以造成後遺症的藥方（革命）醫治後遺症，結果便使革命藥方不斷加濃、加重、加劇（越來越徹底）。[1]

放下「進化論」、「階級論」、「革命家」這些本質化的概念，不是貶低魯迅，而是還以魯迅一個豐富的充滿矛盾的真實存在。所以我在前年答香港《城市文藝》編者問時，特別強調魯迅是個矛盾體。這段講述是這樣的：

1 《放逐諸神》第二三八—二三九頁，香港天地圖書有限公司，一九九四年。

說他豐富複雜，是指他的生命整體是個巨大的矛盾體，其生命場是個巨大的張力場。你說他是啟蒙家，不錯，可是，他又偏偏超越啟蒙，成為中國現代作家中唯一有現代感、唯一叩問存在意義的先鋒派，《野草》就是明證。然而，我們又不能把超越啟蒙、具有形上意味這一面過份渲染，以為魯迅就是克爾凱郭爾，就是陀思妥耶夫斯基。其實，他根本就不想進入陀氏的靈魂磨難的世界。他有時非常形而上，非常虛無，有時又非常形而下，非常實際。他公開宣稱編講義是「為吃飯」（《集外集續編·廈門通訊（二）》），寫文章就是為了餬口，並非為了甚麼革命大業。他有時非常關心民瘼、關懷社會，很「人道」，有時又想「躲進小樓成一統，管他冬夏與春秋」，很個人化。正如他自己所說的，常在個人主義與人道主義之間擺動。他討厭莊子的無是非觀，寫了《起死》嘲諷他，其厭惡情緒波及施蟄存先生，可是他又承認自己中了莊周的毒，有時很隨便，有時很峻急。在中國現代作家中，沒有一個像他那樣能說出「唯虛無乃是實有」的話，具有那樣刻骨銘心的空無感，也沒有一個作家像他那樣重視「吃飯哲學」。當「五四」新文化運動高舉易卜生的「娜拉」大旗時，唯有魯迅最清醒，他提出「娜拉走後怎麼辦」的問題。婦女解放、個性解放的「模範」娜拉，她告別丈夫走出家門後，靠誰吃飯，靠甚麼吃飯？沒有飯吃，哪來的自由？《傷逝》裏的子君，就是中國的娜拉，她的悲劇不正是沒有飯吃而保不住情愛的悲劇嗎？魯迅臨終之前，還叮嚀不要讓孩子充當空頭文學家，也就是不要當只會唱高調、一點也不正視社會根本的空談家。

這段話，包含着我對魯迅的基本認識和對他極高的評價。這一認識用魯迅自己的話說，是在個人主義與人道主義之間起伏擺動，用我的語言則是現實主義與現代主義之間徘徊徬徨。他是一個偉大的現實主義者，所以正視黑暗，正視苦難，介入現實，擁抱現實，是社會變革的啟蒙者，他的《吶喊》、《徬徨》和無比犀利的散文都是二十世紀啟蒙的最強音。而他又是中國現代作家中唯一有深刻現代感的「特例」。我認為，十九世紀末期和二十世紀上半葉，西方的現代主義思潮是個重大的很了不起的思潮。從廣義上說，尼采、叔本華、愛因斯坦、佛洛伊德、柏格森等，都可以劃入這一思潮。從狹義上說（即從文學藝術角度上說），則是卡夫卡、喬伊斯、貝克特、弗吉尼亞、沃爾夫、龐德、艾略特等一群天才作家繼文藝復興之後第二次對人的巨大發現，此次發現，與第一次發現人的精彩、人的崇高不同，它是對人的荒誕、人的無意識的發現。這一發現，不僅有理念，而且有巨大的建樹。就以喬伊斯的《尤利西斯》而言，其語言的密度及心理含量，幾乎達到了極限，僅讀中文譯本，就會驚訝不已。還有那些荒誕小說與荒誕戲劇以及艾略特的《荒原》等，年輕時讀，覺得他們在「搞笑」，經過「文化大革命」和各種苦難之後，也就是自己經歷了荒誕的境遇之後，才深深感到共鳴，聽懂這些天才作家的心聲。現在讀魯迅的《野草》，覺得它就是東方的《荒原》（艾略特），讀《阿Q正傳》，覺得它就是中國的《變形記》（卡夫卡），兩者都可視為精彩的現代主義荒誕作品。魯迅當時並沒有意識到歐洲這股現代主義思潮，但他憑借自己的天才直覺，也憑借他抓住西方現代主義思潮的第一文本——尼采，發現了中國國民性中的大荒誕，不可理喻的價值顛倒。這個阿Q形象，其蘊藏的文化含量，尤其是荒誕含量，足以和西方現代主義思潮中的任何一部經典作品相媲美。我覺得，除了羅曼·羅蘭，中外文學研究家都沒有發現阿Q的巨大荒誕內涵，但在時間繼續推移之後，去掉世界文學史描述的偏頗，也許會發現，產生在二十年代的中國《阿Q正傳》，正是現代主義的一個經典文本，一個不能不面對的特例。魯迅的天才體現在，不僅他是東方現代主義寫作的「個案」，在思索與寫作中抵達西方現代主義諸家同樣的深度，而且他又在潮流之外，不同於這一光輝群落，既不同於尼采、克爾凱郭爾這些哲學家，也不同於卡夫卡、喬伊斯、貝克特、艾略特等文學家，他在孤獨感中注入了巨大人道關懷和現實憂患意識，他的大苦悶，既是個人靈魂的苦悶，又是民族集體出路的苦悶。其作品乃是雙重「苦悶的象徵」。關於這一點，我在回答香港《城市文藝》編者問時已涉及，我引述一段：

西方思想者，不管他們的思想有多大的差異，但都有宗教大背景，所以他們的「個人主義」，便連帶着個人靈魂拯救的問題。克爾凱郭爾和陀思妥耶夫斯基的焦慮，不是魯迅那種在很個人化時還有吃飯問題（人道關懷）的焦慮，而是靈魂如何解脱與飛升的焦慮。可是，魯迅不管怎麼形而上，卻始終關心一個「肉」的解放問題，一個「人」的生存問題即社會合理性和人道主義問題。所以他無法接受陀思妥耶夫斯基那樣通過「肉」的磨難而達到「靈」的拯救的思路。儘管魯迅知道把這種思路帶入文學，會使文學獲得靈魂的深度和崇高感。在陀氏看來，只有在地獄（苦難）中忍受，才能走向天堂，苦難本身就是天堂的階梯，甚至苦就是樂，這種東正教邏輯，魯迅是絕對無法接受的。所以他只能擔當揭露苦難、反抗苦難、折毀地獄的角色，對於維護地獄的各種鬼蜮，一個也不寬恕。魯迅的孤獨感，不是被上帝拋棄後的孤獨，不是失去精神家園的孤獨，而是面對麻木的社會，他的吶喊無人回應的孤獨。夢醒了，但醒後無路可走。他想改革，但積習太深的國民根本無法理解改革的真正內涵，他所要啟蒙的民眾，靈魂離他太遠了。[1]

我用「現實主義」和「現代主義」的矛盾來描述魯迅，正是看到魯迅的現代主義既超越了現實主義，又看到他在現代主義中蘊涵着非常深邃的現實關懷。就魯迅人生整體與文學整體而言，他實際包含着三部曲：一是進入啟蒙（現實主義的《吶喊》）；二是跳出啟蒙（寫作《野草》等現代主義孤獨感作品）；三是回歸啟蒙甚至救亡（後期重新熱烈擁抱現實是非並進入左翼思潮）。他不是西方那種純粹的個人主義者和現代主義者，而是個人主義和人道主義不斷交織，現代主義與現實主義不斷融匯的生命。正因為他不純粹「個人」，又不離中國現實，所以才產生如此巨大的影響。不過，對於魯迅這樣一個豐富、複雜的精神存在，用「主義」來描述，總覺得未能「盡興」，但在找到更貼切的語言之前，也只能如此了。

姜：最後能否談談，在美國和中國做漢學研究的不同之處是甚麼？儘管身處的環境發生了很大的變化，但這些年您始終在自己的研究領域持續思考，如果說在中國的時候多的是對美國自由的想像，截至您赴美後第一次回中國，十九年間是否又多了對中國的想像或者說隔膜，這或許會形成許多複雜的文化他者認識，由此對您的中國近現代文化史研究產生的是甚麼樣的影響呢？

劉：到美國近二十年，我研究的主要對象仍然是中國文學與中國文化，所不同的是無論是在地理上還是在心理上，我都有了距離感。這種距離感，使我更加冷靜，也更加客觀一些。最近我對《書屋》委

1 《思想者十八題》第三四一頁，香港明報出版社，二零零七年。

託的訪談學者說，我和林崗合著的《傳統與中國人》在二零零二年由香港牛津大學出版社再版時，我們寫了一個再版序言，說明人文學術特別是批評性的人文學術，從來就有兩方面的不同含義：一方面它是面對一個具有真實性的問題提出看法，另一方面是在某種社會情形之下與現實的對話。前者是人文批評具有客觀性的那一方面，後者則是人文批評具有主觀性的那一方面。人文批評既讓人看到對事實問題的見解，又讓人強烈地感受到理想的激情與對現實的關懷，比如，魯迅關於中國「傳統吃人」的論題，他在一生中多次發揮，見諸散論、小說和雜文，顯然不是一時的輕率議論，而是包含着自己對中國文化沉痛的思索與睿見。若是我們否認傳統「吃人」論題具有任何可以稱得上是真實的對傳統的見解，否認這一見解具有任何學術含義，認為它不過是一時的激憤之辭，那就無從解釋這一論題在二十世紀的中國文化史上何以扮演如此重要的角色。若是拒絕這一思想，我們也將失去在今天重新認識傳統的重要憑據之一。但是，假如認為傳統吃人的命題就是一個純粹真實的對傳統的科學認識，那又是幼稚的，這不但是我們感情上不能接受的，而且在理智上也有悖於人類學關於一定的文化創設和人類生活之間的關係的常識。我和林崗用一萬多字的篇幅說明這兩方面的區別與關係，也說明站在任何一極的極端立場來看待批評性的人文學術都是不對的。也就是說，當時我們的「批判」，是出現在特定歷史場景下的批判，這一批判有益於理解「五四」新思潮的文化基礎，而今天，我們的「返回古典」，則是回到文化原典所提供的客觀理念。出國之後，我更注意人文批評客觀性的一面，儘管也難免要放入一些主觀判斷。何況海外校園和研究領域，本就強調客觀，注重細讀原典文本。

海外的漢學研究主體，一部份是西方本土學者，一部份是西方華裔學者。二者中都有一些優秀人物體現西方優秀的學統。這一學統包括學術精神、學術態度與學術方法。出國十九年，讓我印象最深也是讓我學習到最多的地方是他們的態度：面對問題（不是面對人身）、進入問題、討論問題的態度；尊重對手，尊重事實，把對手設想為深思好學者的態度；「你可能對，我可能錯」的自由主義態度；崇尚真理勝過崇尚老師的態度等等。一九八九年三月，我第一次到哈佛大學訪問，在講演中，我看到坐在前面的史華茲教授謙卑和藹的神情，這一瞬間給了我終生難忘的啟迪。他的嚴復研究著作和其他中國古代文化研究著作，他的為人治學，代表一種傳統，一種精神，一種高度。我們這一代人，經歷了整整十年的「文化大革命」，天天聽到「批判」、「批臭」的噪音，幾乎喪失「進入問題、討論問題」的能力，後來雖有所長進，但能到西方感受和體驗一下其優秀學術精神與學術態度，真是一種幸運。

在學術方法上，海外漢學研究界也有一些不同於國內學界的共同特點（如雙語寫作或雙語閱讀），但每個學人的路子又有差異。因此，我比較注意個案。但就多數而言，西方的中國文學研究者善於深挖一口井，較難對貫穿古今的中國文學整體與文化整體進行全面把握。我因為從小就浸泡在母國的文學文化大系統中，便盡量發揮自己的「宏觀把握」的優勢，把宏觀視野與微觀閱讀結合起來，努力尋找一些文史哲可以相通、中西文化血脈可以打通、學問思想生命可以銜接的論題。這樣，即便是深挖一口井，也不至於當上井底之蛙。

儘管在美國仍然可以讀到國內的一些刊物，但畢竟存在距離，涉獵有限，尤其是國內現狀，我更是只能從媒體了解一些，缺乏具體的感受和體驗，而沒有親身的感受和體驗，獲得的印象是不可靠的。因此，我對此時的中國感到有點陌生，尤其是對底層中國、深層中國、鄉村中國，更為陌生。我喜歡卡爾維諾的小說《看不見的城市》，也喜歡借用他的語言說，對於看得見的中國，我有所了解；對於看不見的中國（則當代中國的內在精神、文化心態、良知體系、審美理想等）卻很隔膜，從這個意義上說，我真的遠離中國了。但是在有了時空的距離之後，我對祖國的幾千年來的文化正典如《山海經》、《道德經》、《南華經》（莊子）、《六祖壇經》、《紅樓夢》等則產生了更深的傾慕與眷戀，對孔孟朱（熹）王（陽明）的另一思想系統也調節了以往的評價，而對於現代文學中的魯迅，則從內心深處感到他確實偉大，揚棄聖化與神化的簡單態度，他對於我，也更為真實，更為親切了。

第二輯

海外共論魯迅

魯迅與胡適比較

——與李澤厚的對話

劉再復：（以下簡稱「劉」）你讀了李慎之先生寫給舒蕪的信了嗎？信中說，最近他對魯迅與胡適的評價有個很大的轉變。他說：「我六十年來一直愛戴崇敬魯迅。對胡適的感情是完全無法與之相比的。在我心目中，胡適當然『也是個人物』，但他軟弱，易妥協，同魯迅比起來，『不像一個戰士』，而且顯得『淺薄』……這些『胡不如魯』的印象本來也一直存在心裏。……經過一番思索，我的思想居然倒轉了過來，認為就對啟蒙精神的理解而言，魯迅未必如胡適。」經過整整半世紀對胡適的批判和對魯迅的推崇，最後李慎之作了這樣的判斷，可見中國有一些知識者的思想真的獨立了，不再被時代的風氣和權力的意志所左右，儘管我想和李慎之先生作些商榷。

李澤厚：（以下簡稱「李」）這封信我讀過了。沒想到李慎之文筆那麼好，年紀快八十還能寫出這樣的文章，比許多年輕一輩、兩輩的學人都寫得好，沒有八股味，想得清楚，寫出來就清楚。魯迅與胡適，顯然是兩種不同的個性。他們也是從不同角度對中國現代文化作出貢獻的，其貢獻的方面並不相同。我仍然堅持自己原來的看法，覺得魯迅最了不起。魯迅是偉大的文學家，他以文學方式——包括小說、散文和雜文，向各種陳舊傳統作韌性的啟蒙戰鬥，但同時又超越了啟蒙。他有着對人生意義的尋求。魯迅是「提倡啟蒙，超越啟蒙」，這使他的啟蒙比胡適（包括陳獨秀）具有更深沉的力量、激情和智慧。

劉：因為要紀念魯迅誕辰一百二十週年，《香港作家》主編梅子先生約我寫篇文章。我首先用兩個概念表述了基本看法，一個是「奇蹟」，一個是「悲劇」。說是奇蹟，是指作為一個偉大文學家，魯迅在白話文的草創階段，也就是在剛剛進行另一種語言方式的寫作實驗時，他的小說就寫得那麼精彩，語言那麼成熟，文體那麼獨特，真是奇了。單憑他的兩部小說集（《吶喊》與《徬徨》）和一部散文集（《野草》）就足以卓絕千古。還有另一點也很奇，他的思想那麼深刻，對中國歷史、中國社會以及中國人的認識那麼深刻。魯迅代表着新的文學時代的深度，這一點，其他現代作家（包括胡適）望塵莫及。

我想要特別說明的是，魯迅對中華民族的集體無意識即「國民性」的發現，認識與解剖，更是無人可比。胡適、陳獨秀這些啟蒙家，當時都看到中國制度上的問題，但魯迅更深地看到，除了制度，還有一個文化問題，國民性問題，如果文化心理基礎不變易，甚麼先進的事物進來都沒用。中國人的圓滑不是一般的圓滑，而是非常成熟的圓滑；中國人的自私不是一般的自私，而是血腥式的自私。這種民族劣根性就像「黑染缸」，甚麼好名詞、好制度一經它的污染，就會變形變質。民主制度恐怕也是如此。魯迅看到這一點很了不起。國民性、民族集體無意識，這種東西無從考證，也非知識可歸類的。國外一些研究中國國民性的論著，所以只能羅列「保守、固執、不守時」等性格弱點，停留在國民性表面上滑動，就在於他們使用的只是實證與邏輯的方法。而魯迅不是這樣。他對國民性的把握，是偉大文學家直覺方式的把握，是以天才的洞察力和敏感力，穿透國民性格表層現象而挺進到中國文化心理的深層結構，直逼「根柢」，直指要害；然後又天才地描摹中國病態靈魂的「靈魂意象」（阿Q等）和麻木靈魂的形式（「精神勝利法」）。

但魯迅又是個悲劇。古今中外歷史上，沒見過一個作家被政治利用得這麼無情、這麼厲害的。他生前想改造中國人，死後卻完全被中國人所改造，改造成兇神惡煞似的政治玩偶，改造成歷史的傀儡和打人器具。魯迅的被神化，實際上是被非人化。先把他非人化，再利用他進行政治掃蕩和裁決別人。李慎之先生似乎沒有把表層啟蒙（側重於政治上「用」的層面的啟蒙）和深層啟蒙（側重於精神上的「體」的層面的啟蒙）分開。從深層啟蒙的意義上說，魯迅顯然比胡適更深刻。但從政治理念層面看胡適的一些見解，也很了不起。

李：從啟蒙的角度上說，胡適比魯迅更注重政治上的啟蒙。如李慎之所說，他主要是：感受和認識美國的民主制度、法治觀念等，而且堅信不移。他反對過國民黨，晚年仍支持雷震。他自覺地在政治舞台上活動過。魯迅則完全是個作家。以前神化魯迅，給他戴了許多「家」的帽子，其中最重要的三頂是「革命家」、「思想家」、「文學家」。二十世紀八十年代，我們去掉他第一頂帽子，現在似乎應該去掉第二頂，而只保留第三頂：魯迅是文學家，是具有巨大思想深度的偉大文學家。這才還其本來面目。文學訴諸情感，所以才有「人誰不愛魯」？將魯迅的啟蒙訴諸人的情感方面。胡適說：「世界上最強有力的人就是那個最孤獨的個人。」但是，胡並不能充分理解這句話。倒是魯迅身體力行地挖掘了孤獨的內涵。魯迅的孤獨感與悲愴感具有超時代的形而上的對人生意義的尋求，同時又有他深刻感受到的時代內涵，所以極有深度，非胡適所能比擬。

劉：魯迅也是思想家。現代作家中的傑出者如郭沫若，沈從文、巴金、老舍、曹禺，張愛玲、錢鍾書等都不是思想家。有深邃思想，是魯迅一大特點。但魯迅的本體本色，的確是偉大作家。從作家的特點去讀魯迅，才能真正把握魯迅，才能發現和理解他的片面形態與偏激形態的價值，即他的情感價值。

你一再強調應該注意魯迅「提倡啟蒙又超越啟蒙」，這的確是個關鍵。正是超越了啟蒙，魯迅才進入其他啟蒙家（包括胡適）無法進入的極為深邃的精神層面。當啟蒙者們進入時髦的「自由主義」、「科學主義」、「理性主義」、「集體主義」等概念遊戲中時，魯迅卻單獨地踏進了另一個精神維度，這就是叩問人的存在意義的維度。這一點很不簡單。

我在《論中國現代文學的整體維度及其局限》一文中，指出從審美內涵的角度上說，中國二十世紀上半葉的文學，大體上只有「國家、社會、歷史」這一維度，而缺乏「叩問存在意義」、「叩問超驗世界」、「叩問自然」等三個維度，而魯迅卻如鳳毛麟角，偏偏有力地叩問了個體生命「此在」的意義，揭示孤獨存在個體深刻的精神內涵與時代內涵。這些內涵與西方作家的荒誕感、厭煩感既相通又不同。魯迅絕望，又反抗絕望；厭煩，又反抗厭煩；他走入精神深處，又不忘生命個體應負的歷史責任。他是那個時代中華民族大苦悶的總象徵。然而，由於魯迅一走上新文學路程，就與傳統徹底決裂，沒有給自己留下精神退路，也拒絕其他精神退路，對現實的黑暗和國民性致命弱點又看得格外分明，因此，他的孤獨感深到幾乎帶有病態。他反對「費厄潑賴」，主張「復仇」與「黨同伐異」，臨終時還宣佈「一個也不寬恕」。這一切在當時的歷史語境下可以理解，作為一個作家的文學形態也可理解（文學的策略總是把自己的情感方式推向極致），然而，一旦訴諸社會，就顯得不夠「寬容」，過於激憤。魯迅的復仇情結，是一種非理性情緒。它一進入社會，甚至被上升為普遍理性原則，就會產生很大的負面影響。相比之下，胡適顯得寬容。這一點李慎之所說是對的。

李：「不寬容」倒是魯迅的一大貢獻，這恰恰又只是文學——情感上的！它能激勵人們，而並不是也不能特別是不能作為一種政治——理性觀念來對待。胡適為人做事都比較寬容，這倒與他的政治理念相吻合，而這恰恰不是文學的。但中國缺乏的倒是這種自由主義的寬容氣概和作風。政治立場可以有不同選擇，但寬容態度有其獨立的價值。魯迅的確說了許多激憤的話，如你所說，我們不應當把作家情感憤激之辭當作理性的普遍原則，這會帶來許多問題。李慎之説「誤導」，其實更多的恐怕是「誤讀誤用」，把文藝作品激發的情感態度當作是理性的正確認識。例如「痛打落水狗」的口號，在「文化大革命」中就變成政治理念的原則，就產生了種種置人於絕境的暴力。

劉：胡適的思想雖不如魯迅深刻，但他一向主張改良，主張一個一個研究問題，整個思路是建設性的。他從嘗試用白話寫詩到考證幾部古典長篇到文學史、哲學史、禪宗研究，都是建設性的開風氣之先。他的缺點是建設力度，深度不夠。他倡導語言改革，功勞很大，但語言思考的精神深度與西方的索緒爾、維特根斯坦等人相比就顯得單薄。他在中國開自由主義先河，但也只是表面功夫。因為建設底蘊不足，所以沒有創造出自由主義的現代典籍，結果其他思潮一來，便潰不成形。這也可說是一種文化教訓。魯迅雖有深度，在實際上也埋頭建設，但因為對中國傳統與現實壞的方面看得太透，便產生一種「無破壞即無新建設」的思路，革命性很強。毛澤東後來強調「不破不立」，而且說明自己的心與魯迅相通，大約正是在「破字當頭」這一點上最為相通。今天回顧這段歷史，包括反省二十世紀整個中國歷史，應當承認，我們過去是破壞太多，建設太少。魯迅的先破後立的思路是值得質疑的。

李：二十世紀中國的確是破壞性思路、也就是「造反有理」的革命思路佔了上風：情緒有餘，理性不足；破壞有餘，建設不足。二十一世紀應該有個大轉變，應當把思索與行為的重心轉到建設上來。胡適許多貢獻是建設性的，例如他提倡白話文，寫新詩《嘗試集》，寫《中國哲學史》等等。二十世紀五十年代大規模批胡適，但批不倒他的《紅樓夢考證》等考證成果。魯迅後期的政治情緒非常鮮明，但並沒有完全政治化。他埋頭翻譯《死魂靈》，出版各種木刻等等。他不是當今那種要否定一切只張揚自己的空頭批判家。

劉：魯迅已經誕生一百二十週年，逝世六十五年了。有了時間距離，我們的思考就比較冷靜，心態也會比較正常。那種捍衛魯迅的脆弱心態與「解構魯迅」的痞子心態以及市場炒作心態，離我們很遠。今天我們把魯迅和胡適作一比較，也是學術的平常事。經歷了風風雨雨，他們兩人對中國現代文化的卓越貢獻，已經沒有甚麼疑義了。

選自《現代文學諸子論》，香港牛津大學出版社，二零零四年

中國現代諸作家評論
——與李澤厚的對話

劉再復：（以下簡稱「劉」）有一位採訪者詢問芝加哥大學教授、曾獲得諾貝爾獎的作家貝婁，如果在悲劇與喜劇之間讓他選擇一個，他喜歡何者？他回答說，如果一定要他選擇一個，我選擇喜劇，因為它更具有活力、智慧和男子氣概。他說，二十世紀從二十年代到五十年代的文學，一直洋溢着哀婉的語調，就像艾略特的《荒原》和喬伊斯的《一位年輕藝術家的畫像》一樣。整個時代感受着這樣的哀傷，他不喜歡這種哀傷，太過份了。現在，我想和你討論這個問題，想了解一下如果同樣這個問題對你提出，您將作何選擇。

李澤厚：（以下簡稱「李」）我的回答正好和他相反，我將選擇哀傷，選擇悲劇。我很喜歡古典悲劇，我不喜歡那種遊戲人生的作品。對人生採取一種嘲弄、純粹玩笑、撕毀一切價值觀念的態度，我始終不能接受，這與我的人生觀極不調和。當然，我不喜歡的不一定不好，這與藝術趣味、審美需求，與個人的人生背景不同相關。我的背景和我的人生觀使我喜歡比較嚴肅的、哀傷的作品。看了悲劇，會使人活得更堅定，我還是想看那些讀後能獲得力量的作品。我喜歡魯迅，也是因為這一點，讀了他的作品，能更嚴肅地對待人生，能獲得力量。玩世不恭的作品，我很難接受。

劉：你一直主張藝術多元，我相信你會尊重各種藝術門類，但你的審美趣味我能理解。人的生存本身是一件極不容易的事，無論如何應當嚴肅地對待人生。但我現在也很喜歡喜劇，特別是帶有一點歷史內涵的喜劇。人生在經受大痛苦之後，往往會超越痛苦，然後對痛苦進行一種調侃和智慧的對話，這裏也含有深刻的東西，與着意玩世不恭的東西不同。

李：現在玩世不恭的時髦——所謂痞子文學，可以暫時的滿足心靈虛空，也能撕毀一些假面具，但藝術境界不高，我不太喜歡。王朔的小說畢竟出生在中國的現實土壤上，應該說有其真實意義的一面。我最討厭的倒是毫無中國根基的、時髦的文學理論及批評，在理論上宣傳玩世不恭等等，自鳴得意，亦步亦趨地抄西方，實在是令人倒胃口。

劉：所謂痞子文學是對過去畸形的崇高文學的反抗。過去強制文學塑造高大的英雄，以致最後達到高大全，現在有許多作品則描寫肉體上的侏儒和精神上的侏儒。最近我讀了幾部小說，就是描寫侏儒的，例如，劉心武的《風過耳》，就是刻劃了幾個道德淪喪得完全沒有人樣的精神矮人。而莫言的《酒國》竟塑造了一個身高只有五十七厘米的名叫「余一尺」的酒店總經理，是個在經濟大浪潮中的暴發戶，擁有億萬金錢的新時代的英雄，但他卻是一個侏儒。而王朔的小說寫的許多痞子，實際上也是精神上的侏儒。當代文學，從英雄王國走進侏儒王國，是一個巨大的變化，這是從武松王國變成武大郎王國的變化，你應當注意一下這種現象。但是，我發現，劉心武、莫言的喜劇裏還是帶有很強的悲劇性。而王朔的小說，還看不出這一點。但聽劉心武說，他最近的一部小說，也隱含着悲劇的因素，可惜我還沒有看到。

李：我尊重他們的嘗試，包括王朔。但我不隱瞞自己的審美趣味，我更喜歡悲劇。我這個人總感覺生活很艱難很吃力，既缺乏過剩的閒情逸致，也無法自欺欺人，我就從沒有像某些人那樣，宣稱以做學問為「玩」的那種「精神」和雅興。我讀悲劇是覺得它能給人一點支持生存的力量，如此而已。就以魯迅來說，我也只喜歡他的散文詩《野草》和一部份小說，例如《孤獨者》、《在酒樓上》等等，年輕時讀了很受震撼。《朝花夕拾》也寫得好，我也很喜歡。《肥皂》、《離婚》之類就不行。他的雜文也有不可否認的文學價值，很厲害。我不喜歡他的《故事新編》，我覺得《故事新編》基本上是失敗的。

劉：《故事新編》中的《鑄劍》寫得很好，你不喜歡嗎？

李：《鑄劍》是《故事新編》中寫得最好的，可說是唯一成功的。寫作年代也較早，與其他各篇不同，我喜歡，以前也説過，並記得在文章中也提到過。

劉：你真是不喜歡喜劇，《故事新編》的喜劇性很強。魯迅的《野草》極好，在二十世紀的中國散文中，它確實是座奇峰，至今無人可比。這恐怕是因為它具有一種中國現代散文家所缺少的形而上氛圍。現代散文一般都是寫實的，缺乏形而上氛圍，這使《野草》帶有更豐富的象徵意蘊和哲學意蘊。還有，它的意象也很特別，許多「病葉」似的意象，類似波德萊爾的《惡之花》，這也是其他散文家筆下所無。魯迅寫實一點的散文《朝花夕拾》也寫得極好。魯迅的小說，不是每一篇都好，除了《肥皂》、《離婚》之外，像《鴨的喜劇》就很一般。你特別不喜歡《肥皂》，也可能與你不喜歡喜劇有關。

李：我不喜歡滑稽戲，包括不喜歡相聲，總之，這也許與我的性格有關，並不包含我的價值判斷，只是個人的審美愛好罷了。

劉：滑稽戲、相聲也比較淺。你就喜歡深刻的東西。但是，有些文學作品並不太深刻，但很和諧，很有情韻，很有幽默感，也是好作品。比如汪曾祺的小說，不能說很深刻，但和諧有味，也是成功之作。

李：我不否認你的見解，但留給我印象最深的還是深刻的作品。魯迅的《孤獨者》之所以震撼我，就是因為深刻，比《傷逝》深刻。

劉：你不喜歡周作人，可能也與此有關。

李：是的，我不喜歡周作人，特別對現在有些研究者把周作人捧得那麼高很反感。魯迅那麼多作品讓我留下那麼深刻的印象，周作人則沒有一篇。

劉：現在重提周作人是因為過去幾乎把他遺忘了。過去從政治着眼，也抹掉他在新文化運動中的功勞，這是不應該的。他在「五四」新文化運動中功勞不小，散文創作也確有豐富的實績，這不應抹煞，一抹煞就會反彈，一反彈就會評價過高。他在抗戰時期的人格污點是抹不掉的。如不說這些，就他的創作文本來說，他也不如魯迅深刻。和魯迅相比，他的思想顯得平和，確實不深刻，確實沒有動人的魯迅式的思想光芒，更沒有魯迅的始終關懷社會、擁抱人間疾苦的人格精神。魯迅真是個天才。但周作人很會寫文章，他的散文寫得很從容，很沖淡，很自然，也很有知識，應當承認，在中國現代散文史上，他是突出的有實績的散文大家。

李：你的批評是站在文學史寫作的學院式立場，我則側重於個人審美愛好。

劉：從個人的審美愛好，我也更喜歡魯迅，只是不太喜歡他個人那種一個也不寬恕的性格。但對他的整個人格，我非常喜歡，在中國的現代作家中，沒有一個人像他那樣：最愛中國也最恨中國，而且最了解中國。中國太黑暗，專制太甚，常是「苛政猛於虎」，因此，老百姓也太苦。這種國度最需要魯迅人格，和周作人相比，魯迅的人格寶貴得太多了。

李：中國太需要魯迅這種精神性格。可惜中國聰明人和聰明的作家太多，像魯迅這種作家太少。當然，我不是指魯迅的個人脾氣。可惜魯迅被捧壞了。魯迅被抬得那麼高，是在解放後，解放前只有一部份人崇敬他。

劉：解放後他被當成歷史的傀儡，被利用得很慘。活人可以當傀儡，死人也可當傀儡。人的命運真是無可逃躲，進了墳墓還要被利用，被當作工具、器具、玩具、面具。把魯迅人為地抬高，把魯迅作為一個作家一時的激憤之辭上升為普遍性的政治原則和道德原則，就會造成災難性的後果。

李：真是無可逃躲。不過，可以不去管它。「身後是非誰管得，滿村爭唱蔡中郎」，記不準了。

劉：你的愛好偏重於悲劇、深邃，這樣，你對老舍可能就不喜歡了。

李：不錯。我一直不喜歡老舍。甚至連他的最著名的《駱駝祥子》我都不喜歡。看了這部作品，使人心灰意懶。我記得是十幾歲時讀的，和魯迅一比，高下立見。

劉：這是我第一次聽到對老舍和《駱駝祥子》的很特殊的評價。不過，你應當注意老舍有些作品非常完美，比如《月牙兒》，無論從哪個角度看，都相當完善。還有，老舍的京味兒語言確實是很地道的，而且很有歷史感，比如《茶館》，就是很成功的作品。

李：我不否認他的某些成功的作品，《茶館》的前半部相當成功，後面就不行了。但從總體上我不太喜歡。也許因為老舍的文風有點油滑。我很早注意到胡風對老舍的批評，胡風一點兒也不喜歡老舍。我讀魯迅，總是得到力量，讀老舍，效果正相反。也許我這個人不行，總需要有力量補充自己。

劉：我能理解你的這種審美趣味和評價尺度，所以我能猜中你一定也不喜歡郭沫若和創造社諸子。

李：在中國現代作家中，我一直不喜歡兩個人，一是剛剛說過的周作人，還有一個就是郭沫若。一個太消極，一個太積極。我從來就討厭郭沫若和創造社，我從不喜歡大喊大叫的風格，創造社的作品的喊叫既粗魯又空洞。

劉：但郭沫若在「五四」時期所作的《女神》、《瓶》都是好詩。

李：《女神》的喊叫與那個時代的吶喊之聲還和諧，但我還是不喜歡。我對郭的某些（也只是某些）歷史著作，如《青銅時代》中的一些文章以及某些甲骨文考證很喜歡，可以看出他的確很聰明。

劉：郭沫若在《瓶》之後的《恢復》，就喊叫得很粗糙，很空洞。如果文學一味為了成為時代的號筒，確實會造成很大的問題。不過，我們也不能一概否認大喊大叫的詩歌。比如惠特曼的詩，也是大喊大叫，聞一多的某些詩，也是大喊大叫，但他們的詩有內在情韻，有詩的內在規律的制約。中國現代新詩，到了聞一多就比較成熟了。

李：我不喜歡大喊大叫的作家和作品，但並不等於我就非常喜歡完全不喊不叫的作品。例如周作人，他倒不叫喚，很安靜地喝酒品茶，但我也很不喜歡。

劉：胡適也不喊叫，在「五四」時代，胡適和周作人還算比較溫和，但我讀了你的《陳獨秀、胡適、魯迅》一文，才知道你認為胡適不深刻。

李：是的。不過胡適有開風氣之先的重要功勞，周作人也有功勞，但不及胡。胡適除了白話文之外，在摸索現代詩形式、開創新的哲學史等方面，功不可沒，但思想很膚淺，甚至極淺。他在分析中國落後的原因時說是「五鬼鬧中華」，這種看法就很好笑。魯迅比他深刻多了。胡適有價值的東西是他那種西方自由主義的作風，比較寬容論敵、主張漸進改良、重視平等待人，等等，這在政治上、意識形態上和為人處事的態度上，我以為至今仍有價值，中國八十年以來缺少的還是這個。

劉：那麼，你喜歡冰心嗎？冰心的傑出之處恐怕不在於深刻。

李：中國的現代作家，我小時候最喜歡魯迅和冰心。這仍然是少年時代的感受，因為以後就幾乎沒有再讀冰心了。她的《繁星》、《春水》、《寄小讀者》，我小時候都喜歡。可惜我從未和她見過面，不是沒有機會，我這個人就是懶於交往，性格弱點，沒有辦法。

劉：我也很喜歡冰心。我在為福建的一本散文選集作序時曾説過，我小時候有兩個母親，一個是我生身的慈愛的母親，還有一個是給我以精神乳汁的母親，這就是冰心。我第一本真正讀破的散文集是《寄小讀者》，前頭十幾頁全讀碎了。我想，冰心的作品不在於深刻，而在於她用一種美好的、符合人類善良天性的文字來溫暖和塑造少年兒童的心靈。我總是不能接受暴力和一切殘忍的行為，總是拒絕階級鬥爭的理論，如果尋找原因，甚至可能與愛讀冰心的作品有關。

李：是的，冰心的作品使人善良，使人和殘暴、邪惡劃清界限，這就足夠了。在冰心的單純裏，恰恰關聯着埋藏在人類心靈深處的最重要、最不可缺少的東西，在這個非常有限的意義上，她也是深刻的。

劉：如果人類失去純真的愛、關懷，如果總是以痞子的口吻嘲弄這些看起來簡單，但卻是人類存在最重要的根據時，這個世界將會是何等可怕和悲慘?!其悲慘絕不亞於戰爭與災荒。

李：中國人的心靈裏，包括整個民族心靈和每個個體的心靈，經過數十年階級鬥爭的洗禮，現在缺乏的正是冰心的這種單純。

劉：你喜歡魯迅，又喜歡冰心，一個非常激烈，一個非常溫和，兩者能統一起來嗎？

李：我並不喜歡魯迅那些太劇烈的東西，那些東西相當尖刻，例如罵梅蘭芳為「梅毒」，男人愛看是因為扮女人，女人愛看是因為男子扮，的確尖刻，但失公允，這只是一例而已。雖然讀起來很過癮，可是沒有久遠意義。魯迅那些超越啟蒙救亡的思想文字倒是有其長久意義，其人生感悟，是深刻的。魯迅和冰心對人生都有一種真誠的關切，只是關切的形態不同。

劉：茅盾的《冰心論》完全否定冰心的作品，很奇怪。茅盾當時以馬克思主義的政治意識形態作為寫作的前提，也要求別人這樣做，這太獨斷了。

李：茅盾的《子夜》正是政治意識形態的形象表述，它想在書中表達對當時中國社會最新的認識和回答中國社會的出路，然而，認識一壓倒情感，文學性就削弱了。奇怪，文學界為甚麼把這部書捧得那麼高。茅盾不滿意冰心，正是不滿意冰心沒有改造中國社會的革命意識，只關注超越意識形態的「普遍」心靈。可是，如果人類心靈沒有美好的積澱，能有美好的未來嗎？老實說，要看茅盾的作品還不如看他的《霜葉紅於二月花》、《蝕》。我以為《動搖》就比《子夜》好，當然這可能是我的偏見。《子夜》有一些片段很好，但整體不行。

劉：把政治意識形態，甚至把一時的政策作為敍述前提，是革命文學的通病，這種通病發展到丁玲的《太陽照在桑乾河上》，就更極端化了，政治意識具體化為清算意識，鼓動仇恨。文學到了這個地步，離開文學的本性就很遠了。

李：這是非常古怪的現象——作家竟然呼喚人們進行無窮盡的互相殘殺。這當然是直接為當時的革命、鬥爭服務。於是非常複雜的社會現象和人性現象，被簡化為兩種階級符號式的人物的決一死戰。思想簡單，藝術粗糙。《暴風驟雨》儘管粗糙，還有片段的真實感，而《太陽照在桑乾河上》卻連片段的真實感也沒有，但在當時也許可以起革命的作用。不過毛澤東本人卻從不讀這些作品，他也看不起它們。

劉：中國現代文學在「五四」新文化運動中開始發生，使用的是新的語言、新的形式，時間不長，總的來說，還只是經歷了一個發生和實驗的時期，發育還不很健全、健壯，不應當無休止地謳歌，應當正視其幼稚病和許多失敗現象。那麼，對於最近十幾年的創作，你一直有好感，也給予相當高的評價，現在你還堅持原來的看法嗎？

李：還堅持。我覺得二十世紀八十年代的文學很有生氣，很有成就。但我也和你説過，當代作家都比較浮躁，急於成功，少有面壁十年，潛心構制，不問風雨如何，只管耕耘不息的精神和氣概。

「五四」新文化諸子評說
——與李澤厚的對話

李澤厚：（以下簡稱「李」）魯迅一直是我最崇敬的人物。我是頑固的挺魯派，從初中到今日，始終如此。我最近特別高興讀到一些極不相同的人如吳冠中、周汝昌、徐梵澄、顧隨等，都從不同方面認同魯迅而不認同周作人、胡適。這些人都是認真的知識分子、藝術家和學問家，並非左翼作家和激進派，卻都崇尚魯迅。魯迅不僅思想好，人品好，文章也最好。一些人極力拔高周作人、張愛玲等人，用以壓倒或貶低魯迅，用文學技巧來壓倒思想內容。學界也流行以「知識」、「學問」來壓倒和貶低思想。其實，嚴復當年就說過，中國學人崇博雅，「誇多識」；而西方學人重見解，「尚新知」。愛因斯坦的新知、見解，難道不勝過一座圖書館嗎？

劉再復：（以下簡稱「劉」）嚴復的話真是擊中要害。十年前我寫過一篇文章，就說現在學界是學術的姿態壓倒學術的真誠，即壓倒追求真理的熱情，也用知識掩蓋思想的貧血症。許多人讀了《告別革命》，發現您對周作人、郭沫若、老舍的尖銳批評，感到很震驚。周作人身上太多中國舊文人的習氣，最後超過中國族群的道德底線，當了漢奸，真是個大悲劇。您對胡適評價也一直不高。

李：胡適和周作人不同。他的作風很好，有成就而仍然寬容、謙和，其自由主義思想、風格，在中國至今仍有重要價值。但他的思想確實不如魯迅深刻，例如說中國的問題是「五鬼鬧中華」，未免太淺薄了。周作人散文中是有知識，但那也是小知識，並不是大知識。錢鍾書才可以算大知識、大學問。他的學問甚至可以說「前無古人，後無來者」。可惜，他在可開掘思想的關鍵之處，卻未能深「錐」下去。這可舉的例子很多，就拿《管錐編增訂》（一九八二年九月第一版）的第一篇來說，你讀讀這下半段就明白了：

《詩・文王》以「無聲無臭」形容「上天之載」之旨，亦《老子》反覆所言「玄德」（第一零、五一、六五章；參觀一五章：「古之善為道者，微妙玄通，深不可識」），王弼註謂「不知其主，出乎幽冥」者也（參觀第一八章註：「行術用明，……趣覩形見，物知避之」；三六章註：「器不可覩，而物各得其所，則國之利器也」；四九章註：「害之大也，莫大於用其明矣。……無所察焉，百姓何避？」）。尊嚴上帝，屏息潛蹤，靜如鼠子，動若偷兒，用意蓋同申、韓、鬼谷輩侈陳「聖人之道陰，在隱與匿」、「聖人貴夜行」耳（參觀二五六——二五八頁）。《韓非子・八經》曰：「故明主之行制也天，其用人也鬼」，舊註謂如天之「不可測」，如鬼之「陰密」。《老子》第四一章稱「道」曰：「建德若偷」（參觀嚴遵《道德指歸論・上士聞道篇》：「建德若偷，無所不成」），王弼註：「偷、匹也」，義不可通，校改紛如，都未厭心，竊以為「匹」乃「匿」之訛。「偷」如《莊子・漁父》「偷拔其所欲謂之險」之「偷」，宜穎註：「潛引人心中之欲。」）《出曜經》卷一五《利養品》下稱「息心」得「智慧解脱」曰：「如鼠藏穴，潛隱習教。」夫證道得解，而曰「若偷」「如鼠」，殆類「孤寡不穀，而王公以為稱。」（第四二章，又三九章）歟。

這段話把中國的「聖、王」、秘訣，他們最重要的手段和技巧是甚麼，全揭開了，講到了關鍵。如果繼續開掘下去，以錢鍾書的學識本領，極易將中國的帝王術的統治方略全面托出而發人深省，可惜卻戛然而止，轉述其他。

劉：真是如此。這一則，上半段談上帝我們把它省略了。僅此下半段讀起來就夠讓人驚心動魄的。中國的聖人之道在「隱與匿」，帝王之術，如鼠藏穴，如鬼潛蹤，但都打着深不可測的天意。中國的智慧在天子與聖人處如此變質，真是匪夷所思。錢先生的著作是個大礦藏，他用全部生命建構礦山，把開掘的使命留給後人。在可開掘思想的關鍵之處深錐下去，這倒是您這個思想家的特長。二零零二年我讀您的《歷史本體論》，一打開書頁，第一節就講「度」的本體性。甚麼是度？度就是「掌握分寸，恰到好處」。您說度的本體（由人類感性實踐活動所產生）之所以大於理性，正在於它有某種不可規定性、不可預計性。而歷史本體就建立在這個動態的永不停頓地前往着的「度」的實現中，它是「以美啟真」的「神秘」的人類學的生命力量，也是「天人合一」新解釋的奧秘所在。您在其他文章也多次講「度」，把度與中國的中道哲學、和諧哲學聯繫起來思索。每次想起您這個「度」字，就想錢先生的「幾」字。他在《管錐編》第一冊《周易正義》第十九則「繫辭（三）：知幾」中就有「幾」意的上百則匯編，其知識密度真是驚人。所謂幾就是「動之微，吉之先見者也。」也就是臨界點、分寸感，也就是您講的預計和度。錢先生的功夫是把古今中外（包括詩詞）有關「幾」字的應用、疏解都「一網打盡」，可是他卻未能抓住「幾」字作出您的「歷史本體論」的大文章，今天我很有收穫，可把錢先生和您聯繫起來思索了。

李：可談的真是太多。所以我說周作人的知識性散文，連學問也談不上，只是「雅趣」而已。

劉：我贊成您對錢鍾書先生的評價。他不是思想家，但其學問確實是「前無古人，後無來者」。您說得對，前人博識者雖有，如紀曉嵐，但不懂外文，書中不可能融會中西學識。而後人外語是強了，但要像錢先生擁有如此深厚的古典底蘊，恐怕是不可能了。有人批評《管錐編》「散錢失串」，不無道理，因為它無理論中軸，缺少體系構架，但這也帶來一個長處，就是不把自己的豐富精神寶藏封閉在若干大概念的符號系統中，即不會因為體系的邏輯需要而刪除寶庫的多彩多姿。與錢先生相比，周作人的知識格局確實顯得小。但周作人畢竟是文學家，其文學的閒情逸趣，也會給社會上的一部份讀者得到審美愉悦。他的自然淡雅情調和品書抄摘功夫影響了一些作家，如俞平伯、廢名等，您的審美尺度，似更重視文學須給人以力量。

李：也不僅如此。審美，鑒賞作家作品，不是一件容易的事，它是多種因素的綜合判斷。我在《美學四講》裏講文學有情感、理解、想像、感知諸因素，每一種要素又可再分解。但文學之厲害，倒確實是思想化作情感力量去打動人，魯迅就有這種力量。

劉：剛才您講幾個與魯迅風格全然不同的學者藝術家，對魯迅均心悦誠服，其中除了顧隨我感到陌生之外，其他人確實衷心敬愛魯迅。吳冠中先生這樣一個很有成就的畫家，竟然說出「一百個齊白石也不如一個魯迅」的話。您對齊白石也挺喜歡，曾讚揚他是「地地道道根底深厚的中國意味、中國風韻」，他是民族的，又不保守。可是您也認同吳冠中的絕對性評價。徐梵澄就在您們哲學所，我在社科院二十七年，有幾件遺憾事，其中一件是未曾拜訪過徐先生。因為在國內時我對佛教、禪宗和印度文化的興趣沒有現在這麼濃厚。他在印度深造、鑽研四十多年，翻譯了《奥義書》和《神聖人生論》，對印度文化特別是印度宗教真有研究。回國後他唯一崇敬的就是魯迅。儘管這與他在青年時代見過魯迅並受魯迅之託翻譯尼采的緣份有關。他對自己的人生作了這樣的總結：「我所鍥而不捨的，是數十年所治之精神哲學。」梵澄由翻譯尼采而進之於介紹室利阿羅頻多，又從研究印度古代文明之寶典回歸於闡揚中國傳統文化之精華，此一精神企向圓成之軌跡，端的是沿着魯迅「立人」、「改造國民性」的文化理想邁進的。後來他又寫了《星花舊影》和《略說「雜文」和「野草」》等文紀念魯迅，文中說：「先生（指魯迅）對國家民族以及世界人類貢獻之偉大，誠也不可磨滅，不朽。」[1] 這是一個老實人說的老實話，魯迅真的是不滅不朽。

李：我知道他從印度回來後在哲學所，可是我也一直未見過他。他埋頭梵文經典，可是對魯迅卻如此景仰。周汝昌的《紅樓夢新證》是我喜歡讀的書，我比較相信他說的。他對魯迅的評價也很高。儘管他在年輕時受到胡適的幫助，感激胡適，但他說魯迅對《紅樓夢》的見解比胡適深刻。

劉：「五四」之後的新文學作家，也沒人能趕上魯迅。香港嶺南大學召開張愛玲學術討論會，我發表了不同的聲音，認為張是個「夭折的天才」，其成就無法與魯迅相比。當時很多人不高興，但您支持我。

李：把張愛玲說成比魯迅更高，實在可笑。藝術鑒賞涉及審美對象諸多因素的把握和綜合性的「判斷」，不能只看文字技巧。張愛玲學《紅樓夢》的細緻功夫的確不錯，但其境界、精神、美學含量等等，與魯迅相去太遠了。要論文字，陀思妥耶夫斯基恐怕不如屠格涅夫，但他的思想力度所推動的整體文學藝術水平卻遠非屠格涅夫可比。陀思妥耶夫斯基的偉大正在於他那種叩問靈魂、震撼人心的巨大思想情

1 《徐梵澄文集》第四卷，第三九七頁，上海三聯分店、華東師範大學出版社。

感力量。

劉：我們以往的文學批評強調政治標準，弄得不知何為文學，現在也不可過份強調文字技巧而忽略文學的精神內涵。一是精神內涵，二是審美形式，兩者缺一不可。法國古典主義玩賞「三一律」，把文學技巧推向極致，但最終創造不了好文學。

選自《共鑒「五四」》，香港三聯出版社，二零零九年六月

新文化運動中的懺悔意識

——與林崗共論魯迅

一、近代中國的懺悔概念

近代中國懺悔概念的出現其實就是中國自我意識覺醒的開端，它和古典時代的反省意識有着鮮明區別。在古代的語境之內，反省是一個完全的理性行為，它依賴個人的內省功夫，將自己的日常行為和一個普遍的道德原則或「天理」相對照，最終使個人的日常行為更加符合這個高高在上的道德原則和「天理」。因此，反省不涉及感性的經驗，不涉及觸動內心的傷痛。只要四時有序，天理流行，這個世界就只有一點偶然的「出軌」，依靠反省的功夫，就能把已經「出軌」的帶回到先前正確的軌道。所以，在整個古代中國只有「反省」而無所謂「懺悔」這一說。而近代自我意識帶着懺悔的面目出現登場是一件大事。這種懺悔概念及其所涵蓋的懺悔意識與「天理」無關，相反，它是「天理」崩潰的結果。因此，它是感性經驗中的理性行為，懺悔者帶着巨大的傷痛重新審視親歷的災難和社會歷史的傳統。感性經驗是懺悔這個行為和所懺悔的事物的重要連接點，如果沒有近現代中國人普遍經歷的那種絕望和恥辱，懺悔意識在中國出現是不可想像的。正是因為這樣，感性經驗的性質就在很大程度上決定了懺悔意識的品格。我們不可以把新文化運動中的懺悔意識和宗教引導的純粹的懺悔意識等量齊觀的道理就在這裏。新文化運動中的懺悔意識有更多集體經驗的性質，它存在着刻上歷史烙印的現世品格；它有它獨到的犀利，也有它在叩問靈魂的門前卻步的局限。一部中國現代自我意識覺醒的歷史並不複雜：絕望和恥辱啟示了對罪孽的自覺，而在對罪孽的自覺中又看見了自我，覺醒了的自我再為掙脱絕望和恥辱而奮鬥，在普遍的奮鬥中自我終於又陷入沉淪。這個故事的前半部有點像《舊約》裏的故事，所不同的是亞當和夏娃吃下去的是象徵智慧的蘋果，而近現代中國人不得不服下去的卻是絕望和恥辱。沉痛的感性經驗引導了自我意識的成長，引導了智慧的產生，先驅們開始了以民族代言人身份呼喚懺悔。

帶有罪感的懺悔意識的產生是近代的事情。一八九五年中國在甲午海戰中被自己所看不起的「蕞爾小邦」日本打敗，便產生了巨大的恥辱感，同時，也就產生了一種「自悟其罪、自悔其罪」的懺悔意識。這種意識乃是覺悟到中國的失敗，中華民族的積弱，不僅是「列強」、「民賊」之罪，也是中國國民自身之罪。即中國人的不覺悟、不改革、不圖強造成了虎狼的侵犯剝奪之機。這種懺悔意識，梁啟超作了非常強烈的表達。他説：

> 飲冰子曰：其無爾，苟我民不放棄其自由權，民賊孰得而侵之？苟我國不放棄其自由權，則虎狼國孰得而侵之？以人之能侵我，而知我國民自放自棄之罪不可逭矣，曾不自罪而猶罪人耶？昔法蘭西之民，自放棄其自由，於是國王侵之，貴族侵之，教徒侵之，當十八世紀之末，黯慘不復睹天日。法人一旦自悟其罪，自愧其罪，大革命起，而法民之自由權完全無缺以至今日，誰復能侵之者？
>
> 昔日本之國，自放棄其自由權，於是白種人於交涉侵之，於權利侵之，於聲音笑貌一一侵

之，當慶應、明治之間，局天蹐地於世界中。日人一旦自悟其罪，自悔其罪，維新革命起，而日本國之自由權完全無缺以至今日，誰復能侵之者？然則民之無權，國之無權，其罪皆在國民之放棄耳，於民賊乎何尤？於虎狼乎何尤？今之怨民賊而怒虎狼者，盍亦一旦自悟自悔而自擴張其固有之權，不授人以可侵之隙乎？不然，日日瞋目切齒怒髮胡為者？

梁啟超以法國和日本為例，說明一個民族的興起，一個國家的轉變，關鍵在於國民覺悟到自己的責任。以日本而論，它原先也是弱國，也受到西方強國的侵略蹂躪而喪失自由的權利，但日本人終於意識到，自由權利的喪失，其罪主要不在於白種虎狼，而在於自身，「罪皆在國民之放棄也」。也就是說，自身在無意識中成為歐美虎狼國的共謀，自身為虎狼提供踏進的條件。於是，他們開始從自己身上尋找原因。「日人一旦自悟其罪，自悔其罪，維新革命起，而日本國之自由權完全無缺以至今日，誰復能侵之者？」也就是說，日本近代維新的成功以及這一成功所帶來的富強，完全起因於「自悟其罪，自悔其罪」觀念的覺醒。首先是有力量面對自己的罪責，然後才有力量面對「歐美虎狼」的罪責。自強來自自悟、自愧、自悔、自責。

從日本的歷史經驗中梁啟超獲得「自悟其罪，自悔其罪」的重要自覺，於是，他的文章，便面對民族自身進行自我批判，從缺乏公德心到缺乏正確的國家觀念，他不斷地揭露中國國民的弱點，這也就是後來「五四」運動中批判國民性弱點和民族劣根性的先聲。

然而，梁啟超所說的「自悟其罪，自悔其罪」，這裏的「自身」，並非個體的「己」，而是集體的「群」，大集體的「民族—國家」。「自」是全體的概念，不是個體的概念。因此，梁啟超當時所講的「懺悔」，只是提醒、敦促自己的民族——國家要覺悟，正視自己的罪過。自己被西方列強、被日本打敗，這只是「果」，而要探究其「因」。這個原因顯然不在外部，而在自己身上；光埋怨那些船堅炮利的列強是沒有意義的，要正視自己漫長歷史造就的愚昧、自大和不思進取。在本民族自身找原因的時候，也不能只拿若干所謂「民賊」當替罪羊，本民族的國民也要承擔罪責。近代梁啟超等思想家、啟蒙家引入懺悔概念，確實給十九世紀和二十世紀之交的中國帶來一次大反省，這種反省，對中國近現代的民族自新與改革起了很大的作用，但是，他們的「懺悔」概念，其實只是具有鮮明近代特點的「集體懺悔」意思，並不涉及個人靈魂層面的內容，它所指向的是整體民族自新的社會運動。因此，在這種懺悔思潮影響下出現的文學作品，如《官場現形記》、《二十年目睹之怪現狀》等，都是一些譴責性作品。這些作品從群體意義上，也可以說是「自悟其罪」。因為它畢竟正視了國家和公眾生活中的黑暗面，但卻沒有進入個體生命的靈魂叩問。作品一時的社會意義是有的，但永久的文學價值卻談不上。

二、懺悔和啟蒙

把「自悟其罪，自悔其罪」的理念推向高潮的是「五四」運動。「五四」新文化運動的啟蒙主題之一就是對中國文化傳統的歷史之罪的懺悔與救贖。陳獨秀在《一九一六年》一文中說：

> 蓋吾人自有史以訖一九一五年，於政治，於社會，於道德，於學術，所造之罪孽，所蒙之羞辱，雖傾江、漢不可浣也。當此除舊佈新之際，理應從頭懺悔，改過自新。……吾人首當一

新其心血，以新人格，以新國家，以新社會，以新家庭，以新民族。必迨民族更新，吾人之願始償……

這篇文章發表於一月十五日，用最明確的語言，提出「從頭懺悔」的呼籲。同年十月一日，他又發表《我之愛國主義》一文，指出「中國之危，固以迫於獨夫與強敵，而所以迫於獨夫強敵者，乃民族之公德私德之墮落有召之耳。」陳獨秀在這裏表達的意思是：中國要走出滅亡的危險，最關鍵的是正視民族自身墮落的罪孽。

「五四」新文化運動的其他代表人物，也紛紛呼籲民族性的「懺悔」，如周作人在一九二零年所寫的《「工學主義」與新村的討論》，就直截了當地說：「我想懺悔是第一件好事：我們要有能容人懺悔的雅量，並且自己也應有懺悔的精神才好。」他認為「懺悔」才是拯救中國的第一要義，「中國如要好起來，第一應當覺醒，先知道自己沒有做人的資格至於被人欺侮之可恥，再有勇氣去看定自己的醜惡，痛加懺悔，改革傳統的謬思想惡習慣，以求自立，這才有點希望的萌芽。總之中國人如沒有自批巴掌的勇氣，一切革新都是夢想，因為凡有革新皆從懺悔生的。我們不要中國人定期正式舉行懺悔大會，對證古本地自怨自艾，號泣於旻天，我只希望大家伸出一隻手來摸摸胸前臉上這許多瘡毒和疙瘩。」

周作人在另一篇文章中又說：

我希望中國人能夠頓悟，懺悔，把破船古炮論斤的賣給舊貨攤，然後從頭的再設製造局練兵處，造成文明的器與人；從頭的辦學堂，養成厲害——而真是明白的國民，以改革現今的文明。千切萬切不要相信Logos（□語）[1]之神力，自以為正義的兒子，神明默佑，刀劍不傷，卻把最重要的文野之分忘記了：這個「斷乎不可」，千萬要緊。

陳獨秀、周作人在呼喚中國人「從頭懺悔，改過自新」之時，又與魯迅等新文化先驅者共同推出懺悔的主題——國民性批判。梁啟超的懺悔論雖然也蘊涵着這一主題，但沒有魯迅、周作人等如此明確、強烈。尤其是魯迅，其批判國民性的力度與深廣度，無人可比。

魯迅與陳獨秀、周作人一樣，覺得中國人必須自悟其罪、自悔其罪，必須對自身有一個大的否定。但他又比陳獨秀、周作人等更徹底，更強烈。其所以更徹底，表現在兩個方面：第一，在思想層面上，他發現中國人的罪，是四千年歷史積澱下來的罪。這種罪，不是一般的罪，而是大罪，是「吃人」罪。「五四」新文化運動中，就是魯迅發現了故國文化傳統犯有「吃人罪」，所謂固有中國舊文明，不過是「吃人的筵席」。他把傳統的罪判為吃人罪，這是一個極端本質化的表述，但也只有本質化的表述，才具有徹底性：毫無妥協的餘地。其次，魯迅不僅確認祖輩文化、父輩文化有大罪，而且確認承襲祖輩、父輩文化的自我也有罪。父輩吃人，我也參與吃人，我是吃人群體的共謀，吃人宴席的食客之一。這就是說，四千年吃人的罪過，不僅是他人之罪，也是自我之罪。

這種懺悔意識，魯迅的第一篇白話文小說《狂人日記》表現得十分強烈。這篇小說，一方面悟到民族集體乃是「食人的民族」，父輩文化已有「四千年吃人履歷」，這是民族的共同犯罪。四千年的寫滿

1 「□語」原刊缺一字。——編者註。

仁義道德的文化所反映的正是一種共犯結構。另一方面則悟到作為個體，「我亦吃人」，即我也進入吃人的共犯結構之中。《狂人日記》中有一段很重要的話：

> 四千年來時時吃人的地方，今天才明白，我也在其中混了多年；大哥正管着家務，妹子恰恰死了，他未必不和在飯菜裏，暗暗給我們吃。
>
> 我未必無意之中，不吃了我妹子的幾片肉，現在也輪到我自己，……有了四千年吃人履歷的我，當初雖然不知道，現在明白，難見真的人。

意識到中國的失敗、恥辱是中國人自身的罪孽，這是從梁啟超到陳獨秀這兩代中國知識分子的共同自覺，而發現傳統有吃人的大罪和我亦犯有吃人之罪，卻屬於魯迅。如果把「傳統吃人」稱作第一命題，「我亦吃人」稱作第二命題，那麼，第二命題的提出則更為重要。第一命題歸根到底只是要求父輩文化承擔罪責，而第二命題則是個體直接承擔罪責。真正的懺悔意識正是從這裏開始發生的。

佛洛伊德把文學的發生稱為「性發動」，把性壓抑視為第一動力源。如果我們也採用文學發生學的語言來表述，那麼，也可以認為「五四」新文學的發生是「良知壓抑」的結果，它的發動乃是「良知的發動」。具體地說，就是作家的良知意識到「我亦吃人」並啟蒙民眾也意識到「我亦吃人」。魯迅正是在這個向度上表現出懺悔意識。

首先是在啟蒙的層面上，魯迅通過小說啟示中國人：我生活在共犯結構之中，既被吃，也吃人。被吃的沒有絲毫自我的意識，「我亦吃人」的也樂在其中。這就是集體無意識。所謂啟蒙就是道破這種渾渾噩噩的「集體無意識」。以《祝福》為例。祥林嫂的悲劇並不是魯四老爺這種個別的「地主階級」的代表人物——壞人所造成的。在祥林嫂死了第一個丈夫之後，魯四老爺收留她做女工，並使她的「口角邊漸漸有了笑影，臉上也白胖了。」但是，當祥林嫂被迫再嫁又再度失去丈夫和孩子之後，她便成了「不祥之物」，魯四老爺的妻子開始厭惡她。而使祥林嫂精神崩潰的是一個也在魯四老爺家做短工的女人柳媽。「柳媽是善女人，吃素，不殺生的，只肯洗器皿」。正是這個女人告訴祥林嫂：「你將來到陰司去，那兩個死鬼的男人還要爭，你給了誰好呢？閻羅大王只好把你鋸開來，分給他們。」還建議祥林嫂到土地廟去捐一條門檻，當作替身，給千人踏，萬人跨，贖一世的罪名。這個柳媽，並不是壞女人、惡女人，而是「善女人」，然而，這個善女人負載着傳統文化的觀念，血液裏流動着祖先的基因，因此，她在無意識中就參與了對祥林嫂的摧殘與謀殺。祥林嫂的死，不是幾個壞人或階級敵人行為的結果，而是整個社會關係的結果，是中國傳統文化負面作用的結果。魯迅想喚起的正是這種意識：造成祥林嫂死亡的兇手，不是某一個人，而是她周圍的所有的人，包括你自己。在《藥》裏，讀者也許能感悟到，造成革命者夏瑜死亡的悲劇，也並不是幾個反動人物和劊子手，它還包括像華老栓這種吃人血饅頭的人。革命者夏瑜為民眾的利益奮鬥犧牲，而民眾卻只是戲劇的看客和等待吃人血饅頭的人群，這些人群實際上是劊子手的共謀。中國人中最老實、最本份的華老栓，他一面「被吃」，被壓迫、被剝削，貧窮得連給得了肺癆病的兒子華小栓治病的能力都沒有；另一面又去買「人血饅頭」，吃「人血饅頭」，參與到「吃烈士」的行列中。吃烈士，這是一種象徵性的說法，指烈士的犧牲成為他人卑微乃至卑鄙人生的得益物。中國的歷史有無數「吃烈士」的例子，不同的人通過不同的形式都在「吃烈士」，吃人血饅頭。魯迅的《藥》所寫的是吃辛亥革命烈士的血的故事，當時在民國當大官、小官和各種獲利者都吃了秋瑾等烈士的血。周作人在一九二五年所寫的雜文《吃烈士》，揭露的便是從上到下吃「五卅」運動烈士血的醜惡。他說：

這些烈士的遺骸當然是都埋葬了，有親眼見過出喪的人可以為憑，但又有人很有理由地懷疑，以為這恐怕全已被人偷吃了。據說這吃的有兩種方法，一曰大嚼，一曰小吃。大嚼是整個的吞，其功效則加官進祿，牛羊繁殖，田地開拓；有此洪福者聞不過一二武士，所吞約佔十分七八。下餘一兩個的烈士供大眾知味者之分嘗，那些小吃者多不過肘臂，少則一指一甲之微，其利益亦不厚，僅能多賣幾頂五卅紗秋，幾雙五卅弓鞋，或者牆上多標幾次字號，博得蠅頭之名利而已。嗚呼，烈士殉國，於委蛻更有何留戀，苟有利於國人，當不惜舉以遺之耳。然則國人此舉既得烈士之心，又能廢物利用，殊無可以非議之處，而且順應潮流；改良吃法，尤為可喜，西人嘗稱中國人為精於吃食的國民，至有道理。我自愧無能，不得染指，但聞「吃烈士」一語覺得很有趣味，故作此小文以申論之。

周作人這裏所揭示的烈士死後，上則可加官進祿，下則可賣幾頂紗秋、幾雙五卅弓鞋的現象，的確是麻木不仁地參與「吃烈士」的病態現象，然而，中國人一直處於這種「麻木不仁」之中。這裏值得注意的是，周作人啟蒙一番之後，聲明吃烈士與自己無關：「我自愧無能，不得染指」。周作人當然沒有直接染指五卅烈士的血，這是不用懷疑的。然而，同樣也很乾淨的魯迅，卻從不作這種聲明。相反，他一再聲明自己也進入吃人的行列，把自我納入否定與譴責之中。這是魯迅與周作人的最根本區別。魯迅的徹底之處與偉大之處也正是在這點上充分地表現出來。他一再聲明：

我自己總覺得我的靈魂裏有毒氣和鬼氣，我極憎惡他，想除去他，而不能。我雖然竭力遮蔽着，總還恐怕傳染給別人，……我發見了我自己是一個……。是甚麼呢？我一時定不出名目來。我曾經說過：中國歷來是排着吃人的筵宴，有吃的，有被吃的。被吃的也曾吃人，正吃的也會被吃。但我現在發見了，我自己也幫助着排筵宴。……中國的筵席上有一種「醉蝦」，蝦越鮮活，吃的人便越高興，越暢快。我就是做這醉蝦的幫手……

承認自己是吃人者的共謀，這是魯迅偉大精神的所在。在「五四」的新文化先驅者中，這幾乎是獨一無二的。魯迅比當時所有的傳統文化的批判者都更加徹底，就在於他不僅直面傳統，也直面自身。他確認自己是傳統的批判者，但又承認自己是傳統的一部份，傳統文化中的毒氣和鬼氣就在自己身上。魯迅的散文是最有深度的散文，這與他的散文事實上是靈魂的張力場有關：散文的主體一面是靈魂的審判者，一面又是犯人，即一面是傳統的法官，一面又是傳統的共謀者。他後來在論述陀思妥耶夫斯基時透露了這種靈魂的張力：

凡是人的靈魂的偉大的審問者，同時也一定是偉大的犯人。審問者在堂上舉劾着他的惡，犯人在階下陳述他自己的善；審問者在靈魂中揭發污穢，犯人在所揭發的污穢中闡明那埋藏的光耀。這樣，就顯示出靈魂的深。

在甚深的靈魂中，無所謂「殘酷」，更無所謂慈悲；但將這靈魂顯示於人的，是「在高的意義上的寫實主義者。」

自覺接受既是審判者又是犯人的雙重身份，不僅使魯迅贏得審判的資格而且使審判獲得徹底性，深度就在徹底性之中。當代一些作家在聲明自己「永不懺悔」的時候，就是拒絕承認這種雙重身份，拒絕承認自己也是犯人。這種拒絕的結果是他們無法叩問被審判對象蘊涵於自己身上的那些最隱秘的部份，這些部份往往不是表現為文化表層的政治文化，而是表現為人性，表現為靈魂。

在魯迅研究中，對於魯迅揭示的「吃人」的命題，闡述得非常充分，而對「我亦吃人」這一命題，則未充分地挖掘其內涵。直到汪暉發表《個人觀念的起源與中國的現代性認同》，才在論述魯迅精神結構中的兩大悖論式的主題（批判主題與認知主題）時指出這是魯迅精神的根本特點。他說：

把自我納入到否定對象之中而加以否定：這就是魯迅「反傳統」思想的終極體現。對於個體來說，這種深刻自知無疑將賦予自身巨大的精神痛楚，沒有強大的精神力量是難以將自身作為自身活動的否定前提的。自知主題標示着魯迅「反傳統」的激烈程度，同時又引申出了「罪」與「絕望」這兩大精神特點。「罪惡感」來自魯迅對自我與傳統的關係的自省：既然中國的歷史傳統是「吃人」，中國文明是食人者的廚房，那麼自我作為一位無法擺脫傳統的反叛者，同時也就成為「吃人者」的共謀。

對「共謀」的意識，正是確認道德良知責任的共負原則的表現。在上文我們已經說過，生活在這個世界的人，他們注定是相關的。我們在借用基督教「懺悔」概念時，也借鑒基督教文化中的道德責任共負原則。這一原則早已被德國的哲學家和天主教思想家舍勒闡述得十分清楚。舍勒說，一個理性的人的全部存在和行動，既是一個有自我意識的、責任自負的個體現實，同樣也是某個集體中有意識的責任共負的現實，這乃是一個理性人的永恒的理念的本質。從這一觀念出發，他所闡明的道德原則是這樣的：

> 第三條偉大的道德和宗教原則，叫做道德—宗教的相互關係原則，或曰道德責任共負原則。這個原則的內容並不是那些對任何一種世界觀都理所當然的老生常談，諸如，只有當我們自覺地承擔一定的責任時，我們才對該義務和這事負責，云云。這條原則的內容還不僅如此，它還說，如果我們不去譴責別人的過失，而是去想想自己的過錯，那麼，我們對別人的過失就處理得較好。毋寧說，道德的責任共負原則認為，我們應該真切地感到，我們在任何人的任何過失上都負有責任；它還指出，即使我們不能直觀地看到我們的實際參與的尺度和規模，我們天生地在活生生的上帝面前，作為自身內責任共負的統一體的整個道德領域為道德和宗教狀況的興衰共同負責。

以魯迅為代表的「五四」懺悔意識並不是宗教意識，但是它卻與宗教的道德共負原則相通。我們把懺悔觀念引入文學，也正是認為，一個偉大的作家所以負載着人間的大悲惱和大關懷，就是他們意識到：我們在任何人的任何過失中都負有責任。

也許是發現魯迅《狂人日記》中「我亦吃人」的罪感和小說最後「救救孩子」的呼籲，因此，日本著名的魯迅研究家竹內好把《狂人日記》確定為「贖罪文學」。而竹內好的學生，也是著名魯迅研究家伊藤虎丸則進一步用佛教的「終末論」的視角來闡釋《狂人日記》。伊藤虎丸說：「竹內好氏的《魯迅》為我國研究魯迅的出發點。他從《狂人日記》背後看到了魯迅的『回心』（類似於宗教信仰者宗教性自覺的文學性自覺），並以此為『核心』確定了『魯迅的文學可以稱為贖罪文學』這一體系。」伊藤虎丸和竹內好一樣，把魯迅文學的「核心」視為「回心」（回心是佛學概念，意思是通過懺悔過去的罪惡而獲得救贖），因此，把魯迅的文學視為一種「贖罪文學」，認為魯迅的可貴之處乃是「有罪的自覺」。伊藤虎丸說：

如同我們看到的那樣，狂人當初所感受到的恐怖，只不過是本能的、感覺的。但是，隨着作品的展開，這種恐怖愈來愈變成了「被吃」的死的恐怖。死，開始只是自己的死，但不久就推而廣之，被當做「四千年吃人」的死來理解了。小說末尾，主人公覺悟到「我也吃過人」時，死，已被當作「有了四千年吃人履歷的我」的死的意思，再一次和自己本身聯繫起來。這種死，至今已不再是生物的生命的完結的死了，而是一種社會的、人格的死了。隨着死的恐怖在小說中的展開，從單純的本能的恐怖，變成了社會的、人格的恐怖。小說主人公的自覺，也隨着死的恐怖的深化而深化，終於達到了「我也吃過人」的贖罪的自覺的高度……在這裏，死，並非作為預料生命完結或者消失的含義來使用（魯迅離開東方的無常觀似乎遠了一些）。與其說不理解死在於生，不如說覺悟到生在於死。小說末尾，主人公覺悟到自己的存在負擔着「四千年吃人履歷」的重擔，已經把死作為和現在的生的本身是不可分割的這一事實來理解了。這恰好同「所謂終末，並非預想到這個世界的末日，而是說，這個世界說到底乃是終末的」這種理論是完全一致的。而且，這種死的形式，必須說，的的確確是終末論的死。

伊藤虎丸對《狂人日記》的解釋是很獨特的解釋。他認為，小說的主人公已徹底地感悟到死，也徹底地感悟到世界的終末，但這種對終末形式的死的徹底感悟，沒有使他放棄責任，反而使他獲得再生的自覺，即達到「我亦吃過人」的贖罪的自覺。這種自覺才導致他發出拯救世界末日、關懷未來生命的吶喊：救救孩子。

日本現代這兩位認真執着的學者是令人尊敬的。他們正確地指出魯迅的《狂人日記》乃是懺悔文學、贖罪文學，深刻地看到《狂人日記》中「我亦吃過人」的罪感意義，這比只看到《狂人日記》的譴責、控訴意義的學人實在深刻得多。但是，魯迅在《狂人日記》中所表現出來的懺悔意識與贖罪意識是不是宗教維度上的懺悔意識和救贖意識，則值得商討。事實上，《狂人日記》中的罪意識，並不是宗教意義上的罪意識，而是歷史維度上的罪意識。即它所感悟到的罪，並非佛教也不是基督教意義上的存在之罪，而是一種歷史之罪，即四千年封建禮教所積澱的歷史之罪。這種歷史之罪，也正是祖輩文化與父輩文化的罪惡。孔夫子只是這種文化的一個符號，「五四」時期，這一符號承擔着全部歷史罪惡。「五四」運動，事實上是一次大規模的審父運動，即審判祖輩文化、父輩文化的運動。所以他們稱之為「刨祖墳」運動。歷史之罪，這是當時一代知識分子的共同發現，其發現的內涵是：作為人，我們被抛入歷史之中，而且無可選擇地被抛入中國歷史文化中，而被「仁義道德」包裝起來的中國歷史文化，包含着吃人的巨大罪惡。這種罪惡形成中國人民的集體無意識，使得每一個中國人在被吃的時候也不知不覺帶上「我亦吃人」的罪惡，因此，要從這種罪惡中解脱，不是像基督教那樣，必須回到父親（上帝）那裏，而是要與父親決裂，批判父親所創造的舊文化，結束以父親為本位的時代，開始一個以孩子（幼者）為本位的時代。

至此，我們可以看到中國近代的懺悔意識即「自悟其罪」的意識與宗教意義上的懺悔意識，有其相同點，也有巨大的區別。其共同點都是把自我納入否定對象之中，都是一種否定性意識，而且都感悟到道德責任的共負原則，在罪感中體認到良知的召喚。但是，其區別則是非常明顯的，這主要有兩點：

第一，宗教意義的懺悔完全是心靈性的感悟，它不是理性的認知與判斷。但「五四」運動對父輩文化的歷史之罪的認識，卻是一種感性經驗即生存痛楚上升起來的理性認識與理性行為。他們的批判也是理性的批判。當時的批判者找到的批判武器，是被稱為科學理性的「生物學真理」，即達爾文的進化論。他們確信孩子是父親的進化物，是人類進化鏈上更進步的一環，喊出「救救孩子」的口號是充分符合科學理性的。而「二十四孝圖」所表現出來的犧牲孩子的所謂「孝」道，那才是反科學、反理性的。父輩、祖輩文化的罪惡，也正是反理性的罪惡。

第二，基督教的懺悔意識，有一絕對的參照系，也可以説有一絕對的尺度，這就是上帝，就是基督。有這一絕對的神聖價值尺度存在，懺悔方可成立。中國古聖賢的反省不同於宗教意義的懺悔，也在於它缺乏一種絕對的價值尺度可以作為參照系。反省是從人到人的思慮過程，懺悔則是神到人的過程，即以神為尺度的自審過程。「五四」時代的懺悔意識沒有神聖價值這一絕對尺度，沒有以神聖的文本作為參照系，他們的懺悔不受上帝的監督和對上帝負責，而是對歷史負責。關於這一點魯迅説得很明白：

但有時也想：報復，誰來裁判，怎能公平呢？便又立刻自答：自己裁判，自己執行；既沒有上帝來主持，人便不妨以目償頭，也不妨以頭償目。

自己裁判，「沒有上帝來主持」，這是「五四」時代，也是中國近現代懺悔意識的特點。因為沒有上帝的主持，所以懺悔的內涵也就不是存在之罪，即不是背離上帝的原罪，而是自己的祖先所積澱的歷史之罪。這種罪，不是抽象形而上的假設，而是數千年用漢字寫下的具體的社會文化內容。儘管沒有上帝的主持，也沒有神聖文本這一參照系，但是，「五四」的文化先驅者還是找到另一尺度與參照系，這就是「人」的參照系。因此，以人本代替物本、神本，便成為「五四」思想革命的基本內容。「五四」在審判父輩歷史文化「吃人」的時候，同時確立人不可吃、不可欺、不可辱的人道觀念。「人類向各民族所要的是『人』」。但中國人和中國的孩子卻「不是人」，孩子「小的時候，不把他當人，大了以後，也做不了人。」中國的歷史從來沒有過「做人」的時代，只有做穩了奴隸和連奴隸也做不得的時代，現在就是要爭取「人」的時代。和魯迅的吶喊相呼應，周作人則高舉人文主義的旗幟，倡導人的文學。因為有「人」這一參照系，他們便看到中國歷史上太多非人的文學和反人道、反人性的故事。

「人」的尺度與參照系並不是從自己的土地上產生的，而是從西方文化中得到的。人本主義、人道主義等概念和思想都是來自西方，當時所高舉的解放者的名字如易卜生、尼采等也是來自西方，因此，也可以說，「五四」時代懺悔的尺度和參照系是西方的人本主義文化。「五四」之後，有些反思「五四」新文化運動的學者如賀麟，他認為，「五四」在介紹西方學說思想時，只注意「用」的一面，包括科學與民主，也是側重於「用」，而忽視「體」的一面。所謂「體」，便是代表西方精神本體的基督教文化。

而沒有基督教的文化精神，沒有愛一切人、尊重一切人的人格平等觀念，民主就會喪失其精神前提。這是符合事實的。但是，西方文化的體是一個巨大的系統，它包括人本之體與神本之體。說「五四」忽視神本之體沒有錯，但不能說它忽視人本之體。魯迅在審判歷史之罪中，最有價值的部份是引申出「改造國民性」的命題。

魯迅以及其他「五四」文化先驅者在追究歷史之罪時，不能不追究歷史的罪源，即罪之根。在追究的過程中，他們發現，造成歷史之罪的，不僅是作為統治階級的暴君，也包括被統治的暴君的臣子與臣民。魯迅這樣說：

> 從前看見清朝幾件重案的記載，「臣工」擬罪很嚴重，「聖上」常常減輕，便心裏想：大約因為要博仁厚的美名，所以玩這些花樣罷了。後來細想，殊不盡然。
>
> 暴君治下的臣民，大抵比暴君更暴；暴君的暴政，時常還不能饜足暴君治下的臣民的慾望。
>
> ……
>
> 暴君的臣民，只願暴政暴在他人的頭上，他卻看着高興，拿「殘酷」做娛樂，拿「他人的苦」做賞玩，做慰安。
>
> 自己的本領只是「幸免」。

這段話裏包含着魯迅很深的感慨，也包含着魯迅對中國國民最深刻的認識。中國的歷史文化，不僅浸染了統治者，而且也浸染了被統治者。民族的劣根不僅扎在統治者的靈魂之中，也扎在被統治者的靈魂之中。統治階層與被統治階層有同樣的問題，有同樣的文化心理和思維方式，這種普遍性，便構成國民性問題。暴君的專制文化所產生的效應，不僅使暴君以為自己的統治天經地義，也使被統治的臣民以為自己的被統治是天經地義，而且極力去適應這樣的統治。當代的思想家們一再說明權力會腐蝕人，但這裏指的是權力腐蝕了掌握權力的人，他們沒有想到另一面，即權力也會腐蝕沒有權力的人，即被統治的人民。魯迅的國民性思索事實上接觸到另一方面，即看到中國數千年的專制文化也腐蝕了被統治的人民，造成他們的共同弱點。所以魯迅不僅批判皇帝，也批判造皇帝反的農民革命英雄張獻忠等，由於張獻忠們的根性和他們要推翻的明代皇帝並沒有兩樣，因此，他一旦當了皇帝，也一樣是一個暴君。歷史就是這樣地不斷重複輪迴。所以，如果國民性不加以改造，民族劣根性不鏟除，那麼，一切政權的更替也只不過是招牌改換而已，歷史並沒有前進半步。所以，他得出結論：

> 最要緊的是改革國民性，否則，無論是專制，是共和，是甚麼甚麼，招牌更換，貨色照舊，全不行的。

民族的劣根性，國民性的頑固弱點，這是魯迅找到的歷史之罪不斷重複的原因，對這種罪源的清醒認識，帶給魯迅巨大的痛苦。他的深刻的孤獨感與絕望感都是從這裏產生的。如果僅僅是一個政權的原因或制度的原因，那麼，以火與劍的辦法迅速解決之後，中國就會好起來，但原因恰恰不僅僅是政權與制度的問題，而且還有一個更嚴重的問題，這就是文化問題，即人的問題，國民性的問題。這是一種塵土般、汪洋般的可以把任何政權、任何制度變質的社會空氣、文化心理、人性基礎，是「黑染缸」似的國民病態。而構成這種空氣和基礎的，又恰恰是「無罪」的廣大民眾。魯迅處於民眾之中，所發出的聲音民眾聽不懂，沒有回應，這不能不使他感到孤獨。魯迅的國民性思考，其核心的意圖在於喚醒民眾對無罪之罪的覺悟，即讓民眾意識到自己也在製造暴君和參與暴君的製造。魯迅不得不如此痛斥群眾。他說：

> 群眾——尤其是中國的，——永遠是戲劇的看客。犧牲上場，如果顯得慷慨，他們就看了悲壯劇；如果顯得觳觫，他們就看了滑稽劇……對於這樣的群眾沒有法，只好使他們無戲可看倒是療救。

這些群眾在觀賞暴君的戲劇時，絕不會想到，自己作為戲劇的看客，正是戲劇的一部份。暴君能在歷史舞台上縱橫捭闔，正是台下的看客懷着「忠君」的心理縱容甚至喝彩。

魯迅對國民性的思考與對民眾的鞭撻，從感情上是哀其不幸，怒其不爭，而在實質上是要喚起群眾的罪感與責任感，希望他們也能確認自己的一份道德責任。

三、魯迅與陀思妥耶夫斯基

儘管魯迅很了不起地確認自己也是罪惡主體，但是，他所承擔的罪仍然是歷史之罪，而不是存在之罪。魯迅的邏輯是這樣的：傳統（父輩文化）有罪，而我身上有傳統的基因，所以，我也有罪；我身上的罪和傳統的罪一脈相通，因為祖宗的血脈也在我的血管裏積澱下來，我不能不承擔一份罪責。換言之，這四千年形成的「吃人的筵宴」一直沿襲下來，不論願意與否都傳到「我」身上，「我」自己也幫着排筵席，這就是有罪的明證。所以，我必須承擔吃人的罪責。魯迅這種可以在社會文化脈絡裏尋找到前代基因的罪的自覺，仍然是對歷史之罪的自覺，只是它更為深刻，比那些不把自己包括在內的文化批判要更有深度。因為魯迅意識到自己雖然反傳統，而事實上自己也是傳統的一部份。魯迅說，「我們現在雖想好好做『人』，難保血管裏的昏亂分子不來作怪、我們也不由自主……這真是大可寒心之事。」

魯迅非常敬重與佩服的陀思妥耶夫斯基筆下人物所思索的罪和陀思妥耶夫斯基本身所感受的罪，就不是歷史之罪，而是存在之罪，所以陀氏要不斷地向靈魂深處挺進，對罪不斷思索與叩問。在魯迅那裏，還有一個「父親」（傳統）的肩膀來幫助承受罪責，而在陀思妥耶夫斯基的精神世界裏，則沒有這個肩膀。一切問題都必須在自己的靈魂世界中自行論辯和尋找答案。更為重要的是，在陀思妥耶夫斯基那裏，除了此岸世界之外，還有一個彼岸世界，因此，他的眼光往往是站在彼岸世界的視點來看此岸世界，此岸的原則與彼岸的原則形成立場各異的對話。衝突也是從這裏發生，在此岸世界是合理的，在彼岸世界則不合理；在彼岸世界合理的，在此岸世界則未必合理，於是，我們在他的作品中總是聽到靈魂衝突的雙音與呼號，在他所設立的靈魂審判所裏也總是聽到審判官與犯人同為一體的論辯。魯迅看到陀思妥耶夫斯基作品的「靈魂的深」，他是最了解陀氏偉大性的中國作家，但是，他不願意像陀氏這樣進入靈魂的煉獄。魯迅對陀思妥耶夫斯基有着極深的認識卻又和他保持距離，反映出中國文學與俄羅斯文學乃至西方文學的深刻的差異。

魯迅清楚地看到陀思妥耶夫斯基的深刻性與偉大性。他説：

顯示靈魂的深者，每要被人看作心理學家；尤其是陀思妥耶夫斯基那樣的作者。他寫人物，幾乎無須描寫外貌，只要以語氣，聲音，就不獨將他們的思想和感情，便是面目和身體也表示着。又因為顯示着靈魂的深，所以一讀那作品，便令人發生精神的變化。靈魂的深處並不平安，敢於正視的本來就不多，更何況寫出？因此有些柔軟無力的讀者，便往往將他只看作「殘酷的天才」。

陀思妥耶夫斯基將自己作品中的人物們，有時也委實太置之萬難忍受的，沒有活路的，不堪設想的境地，使他們甚麼事都做不出來。用了精神的苦刑，送他們到那犯罪，癡呆，酗酒，發狂，自殺的路上去。有時候，竟至於似乎並無目的，只為了手造的犧牲者的苦惱，而使他受苦，在駭人的卑污的狀態上，表示出人們的心來。這確鑿是一個「殘酷的天才」，人的靈魂的偉大的審問者。

然而，在這「在高的意義上的寫實主義者」的實驗室裏，所處理的乃是人的全靈魂。他又從精神底苦刑，送他們到那反省，矯正，懺悔，蘇生的路上去；甚至於又是自殺的路。到這樣，他的「殘酷」與否，一時也就難於斷定，但對於愛好温暖或微涼的人們，卻還是沒有甚麼慈悲的氣息的。

明知陀思妥耶夫斯基偉大，但魯迅卻無法跟着他的足跡走同樣的路。因此，他多次聲言他並不愛陀思妥耶夫斯基，陀氏對魯迅而言，是可敬不可愛。他在《憶韋素園君》一文中說：

壁上還有一幅陀思妥耶夫斯基的大畫像。對於這先生，我是尊敬，佩服的，但我又恨他殘酷到了冷靜的文章。他佈置了精神上的苦刑，一個個拉了不幸的人來，拷問給我們看。現在他用沉鬱的眼光，凝視着素園和他的臥榻，好像在告訴我：這也是可以收在作品裏的不幸的人。

一九三六年他在《陀思妥耶夫斯基的事》中又說：

到了關於陀思妥耶夫斯基，不能不說一兩句話的時候了。說甚麼呢？他太偉大了，而自己卻沒有很細心的讀過他的作品。

回想起來，在年青時候，讀了偉大的文學者的作品，雖然敬服那作者，然而總不能愛的，一共有兩個人。一個是但丁，那《神曲》的《煉獄》裏，就有我所愛的異端在；有些鬼魂還把很重的石頭，推上峻峭的岩壁去。這是極吃力的工作，但一鬆手，可就立刻壓爛了自己。不知怎地，自己也好像很是疲乏了。於是我就在這地方停住，沒有能夠走到天國去。

還有一個，就是陀思妥耶夫斯基。一讀他二十四歲時所作的《窮人》，就已經吃驚於他那暮年似的孤寂。到後來，他竟作為罪孽深重的罪人，同時也是殘酷的拷問官而出現了。他把小說中的男男女女，放在萬難忍受的境遇裏，來試煉他們，不但剝去了表面的潔白，拷問出藏在底下的罪惡，而且還要拷問出藏在那罪惡之下的真正的潔白來。而且還不肯爽利的處死，竭力要放它們活得長久。而這陀思妥耶夫斯基，則彷彿就在和罪人一同苦惱，和拷問官一同高興着似的。這決不是平常人做得到的事情，總而言之，就因為偉大的緣故。但我自己，卻常常想廢書不觀。

這裏魯迅說得再明白不過了：面對的是偉大的作家，但只能閉目讚嘆。這是為甚麼？關於這個極其重要的問題，魯迅自己作了回答，他說：

在中國，沒有俄國的基督。在中國，君臨的是「禮」，不是神。

魯迅的回答顯然擊中關鍵，這是兩種不同的大文化背景。中國只是一個現世的「禮」世界，而俄國則有現世的此岸世界與神的彼岸世界。在彼岸世界中，具有另一種秩序和尺度。所謂進入靈魂的深處，就必須逼近彼岸，然後在彼岸發出呼號並與此岸展開對話。陀思妥耶夫斯基比托爾斯泰更關注彼岸世界，更醉心於靈魂的叩問，而托爾斯泰雖然也屬於俄國，也信仰基督，但是他的基督具有強烈的現世色彩，因此，他更關心社會，甚至要為社會提供改革的方案，托爾斯泰筆下的理想人物是關心民瘼的改革家列文（《戰爭與和平》中的人物），而陀思妥耶夫斯基的理想人物卻是阿廖沙（《卡拉馬佐夫兄弟》中的人物）。對於這兩個偉大作家的重大區別，斯賓格勒有一段極為尖銳的話，值得討論，因為它關涉到對魯迅反傳統精神的理解。在我們看來，魯迅更接近托爾斯泰。斯賓格勒說：

他[1]本質上代表一種偉大的理解力，是已經「啟蒙運動」後的，是屬於「社會心態」的。他所看到的一切，是文化後期的，世界都會的，及西方形式的問題。托爾斯泰仇恨私有財產，這是一種經濟學家的仇恨，他仇恨社會體制，這是一種社會改革家的仇恨，而他仇恨國家觀念，也無非是一種政治理論家的仇恨，並不是出與真正的宗教精神。故而他對西方產生重大影響，——而他在各方面，也本都屬於西方，屬於馬克思、易卜生及左拉這一流派。相反的，陀思妥耶夫斯基不屬於任何宗派，只屬於原始基督教的使徒精神。像他這樣的靈魂，可以忽視一切我們所謂的社會性的事象。因為這一塵世對他而言，毫不重要，不值得去改進。靈魂上極大的痛苦痙攣，與社會主義何曾相干？一個宗教，若是着手於社會性的問題，也就不成其為宗教了。但陀思妥耶夫斯基生活於其中的「真實」，甚至在他此生的生命中，即已是一種直接展示於他的宗教性創造。他筆下的艾利沙，已否定了一切的文學批評，甚至俄羅斯的文學批評，也不例外。他的基督式的宗教生命，如果寫了下來——如他一直想寫的——將是如同原始基督教的「福音書」一般的真正的福音，而「福音書」，完全已脫離了古典文學及猶太文學的形式之外。另一方面，托爾斯泰，則是西方小說的巨擘——他的《安娜．卡列尼娜》遠超儕輩——而即使在他穿着農人裝束時，他仍然是一位文明社會中的人物。現在我們把首尾勾勒出來：陀思妥耶夫斯基是一位聖人，而托爾斯泰只是一個革命家。托爾斯泰，是彼得大帝的真正繼承人，只有從他這裏，才會產生布爾什維克主義。這主義不是彼得主義的反面，而毋寧是彼得主義的

1 指托爾斯泰——引註。

最終課目，也是自形上問題轉入社會問題的最後降墜。

把托爾斯泰說成是布爾什維克主義，這是大可爭議的。布爾什維克是革命的政黨，而托爾斯泰則是絕對的非暴力主義者。說托爾斯泰導致十月革命，這是值得打大問號的。但是，斯賓格勒看到托爾斯泰與陀思妥耶夫斯基的巨大差別：一個是社會生命，一個是宗教生命；一個醉心於社會改革，一個醉心於靈魂叩問；一個可納入馬克思、易卜生、左拉這一流派，一個則只屬於原始基督教的使徒精神。也因為這樣，這兩位偉大作家的精神內涵和精神指向就有巨大的差別。這確實是個事實，儘管托爾斯泰心中也有基督，但是這個基督的確是更類似馬克思、易卜生、左拉這些社會改革家的基督。托爾斯泰的懺悔內涵，也是與此相關的。他意識到自己是剝削制度的一部份，因而自己也是不平等現象的根源，他為此充滿罪感。因此，托爾斯泰自身的罪感是具有社會內涵的罪感。魯迅雖然比托爾斯泰更激進，比如相信「火與劍」的暴力形式是改造社會的有效形式，但是其大思路、大生命形態與托爾斯泰更為接近。因此，他無法像陀思妥耶夫斯基那樣純粹生活在形而上的世界裏，無法放下社會的重擔而進行純粹的靈魂審判。他像托爾斯泰那樣，直言不諱自己對私有制度及其他所派生的各種黑暗的仇恨，他要直面慘淡的人生與淋漓的鮮血，要帶着仇恨與之抗爭到底。他不可能像陀思妥耶夫斯基那樣「忍從」，不可能把對社會邪惡的憎恨全都轉換為內心的搏鬥。他和陀思妥耶夫斯基一樣感到孤獨與絕望，但他的孤獨感是自己的思想未能得到社會的理解的孤獨，是此岸世界的孤獨；他的絕望感也是此岸世界的絕望，因此，他反抗絕望，不惜與此岸世界的黑暗同歸於盡。他欽佩陀思妥耶夫斯基挺進到人的靈魂深處，比任何一個中國現代作家都更理解陀思妥耶夫斯基作品中「曠野的呼號」，他自己也在發出呼號，但他的呼號不是純粹形而上層面的靈魂的呼號，是與現實土地緊貼在一起的、被現實風雨打擊得遍體鱗傷的顯得粗糙的靈魂的呼號。他的《野草》就是這種呼號。這是中國式的靈魂的呼號，是個體生命覺醒之後又感到無路可走的呼號，是在現實歧路上徬徨、徘徊、不知前面是甚麼的呼號。這不是隱士的呼號，也不是教士的呼號，而是戰士的呼號。魯迅所以明知陀思妥耶夫斯基偉大，但終於在他的門前停住腳步，就因為魯迅更像托爾斯泰，是個社會中人，而不是使徒式的靈魂中人。

通過魯迅和陀思妥耶夫斯基的比較，我們可以看到「五四」時期新文化革命者的「懺悔意識」，實際上是一種呼喚拋棄父輩舊文化的啟蒙意識。只是這種啟蒙意識不是從發現一個新世界開始，而是從詛咒一個舊世界為起點，因為新世界離他們太遙遠，而舊世界是他們的切身之痛，所以這種詛咒是發自內心的悔恨和詛咒。毫無疑問，魯迅是新文化運動最偉大的代表人物，他比與他同時代的啟蒙先驅更加深刻，他的一些表達內心世界的作品，如《野草》，甚至進入了叩問存在意義的深度。然而，魯迅通過反傳統的啟蒙救贖，最根本的落腳點還是在社會，而不是在靈魂。文化的批判最終還是還原為一個社會運動來表達它的意義。這一點，從近代中國懺悔意識的產生就看得很清楚，如果沒有一連串的失敗，沒有亡國滅種的危機，就不會出現近現代自我意識的覺醒，也不會出現從梁啟超開始的懺悔呼籲。懺悔意識的發動源自現實的失敗，因而它最終指向的也當然是一個現實的拯救運動。當現實的拯救運動進入新一輪的程序啟動階段，懺悔就讓位於殺氣騰騰的譴責。從懺悔到譴責的轉變，或者說從「五四」文學到革命文學的轉變，是現代文學史上的一個重要轉變。可是，無論是思想的深刻還是文學的成就，後者都遠遠不如前者。但從思想文化史的眼光看，兩者至少存在一個大背景的聯繫，存在一個符合自身邏輯的脈絡。正是這個大背景和脈絡，造就了新文化運動中的懺悔意識的現世品格，也埋下了它不能持久的因子。精神的自審和懺悔經過一個短時期的爆發，不久就復歸於平靜。先驅者的魯迅，也被視為「遺老」。二十世紀三十年代左翼文學和爾後的廣義革命文學，就是對新文化運動的懺悔意識的逆反。在所有革命作家的頭腦中，他們再也沒有任何罪感和自審意識，同時他們找到了一個承擔全部罪惡的「替罪羊」，這就是他們判定的「階級敵人」。一切黑暗，一切悲劇，一切罪惡之源都在他們身上。吃人者就是這些地主、資本家，就是黃世仁之流。對這些「蛇蠍之人」無論如何踐踏，如何打擊都是合理的。這些階級敵人是歷史前進的真正阻力，因此也是真正的歷史罪人。「五四」時期的作家追究的歷史之罪，到了此時，罪惡主體已完全明確，作家的責任就在於清算這種罪惡。因此，從《太陽照在桑乾河上》開始，中國的當代文學便充滿了清算意識，一切道德責任共負的精神喪失殆盡，而文學中的「靈魂深度」也喪失殆盡。

選自《罪與文學》，香港牛津大學出版社，二零零二年

第三輯

八十年代自論魯迅

論性格真實

——《魯迅美學思想論稿》節選

魯迅要求一切藝術類型都必須遵循規律，不僅指藝術作品反映的社會內容必須是真實的，而且指藝術作品的形象體系（包括正面形象和反面形象）中的性格也必須是真實的。在本節中先探討魯迅關於性格真實的美學思想。

性格真實，是藝術真實的一個根本部份。藝術真實包括性格真實。在魯迅看來。性格真實，是藝術通向美的一個必由的橋樑。

魯迅把性格真實看成是生活真實的一種反射。因此，他認為，性格真實的關鍵在於如實地反映人的客觀實在性，即人類社會實踐形成的性格、情感、心理狀態的豐富性、全面性，而不應當捨去人的本來面貌，主觀地把人物形象性格單一化、片面化、絕對化。

反對性格的單一性，提倡性格的真實性，魯迅這一美學觀，早在「五四」後期就形成了。一九二三年至一九二四年間，魯迅在他先後撰寫的《小說史大略》、《中國小說史略》、《中國小說的歷史的變遷》中，就很明確地發表了他的關於反對性格單一的美學見解。其中表述得最為完整的是一九二四年七月間，他在西安所作的題為《中國小說的歷史的變遷》的講演。他在講演中談到的清末人情小說部份時，這樣高度地評價《紅樓夢》的美學價值，他說：「說到《紅樓夢》的價值，可是在中國底小說中實在是不可多得的。其要點在敢於如實描寫，並無諱飾，和從前的小說敘好人完全是好，壞人完全是壞的，大不相同，所以其中所敘的人物，都是真的人物。總之自有《紅樓夢》出來以後，傳統的思想和寫法都打破了。它那文章的旖旎和纏綿，倒是還在其次的事。」

「敘好人完全是好，壞人完全是壞」，這就是人物性格的單一性，片面性。而這，正是我國傳統藝術思想和藝術手法的一大弊病。這種性格單一的人物，都不可能是「真的人物」，他們都不能不帶着作家藝術家主觀臆想的某種造作性、虛偽性。而《紅樓夢》中的人物形象，所以感人至深，使人覺得是「真的人物」，就因為它打破了傳統格局，如實地呈現了人物性格的真實——性格的豐富性，全面性。魯迅沒有把《紅樓夢》的巨大美學價值，歸結為情感的纏綿和和文章的旖旎，而歸結到它的真實——「如實描寫，並無諱飾」，又把它的真實描寫的偉大成功，歸結到它的打破人物性格單一的結局。這是一個具有真知灼見的美學判斷。他道破了卓絕千古的我國最優秀的現實主義巨著《紅樓夢》在藝術上的最卓越之處。魯迅可說是曹雪芹在藝術上的一個真正知音。魯迅這一創見性的美學啟示，一旦為我國文學藝術家確實地掌握，其實踐意義將是難以估量的。

魯迅這種美學觀，在最近發掘的，寫作比《中國小說的歷史的變遷》稍早一些的《小說史大略》中，也自覺地表述過。他在這本綱要性的書稿中評述《紅樓夢》時這樣說：

> 書中故事，為親見聞，為說真實。為於諸女子無譏貶，說真實，故於文則脫離舊套，於人則並陳美惡，美惡並舉而無褒貶，有自愧，則作者蓋知人性之深，得忠恕之道。此《紅樓夢》在說部中所以為巨製也。（《小說史大略·清之人情小說》）

魯迅在這裏分析《紅樓夢》所以會成為「巨製」，其要點在於「真實」，而真實又表現在它脱離舊套，在兩個方向上顯現出新的特點：一是性格的真實，即描寫諸女子性格時「美惡並舉」，不是美惡的絕對化；二是情感的真摯，即作者不是作為旁觀者，而是置身作品人物的情感世界中，與她們共悲歡，共懺悔（「有自愧」），因此能得「人性之深」。而藝術反映客觀對象實在性與藝術家主觀情感的真摯性兩者的一致，正是魯迅對藝術的要求。魯迅並不是要作家藝術家毫無社會立場，毫無愛憎，他的「無褒貶」的思想在於，不要把惡人寫得絕對惡，把好人寫得絕對美，變成沒有血氣的美惡的化身，而應當把美和惡的人物性格的豐富性和全面性全部揭露出來。為了更正確地理解魯迅這一觀點，我們可在《紅樓夢》的人物畫廊中抽幾個來加以分析。

以典型的好人林黛玉、晴雯這兩個美麗的女性來説吧，巨著的作者懷着真摯的情感愛着她們，用美麗的色彩描畫着她們，使人感到她們美麗得十分動人、可愛。然而，作者並沒有把她們描繪得絕對的好，沒有把她們的某一美好性格特徵絕對化。以林黛玉而言，她對愛情極端嚴肅、真摯、忠貞，這種嚴肅的力量甚至使賈寶玉敢於在其他女子面前不拘形跡，而在林黛玉面前卻服服帖帖。但是在她的過於深的情意中卻不免帶着過多的敏感，過多的猜疑，過多的妒忌。以晴雯而言，她作為大觀園中最富有反抗性格的女性，從內心到外表都是很美麗的她襟懷坦白，心直口快，敢於仗義執言，助人之急，但不免過於驕傲。她在賈府的炙手可熱的權勢下，最沒有奴顏媚骨，然而也往往表現出一個從小生產家庭哺育出來的、文化素養不高的女子那種暴躁與褊狹。她像枝葉尚嫩的竹子，真正、單純，但過於幼稚，缺乏警惕之心，總之，她的性格是豐富多樣的，然而又是完整的。我們再看看另一類所謂「反面人物」的女性。以寶釵而言，她熱衷仕途，忠於封建倫理，又八面玲瓏，確有許多庸俗氣味。但她卻是美麗的，和順的，並富有才情，會寫出很美麗的詩句。甚至像王熙鳳這樣的人物，作者把她為人陰險毒辣，刁鑽刻薄，專愛媚上欺下，沒有善良公正之心揭露得淋漓盡致，但是也沒有把她寫得絕對的壞。在抄檢大觀園的那場鬧劇中，她並沒有助紂為虐，反而表現出對那些被損害的奴婢們有一定的同情心。她不僅不積極指揮搜查，不表現任何一點幸災樂禍，而且讚賞敢於訓斥王善保家的探春的婢女，她說：「好丫頭，真是有其主必有其僕。」她和丫鬟們對仗勢欺人的王善保家表示憎惡。而對於被搜出「贓物」的丫頭，她甚至為之求情，如惜春的婢女入畫箱裏被搜出一批別人寄存的東西，惜春要嚴辦，王熙鳳卻說，「我看她素日還好，誰沒過錯，只這一次，二次犯下，二次並罰」，為入畫解了圍。王熙鳳這種表現與平時判若兩人，但是，卻使人感到合情合理，非常真實。這種描寫，細緻、深刻，完全擺脱「壞人絕對的壞」這種單一化、絕對化的低級審美趣味，而把一個人物內心世界的複雜性，性格的豐富性如實地表現出來，使人感到她們是呼吸着、行動着、血液在正常環流着的活生生的真人物。

魯迅認為，《三國演義》在藝術上比《紅樓夢》較為遜色的原因，其癥結之處，也正在於性格真實這點上。《三國演義》在塑造性格上對傳統的性格單一化的手法沒有新的突破。因此，它也無法達到《紅樓夢》這樣真實的水平。好就是好，絕對好；壞就是壞，絕對壞。這種邏輯學上的排中律在以人為對象的文學藝術上是不適用的。《紅樓夢》沒有用這種機械式的排中律來對待複雜的社會人群，而《三國演義》卻在實際上用排中律（儘管是不自覺的）來對待人的複雜情感。所以，魯迅在肯定《三國演義》在文學史上也是「相當價值」的同時，又指出它描寫的人物往往失真，「寫好的人，簡直一點壞處都沒有；而寫不好的人，又是一點好處都沒有」。魯迅批評說「其實這在事實上是不對的，因為一個人不能事事全好，也不能事事全壞。譬如曹操他在政治上也有他的好處；而劉備、關羽等，也不能説毫無可議，但是作者並不管它，只是任主觀方面寫去，往往成為出乎情理之外的人」（《中國小說的歷史的變遷》），「以致欲顯劉備之長厚而似偽，狀諸葛之多智而近妖」（《中國小說史略》）。《三國演義》在藝術上也有自己的成就，我們也不應該太苛求它，但如果它能夠避免把人物性格變成「忠義」、「奸詐」、「長厚」等某一種道德觀念的投影，也有《紅樓夢》那種打破人物性格單一化的寫實手法，美學價格將更高是可以肯定的。

不過，還應當看到，儘管《三國演義》塑造人物性格有單一化的弊病，但由於整個作品表現着較廣闊的歷史內容，由於作者在描寫單一性格時，某些地方仍然符合細節的真實，所以，它的藝術價值仍然很寶貴。如魯迅所說：「然而究竟它有很好的地方，像寫關雲長斬華雄一節，真是有聲有色；寫華容道上放曹操一節，則義勇之氣可掬，如見其人……所以人都喜歡看它；將來也仍舊能保持其相當價值的。」（《中國小說的歷史的變遷》）與《三國演義》這種還保留某些細節真實的人物性格單一性不同的，是一種完全喪失真實的極端的單一化。這種極端的畸形的單一性格，便是藝術之敵。例如，與《紅樓夢》寫實手法截然對立的宣傳封建道德的《兒女英雄傳》，就是這種極端的典型。它完全為魯迅所唾棄。魯迅把它與《紅樓夢》相比，認為兩者的成就實在差異太大了。他說：「惟彼（指《紅樓夢》）為寫實，為自敍，此（指《兒女英雄傳》）為理想，為敍他，加以經歷復殊，而成就遂迥異矣。」（《中國小說史略》），《兒女英雄傳》不僅在思想內容上是庸俗的，而且在藝術上也毫無可取。其藝術上的低劣，最突出地又表現在人物性格的極端片面化，使人感到書中的英雄們全戴着面具。作者文康在此書的「緣起首回」中對所謂「兒女英雄」作這樣的解釋：「這『兒女英雄』四個字，如今世上人大半把他看成兩種人、兩樁事……殊不知有了英雄至性，才成就得兒女心腸；有了兒女真情，才作得出英雄事業。」所謂「英雄至性」，其實正是封建階級的最高道德，所謂「英雄事業」其實正是維護封建統治秩序、維護封建階級道德規範的事業。這兩者，正是文康心目中的英雄標準，而書中的「英雄」正是按照這種道德標準來臆造的。因此，安學海、安驥、何玉鳳、張金鳳等都成了道德品性的投影，忠孝節義的化身。她（他）們不是真的人，而是虛幻的傀儡，枯燥無味的假英雄。對這種反藝術真實律的審美趣味和表現手法，魯迅極為反感。他在分析何玉鳳這個人物時說，「十三妹」這個形象，「當純出作者意造，緣欲使英雄兒女之概，備於一身，遂致性格失常，言動絕異，矯揉之態，觸目皆是矣。」（《中國小說史略·清之俠義小說及公案》）魯迅的這段評論完全切中要害。《兒女英雄傳》的人物塑造，完全捨棄生活真實，而憑作者主觀「臆造」。作者按照封建階級之意，把英雄寫成他們理想上合乎最高標準的「完人」，結果性格失常，矯揉造作，言動沒有生活依據，喪盡一切真實感，在藝術上完全失敗。

文康在寫作《兒女英雄傳》時，就自覺地按照他的審美理想着意與《紅樓夢》的寫實手法相對立，他直截了當地聲明反對《紅樓夢》打破性格單一化的做法，指責《紅樓夢》中的人物沒有一個「完人」。他說：「只是世人略常而務怪，厭故而喜新，未免覺得與其看燕北閒人這部腐爛噴飯的《兒女英雄傳》小說，何如看曹雪芹那部香艷談情的《紅樓夢》大文？那可就為曹雪芹所欺了。曹雪芹作那部書，不知合假托的那賈府有甚的牢不可解的怨毒，所以才把他家不曾留得一個完人，道着一句好話。燕北閒人作這部書，心裏是空洞無物，卻教他從那裏講出那些忍心害理的話來？」[1] 文康最不滿的是曹雪芹竟沒有給賈府「留得一個完人」，而他給自己規定的使命，正是匡正曹雪芹這種「忍心害理」的做法。文康與曹雪芹的審美趣味的對立，正是性格的單一性、虛假性與性格的豐富性、真實性的對立，這也正是遵循

1 文康：《兒女英雄傳·第三十四回》，上海東亞圖書館出版。

真實律的美學觀與反真實律美學觀的對立。

對於外國文學中那些不落入性格單一性的作品，魯迅也特別讚賞。例如，對於法郎士和他的《泰綺思》，魯迅就十分推崇。他說：「法郎士之作，精博鋒利，而中國人向不注意。」（《致黎烈文》，一九三六年二月一日）在《「京派」和「海派」》一文中，他詳細地介紹了《泰綺思》的生動情節並給予很高的評價。他說：「文豪，究竟是有真實本領的，法郎士做過一本《泰綺思》，……他說有一個高僧在沙漠中修行，忽然想到亞歷山大的名妓泰綺思，是一個貽害世道人心的人物，他要感化她出家，救她本身，救被惑的青年們，也給自己積無量功德。事情還算順手，泰綺思竟出家了，他恨恨地毀壞了她在俗時候的衣飾。但是，奇怪得很，這位高僧回到自己的獨房裏繼續修行時，卻再也靜不下來了，見妖怪，見裸體的女人，他急遁，遠行，然而仍然沒有效。他自己是知道因為其實愛上了泰綺思，所以神魂顛倒了的，但一群愚民，卻還是硬要當他聖僧，到處跟着他祈求禮拜，拜得他『啞子吃黃連』——有苦說不出。他終於決計自由，跑回泰綺思那裏去，叫道：『我愛你！』然而泰綺思這時已經離死期不遠，自說看見了天國，不久就斷氣了。」魯迅在敍述完這段故事之後說：「她在俗時是潑剌的話，出家後就刻苦的修，比起我們的有些所謂『文人』，剛到中年，就自嘆道『我是心灰意懶了』的死樣活氣來，實在更其像人樣。我也可以自白一句：我寧可向潑剌的妓女立正，卻不願意和死樣活氣的人文打棚。」魯迅所以激賞泰綺思這個形象，顯然是因為她是真的人物，活的人物——真的和活的藝術個性。法郎士沒有把妓女寫成魔，也沒有把高僧寫成神，而且是把他們寫成性格豐富複雜的真實的人。性格的真實，使《泰綺思》十分感人。我們說魯迅讚賞《泰綺思》，重要的原因在於形象的性格真實，並不是主觀的臆造。我們可把一九二七年十一月二日魯迅在上海復旦大學的演講作為旁證來說明這個問題。據記載，魯迅在這次講演中也講了《泰綺思》的故事，內容與上述的大致相同，值得我們注意的是魯迅說明了《泰綺思》沒有性格善惡的絕對化。他說，那個很老的基督教徒，開始想拯救泰綺思的時候，以為泰綺思這個人，是最惡的魔鬼。可是，待泰綺思來修道後，他卻愛上她，自己成了失戀的罪人。魯迅說，這個故事，使我們知道：「一個在少年極惡的歌妓，到老就變為極善的善人；一個在少年極善的基督教徒，到年老就變成極惡的罪人。」[1] 法郎士筆下的人物也是「善惡並舉」，沒有落入性格單一化的蒼白窠臼，加上他又沒有給高僧和歌妓來個大團圓，因此整個作品就充滿逼真感，難怪魯迅說法郎士有「真本領」。

和人物性格單一化有着同樣失真的症狀的，是人物的臉譜化。這也是魯迅所反對的。魯迅認為，古代戲曲中的「臉譜」，乃是「優伶和看客公同逐漸議定的分類圖」（《且介亭雜文．臉譜臆測》），畫臉譜的目的在於將人們分成各種類型，以便於分辨好人壞人。但由於不斷向單一方面發展，並加以不合理的誇大，也就造成性格的虛假。正如魯迅所說的：「我們古時候戲台的搭法，又和羅馬不同，使看客非常散漫，表現倘不加重，他們就覺不到，看不清。這麼一來，各類人物的臉譜，就不能不誇大化，漫畫化，甚而至於到得後來，弄得希奇古怪。」（《且介亭雜文．臉譜臆測》）臉譜的弊病，正在於它把人物形象變成某些特性的圖解。這種性格的圖形化，實際上正消滅了性格的生命。因此，魯迅認為，臉譜雖然好像象徵，實際上並非象徵，是比象徵還更低級的機械圖形。他說：「臉譜和手勢，是代數，何嘗是象徵。它除了白鼻樑表丑角，花臉表強人，執鞭表騎馬，推手表開門之外，那裏還有甚麼說不出，做不出的深意義。」（《花邊文學．誰在沒落》）這種簡單的代數法與表現人的豐富複雜的個性是很不

1 蕭立記錄稿：《魯迅之所謂「革命文學」》，載一九二八年五月九日上海《新聞報》的《學海》副刊。

相宜的。所以，魯迅認為，對於臉譜，「在舞台的構造和看客的程度和古代不同的時候，它更不過是一種贅疣，無須扶持它的存在了。」（《且介亭雜文．臉譜臆測》）他主張臉譜應當用在別一種有意義的玩藝上，不必用於藝術領域。

值得特別注意的是，魯迅這種反對性格單一性、要求性格真實性的審美趣味，也貫徹到革命文學藝術之中。人們如果提出這樣的問題是很自然的：描寫舊時代的人物，固然不能把他們當中的好人寫成「完人」，那麼，塑造新時代的英雄人物，是不是可以寫成「完美無缺」呢？對於這個題目，魯迅比同時代的一些革命藝術家們卻看得更清、更深。他堅決主張革命文學也必須嚴格地遵循藝術的真實律，保證性格的真實。在塑造無產階級英雄性格時，必須堅決克服單一化的弊端，不要把英雄寫成無不超絕的「完人」。這一見解，很集中地表現在他對《毀滅》的藝術評價上。

《毀滅》作為優秀的革命文學作品是當之無愧的。毛澤東同志在期望作家寫「新的人物，新的世界」的時候，曾以《毀滅》為例說：「法捷耶夫的《毀滅》，只寫了一支很小的游擊隊，它並沒有想去投合舊世界讀者的口味，但是卻產生了全世界的影響，至少在中國，像大家所知道的，產生了很大的影響。」[1] 魯迅非常熱愛自己所翻譯的這部反映蘇維埃革命風貌的長篇小說，他稱《毀滅》是「紀念碑的小說」，他「就像親生的兒子一般愛他」。他說，《毀滅》與《鐵流》，「這兩部小說，雖然粗製，卻並非濫造，鐵的人物和血的戰鬥，實在夠使描寫多愁善病的才子和千嬌百媚的佳人的所謂『美文』，在這面前淡到毫無蹤影」。（《二心集．關於翻譯的通信》）在魯迅看來，《毀滅》與《鐵流》這樣的革

1 毛澤東：《在延安文藝座談會上的講話》。

命文藝，才是真正美的文藝，是那些矯揉造作，裝模作樣的所謂「美文」無法比擬的崇高紀念碑。

如果從美學的角度來說，《毀滅》描寫的是一支小游擊隊的悲劇，是社會主義現實主義的悲劇。馬克思說，過去最大悲劇家描寫了沒落階級崩潰中的階級的苦難，新時代的悲劇家要描寫新世界的誕生的苦難。馬克思和恩格斯對拉薩爾說，新時代的悲劇，應當寫的不是十六世紀垂死階級的代表、德國騎士英雄濟金根，而應當是德國農民和城市平民領袖和思想家閔采爾。[1]《毀滅》描寫的正是無產階級革命英雄艱苦的戰鬥歷程和他們的英勇犧牲。盧那察爾斯基根據馬克思關於悲劇的重要見解，提出要創造社會主義悲劇的任務時說：「我們的劇作家為甚麼不寫閔采爾的悲劇，為甚麼不表現這樣一種人，他既非自天而降的英雄，又非超塵絕俗的天才，而是一個階級的領袖，他的階級還不可能取得勝利，然而它的局部的失敗，正如馬克思論到公社時所說的，卻是後來的勝利的最大保證。要知道，這種歌頌高度悲劇性的形象的戲劇創作，這個形象能在我們心裏引起熱烈的同情、極大的敬意，同時又能激發新的鋭氣。」[2]《毀滅》正是高度地體現了社會主義悲劇的真實性原則，敢於描寫無產階級革命中的苦難和犧牲，他寫的無產階級革命英雄的形象完全不是自天而降的神和超塵絕世的天才，而是從實實在在的大地上生長起來的，在俄羅斯的大曠野中真實地呼吸着戰爭煙塵的戰士。在他們身上，我們看到革命者的全部真實的生活、思想熱情和跳動着的脈搏。這種真實的生活，就是革命既有燦爛的光輝，有熱烈的新的誕生，有令人興奮的前進，但也有慘重的失敗，有鮮血流盡的死亡；而革命者，有奮鬥，有英雄業績，

1 《馬克思給斐·拉薩爾的信》（一八五九年四月十九日）和《恩格斯給斐·拉薩爾的信》（一八五九年五月十八日），見《馬克思恩格斯選集》第四卷，第三三九—三四一頁。

2 盧那察爾斯基：《論文學》第六七—六八頁。人民文學出版社，蔣路譯。

但也有弱點、缺點和錯誤，並不是振臂一呼應者雲集的聖人，不是天生的、完全的先知先覺者。魯迅非常精闢地分析了《毀滅》中對主人公萊奮生的描寫，萊奮生是《毀滅》中的英雄典型，但作者的描寫並沒有落入英雄人物性格單一化、標準化的窠臼。他是一個在戰鬥風煙中滾打、生長的真實人物。他作為一個知識分子，有崇高的生活目的，在他火熱的心中，充滿着「對於新的，美的，強的，善的人類的渴望」。這種遠大的理想，使他「必然地和窮困的大眾聯結，而成為他們的先驅」。而作為大眾的先驅者萊奮生也只是「以『較強』者和這些大眾前行」（《毀滅》第二部一至三章譯後記）。只是「較強者」而已！並不是在大眾面前如「鶴立雞群」的龐然大物。他並非高大完美，他「不但有時動搖，有時失措」，而且在他率領下，「部隊也終於受日本軍和科爾卻克軍的圍擊，一百五十人只剩了十九人，可以說，是全部毀滅了」。總之，是前進中的缺點和錯誤。也就是說，法捷耶夫並沒有把好人寫得絕對的好，把英雄人為地理想化，寫得絕對的完美。他只是從革命生活的真實出發，實實在在地展示為無產階級的翻身而戰的英雄們的全部豐富的性格。魯迅贊成這樣避免人物性格單一化的真實的描寫。他說，如此描寫的《毀滅》，「這和現在世間通行的主角無不超絕，事業無不圓滿的小說一比較，實在是一部令人掃興的書」。魯迅還說，「平和的改革家之在靜待神人一般的先驅，君子一般的大眾者，其實就為了懲於世間有這樣的事實」（《毀滅》第二部一至三章譯後記）。實際上，現實中並沒有「神人一般的先驅」，那麼，在文藝作品中卻硬是要把英雄寫得「無不超絕」，事業無不圓滿，這就不真實。魯迅引述法捷耶夫說明他筆下人物的話：「他們就並非書本上的人物，卻是真的活的人。」（《毀滅》第二部一至三章譯後記）《毀滅》在藝術上的成功，正是它沒有把書中的人物，寫成寓言式的抽象物，而是寫成充滿生氣的，性格豐富的「真的活的人」。在這些人物身上，我們確實可以看到豐富複雜的性格和諧地統一着的一個完整的個性世界，當然，萊奮生之所以「真」，不僅是他有缺點，而且還在於他在本質上是真的革命者。他的性格是多方面的，然而又有主導的性格。他的缺點，他的動搖，和非革命者或投機者的缺點有本質的不同，他的搖擺和投機者相比，也是具有不同質的搖擺。魯迅把他和逃兵美諦克比較，說明他們兩個全然不同。魯迅說：「雖然同是人們，同無神力，卻又非美諦克之所謂『都一樣』的。例如美諦克，也常有希望，常想振作，而息息轉變，忽而非常雄大，忽而非常頹唐，終至於無可奈何，只好躺在草地上看林中的暗夜，去賞鑒自己的孤獨了。萊奮生卻不這樣，他恐怕偶然也有這樣的心情，但立刻又加以克服，作者於萊奮生自己和美諦克相比較之際，曾漏出他極有意義的消息來——『但是，我有時也曾是這樣，或者相像嗎？』『不，我是一個堅實的青年，比他堅實得多。我不但希望了許多事，也做到了許多事——這是全部的不同。』」（《毀滅》第二部一至三章譯後記）萊奮生性格中主要的一面是清楚的，在描寫豐富的性格中又給人看到其性格的主導方面，這就是性格豐富性、全面性中的確定性，也可以稱為多樣的統一。從魯迅對萊奮生形象的分析看來，我們可以說，魯迅在提倡人物性格的豐富性時還注意到人物性格的明確性。而豐富性與明確性都符合活人的真面目，都符合藝術真實律的要求。

魯迅在自己輝煌的藝術實踐中，恰恰最有力地突破「好絕對好，壞絕對壞」的傳統格局，在創造真實性格的形象體系中達到空前的成就。魯迅小說中人物性格的豐富性，全面性，是《紅樓夢》之後達到的另一個藝術高峰。可以說，魯迅小說中著名角色，從「狂人」開始，到阿Q、孔乙己、祥林嫂，直到大禹、莊子、老子、伯夷、叔齊等，沒有一個是性格單一的。其中最優秀的具有世界性的典型——阿Q，就是一個最徹底突破性格的單一性，具有最深刻的真實性的典型。（其真實的深廣度在我國文藝史上是沒有前例的。）

萊辛曾批評古典主義悲劇人物的塑造，認為這些人物過份誇張，說與其稱這些人物為有性格的個人，不如稱之為性格的擬人化。而阿Q的成功就在於它是一個活生生的現實主義的真實典型，是一個有性格的個人，而不是某種性格的擬人化，也不是某種精神（如精神勝利法）的擬人化或國民性弱點的擬人化。正因為這樣，儘管魯迅在阿Q身上表現了國民的魂魄，國民的弱點，但是，他卻沒有把阿Q變成一個抽象的「國民性」的代表。因此，阿Q雖然是帶着濃厚國民性弱點的典型形象，卻不是國民魂魄的代名詞，國民性弱點的化身，而是一個有個性的獨特的存在，具體的社會關係的總和。阿Q作為辛亥革命前後這個特定時代一無所有的被損害、被淩辱的農民的典型，他在舊中國階級關係錯綜複雜的農村環境中生活，靠着替人家做短工度日。他的性格是豐富複雜的，既有農民的質樸、愚蠢，又有些遊手之徒的狡猾；他「很能做」，很自尊：「我們先前——比你闊的多啦！你算是甚麼東西！」又很能自輕自賤，當別人打他並要他承認是打牲畜時，他連忙說：「打蟲豸，好不好？」他不滿權勢者對他的淩辱，卻又愚弄比他更弱的弱者，如被假洋鬼子打了之後，卻又去摸小尼姑的頭皮；他保守，凡是不合未莊生活習慣的，都被看作異端，然而辛亥革命的浪潮捲進他的村莊時，他也起來「革這夥媽媽的命」；他擁護「男女之大防」，卻又向吳媽求愛；他鄙薄城裏人，卻又竊笑未莊人沒見過城裏人的煎魚。而在這些矛盾的性格中又有一種貫穿始末的主導性格，即自我欺騙的精神勝利法。阿Q這個典型，就是這些多樣性格的統一綜合體，是多種性格融合而形成的極其生動的個性。高爾基說過：「人是雜色的，沒有純粹黑色的，也沒有純粹白色的。在人的身上摻合着好的和壞的東西——這一點應該認識和懂得。」[1] 阿Q，是

1 周若予等譯，曹葆華校：《論作家的勞動本領》第二二頁，上海新文藝出版社。

雜色的，是複雜而真實的人的典型。這個典型最深刻地反映了舊中國封建農村中小生產的特點，是半封建半殖民地社會這種典型環境中的典型性格。在阿Q身上，即使是「精神勝利法」，也是阿Q所獨有的「精神勝利法」，是一種活的與別人的性格無法混淆的特殊個性。儘管在別人身上也有「精神勝利法」，並與阿Q也有共同點，但阿Q的「精神勝利法」，卻與其他人的精神勝利性格有很大的不同。阿Q這一性格特點，是與一個中國落後農村中精神受盡折磨的流浪僱農的階級地位、生活經歷相適應的特點，他在「做甚麼」——自我欺騙上有和其他人很相似之處，但在「怎樣做」——如何精神勝利上卻有自己獨特的方式，一個半農民半流浪漢的方式。因此，阿Q才成了一個有血有肉有個性的人。阿Q這個藝術形象，從美學角度上說，是一個偉大的不朽的藝術個性，蘊藏着巨大欣賞價值的個性，而這個個性成功的秘密，就在於它的性格是真實的。由於性格的豐富和全面，這個典型帶有很大的普遍意義，給人打開了廣闊的反省之路，引起多階層、多類型人物的聯想、不安、震驚和思考。又由於性格的具體獨特性，這個典型顯得栩栩如生，無法把他的特點移植到其他的人物形象上。阿Q的性格真實和這種性格真實所獲得的偉大成功的經驗，是很值得我們認真師法的。

關於性格的單一性和性格真實性這一對立的美學範疇，在美學史上一直是美學家所注意的。主張性格的真實性，實際上是尊重生活的真實，尊重活人性格的辨證內容，把文學看成是人學。而主張性格的單一性，把某種性格特徵絕對化、理想化，實際上是藐視生活的真實，把人誇大為神或魔，把文學變成神魔學。魯迅反對把英雄人物寫成「近妖」，寫成「神人一樣的先驅」，就是反對把文學變成神魔學。

把人按作者的意圖描繪成「應當如此」的非常之人，超越人的局限的神似的「超人」，把他們的性格描繪成單一的理想性格，使他們在現實世界上獨往獨來、呼嘯一切，成為某種道德觀念、理想觀念或邪惡觀念的化身，這種英雄性格和神魔性格，大體上是積極浪漫主義與古典主義的美學理想。

以古典主義文學而言，它崇尚理性原則，要求藝術表現重大的政治主題，並要求藝術形式絕對地服從這一需要，因此，它便排斥題材的多樣性與人物性格的豐富性。他們對真實地反映現實不感興趣，對現實的普通人不屑一顧，而熱衷於描寫古代的帝王將相和傑出的英雄或神話人物，以此來宣揚他們的「高尚的性格」和「崇高的情操」，或體現國家和民族的意識。他們按照既定的要求使人物性格陷入標準化、片面化、單一化的公式，成為某種抽象道德觀念的化身，所謂忠誠、勇敢、怯弱、邪惡的代名詞。這種觀念化身的英雄，儘管器宇軒昂，峨冠博帶，卻都缺乏真實感，缺乏人間味。

持現實主義美學觀的美學家，一般是不贊成古典主義的美學理想的。如德國的啟蒙主義理論家萊辛，就批評了古典主義美學觀點，他指出，英雄不是超人，他們是現實生活中有血肉的人，因此，他們也具有普通人的思想情感，他們在生活中同樣會遇到痛苦，有時還會哀慟號叫，情感衝動，而這都無損英雄的偉大。別林斯基更是十分尖銳地把法國古典主義作者筆下的形象稱做「一個鑲玻璃眼睛的蠟質塑像」。[1]

有趣的是，表現出對現實主義有某種程度接近的優秀古典主義理論家，在這個問題上有時也發生矛盾。如布瓦洛，他一面鼓吹古典主義的定則，要求性格的單一化、標準化、說：

寫阿迦麥農就該寫他驕蹇而自私；

1 《別林斯基論文學》第一五二頁，新文藝出版社。

寫伊尼阿斯就該寫他對天神畏敬。
凡是寫古代英雄都該保存其本性。[1]

但由於布瓦洛還主張藝術服從自然（指真理、個性）、要求藝術逼真，所以他又寫現實主義美學觀達到某種一致。這樣，他又主張不應把主人公寫得絕對完美，他認為最好是美中有點亞里士多德說的過錯和毛病。他說：

我們不能像小說，寫英雄渺小可憐，
不過，偉大的心靈也要有一些弱點。
阿喀琉斯不急不躁便不能得人欣賞；
我倒很愛看見他受了氣眼淚汪汪。
人們在他肖像裏發現了這種微疵，
便感到自然本色，轉覺其別饒風致。[2]

而有些唯心主義美學家，由於他尊重生活本身的辨證內容，所以，他的關於性格真實的主張也是現實主義的，如黑格爾，他認為凡是真實的都是理性的，凡是理性的都是真實的，這當然是唯物主義所不

1 布瓦洛：《詩的藝術》第三七—三八頁，任典譯，人民文學出版社，一九五九年。
2 同上，第三八頁。

能接受的，現實主義的美學家也無法接受這種哲學觀。但在藝術領域上，加上他用辨證的眼睛看待一切現象，因此，他的關於性格真實的主張便與一般古典主義美學觀不同，他明顯地反對性格的單一性。

黑格爾認為藝術中理想的性格應有三大特徵，即它的豐富性、明確性（豐富而有重點）、堅定性（始終如一地忠實於自己的情致）。而基礎是它的豐富性。關於豐富性，黑格爾以荷馬所刻劃的英雄人物阿喀琉斯為例說：「在荷馬的作品裏，每一個英雄都是許多性格特徵的充滿生氣的總和。阿喀琉斯是個最年輕的英雄，但是他一方面有年輕人的力量，另一方面也有人的一些其他品質，荷馬借種種不同的情境把他的這種多方面的性格都揭示出來了。」[1] 黑格爾分析說，阿喀琉斯，他一方面是最暴躁、最富有報復性的勇士，另一方面又是個富有情感，尊敬年邁長者的人。他把被打死的敵人、特洛伊的大將赫克托爾的屍體綁在他的車後，繞着特洛伊城拖了三圈，表現出異常強烈的復仇情緒；然而，當赫克托爾的父親、特洛伊的國王普里阿摩斯到希臘軍營裏請求領回他兒子的屍首時，他卻表現得心腸柔軟，他暗暗想起自己的老父親，於是，他伸手給這個哭泣着的老國王。黑格爾認為，莎士比亞筆下的人物性格，更是異常豐滿，即使他筆下的小丑，固然有他們的卑微的一面，但是卻充滿着聰明伶俐和幽默。而「縱使寫的是些壞人物，他們單在形式方面也是偉大而堅定的」[2]。這些壞人，也往往顯出偉大的氣魄。總之，他們描繪的人物，都不是好人絕對的好，壞人絕對的壞，他們都不是用抽象的方法，把人物性格的某一方面挑出來，然後又把它絕對化，變成某一個人的標誌。因此，他們作品中的人物，讓人感到是一個豐滿的有生氣的真的人物，而不是某種孤立的死板的概念的化身。這種人物，是一個豐富多彩的整體，豐

1 朱光潛譯：《美學》第一卷，第二九四頁，人民文學出版社，一九五九年。
2 同上，第三零二頁。

富多彩的世界，而不是像古典主義作家筆下的性格，只一個片面的角落，某一準則的象徵。正如黑格爾所概括的：「每個人都是一個整體，本身就是一個世界，每個人都是一個完滿的有生氣的人，而不是某種孤立的性格特徵的寓言式的抽象品。」[1] 黑格爾因為要求性格的具體豐富性，而反對抽象的孤立的單一性，所以推崇莎士比亞筆下形象的豐富多彩，不像古典主義作家莫里哀在他的喜劇裏突出地刻劃出人物單一的特徵，如「慳吝」、「偽善」等。關於這點，普希金的解釋有助於我們更好地理解。他說：「莎士比亞創造的人物，不像莫里哀的人物，不只是某一種熱情，某一種缺點的類型；而是活生生的，充滿着許多熱情、許多缺點的人物……在莫里哀的作品中，吝嗇的人就只是吝嗇的人；在莎士比亞的作品中，夏洛克既吝嗇，又機敏，既仇念深重，又慈愛子女，聰明伶俐。」[2] 後來馬克思在給拉薩爾的信中所強調的「莎士比亞化」與「席勒化」兩種創作方法的區別也正是黑格爾所說的人物性格的豐富性與抽象性（「寓言式的抽象品」）的區別，莎士比亞與莫里哀的區別。恩格思認為，「我們不應該為了觀念的東西而忘掉現實主義的東西，為了席勒而忘掉莎士比亞」[3]。他肯定黑格爾關於人物個性的要求，說「每個人都是典型，但同時又是一定的單個人，正如老黑格爾所說的，是一個『這個』」[4]。恩格思這種對人物性格個性化的要求是與反對人物性格的單一性聯繫在一起的。在給敏．考茨基的信中，恩格斯也對他塑造的人物形象阿爾諾德進行批評，說「這個人確實太完美無缺了」，而這就會拋棄人物的個性，他說：「如果作者過份欣賞自己的主人公，那總是不好的，而據我看來，您在這裏也多少犯了這種毛病。

1 朱光潛譯：《美學》第一卷，第二九五頁，人民文學出版社，一九五九年。
2 《普希金全集》俄文版，第七卷，第五一六頁，一九四九年。
3 恩格斯：《致斐．拉薩爾》（一九五九年五月十八日），《馬克思恩格斯選集》第四卷，第三四五頁。
4 恩格斯：《致敏．考茨基》（一八八五年十一月二十六日），《馬克思恩格斯選集》第四卷，第四五三頁。

愛莎即使已經被理想化了，但還保有一定的個性描寫；而在阿爾諾德身上，個性就更多地消融到原則裏去了。」[1] 很明顯，在馬克思、恩格斯看來，人物性格的絕對化，如片面地「太完美無缺」，是違背現實主義原則的，也是違背人物個性化的美學要求的。因此，反對人物性格的單一性、片面性，展示人物性格的豐富性，乃是藝術真實的一個十分重要的內容。

魯迅對《紅樓夢》突破性格單一傳統格局的高度評價和對《三國演義》中某些人物性格單一所表示的遺憾，我們如果借用馬克思、恩格斯的語言邏輯來表述，也可以說，魯迅在性格塑造上是主張《紅樓夢》化，而不主張《三國演義》化的，而這種主張，與馬克思、恩格斯所要求的要「莎士比亞化」，不要「席勒化」這一美學觀是相通的。

性格單一的片面性與性格豐富的真實性的差異，歸根到底是作家藝術家對現實的藝術把握的差異。一者從抽象的觀念出發，一者從生活的真實出發；一是立足於幼稚的幻想，一是立足於成熟的現實。文學乃是人學，重要的是寫出人的真實。性格不是甚麼抽象物，它是具體的人的血肉。藝術上的性格真實必須依據現實生活中人的性格真實。某種突出的性格特徵，如勇敢、機智、奸詐、陰險等等，固然在現實生活中也可遇到，如果作者按照生活本來面目，恰如其份地用它來作為構成自己人物的個別成份、個別因素，哪怕是主導性因素，這當然都是可以的。但是，如果把生活中挑選出來的這種個別特徵加以絕對化，並根據這種絕對化、抽象化了的特徵，虛構自己作品中的人物的全形象，那就會使作品的人物發生畸形的變態而異化成喪失人的血肉的神或魔。一個成熟的作家、藝術家應當遵循真實的規律把人寫成

1　恩格斯：《致敏．考茨基》（一八八五年十一月二十六日），《馬克思恩格斯選集》第四卷，第四五三—四五四頁。

人，即使是英雄人物，也只是用大字寫的人，而不是神。即使是重要的反面人物，也不應寫成魔。只有在描寫中用人性取代神性與魔性才能達到藝術真實。高爾基批評忘記這一點的人說：「把同志描寫得非常光輝奪目，以致你已經完全認不出他的面貌；但對於敵人卻總是用一種黑的顏色來描寫，而且差不多總是把他描寫成一個傻瓜。我不認為這是正當的。」[1] 高爾基充分重視生活真實，所以他要求任何人物，都應當記住他是人。即使是「壞人」，也是有個性的敵對的英雄，而不是無個性的單一色彩的渾蛋。至於「好人」，也應當是腳踏實地的人們看得見的英雄，而不應是頭戴光圈，令人望而不見的神仙人物。

魯迅所以反對性格的單一化，反對在藝術作品中把人物形象描寫成單一性格的無不超絕的完人，絕對美的神或絕對醜的魔，就在於這是違反生活的真實的。

魯迅用非常確定的語言指出，世上並沒有完人。二十世紀三十年代，在文藝界與翻譯界，出現一種對人對文求全責備的絕對化傾向時，魯迅批評這種傾向，斥責了那種要求「首飾要『足赤』，人物要『完人』」的形而上學思想。而在這之前，他就發表過同樣的觀點：「倘要完全的書，天下可讀的書怕要絕無。倘要完全的人，天下配活的人也就有限。每一本書，從每一個人看來，有是處，也有錯處，在現今的時候一定是難免的。」（《〈思想・山水・人物〉題記》）有是處，也有錯處，「一定是難免的」，這是辯證法的真理。毛澤東同志很贊成這種承認兩重性的難免論，當有人發表《說『難免』》的文章，反對這種看法時，毛澤東同志指出，這是「有害的言論」[2]，並說：「我們每個人也是如此，總是有兩

1 《高爾基選集・文學論文選》第一五頁，人民文學出版社，一九五八年。
2 《毛澤東選集》第五卷，第三四九頁，第三二零頁。

點，有優點，有缺點，不是只有一點。」[1]要求人要完人，就是只允許有一點，不允許有兩點，貌似求「全」，實則片面。魯迅尊重生活實際並尊重生活的辯證法，指出，世界上並沒有「神人一般的先驅」（《毀滅》第二部一至三章譯後記）。而這，包括在革命者的世界中，如果認為革命一定「圓滿」，革命人一定完美，也只不過是幻想。他說：「中國的革命文學家和批評家常在要求描寫美滿的革命，完全的革命人，意見固然是高超完善之極了，但他們也因此終於是烏托邦主義者。」（《毀滅》第二部一至三章譯後記）魯迅多次說明，革命是痛苦，其中必然混有污穢和血，決不是如詩人所想像的那般有趣，那般完美；革命尤其是現實的事，需要各種卑賤的，麻煩的工作，決不如詩人所想像的那般浪漫；革命實際是這樣，而革命戰士也不是純粹又純粹，完美又完美。魯迅說，「每一個革命部隊的突起，戰士大抵不過是反抗現狀這一種意思，大略相同，終極目的是極為歧異的。」在革命進程中，「也時時有人退伍，有人落荒，有人頹唐，有人叛變，然而只要無礙於進行，則愈到後來，這隊伍也就愈成為純粹、精銳的隊伍了」。「倘若要現在的戰士都是意識正確，而且堅於鋼鐵之戰士，不但是烏托邦的空想，也是出乎情理之外的苛求」（《二心集·非革命的急進革命論者》）。事實上，「戰士的日常生活，是並不全部可歌可泣的，然而又無不和可歌可泣之部相關聯，這才是實際的戰士」（《且介亭雜文末編·「這也是生活」》）。這種實際的戰士，他的生活，是偉大與平凡的一致，英雄性格與普通人性格的一致。他的生活目的是與崇高的事業相關的，但並不是說他的一言一行都是英雄的言語，英雄的行為。既然現實生活中並無完人、超人，既然生活真實中人的性格不是單一的，既然社會上並沒有神，那麼，作為現

1 《毛澤東選集》第五卷，第三四九頁，第三二零頁。

實生活的反映的文學藝術，就應該反映現實世界的這種客觀實在性，而不應當主觀地追求人的神魔性，把人物性格神化和鬼化。

當然，我們反對性格的單一化、理想化，並不是反對塑造帶有理想色彩的真實的英雄形象。相反，我們要求文學藝術中實際的戰士的形象，是在生活實際戰士的基礎上的「提高」的英雄，而不是與生活實際戰士毫無共同之處的人為「拔高」的英雄。前者，是從實際中提煉出來的理想人物，後者則是從作家藝術家主觀幻想中人工製造的理想人物。前者是根據真實律創造出來的真的人物，後者則是違背真實的規律，主觀硬造的木偶。所以，前者有生命力，後者一定沒有生命力，即使造出來了，也一定要失敗。魯迅在批評楊振聲的小說《玉君》時說：「他『要忠實於主觀』，要用人工來製造理想的人物。」而「唯一的方法是『說假話』，『說假話的才是小說家』。於是依照了這定律，並且博採眾議，將《玉君》創造出來了，然而這是一定的：不過一個傀儡，她的降生也就是死亡。」（摘自《且介亭雜文二集．〈中國新文學大系〉小說二集序》）楊振聲這樣根據真實律的逆定律，創造出來的形象，自然也沒有活人氣，而只是一個想像中的幻影，這種幻影雖形諸文字，但仍然是虛假的、僵化的。正是馬克思和恩格斯在批判唯心論者時所說的：「他想像中的幻影成了有形的實體。在他的心靈中形成了一種可以觸摸到、可以感覺到的幻影的世界。這就是一切虔誠的夢幻的秘密，也就是瘋癲的共同的表現形式。」[1] 在頭腦中先存在一個理想人物的模式，然後以此來構造形象，創造藝術典型，這正是文藝唯心論「瘋癲」的表現。由於他構成的只是「幻影的世界」，虛假的「理想人物」，所以，她一降生，便落入死亡的命運。

1 馬克思和恩格斯：《神聖家族》，見《馬克思恩格斯全集》第二卷，第二三五頁。

而人工製造理想人物，其根本的弊病又是與反性格真實，把性格單一化，誇大化相聯繫的。別林斯基的論述很值得我們參考，他說：「和生活接近，和現實接近，這便是我們文學最後一個時期所以會有雄偉的成熟的直接的原因。『理想』這個字，現在才獲得了它真正的意義。從前，在這個字下面，我們指的是姑妄言之姑妄聽之的東西——在一個對象裏面可以包含着一切可能有的美德或一切可能有的惡習。如果是小說裏的主人公，那麼，他一定是一個儀表非凡的男子，彈得一手好吉他，歌也唱得好，又能動各種武器，又富於膂力……如果是壞蛋，那麼，就是接近不得的：吃也要把你生吞活剝地吃下肚裏去，是這樣的一個兇徒……今天，在『理想』這個字下面，我們指的不是誇張，不是虛謊，不是幼稚的幻想，而是如實的現實底事實；可是，這不是從現實摹寫下來的事實，而是通過詩人底幻想而產生、被一般的（不是例外的、局部的和偶然的）意義底光所照亮、提升為創作絕品的事實，因此，它酷肖它自己，矢忠於它自己。」[1] 別林斯基反覆說明的是，「理想」是現實中的事實的一種再創造的形態，它的生命仍然是真實。理想人物也是現實中的人物的一種再創造的形態，它的生命也只能是真實。那種把人描繪成「力量大得非凡」的神或把人誇張成「一個惡魔」的做法，都是反現實的。

魯迅比別林斯基看得更為尖銳的是，他把這種反現實主義的性格單一化、理想化的弊病，看成是一種頹廢主義的表現。包括在革命文藝的範圍內，如果把革命寫得無不完美，革命人無不超絕，就都是頹廢主義的變形。他說：「頹廢者，因為自己沒有一定的理想和能力，便流落而求剎那的享樂；一定的享樂，又使他發生厭倦，則時時尋求新刺戟，而這刺戟又須利害，這才感到暢快。」要求「徹底的，完全

1《一八四二年的俄國文學》，見《別林斯基選集》第二卷，第六五——六六頁，時代出版社，一九五三年，滿濤譯。

的革命文藝」，「神一般的大眾的先驅」等等，也正是頹廢者的「新刺戟」之一。是本無實在的理想而用虛幻的「理想」（空想）來冒充的「刺戟」形式，這實際上，不過「正如饕餮者饜足了肥甘，味厭了，胃弱了，要吃胡椒和辣椒之類」（《二心集．非革命的急進革命論者》）。

為甚麼魯迅如此反對「好絕對好，壞絕對壞」的性格單一化？為甚麼馬克思、恩格斯主張「莎士比亞化」？為甚麼成熟的美學家高爾基、別林斯基，以至駕馭着辯證法的唯心主義美學家黑格爾都不約而同地反對性格單一化，主張性格的豐富性、全面性呢？這是因為，這個問題的解決，的確與提高藝術水平是關係極大的。我們從以上他們發表的精闢意見並參照魯迅和其他作家、美學家的另一些意見，大概可歸納為三點：

1、沒有性格真實，便沒有個性。性格的真實，歸根到底是性格的矛盾，性格多樣的統一。個性就寓於這種矛盾的普遍性之中，寓於多樣性的統一體中。由於矛盾，由於多樣、全面，才有性格的豐富性，也才有生動的個性。魯迅曾批評一些作家不注意構成人的生活肌體、性格肌體是多種素質的，矛盾統一的。他說：「給名人作傳的人，也大抵一味鋪張其特點，李白怎樣作詩，怎樣耍顛，拿破崙怎樣打仗，怎樣不睡覺，卻不說他們怎樣不要顛，要睡覺。其實，一生中專門要顛或不睡覺，是一定活不下去的，人之有時能要顛和不睡覺，就是因為倒是有時不要顛和也睡覺的緣故。然而人們以為這些平凡的都是生活的渣滓，一看也不看。」（摘自《且介亭雜文末編．「這也是生活」》）一味鋪張某一特點，捨棄其他特點，就必然無法展示人物的性格矛盾。作為一個英雄人物，他就只能是某一特點的代名詞，他的行為就必然是這一特點的膨脹過程，而他本身則頭腦簡單，沒有思想，沒有情懷，沒有獨特的歡樂和憂傷，沒有任何人間味，這只能磨滅英雄人物活生生的血肉，去掉英雄人物的個性。把真的活的人變成死的假的稻草人。

2、沒有性格真實，就不能引起人們的審美共鳴。由於性格的單一化、理想化，便違反生活的邏輯。用神性和魔性來取代人性，這種帶有神魔性的人物，如魯迅所指出的，必定「性格失常」、「言動絕異」，「往往成為出乎情理之外」，而人物性格如果不合情理，就無法與藝術接受者產生情理的交流，即無法產生情感共振。因此，也就無法產生審美愉快，當然也無法打動人而達到應有的藝術效果。萊辛說得好：「帝王和英雄的名字能夠使一部劇本顯得壯麗和威風；卻不能使它因此而更感動人。那些處境和我們最相近的人的不幸必然能最深刻地打入我們的靈魂深處；如果說，我們同情國王，那是因為我們把他們作為人看待，而不是因為他們是國王的關係⋯⋯我們的同情需要一個個別的對象，一個國家對我們的感性認識說來是一個過於抽象的概念。」[1] 英雄人物的性格所以會打動人，他一定是具體的，而不是抽象的；一定是具有豐富的與「人」相近的活的個性使人們感動、共鳴。萊辛的見解無疑是正確的。魯迅在分析《毀滅》中美諦克的形象時，也有類似萊辛的思想。魯迅認為，《毀滅》塑造小資產階級知識分子美諦克的形象是成功的，成功之處首先就在於他的性格是真實的。作者把這個活的人加以解剖，有血有肉地展示給讀者。作者寫他性格的多樣：「他要革新，然而懷舊；他在戰鬥，但想安寧；他無法可想，然而反對無法中之法，然而仍然同食無法中之法的果實——朝鮮人的豬肉——為甚麼呢，因為他餓着！」魯迅說，「讀者倘於讀本書時，覺得美諦克大可同情，大可寬恕，便是自己也具有他的缺點」（《毀滅》第二部一至三章譯後記）。由於美諦克的性格真實，所以他很容易打動與他性格相近的知識

---

1 萊辛：《漢堡劇評》，見《世界文學》一九六一年，第十期，第八八頁。

者，如果美諦克是單一性格的化身，那就很難使人想到自己也有與他相近的缺點，這就是真實性格的藝術力量。

3、沒有性格真實，就沒有藝術的教育功能。魯迅曾經批判那種要求一切戰士的意識都必定十分正確分明的空洞高談，指出這乃是「毒害革命的甜藥」。那麼，反映這種空談的藝術觀，也是一種「毒害革命的甜藥」。然而，對於正反面人物性格絕對化的嚴重社會效果，魯迅沒有直接的論述。為了更好地認識性格單一化的弊病，我們不妨參考魯迅的友人瞿秋白、茅盾的見解。

為了提高無產階級文學的水平，與魯迅同時，瞿秋白也竭力反對性格單一化的臉譜主義。他把臉譜主義當做與感情主義、個人主義、團圓主義並列的四種藝術上的主觀主義。關於「臉譜主義」，他說，京戲裏面奸臣畫白臉，忠臣畫紅臉，小丑畫小花臉……同樣，可以把帝國主義者、地主、紳士、資本家、工人、農民……一個個的規定出臉譜來。甚至布爾什維克，孟塞維克，盲動主義者等，都有臉譜，在臉譜主義的公式下，則是性格的單一，「反革命的一定是隻野獸，只要升官發財，只要吃鴉片討小老婆；而革命的一定是聖賢，刻苦，堅決等等……」瞿秋白認為，這對於革命文藝，對接受革命文藝的讀者都有很大的危害性。他說得十分深刻：「這種簡單化的藝術，會發生很壞的影響。生活不這麼簡單！工人，勞動群眾所碰見的敵人、友人、同盟者、動搖的『學生先生』，也都不是這樣紙剪成的死花樣，而是活人。工人農民自己也是活人！反革命的人，一樣會有自己的理想，自己的道德……假定在文藝之中尚且給群眾一些公式化的籠統概念，那就不是幫助他們思想上武裝起來，而是解除他們的武裝。在這種簡單化的概念之下，他們遇見巧妙一些的欺騙，立刻就會被迷惑，遇見複雜一些的現象，立刻就不會分析。關於工農自己，也是同樣的，這裏，也應當表現真正的生活，分化，轉變，團結的過程，放才能夠給以布爾什維克的教育。」[1] 關於這種危害性，茅盾也把它放在階級鬥爭的背景下加以說明，指出把壞人寫成天生的壞，就會使人們把眼光局限在個人身上，不能放到更深的社會層中，反而模糊了人們奮鬥的目標。他說：「有許多富有刺激性的詩歌和小說，往往把資本家或資產階級知識者描寫成天生的壞人，殘忍，不忠實。這是不對的。因為階級鬥爭的利刃所指向的，不是資產階級的個人，而是資產階級所造成的社會制度；不是對個人品性的問題，而是他在階級的地位的問題。無產階級所要努力鏟除的，是資產階級的社會制度，及其相關聯的並且出死力擁護的集體。一個資本家也許竟是品性高貴的好人，但他既為他一階級的代表並且他的行動和思想是被他的社會地位所決定的，則無產階級為了反對資產階級的緣故，不能不反對這個代表人。故即在爭鬥的時候，無產階級的戰士並不把這個資本家當做自己個人的仇敵，而把他看作歷史鍛成的鐵鏈上的一個盲目的鐵圈子。」[2]

瞿秋白、茅盾的分析是有道理的，任何優秀的文學藝術作品，它的意義主要都不在使人認識某些個人的品質，而在於使人們認識社會本質的某些方面（是本質的某些方面，不是本質的全部），如社會階級關係，社會制度的弊病，推動社會前進的癥結所在等等。而單一化的性格，就「壞人天生的壞、絕對的壞」這一側面來說，它的直接效果是使人們誤解社會的一切罪惡都是個人方面的原因，而不是社會的原因，是個人的罪惡，而不是社會制度的缺陷。因此，人們既無法從這種簡單化的藝術獲得對表現得更為曲折的壞人的識別力，也無法找到改造社會的正確道路，這種藝術當然也必定會降低它的社會功利價值。單一化性格就其「好人絕對的好，絕對完美理想」這一側面來說，它的直接效果則是為英雄史觀敞

1 《論大眾文藝》，見《瞿秋白文集》第二卷，人民文學出版社，一九五四年。
2 沈雁冰：《論無產階級藝術》，見《文學運動史料選》第一冊，第四二六頁。

開大門。因為在單一性格的英雄身上，集中了一個階級的全部「英雄本質」，集中了人間的一切美點。世上的一切困難和現實的各種矛盾的解決，都決定於他的一舉手一投足之中。這種全知全能的神性與聖賢性，其實恰恰是一種麻醉劑，它對人們只能產生這樣一種效果，即一切希望都只能寄託於這些英雄身上，扭轉乾坤的槓桿就在英雄們手中，世界只能靠聖賢來思維，而我們只能等待這些救世主的恩賜和領路，無須我們自己有甚麼創造精神和革新精神。這樣，歷史主人的責任，社會前進的方向反而模糊起來。總之，性格單一化的藝術作品只能使人離開歷史唯物主義去觀察社會、觀察人。魯迅前期世界觀雖然並非歷史唯物論，他還不能認識到他最初提出的問題的客觀社會作用以至直到今天對藝術實踐還有重大意義，但是，他當時的認識在客觀上卻恰恰符合歷史唯物主義美學觀對塑造人物性格的要求。這當然也是魯迅嚴格地遵循藝術真實規律的勝利。

魯迅的悲劇觀

魯迅美學觀中的一個重要內容，是他對悲劇美和喜劇美的見解。

魯迅關於悲劇美和喜劇美的一個基本的、最重要的看法，就是認為，真實是悲喜劇的生命。拋棄真實，就斷送了悲劇美，喜劇美。也就是說，悲喜劇的藝術命運，首先是受真實律決定的。

一九二五年二月，魯迅在《再論雷峰塔的倒掉》一文中，提出了一個著名的關於悲劇的定義，他說：「悲劇將人生的有價值的東西毀滅給人看。」這個對悲劇本質的認識，在馬克思主義悲劇理論傳入之前，是我國美學領域裏對悲劇最科學的認識。即使放在世界美學史中，它也是一個值得高度評價的悲劇觀。我們試把它與美學史上若干最著名的關於悲劇本質的認識比較一下。

在西方美學史上，從亞里士多德以後，把悲劇看作藝術的最高形式成為傳統的看法。幾乎影響了整個西方美學史的亞里士多德，對於悲劇的本質曾作了這樣的表述，他認為，悲劇是「模仿比我們今天的人好的人」[1] 同時又是「遭受的厄運」，「與我們相似」的人[2] 通過他們的毀滅引起觀眾的「恐懼之情」和「憐憫之情」。他說：「憐憫是由一個人遭受不應遭受的厄運而引起的，恐懼是由這個遭受厄運的人

1 亞里士多德：《詩學》第二章。人民文學出版社，一九六二年。

2 同上，第十三章。

與我們相似而引起的」。[1]悲劇通過這種感情打動人心，並從積極方面給人以陶冶作用。只有當悲劇主角的性格有「與我們相似」之處，才能打動我們的「慈悲之心」，滿足我們的道德感，引起我們的同情和共鳴。這種見解有它的科學之處。但是，「我們」畢竟是一個很抽象的集合的概念，在「我們」這個大集合體中，有些可能是對社會有價值的東西，有的則未必是對社會有價值的東西，如果是毀滅類似沒有價值的東西，就難以構成悲劇。因為，講有價值的東西的毀滅，更能說明悲劇的本質。亞里士多德之後，影響最大的是黑格爾的悲劇論。在這位德國大哲學家看來，藝術作為絕對精神發展中的一個環節，它本身也有自己發展的歷史。從象徵型藝術階段發展到古典型藝術階段，又發展到浪漫型藝術階段，這是藝術發展史的大輪廓。與象徵型藝術相適應的藝術形式是建築，與古典型藝術相適應的藝術形式是雕刻，與浪漫型藝術相適應的是繪畫、音樂。而詩適合於一切藝術類型，它是最高的藝術。詩又以詩劇（主要是悲劇）為最高形式。黑格爾把悲劇看作是一切藝術形式中最適合於表現辯證法規律的藝術，他充分強調了矛盾衝突在悲劇中的作用。他認為，悲劇的本質是兩種對立的理想、倫理觀念之間的衝突和調解。悲劇人物就是這些理想和倫理力量的代表者。就這些倫理力量本身來說，都是正確的，都帶有理性或倫理上的普遍性，但是它們又是片面性的，它們都堅持自己的片面要求而否定對方的同樣是合理的要求，因此它們是有罪過的，一切苦難和不幸都是由主人公本身的罪過造成的結果。因此，這種結果乃是對主人公的片面性一種應有的懲罰，主人公因受懲罰而遭到毀滅，而這種毀滅又揚棄了片面性，於是衝突得到「和解」，永恆正義得到伸張。因此，在黑格爾看來，只有兩種善的鬥爭才是悲劇衝突的基礎。

1 亞里士多德：《詩學》第十三章。

他否認悲劇衝突中，正義與非正義的區別，有價值與無價值的區別，否認悲劇衝突本身反映着新舊兩種不同的社會力量和兩種不同的價值觀念的鬥爭，把主人公的悲劇命運歸咎於自己。這種悲劇觀，表現出嚴重的妥協性和調和主義的庸人氣息。魯迅的悲劇觀，恰恰嚴格地規範了悲劇藝術的價值定性，嚴格地區分有價值與無價值，正義與非正義，表現出正視現實的更強烈的戰鬥力量。

魯迅的悲劇觀，與革命民主主義美學的代表車爾尼雪夫斯基相比，也有他的傑出之處。車爾尼雪夫斯基處於沙皇專制統治下的俄國，親眼看到罪惡的制度造成千百萬人的悲劇，因此，他對黑格爾那種把悲劇之源歸於主人公自身片面性的思想，以及悲劇的結局總是理性的勝利的觀點都是很不滿意的。他對黑格爾的悲劇展開了批判，指出了悲劇人物的自身不是造成悲劇原因，悲劇結果不是絕對公正的勝利，偉大人物的命運不一定是悲劇等重要論點。車爾尼雪夫斯基批判了黑格爾悲劇觀的妥協性是正確的。但他在批判中卻拋棄了黑格爾的辯證思想，對黑格爾的悲劇觀一概否定，並提出自己的悲劇定義。他認為，悲劇是人的苦難或死亡，而無論人的苦難和死亡的原因是偶然還是必然，苦難和死亡本身總是可怕的。因此他認為：「悲劇是人生中可怕的事物。」[1] 而這個本質規定也難以使人信服。實際上，社會人生中的一切可怕的事物，都不一定是美的、崇高的、有價值的，因此，它的毀滅，也不一定是悲劇性的。有些可怕的東西往往是無價值的東西，它的死亡、毀滅，倒會引起喜劇性的後果。有些則是偶然性事件，如溺水而死，觸電而死，這種命運固然可怕，但不是每個具有這種命運的人都是悲劇性的。魯迅的悲劇定義，比起車爾尼雪夫斯基來，他區分了可怕事物中有價值與無價值的界限，注意悲劇揭示矛盾

1　車爾尼雪夫斯基：《藝術與現實的審美關係》第三三頁，人民文學出版社，一九七九年。

衝突的特點，更接近悲劇美的本質。

馬克思主義在美學史上第一次揭示了悲劇的客觀社會根源，從人類歷史辯證發展的客觀進程中揭示悲劇衝突的必然性，把悲劇看成是社會生活中新舊力量矛盾衝突的必然產物，看成是歷史的必然要求與這個要求實際上不可能實現之間的衝突的產物。也就是說，由於兩種社會階級力量、兩種歷史趨勢產生尖銳衝突，而且這一衝突在一定歷史階段上不可解決，因而通常是導致矛盾雙方面的代表人物的失敗與滅亡。一種是新事物、新生力量的悲劇，它本身體現了歷史的必然要求，是最有價值的東西，但由於它還不夠強大，卻被舊勢力暫時壓倒，造成失敗的結局。另一種則是舊事物舊制度的悲劇，而它所以具有悲劇性，是因為它在一定的歷史階段上，曾經是合理的、有價值的，而現在開始轉化為陳舊的、與社會發展總趨勢相矛盾的東西，但還沒有完全喪失自己存在的合理根據，即沒有完全喪失有價值的成份，因此，它的代表人物的毀滅，仍然有一定的悲劇性。魯迅的悲劇定義，雖然不能如此科學地揭示悲劇的本質，但是，他卻與馬克思主義悲劇觀有共同之處，這就是他們都認為，悲劇是體現着歷史進步要求的美的有價值的事物的毀滅。社會生活中新舊力量的矛盾，有價值的東西與無價值的東西的衝突與鬥爭，是悲劇藝術的現實基礎。魯迅的悲劇論既反對了黑格爾那種把悲劇之源歸罪於主人公命運本身，反對悲劇結局的那種盲目的樂觀主義（團圓主義），又具備了黑格爾那種重視矛盾衝突在悲劇中的重要作用的優點。魯迅具有車爾尼雪夫斯基悲劇觀中的戰鬥性，但又沒有像車爾尼雪夫斯基那種忽視悲劇的辯證內容的片面性，因此，他對悲劇的認識，達到相當高的水平。這也是至今它還常常被作家、藝術家及美學家看做悲劇藝術的經典性定義的原因。

魯迅對於悲劇藝術思想的貢獻，不僅在於他提出一個合乎科學的悲劇的定義，而且還在於他是我國第一個在理論上切實地要求悲劇的社會真實基礎。

最初把悲劇作為一種美學範疇從西方輸入我國的，是王國維，但是，他對於悲劇的認識，卻是唯心主義的。

王國維把悲劇看成是由於生活的慾望而自己造成的一種人生的苦痛。他認為，《紅樓夢》，作為「徹頭徹尾的悲劇」，其實質也是「實示此生活此苦痛之由於自造，又示其解脱之道不可不由自己求之者也。」[1] 他把生活中的苦痛，不幸的悲劇看成是先天的，是人生一開始就從母胎裏帶來的「慾」所折磨的一種表現。因此悲劇並不是現實生活悲劇性衝突的反映，而是先天的「慾」與現實的矛盾的產物。王國維從主觀慾望上去解釋悲劇之源，説明悲劇的本質，結果把悲劇變成一種與社會現實無關的個人的命定的不幸，這當然無法科學地説明悲劇的真諦。

魯迅與唯心主義的悲劇觀不同，他把悲劇看成是現實生活中悲劇衝突的反映。他在評價《紅樓夢》的時候説：「《紅樓夢》中的小悲劇，是社會上常有的事，作者又是比較的敢於寫實的，而那結果也並不壞。」（《墳．論睜了眼看》）在魯迅看來，社會上常常存在着有價值的東西的毀滅，這就是美的事物遭到痛苦、不幸和死亡。把這種現實反映到藝術作品中，在更高、更強烈的程度上，把這種美的有價值的東西撕毀給人看，這就是悲劇的藝術。這也就説明，在魯迅悲劇觀中，悲劇藝術美的基礎應當是真實的生活，即現實生活的矛盾，真與假、善與惡、美與醜——於社會有價值的力量與於社會無價值的力量的衝突。所以魯迅才認為，在中國人民連最起碼的「人的價格」都爭不到的悲慘年代裏，在現實漆黑

1 《紅樓夢評論》，見《海寧王靜安先生遺書》第十四冊，第四七頁。

得像鐵屋似的社會條件下，如果作家藝術家不是正視生活中尖銳的矛盾，真實地再現現實，不敢把社會醜惡勢力對美的摧殘與毀滅暴露出來，誠實地告訴人們，而是人為地修補現實的缺陷，把現實生活描繪得「十全十美」，那就不會有任何悲劇美和喜劇美，不會有任何一個悲喜劇的詩人產生。

魯迅說，在我國國民性的祖傳病態中，有一種掩飾缺陷的「十景病」。只要看一下縣志，一個縣往往有十景，甚麼「遠村明月」、「蕭寺清鐘」、「古池好水」，沒有「十景」便不足為美。這種「十景病」傳到其他領域，便是點心有十樣錦，菜有十碗，音樂有十番，閻羅有十殿，藥有十全大補。如果十景中缺了一景，「雅人和信士和傳統大家，定要苦心孤詣巧語花言地再來補足了這十景而後已」（《墳·再論雷峰塔的倒掉》），不這樣自欺，他們就不暢快。人生本有缺陷，現實生活本有缺陷，並非十全十美，但是有人卻偏偏要「在瓦礫場上修補老例」，硬是掩蓋這種缺陷，在瞞與騙中陶醉，苦心孤詣地製造「十全十美」的假象。然而，真正的藝術美，像悲劇美和喜劇美，就首先必須穿透這些美麗的圓滿的假象，正視缺陷的真實，然後反映缺陷的真實，在瓦礫場上建設真正美的藝術新建築。所以虛偽的自我欺瞞的「十景病」，是與藝術真實不能並立的。魯迅說：「悲壯滑稽，卻都是十景病的仇敵，因為都有破壞性，雖然所破壞的方面各不同。中國如十景病尚存，則不但盧梭他們似的瘋子決不產生，並且也決不產生一個悲劇作家或喜劇作家或諷刺詩人，所有的，只是喜劇底人物或非喜劇非悲劇底人物，在互相模造的十景中生存，一面各各帶了十景病。」（《墳·再論雷峰塔的倒掉》）

十景病，是一種以形式的「完美」掩蓋實質的醜惡的虛假病，表現在思想上是自欺欺人的「精神勝利」病，表現在藝術上則是粉飾太平、掩蓋矛盾的淺薄病、欺騙病。這種美麗的病症，既不敢把有價值的東西撕毀給人們看，也不敢把無價值的東西毀滅給人們看，文藝一染上這種病菌，就會逐步走向被藝術最高裁判者——人民所拋棄的死亡的道路。魯迅在後期說過一句著名的話，即「普遍，永久，完全，這三件寶貝，自然是了不得的，不過也是作家的棺材釘，會將他釘死」。（《且介亭雜文．答「戲」週刊編者信》）魯迅所以把追求十全十美的弊病看得這麼嚴重，以至看成是藝術之壙，就因為一旦人工地製造「完美」（十景）就必然要掩蓋、粉飾不完美的、無價值的部份，就不能如實地展示社會固有的矛盾，也就不真實，因此，也就沒有悲劇和喜劇藝術美。掃除「十景病」，真誠大膽地看取社會對有價值東西的摧殘，真誠大膽地揭露無價值東西的醜惡，這才有真的詩，真的悲劇，真的喜劇。

虛假的「十景病」，表現在悲劇創作中，是虛假的、盲目的樂觀主義，即凡事大團圓的庸俗團圓主義。這是瓦解悲劇美的最普遍的弊病，也是我國封建文學中的一大消極傳統。魯迅對團圓主義的鞭撻是最積極，也是最深刻的。魯迅列舉很多我國明代以來的生動事實來說明這一點。例如，據《元典章》（即《大元聖政國朝典章》）記載，元朝劉信為表明自己的孝道，將自己三歲的孩子拋入醮紙火盆，這種迷信，造成了老幼都慘死的悲劇。但是，到了後來的封建文人手中，卻變成《小張屠焚兒救母》的團圓劇。「道是為母延命，命得延，兒亦不死」了。還有「一女願侍痼疾之夫」，本來是夠悲慘的，《醒世恆言》「陳多壽生死夫妻」一節，也寫他們終於自殺，但到了清朝宣鼎所做的《夜雨秋燈錄．麻瘋女邱麗玉》中，卻修改成有蛇墜入藥罐裏，丈夫服後便痊癒了，夫妻終於得福於天。

魯迅曾借用「曲終奏雅」這個成語來形容團圓主義。這種「曲終奏雅」，實際上是一種撒謊，對黑暗的粉飾。「撒一點小謊，可以解無聊，也可以消悶氣；到後來，忘卻了真，相信了謊。也就心安理得，天趣盎然了起來。」（《且介亭雜文．病後雜談》）魯迅舉例說，明朝極其兇殘的永樂硬做皇帝時，建文皇帝的兩個忠臣景清和鐵鉉遭到慘殺，景清被剝皮，鐵鉉被油炸。鐵鉉的兩個女兒還被送去當妓女。

這明明是大悲劇，但士大夫們卻感到不舒服，他們不是揭露永樂的殘暴，而是編造出這樣的故事：二女獻詩於原問官，被永樂所知，赦出，嫁給士人，終於又是團圓了。他們甚至還不惜偽造，將范昌期的詩轉嫁給鐵氏長女。魯迅對此感慨說：

這真是「曲終奏雅」，令人如釋重負，覺得天皇畢竟聖明，好人也終於得救。（《且介亭雜文．病後雜談》）

魯迅經過認真考證，戳穿了鐵氏長女詩的偽造和所傳「佳話」的欺騙，並對這種人造的欺騙性的「曲終奏雅」進行了批判：

中國的有一些士大夫，總愛無中生有，移花接木的造出故事來，他們不但歌頌昇平，還粉飾黑暗。關於鐵氏二女的撒謊，尚其小焉者耳，大至胡元殺掠，滿清焚屠之際，也還會有人單單捧出甚麼烈女絕命，難婦題壁的詩詞來，這個艷傳，那個步韻，比對於華屋丘墟，生民塗炭之慘的大事情還起勁。（《且介亭雜文．病後雜談》）

魯迅還特別指出，關於偽造的鐵氏女兒的佳話，與「小生落難，下獄挨打，到底中了狀元」的團圓主義完全是一回事。他說：「這虛構的故事，也可以窺見社會心理之一斑。就是：在受難者家族中，無女不如其有之有趣，自殺又不如其落教坊之有趣，但鐵鉉究竟是忠臣，使其女永淪教坊，終覺於心不安，所以還是和尋常女子不同，因獻詩而配了士子。這和小生落難，下獄挨打，到底中了狀元的公式，完全是一致的。」（《且介亭雜文．病後雜談之餘》）

小生落難而中狀元的公式，確實是團圓主義的普遍性公式。這種團圓主義表現在婚姻愛情題材的文藝作品中特別突出。中國幾千年的封建婚姻制度不知造成多少青年男女的血淚悲劇，封建文人們明知中國婚姻制度的極端不合理，但是，他們在藝術作品中卻偏偏以「才子及第，奉旨成婚」作為結局，給讀者佈下一層圓滿的迷霧。因此，封建的罪惡被一筆勾銷，問題變成了個人的命運如何——才子的能否中狀元？這種文藝，便成了掩蓋殘暴、美化封建婚姻制度的封建文藝。

《紅樓夢》作為一部不同凡響的悲劇作品，它的偉大之處也正是打破這種虛假的團圓主義，「如實描寫，並無諱飾」地展示出封建社會末期的生活真實。魯迅高度地評價《紅樓夢》，他說：「自從十八世紀末的《紅樓夢》以後，實在也沒有產生甚麼較偉大的作品。」魯迅在分析《紅樓夢》的成功之處時，一再強調它擺脱團圓主義的窠臼。他說：「全書所寫，雖不外悲喜之情，聚散之跡，而人物故事，則擺脱舊套，與在先之人情小說甚不同。……蓋敍述皆存本真，聞見悉所親歷，正因寫實，轉成新鮮。」（《中國小說史略》）又說：「在我的眼下的寶玉，卻看見他看見許多死亡；證成多所愛者，當大苦惱，因為世上，不幸人多。惟憎人者，幸災樂禍，於一生中，得小歡喜，少有罣礙。然而憎人卻不過是愛人者的敗亡的逃路，與寶玉之終於出家，同一小器。但在作《紅樓夢》時的思想，大約也止能如此；即使出於續作，想來未必與作者本意大相懸殊。惟被了大紅猩猩氈斗篷來拜他的父親，卻令人覺得詫異。」（《集外集拾遺．〈絳洞花主〉小引》）在曹雪芹的原作中，寶玉看見許多「死亡」，自己陷入「大苦惱」之中，悲劇氣氛是很濃烈的，在續作中寫賈寶玉「出家」的結局，雖然消極敗亡，但仍不失悲劇本色，所以魯迅說「想來未必與作者本意大相懸殊」。至於寫賈寶玉出家後又回拜父親，卻表現出高鶚的庸俗的禮教思想，又落入團圓的俗套。至於爾後的其他續作，則以大團圓為其特徵，陷入瞞與騙的沼澤，把悲劇的特色全部埋葬，與《紅樓夢》相比，完全是另一種質的缺乏社會價值與美學價值的低級藝術。所以魯迅說：「此他續作，紛紜尚多，如《後紅樓夢》，《紅樓後夢》，《續紅樓夢》，《紅樓復夢》，《紅樓夢補》，《紅樓補夢》，《紅樓重夢》，《紅樓再夢》，《紅樓幻夢》，《紅樓圓夢》，《增補紅樓》，《鬼紅樓》，《紅樓夢影》等。大多承高鶚續書面更補其缺陷，結以『團圓』。」（《中國小說史略》）這一意思，魯迅在《小說史大略》中也說過，他說《紅樓夢》續書「歌詠評騭以及演為傳奇，編為散套之書亦甚眾。讀者所談故事，大抵終於美滿，照以原書開篇，正皆曹雪芹所唾棄者也」。魯迅指出，這些續書，其實不是文藝，而是騙局，與《紅樓夢》原作相比，真是霄壤之別。魯迅說得毫不留情：「……而後或續或改，非借屍還魂，即冥中另配，必令『生旦當場團圓』，才肯放手者，乃是自欺欺人的癮太大，所以看了小小騙局，還不甘心，定須閉眼胡說一通而後快。赫克爾說過：人和人之差，有時比類人猿和原人之差還遠。我們將《紅樓夢》的續作和原作者一比較，就會承認這話大概是確實的。」（《墳．論睜了眼看》）

直到清道光年間，《紅樓夢》談厭了，則又有用《紅樓夢》的筆調來寫優伶妓女，但又產生兩種反真實的極端，魯迅概括為「溢美」和「溢惡」。關於「溢惡」，我們留在下一節評述。至於「溢美」，則又是團圓主義的頑症。魯迅以《青樓夢》為「溢美」的典型，說，「《青樓夢》全書都講妓女，但情形並非寫實的，而是作者的理想。他以為只有妓女是才子的知己，經過若干周折，便即團圓，也仍脫不了明末的佳人才子這一派。」（《中國小說的歷史的變遷》）這裏，我們可以看到，魯迅所批評的「溢美」，仍是以人工製造的才子佳人式的團圓的「理想」，來代替受奴役的妓女痛苦的現實。團圓主義，也可以說是「溢美」形態的反現實主義。

虛假的團圓主義，在明清以前更早的我國文學中，也很盛行。包括我國的一些名作家也未能免俗。例如唐代元稹的《鶯鶯傳》演化出來的幾種戲曲：金人董解元的《弦索西廂》，元王實甫的《西廂記》，關漢卿的《續西廂記》等，魯迅說，這些戲曲全導源於《鶯鶯傳》，但和《鶯鶯傳》原本所敍的事情，又略有不同，這就是，「敍張生和鶯鶯到後來終於團圓了」，元稹的《鶯鶯傳》本來是個悲劇，它敍述貴族少女鶯鶯，克服自己動搖與軟弱，與和她相愛的張生私自結合，但張生卻背棄盟誓不能娶她，而她又受名門望族的地位與封建思想的束縛，無力起來鬥爭，只有絕望的怨恨，最後只好順從家令嫁給別人，造成悲劇結局。魯迅對《鶯鶯傳》並不滿意，他說：「這篇傳奇，卻並不怎樣傑出，況且其篇末敍張生之棄絕鶯鶯，又說甚麼『……德不足以勝妖，是用忍情』，文過飾非，差不多是一篇辯解文字。」（《中國小說的歷史的變遷》）但即使是這樣，後來的劇作家，還想磨去其中的怨苦，盡量把血淚收藏乾淨，最後變成皆大歡喜的團圓劇。魯迅對張生與鶯鶯的團圓，作了一段非常深刻的批評：「敍張生和鶯鶯到後來終於團圓了。這因為中國人底心理，是很喜歡團圓的，所以必至於如此，大概人生現實底缺陷，中國人也很知道，但不願意說出來；因為一說出來，就要發生『怎樣補救這缺點』的問題，或者免不了要煩悶，要改良，事情就麻煩了。而中國人不大喜歡麻煩和煩悶，現在倘在小說裏敍了人生底缺陷，便要使讀者感着不快。所以凡是歷史上不團圓的，在小說裏往往給他團圓；沒有報應的，給他報應，互相騙騙。——這實在是關於國民性底問題。」（《中國小說的歷史的變遷》）

魯迅把不敢寫實的團圓主義看成是國民性弱點的一種表現。由於國民性的怯弱、巧滑、自欺欺人，害怕改革與進步，所以總是不敢正視社會現實，不敢正視封建的宗法制度、婚姻制度和其他封建禮儀的嚴重罪惡，便「用瞞和騙，造出奇妙的逃路來，而自以為正路」（《墳．論睜了眼看》）。魯迅當時用文藝作為改造國民性弱點的根本手段，這種弱點，實在太嚴重了，而更可怕的是還有無數的人們對這種祖傳的弱點，竟麻木不仁。魯迅強烈地希望文藝能喚起他們療治的注意，但是，如果文藝的本身，也恰恰是國民性病態的一種表現，解剖刀本身也充滿着祖傳老病的病菌，哪裏還談得上療治社會？因此，魯迅認為，當時的文藝要成為真正的文藝，成為改革社會的器械，關鍵就在從瞞與騙的大澤中解放出來，打破團圓主義一類傳統的思想和手法，把現實中淋漓的鮮血展現在讀者的面前。

魯迅把團圓主義看成為國民性的弱點，這比王國維的悲劇論就深刻得多的。從藝術的美學傾向來説，王國維倒也並不贊成團圓的公式，他認為凡事結以團圓的精神乃是「吾國人之精神」，而「《紅樓夢》之所以大背於吾國人之精神，而其價值亦即存乎此。」[1] 王國維很早就看到《紅樓夢》反傳統精神的價值，這應該説是很有見地的。但王國維是從他自己的悲觀厭世的立場來反對團圓主義的。表現形式不同，卻都是看不到出路。一是原地悲嘆，一是回頭肯定悲嘆，本質上相差無幾。因此，王國維也不能真正認識《紅樓夢》的價值，不得不仍然歸宿到《紅樓夢》的「厭世解脱精神」，即拒絕意志、慾望，進入純粹美學理想的精神。而對團圓主義的精神，他也未看成是民族性的弱點。他説：「吾國人之精神，世間的也，樂天的也，故代表其精神之戲曲小説，無往而不着此樂天之色形：始於悲者終於歡，始於離者終於合，始於困者終於亨；非是而欲饜閱者之心難矣。若《牡丹亭》之返魂，《長生殿》之重圓，其最著之一例也。」並説：「彼《南桃花扇》，《紅樓復夢》等，正代表吾國人樂天之精神者也。」[2] 不

1 《紅樓夢評論》，見《海寧王靜安先生遺書》第十四冊，第五一頁。

2 同上。

管是對《紅樓夢》美學價值的肯定，還是對其他戲曲小說冠以「樂天」的美名，王國維都沒有把團圓主義與我國國民性的病症聯繫起來，都沒有看到團圓主義實質上正是一種精神勝利法。因此，也未能要求悲劇必須大膽揭露現實和揭露國民性的缺陷，達到對封建制度的批判。而魯迅的深刻之處，恰恰在於他反對藝術的團圓主義，其實質乃是要求悲劇藝術必須擺脫自我欺騙、精神勝利法的傳統病症，真實地正視社會的缺陷，通過反映社會的悲劇衝突，達到對社會的批判。所以他把團圓主義，稱做「在瓦礫場上修補老例」。他說，中國向來的老例，是做皇帝做牢靠和做倒霉的時候，總要和文人學士扳一下相好，做牢靠的時候是「偃武修文」，粉飾粉飾；做倒霉的時候又以為他們真有「治國平天下」的大道。而反真實的團圓藝術，正是盡了在瓦礫場上修補老例的職務。這種團圓主義，實際上是要人們在社會缺陷及這種缺陷所造成的苦痛面前盲目樂觀，自我麻醉，閉上眼睛，而「這閉着的眼睛便看見一切圓滿，當前的苦痛不過是『天之將降大任於是人也，必先苦其心志，勞其筋骨，餓其體膚，空乏其身，行拂亂其所為』，於是無問題，無缺陷，無不平，也就無解決，無改革，無反抗。因為凡事總要『團圓』，正無須我們焦躁，放心喝茶，睡覺大吉。」「殺人者不足責，被殺者也不足悲，冥冥中自有安排，使他們各得其所，正不必別人來費力了。」（《墳·論睜了眼看》）我國封建專制的社會裏，我國人民飽受過人間一切苦難，生活是十分悲慘的，但是，卻沒有產生足夠的悲劇作品，其原因，就在於過去我國的文人多採取這種自欺欺人，不敢正視現實的手法。也就是說，這種失敗的原因，就藝術上來說，是因為它完全違背了真實的規律。

與王國維相比，魯迅悲劇觀顯著的優點是：正視悲劇的現實基礎和社會根源，反對掩蓋社會對美的毀滅，反對悲劇被國民性病毒所瓦解而變形。

不應諱言，與魯迅同時代的胡適，他的悲劇觀也有可取之處。他也反對團圓主義的說謊文學，提倡寫實的悲劇藝術。胡適認為：「這種『團圓的迷信』乃是中國人思想薄弱的鐵證」，而團圓主義文學「便是說謊的文學」。[1]他說：「團圓快樂的文學，讀完了，至多不過能使人覺得一種滿意的觀念，決不能叫人有深沉的感動，決不能引人到徹底的覺悟，決不能使人起根本上的思量反省。例如《石頭記》寫林黛玉與賈寶玉一個死了，一個出家做和尚去了，這種不滿意的結果方才可以使人傷心感嘆，使人覺悟家庭專制的罪惡，使人對於人生問題和家族社會問題發生一種反省。」[2]因此，他認為，只有注意悲劇的觀念，才能使文學成為「發人猛省的文學」，也只有悲劇觀念，才是「醫治我們中國那種說謊作偽思想淺薄的文學的絕妙聖藥」。[3]胡適這種對悲劇的認識，在當時無疑是先進的。他把團圓主義與中國人的思想弱點聯繫起來，並把團圓主義文學提高到「說謊文學」的批判高度，也是可取的。這比王國維的悲劇觀當然也前進了一步。但是，只要我們認真地體味他的整個悲劇觀以及結合他的戲劇創作來加以考察，就會發現，他的悲劇觀，雖然帶有寫實主義的優點，但卻帶有改良主義的弱點，他固然推崇悲劇，但他的最終目的，只是要人們通過悲劇而達到對人生、對家庭社會問題的一種士大夫式的自我「反省」，而不是像魯迅那樣要求達到對整個社會黑暗的一種勇猛的揭露和「反抗」。「反省」與「反抗」，看來只有一字之差，實際上反映着改良與革命（徹底改革）之差。胡適正是設想通過悲劇來促進人們溫和的自我反省，因此他所創作的《終身大事》，也正如他自己所說的，只是「遊戲的喜劇」。那個模仿娜拉

1 《文學進化觀念與戲劇改良》，見《胡適文存》第一卷，第二零八頁。
2 《文學進化觀念與戲劇改良》，見《胡適文存》第一卷，第二零八頁。
3 同上，第二零九頁。

的女主角田亞梅，最後「坐了陳先生的汽車」與陳先生團圓去了。這裏，我們可以看到胡適要人們反省的是些甚麼東西，他根本無法引導人們去對整個封建制度和帝國主義壓迫的懷疑和批判。

而與胡適這種把悲劇作為一種反省的溫良的藥劑不同，魯迅把悲劇作為一種反帝反封建的藝術武器，作為對帝國主義與封建主義的一種血淚控訴。魯迅自身的創作實踐，就是他的悲劇觀的最好註釋。這一創作實踐，也是一面最好的鏡子，它把胡適的悲劇觀的改良主義的實質鮮明地顯示出來。

魯迅創作的小說，從美學的角度來看，可以說，它的最卓越的成就就是創造了一批中國現代社會最真實、最深刻的悲劇作品，這些悲劇作品在高度真實的程度上反映了半殖民地半封建的黑暗社會制度下，中國農民、中國婦女、中國知識分子的悲劇性的生活。

魯迅的小說創作（包括《故事新編》）按美學範疇來劃分，可分為悲劇、喜劇（諷刺），悲喜劇、正劇等四類。魯迅的第一篇小說《懷舊》，以及《肥皂》、《高老夫子》、《弟兄》，《理水》、《出關》、《起死》、《採薇》等都屬喜劇的範疇；而《阿Q正傳》、《幸福的家庭》、《風波》、《補天》、《奔月》等則屬於喜劇性的悲劇；《社戲》、《一件小事》則屬於正劇。而悲劇則是魯迅創作中的主幹部份。這些悲劇，就題材的角度，可分為五類：

1、整個中華民族的悲劇，其代表作是《狂人日記》。

2、中國貧苦農民的悲劇，其代表作是《阿Q正傳》、《故鄉》。

3、中國勞動婦女的悲劇，其代表作是《祝福》。

4、中國下層知識分子的悲劇，其代表作是《孔乙己》、《傷逝》。

5、舊民主主義革命者的悲劇，其代表作是《藥》。

揭開了我國現代文學史第一頁的《狂人日記》，是一幕驚心動魄的中國人民的悲劇。小說中的「狂人」的形象，不是某一個人或某一階層的典型形象，而是經受過幾千年的沉重的封建壓迫和長期的帝國主義壓迫而處於「被吃」絕境中的中國人民的形象。魯迅認為自己的《狂人日記》比起果戈里的《狂人日記》「憂憤深廣」，就在於它所寫的「狂人」，不是某個階層的典型，而是以兩千餘年漫長的封建社會中，中國勞苦大眾的悲慘遭遇及這些遭遇構成的像土層一樣深厚的史書為依據的。它概括了整個民族的歷史悲劇，集中了中國人民的無窮的憂憤，暴露封建宗法制度下中國社會「吃人」和「被吃」的可怕而真實的現實。小說結尾「救救孩子」的呼籲，不是救救兒童的呼籲，而是救國救民的呼籲——把中國人民從「被吃」的最悲慘的地位中拯救出來的呼籲。關於《狂人日記》魯迅曾這樣說明過：「偶閱《通鑒》，乃悟中國人尚是食人民族，因成此篇。此種發見，關係亦甚大，而知者尚寥寥也。」（一九一八年八月二十日致許壽裳。）可見，這篇小說暴露的是整個民族吃人的現實，寫的是被吃的中國人民的大悲劇。所以我們把這篇獨立劃為中華民族的悲劇。至於其他四類悲劇，就較明白了。

魯迅這些悲劇創作，表現出這樣幾個明顯的特徵：

1、真實地挖掘了悲劇主人公潛藏的「價值」，把他們身上的美，特別是內心世界的美盡量揭示出來。

2、真實、細緻地表現他們毀滅的過程。

3、真實地暴露他們的悲劇之源：悲劇的造成不是甚麼先天慾念和個人的命運，而是萬惡的、吃人的社會制度。

悲劇，作為一種美學範疇，它與日常生活的悲慘、悲傷、悲哀並不是一回事，悲劇不是慘劇。悲劇不能以渲染悲劇主人公的悲慘遭遇為滿足，而應當首先把悲劇主人公有價值的東西發掘出來，魯迅正是這樣做的。他在《故鄉》中寫中國農民閏土的悲劇，寫他被剝奪了一切之後臉色灰黃，眼睛的周圍腫得通紅，頭上是一頂破氈帽，身上只一件極薄的棉衣，渾身瑟縮着，而手則又粗又笨而且乾裂，像是松樹皮，完全成了一個木偶人。但魯迅卻盡量把他原來的美揭示出來。魯迅用他的飽蘸着血淚的筆，描寫了這個佃農的童年時代。那時，他是「紫色的圓臉，頭戴一頂小氈帽，頸上套一個明晃晃的銀項圈」，他頭頂金黃色的圓月，腳踩海邊的沙地，在一望無際的西瓜中手捏一柄鋼叉，向一匹猹盡力地刺去。這個少年，健美、英俊、活潑、勇敢，令人感到可愛。因為寫了閏土少年時代的美，便使人更強烈地同情他後來生活的悲苦，從而取得更強烈的悲劇效果。魯迅在其他悲劇性的作品中也都有這個特點，例如《祝福》，魯迅讓我們看到的是一個最誠實、最本份、最善良的農村勞動婦女：她是那樣勤快，「比勤快的男人還勤快」；她是那樣本份，「順着眼，不開一句口」；她是那麼誠實，「整天的做，似乎閒着就無聊」。然而，正是這樣一個毫無非份慾念和奢望、勤勞安份的婦女，在偌大的一個中國沒有她安身的地方。魯迅發掘悲劇主人公祥林嫂身上的美，然後讓舊制度、舊意識殘暴地把她撕毀，因而更加令人驚心動魄。

魯迅的悲劇完全打破瞞與騙的團圓主義，虛假的樂觀主義，他把悲劇藝術作為對舊社會展開批判的武器。不是奴隸式的批判，而是革命式的批判。他真實地把中國人民原來的悲劇遭遇展現出來，該死亡的讓其死亡，該麻木的讓其麻木，該墮落的讓其墮落，該愛情毀滅的讓其愛情毀滅。魯迅給阿Q安排的「大團圓」的結局，是反其意而用之，是對歷來的團圓公式的一種嘲諷。實際上是讓阿Q走上斷頭台。辛亥革命的失敗，導致許多擁護辛亥革命的下層人民走上被報復、被殺戮的末路，這正是歷史的真實。戰鬥的現實主義者魯迅忠於這一現實，他不以自己的愛憎為轉移，他自己說，他在初寫《阿Q正傳》時

「沒有料到」「大團圓」的結局。但是，對生活的誠實態度，終於使魯迅不得不按照生活的邏輯給阿Q一個「大團圓」的結局，把這個落後、自欺但又勤勞、擁護革命的阿Q加以撕毀，造成強烈的悲喜劇的效果。對於祥林嫂的悲劇結局，魯迅寫得尤其令人傷心，不忍卒讀。魯迅不僅把她撕毀給人們看，也把她的丈夫，她的心愛的兒子撕毀給人們看。魯迅把她的連奴隸也做不得的最悲慘最不幸的命運，淋漓盡致地顯示出來。

祥林嫂第一次到魯四老爺家裏的時代，是做穩奴隸的時代，第二次到魯四老爺家的時代，則是做奴隸而不得的時代。第一次到魯四老爺家裏時，魯迅這樣描寫她的情境：「日子很快的過去了，她的做工卻毫沒有懈，食物不論，力氣是不惜的。人們都說魯四老爺家裏僱着了女工，實在比勤快的男人還勤快。到年底，掃塵，洗地，殺雞，宰鵝，徹夜的煮福禮，全是一人擔當，竟沒有添短工。然而她反滿足，口角邊漸漸的有了笑影，臉上也白胖了。」我們看到這時的祥林嫂，不禁感到一種淒寒的悲哀襲上心頭，我們感到祥林嫂的滿足，只是一種暫時做穩奴隸的淒涼的滿足，她的笑影，也僅僅是暫時求得牛馬般的生存與溫飽的奴隸的淒涼的笑影。但是，即使是這種淒涼的笑影，在舊中國的大地獄裏也是不能長久的。當她第二次到魯四老爺家裏時，她連這點奴隸的淒涼的笑影也消失了。她並沒有罪，只因為她再嫁，就被認為是「敗壞風俗」，她被看成是不祥之物，祭祀時不許她沾手，她額上的傷疤成為人們嘲笑的資料，她想像以前那樣不惜力量地進行奴隸般的勞動，但是連這點權利也沒有了。為了贖她的再嫁之罪，以免到未知的大地獄中被閻羅王鋸成兩半，她用長年以血汗積存下來的最後一點錢到土地廟捐了一條門檻，當做她的替身，給千萬人踩踏，她以為這樣糟蹋自己、摧殘自己的靈魂就可以做穩奴隸了。但是，這種慘苦的祈望，並不能癒合她的靈魂的傷口，也不能使她贏得生存的權利。她終於被解僱，被驅逐，無聲無息地被吞食在一個正在慶祝春節的殘暴社會裏。人間地獄使她喪失起碼的人權，連奴隸也做不得，她只能帶着痛苦與恐怖的靈魂在黑暗與迷惘中死亡，背着到陰間將受更深宰割的精神重擔，被絕望而恐懼地埋進白茫茫的酷冷的雪地裏。魯迅把一個誠實、善良、勤勞的勞動婦女，在自己的悲劇中慘烈地撕毀給人們看，一步一步地扣住人們的心靈，叫人們同情，叫人們戰慄，叫人們悲哀與憤怒。他一點也不給放着爆竹慶賀着新年的舊世道留下一點面子，他容不得在自己的作品中摻上半點假。他始終懷着對飽受苦難的祖國人民最深廣的愛和最真摯的情懷，毫不猶豫地寫出他們生活的真實，寫出他們的牛馬般的無窮無盡的最悲慘的命運。正因為這一點，魯迅的悲劇，才成為最有戰鬥性的偉大悲劇，並開了一代革命現實主義的文學新風。

魯迅悲劇的深刻之處，還不僅於此。他在真實地寫出中國人民的各種悲劇的時候，還進一步地寫出造成這種悲劇的原因。就以《祝福》而言，毛澤東同志在《湖南農民運動考察報告》中說：「中國的男子，普遍要受三種有系統的權力的支配，即：（1）由一國、一省、一縣以至一鄉的國家系統（政權），（2）由宗祠、支祠以至家長的家族系統（族權），（3）山閻羅天子、城隍廟王以至土地菩薩的陰間系統以及由玉皇上帝以至各種神怪的神仙系統——總稱之為鬼神系統（神權）。至於女了，除受上述三種權力的支配以外，還受男子的支配（夫權）。這四種權力——政權、族權、神權、夫權，代表了全部封建宗法的思想和制度，是束縛中國人民特別是農民的四條極大的繩索。」毛澤東同志還指出：「地主政權，是一切權力的基幹。」用馬克思主義的階級分析方法，解剖中國社會的結構，對中國農民所受到的嚴重政治壓迫，毛澤東同志得出了這樣一個結論。而在一九二五年尚未確立馬克思主義世界觀的魯迅，由於對中國社會的深刻了解和敢於大膽地透視中國社會的真實，他在自己的《祝福》中得到的實際的結論，與毛澤東同志的結論是完全一致的。魯迅正是把祥林嫂的悲劇之源——以地主政權為基幹的罪惡的「四權」，全面地揭露出來。作品有力地説明：祥林嫂的不幸，並非「自己之所欲」，而是四大繩索的絞殺。這樣，這個悲劇就表現出特有的巨大的思想深度。

魯迅這些打破團圓主義等瞞與騙傳統格局的悲劇創作，我們可以看到一個突出的特點，那就是嚴格地毫無顧忌地遵循藝術的真實規律，充滿清醒的戰鬥的現實主義精神。「五四」時期，包括胡適在內，許多人都提倡寫實主義，但是，卻很少像魯迅那樣，真正地睜開眼睛正視中國令人戰慄的現實生活，正視中國封建社會長期形成的痼疾和腫瘤。魯迅不是在生活的表層上滑動，而是握着「真實」的解剖刀，解剖社會的魂魄，顯示人們的靈魂，闢開社會底層最深邃的構造，把那長期被粉飾的社會矛盾，被掩蓋着的大黑暗，赤裸裸地暴露在陽光下。就當時的世界觀來説，魯迅還不是一個階級論者，他觀察世界的工具，主要還是科學的進化論。他還不能自覺地用階級分析的方法來指導自己認識生活、表現生活，但是，由於他嚴格地遵循藝術的真實規律，大膽地真實地揭露他觀察到的客觀社會的真面目，所以他的悲劇作品，在客觀上，鮮明地反映了中國社會的階級對立，提供了一幅剝削階級「吃人」和被壓迫階級「被吃」的慘酷的人肉筵席的真實圖畫。這一事實説明，一個立志用自己的藝術來改造社會的作家，如果他又對社會現實及其歷史發展由來有深透的了解，並且嚴格遵循藝術真實規律，那麼，他確實可以突破自己世界觀的某些局限，達到自己的世界觀所未能達到的對生活的理解的深度，觸及到自己世界觀還無法認識到的社會生活的真理，使自己實際創造的藝術內容大於主觀意識自覺到的範圍。

選自《魯迅美學思想論稿》，中國社會科學出版社，一九八一年六月

魯迅雜文中的「社會相」類型形象

一

魯迅以其獨特的氣質所創造的一種氣魄雄偉的雜感文體，我們可稱之為魯迅風骨的雜感文體。它是中國和世界文學寶庫中的無價之寶。所謂氣魄雄偉，不是指宏篇巨製式的外部規模，而是指內在的巨大的歷史內容，鮮明的時代特點，社會批評的深廣度以及不可抗拒的倫理力量和美學力量。

魯迅的雜感，不僅給人以豐富的哲學感、歷史感，知識感，而且給人們以巨大的審美愉悅感。它既是把中國社會歷史、中國社會心理和其他各種知識匯流而成的百科全書式的精神實體，又是天才的藝術創造。魯迅雜感文學的總體，成為中國現代文學史上的一部偉大的史詩——最深刻地反映中華民族的社會歷程、心理歷程和戰鬥歷程的偉大史詩。在世界文學史上，正是魯迅，第一個賦予雜感文學以史詩性的雄偉氣魄。

創造一種氣魄雄偉的獨具風格的文體，這是語言藝術家真才能的最明顯的標誌。它不是一般的語言優點、章法優點，而是語言形式所蘊涵的藝術家的全個性、全風格。文章高下往往從這點區別開來，劉勰說：「才性異區，文體繁詭。辭為膚根，志實骨髓。」[1] 裴度說：「故文之異，在氣格之高下，思致

1 劉勰：《文心雕龍・體性》。

之淺深，不在磔裂章句，隳廢聲韻也。」[1]別林斯基曾說：「可以算作語言優點的，只有正確、簡練、流暢，這是縱然一個最庸碌的庸才，也可以從按部就班的艱苦的錘煉中取得的。可是文體——這是才能本身，思想本身。文體是思想的浮雕性、可感觸性，在文體裏表現着整個的人，文體和個性、性格一樣，永遠是獨創的。因此，任何偉大作家都有自己的文體。」[2]我們所指的文體，正是裴度所說的「氣格」和「思致」的總和，也正是別林斯基所說的這個意義上的文體——體現着作家特殊性格、特殊創作方法的帶有具體可感性的風格體式。

有些文學評論家與文學史家忽視這種真才能的標誌。如司馬長風先生在他的《中國新文學史》中認為，「周氏兄弟的功力都勝過徐、郁二人（指徐志摩與郁達夫——引者註），面魯迅的鍛煉功夫又高過周作人。但是在才情方面，徐志摩和郁達夫都高過周氏兄弟，可是拙於（或者根本不大注重）剪裁和鍛煉。」[3]魯迅確實注意文章的「鍛煉」，但更重要的卻不是這種鍛煉功夫，而在於他的個性化的文體，這才是魯迅的真「才情」，也正是他高於徐志摩等人的真才情。

魯迅雜感文學的出現和偉大成功，產生了異常巨大的影響，甚至達到這樣的程度，即傳統的《文學概論》不得不考慮它原先界定的文學類型的若干基本觀念，而中國現代文學史不能不考慮雜感文學的毋庸置疑的獨立地位。魯迅曾說：「我們試去查一通美國的『文學概論』或中國甚麼大學的講義，的確，總不能發見一種叫做 Tsa-wen 的東西。這真要使有志於成為偉大的文學家的青年，見雜文而心灰意懶：

1 裴度：《寄李翺書》。
2 《別林斯基論文學》第二三四頁。
3 司馬長風：《中國新文學史》上卷，第一八五頁，香港昭明出版社，一九八零年四月。

原來這並不是爬進高尚的文學樓台去的梯子。」他還預言：「雜文這東西，我卻恐怕要侵入高尚的文學樓台去的。」[1]

魯迅恰恰是以自己雄偉的藝術氣魄，打破了傳統文學教科書的偏見。他不為因襲的美學觀念所束縛，不顧一切陳腐的禁令，堅定地表明，如果藝術之宮裏有這麼多麻煩的禁令，倒不如不進去，還是站在沙漠上，看看飛沙走石，樂則大笑，悲則大叫，憤則大罵。他堅忍地在某些人們的蔑視中長期地進行雜感創作，終於使雜感生氣勃勃地踏入「高尚的文學樓台」，並使許多嚴肅的文學史家開始把雜感列為文學的正宗，給予崇高的歷史地位。

由於魯迅雜感文學的出現，散文範疇更是發生了巨大的變革。散文有側重於抒情性或側重於敍事性、議論性之分。而發展到後來，側重於抒情性的散文已派生出散文詩，側重於敍事性的散文則派生出報告文學，而側重於議論性的散文則發展為雜感文學。在我國散文發展史上，魯迅對於兩個支脈作出了開創性的貢獻：

一是以它的《野草》結束了散文詩兩棲於詩與散文的歷史，開創了我國散文詩文體獨立發展和開始成熟的歷史；

一是以他的十六部雜文集，結束了雜感作為散文支脈的隸屬地位和兩棲於散文與政論之間的歷史，成為一種與純文學散文並駕齊驅的另一種獨立的文體。

魯迅雜感文學的巨大成功，不僅在中國，而且在全世界的文學創造史上，都是一種奇蹟。魯迅在他

---

1 《且介亭雜文二集．〈打雜集〉序》。

的一生中，特別是在他思想最成熟的年月裏，傾注了他的大部份生命和心血於雜感的創作之中。他以他的深邃的思想，淵博的學識，雄偉的人格，深廣的憂憤，構築了他的雜感文學大廈，使這座大廈成為他的整個創作的主體。因此，不能充分理解魯迅的雜感，也就不能充分理解魯迅，也不能真正科學地評價魯迅在整個文學史上的崇高位置。

然而，魯迅的雜感文學，從它誕生的時候起，命運就是坎坷的。社會的非議幾乎與他的雜感在同一條道路上並行。它的豐富的審美價值，被許多人所忽視，所鄙薄，甚至把它排斥在文學藝術的範圍之外。善意的人勸他「不要做這樣的短評」，非善意的，就說這不是甚麼「偉大的作品」，甚至懷有「切骨之仇，給了種種罪狀」[1]。在新中國誕生之後，儘管魯迅雜感文學的巨大歷史內容和思想深度逐步被人們所認識，但是，它的美學價值仍然為許多專家門和讀者所忽視，甚至一些善良的朋友也為魯迅不能在他創作力純熟的年月裏多寫些小說而感到惋惜。直到今天，國外的一些文學史家，對魯迅雜感文學的美學價值仍然未予承認。像夏志清先生的《中國現代小說史》就認為魯迅專心一意寫雜文是「創作力的衰竭」的表現。[2]司馬長風先生的《中國新文學史》中儘管有不少精闢的見解，而且對魯迅的某些散文也肯定其「不朽」的價值，但對魯迅的雜感文學則仍然是忽視的，他說：「散文方面，《野草》和《朝花夕拾》為美文學創作留下不朽的篇章。可是他自加入『左聯』之後，他不但受所載之道的支配，並且要服從戰鬥的號令，經常披盔帶甲，衝鋒陷陣，寫的全是『投槍』和『匕首』，遂與純文學的創作不大

1 《且介亭雜文二集・序言》。

2 夏志清：《中國現代小說史》第八一頁，台北傳記文學社，一九七九年九月。

相干了。」[1] 基於這種見解，他把魯迅的雜感文學排除在文學廟堂之外，在他編撰的文學史上便沒有魯迅雜感文學的位置。

上述對魯迅雜感的認識與偏見，對於魯迅研究來說，無疑是一個迫切需要進行科學回答的重大課題。我國的歷史實踐，已經完全證明魯迅雜感文學是具有巨大的藝術生命力的。魯迅雜感，被千千萬萬中國知識分子和中國人民所喜愛、所欣賞，它已在祖國的廣闊土地上找到最廣大的知音。它是一種偉大的文學作品，這已成為鐵鑄的事實。因此，如果我們不能科學地說明這一事實，那將是魯迅研究中的一個缺陷。科學地說明魯迅雜感文學的美學價值，不僅可以更深刻地認識魯迅，而且對於我們眼界更開闊地看待文學的特徵，文學的規律，都是很有益處的。

二

那麼，魯迅雜感文學巨大的美學價值表現在哪裏呢？

這裏，有一個重要的有趣的事實：在我們民族的生活中，已經流行一種概括某類社會「共相」的「共名」，例如「叭兒狗」、「媚態的貓」、「革命小販」、「商定文豪」、「京派」、「海派」、「二丑」、「幫閒」、「西崽」等等，而當我們呼喚着這種名詞的時候，便馬上想起魯迅所勾勒的形象，想起這個形象的基本特徵，並在我們心中自然地流溢出一種喜劇性的審美愉悅感。讀過魯迅雜感的人。大約都有

1 司馬長風：《中國新文學史》中卷，第一一一頁。

過這樣的感受。而這種感受恰恰是我們解開魯迅雜感文學之謎的鑰匙。

魯迅對於自己的雜感文學的美學特徵有一段最關鍵的說明：

> 我的壞處，是在論時事不留面子，砭錮弊常取類型，而後者尤與時宜不合。[1]

魯迅雜感的美學價值，無可爭辯的文學性，首先就在於他塑造了一系列的中國「社會相」類型形象。這種「類型」形象，是藝術形象的一種形態。他不是作家主觀臆想的產物，而是對社會進行認識、觀察，然後用文學筆觸加以概括，使之具有典型意義的一種客觀形象。有人說古希臘是最天才的造像者，希臘神話的諸神便是他們的想像和觀念綜合而創造出來的影像。如果說，希臘神話家們是人的心理影像的天才造像者，那麼，可以說，魯迅則是「社會相」類型的天才造相者。

魯迅說，洋服青年拜佛，道學先生發怒，這都是平常的社會現象，人們習以為常，但雜感諷刺家卻敏感地覺察到這是一種「社會相」類型，給它特別一提，就創造出動人的藝術形象。他說：「『諷刺』卻是正在這時候照下來的一張相，一個撅着屁股，一個皺着眉心，不但自己和別人看起來有些不很雅觀，連自己看見也覺得不很雅觀；而且流傳開去，對於後日的大講科學和高談養性，也不免有些妨害。」[2]諷刺家「照下來的一張相」，就是「社會相」。這種「社會相」，在魯迅著作中常被稱為「世相」、「世事的形相」、「人間相」。魯迅把自己的雜感文學作為一種批判舊世界的武器，它無情地揭露這個壞透

1 《偽自由書．前記》。
2 《且介亭雜文二集．甚麼是「諷刺」？》。

了的社會的一切假面和偽裝，全力地顯示其社會各種醜惡的本相，他聲明自己寫雜感的目的就是「偏要在莊嚴高尚的假面上撥它一撥」[1]，「給他一個不舒服，使他恨得扒耳搔腮，忍不住露出本相」[2]。後來他又說，對於社會上的種種醜惡，「都須褫其華袞；示人本相」[3]。以藝術改造社會為偉大目的，使魯迅也特別用藝術手段顯示出種種「社會相」，因此，他認為多種藝術都應當或多或少、或深或淺地顯示「社會相」。他在評價《儒林外史》時說，在吳敬梓筆下，「凡官師，儒者，名士，山人，間亦有市井細民，皆現身紙上，聲態並作，使彼世相，如在目前」[4]。在《〈何典〉題記》中又說，此書「多是現世相的神髓」，「既然從世相的種子出，開的也一定是世相的花。於是作者便在死的鬼畫符和鬼打牆中，展示了活的人間相」[5]。在評論珂勒惠支的繪畫時，他指出，珂勒惠支的成功，從根本上說，也是因為「緊握着世事的形相」[6]。

這裏，我們看到：魯迅所指的「社會相」，不是社會表層上的習俗風貌，而是社會世態的神髓，社會某種人群的靈魂。他的雜感，正是吸取了其他藝術品種塑造「社會相」形象的手法，用一種特殊的文學形式——雜感形式，來塑造「社會相」的圖畫。

魯迅雜感文學的美學價值，它的不朽的藝術魅力，首先就在於他以卓越的藝術天才，塑造了數以

1《華蓋集續編・小引》。
2《華蓋集續編・不是信》。
3《致曹聚仁》，一九三三年六月十八日。
4《中國小說史略》。
5《集外集拾遺・〈何典〉題記》。
6《且介亭雜文末編・〈凱綏・珂勒惠支版畫選集〉序目》。

百計的極其成功的「社會相」類型的形象大系列，並由這些類型形象組成一幅具有巨大歷史內容的社會諷刺畫卷——半殖民地半封建的中國社會的諷刺畫卷。魯迅的雜感文學，正是首先在這點上，區別於政論，區別於社會科學論文，區別於一切非藝術形態的東西。任何政論和其他社會科學論文，不論它文字怎樣生動，語言怎樣「鍛煉」，它在闡明社會真理，展開社會批評時，都不是採取這種具有審美旨趣的塑造「社會相」形象的藝術方法。

「社會相」類型形象，在魯迅雜感中比比皆是。如果我們要一一加以列舉，至少可以製成一張《魯迅雜感「社會相」類型百圖》。這一社會形象百圖，可以從「五四」初期他最早在《隨感錄》中塑造的那種把祖傳的「紅腫之處」看成「艷若桃花」的國粹家，一直排列到「吃西瓜時，也該想到我們的土地被割碎，像這西瓜一樣」的「左派」英雄。但是，由於篇幅有限，筆者不可能這樣做。這裏只想列舉，在魯迅所創造的氣魄雄大的形象系列中的兩種大類型，這就是「奴才相」和「流氓相」。這兩種社會相類型，不僅是中國半封建半殖民地社會的產物，而且是這個社會中壞的代表。

在「奴才相」的大類型中，我們看到了一系列的小類型，譬如，做主人時是特等的暴君，威力一墜，則以俯首帖耳的奴才自命的「孫皓」[1]；「雖然是狗，又很像貓」的「叭兒狗」[2]；「對於羊顯兇獸相，而對於兇獸則顯羊相」的「歐化紳士」[3]；「成了一長串，挨挨擠擠，浩浩蕩蕩，凝着柔順有餘的眼色」，跟定山羊匆匆競奔前程的「胡羊」[4]；欽差之下，平民之上，對一方面固然必須聽命，對別方面還是大

1 《墳·論照相之類》。
2 《墳·論「費厄潑賴」應該緩行》。
3 《華蓋集·忽然想到（七）》。
4 《華蓋集·一點比喻》。

可逞雄的「俠之流」[1]，地位正如「皂隸」的「新月社批評家」[2]；為了一點點犒賞，不但安於做奴才，而且還出錢去買做奴才的權利的「墮民」[3]；從油汪汪的處所，揩了一下，於人無損，於揩者有益，並且也不失為損富濟貧正道的「揩油者」[4]；「雖被俘虜，猶能為人師，居一切別的俘虜之上」的「儒者」[5]。此外，還有「蒼蠅」[6]、「喪家的資本家的乏走狗」[7]、「歐美的富家奴」[8]、「二丑」[9]、「西崽」[10]等。

在「流氓相」的大類型中，我們同樣看到了一系列的小類型。譬如：「要做事的時候可以援引孔丘墨翟，不做事的時候另外有老聃，要被殺的時候我是關龍逄，要殺人的時候他是少正卯」的「名流」[11]；和尚喝酒他來打，男女通姦他來捉，私娼私販他來凌辱，鄉下人不懂租界章程他來欺侮，社會改革者他來憎惡的奴才式「流氓」[12]；論敵是唯心論者呢，他的立場是唯物論，待到和唯物論相辯論，他卻又化

---

1 《三閒集．流氓的變遷》。
2 《三閒集．新月社批評家的任務》。
3 《准風月談．我談「墮民」》。
4 《准風月談．「揩油」》。
5 《且介亭雜文．儒術》。
6 《華蓋集．夏三蟲》。
7 《二心集．「喪家的」「資本家的乏走狗」》。
8 《二心集．關於翻譯的通信》。
9 《准風月談．二丑藝術》。
10 《且介亭雜文二集．「題未定」草》。
11 《華蓋集續編．有趣的消息》。
12 《三閒集．流氓的變遷》。

為唯心論者的「徹底革命者」[1]；激烈得快，也平和得快，甚至於也頹廢得快，要人幫忙的時候用克魯巴金的互助說，要和人爭鬧的時候就用達爾文的生存競爭說，沒有一定的理論，或主張的變化並無線索可尋，而隨時拿了各派的理論來作武器的「流氓」[2]文人；時勢變了，而不變其闊，主義改了，而仍不失其驍的政治「奸商」[3]；革命與否以親之苦樂為轉移，從革命陣線上退回來，做點零星的懺悔，而沒有做大批的買賣的「革命小販」[4]；誣人罪名時，只是攢眉搖頭，連稱「壞極壞極」，卻不說出其所謂壞的實例的「搗鬼」家[5]；見貪人就用利誘，見孤憤的就裝同情，見倒霉就裝慷慨，但見慷慨的又會裝悲苦，用欺騙、威嚇、溜走三種辦法席捲對手東西的「吃白相飯」者[6]；講革命，彼一時也，講忠孝，又一時也，跟大喇嘛打圈子，又一時也的「吃革命飯的老英雄」[7]；一面尊孔，一面拜佛，今天信甲，明天信丁的「無特操」者[8]。此外，還有「做戲的虛無黨」，發着屍臭的「民族主義文學家」，充當「新藥」的英雄吳稚暉[9]；抹殺舊賬重新做人有如電報之速的「今之名人」[10]；以及無文文人、捐班派文人學士、文壇登龍術士、商定文豪等等。

1《二心集．非革命的急進革命論者》。
2《二心集．上海文藝之一瞥》。
3《南腔北調集．答楊邨人先生公開信的公開信》。
4 同上。
5《南腔北調集．搗鬼心傳》。
6《准風月談．「吃白相飯」》。
7《准風月談．吃教》。
8《且介亭雜文．運命》。
9《偽自由書．新藥》。
10《准風月談．查舊賬》。

在魯迅雜感中，我們處處都可看到「社會相」的類型形象，除上述的奴才相與流氓相外，我們還可以看到形形色色在別的文學作品中難以見到的特殊形象，如從養衛人體蛻變為蠶食人體組織的「游走細胞」；把捕獲的青蟲弄得不死不活的殘忍而狡猾的兇手「細腰蜂」；自己不造巢不求食，一生的事業專在攻擊別的螞蟻、掠取幼蟲的「武士蟻」；還有「君子遠庖廚」的道德家，講「三角」小說家的張資平；「忠而獲咎」的馮起炎；拔着自己的頭髮想離開地球的「第三種人」；官的幫閒的「京派」，「商的幫忙的「海派」；「飽食終日」無所用心的「北人」；「群居終日，言不及義」的「南人」；「翩然一隻雲中鶴，飛來飛去宰相衙」的「隱士」；盜賣名以欺世的「騙子」；傳播謠言而被謠言所殺的「謠言世家子弟」；等等。尤其值得注意的是，魯迅還常常直接在一篇雜感中或若干篇的雜感中作類型比較。使形象特徵更加突出，例如他所塑造的「夏三蟲」（跳蚤、蚊子、蒼蠅）、「文壇三戶」（暴發戶、破落戶、暴發破落戶）、對待外國文化的三種類型（徘徊不定的孱頭，排斥一切的「昏蛋」，接受一切的廢物），對待人生態度不同的多種類型（爬、撞、推、踢等）。魯迅在評說自己的雜感時說，它「格局雖小，不也描出了或一形象了麼?」[1] 魯迅的雜感確實有很強的形象性，他以形象反映社會生活，以形象說明真理，真理訴諸於形象，於是人們不能不承認魯迅雜感中有着一連串直感理性和理性直感的社會圖畫，其中充滿着直感印象的力量，我們因為這種直感的形象圖畫而聯想到生活中所見到的各種嘴臉，形形色色的社會活姿態，從而產生會心的微笑，心靈的共振，從這種可感的形象中領略到一種審美意趣。

1 《准風月談．後記》。

三

魯迅雜感中「社會相」類型，不是某些觀念的類型圖解，也不是貼在某類人群身上的別號，而是與生活原型達到「形神俱似」水平的藝術形象。

魯迅要求藝術概括生活原型應當「形神俱似」的觀點，是在評價契訶夫的小說《壞孩子和別的奇聞》的插圖時說的。「形神俱似」，應以「形似」為基礎，因為「未有形不似反得其神者」。然而，藝術形象的塑造，絕不是若干原型某些特徵數學式的機械的相加，而是以原型為基礎進行複雜的加工和再創造。它不僅要求外部形體上帶有原型的某些特徵，而且要求內在神情上表現人的整體性和連貫性，使外部形象與內在形象融為一體。只有形與神的結合，外部形象與內在形象的結合，才能使這種形象具有某種程度的浮雕性。

魯迅的「社會相」類型形象，所以具有浮雕感，就因為這種形象一般都包括融為一體的三種構成元素：（1）外相：外殼形態的某些特徵；（2）內相：內在神情的某些特徵；（3）相識：作家對形象的主體「識見」（包括主體對「社會相」的感受、評點、解剖、批判等）。神情實際上又可更細緻地分為表層神情的「神態」和深層神情的「神髓」。因此，魯迅雜感中的類型形象，本身包括三個形象層次：形態、神態、神髓。

魯迅在勾勒「西崽相」時說：

西崽之可厭不在他的職業，而在他的「西崽相」。這裏之所謂「相」，非說相貌，乃是「誠於中而形於外」的，包括着「形式」和「內容」而言。[1]

這裏魯迅明確地說明自己所造之相，包括相的形式和相的內容。相的形式，指的就是相的形態，即「臉譜」；而相的內容，則是相的神態，神髓，即「心譜」；此外，還包括造相者的主體「識見」。

就以「西崽相」而言，在形態上，魯迅描摹他們「上工穿制服，下工換華裝，間或請假出遊，有錢的就是緞鞋綢衫子，不過要戴草帽，眼鏡也不用玳瑁邊的老樣式」。在描摹「西崽」這種半洋半土的形體時，也摻雜着他們的神態：他們一面講洋話，服侍洋東家，一面又是國粹家，一有餘閒，拉皮胡，唱探母。在描摹這種神態之後，魯迅又進一步點破這種世相的「神髓」說：「這『相』，是覺得洋人勢力，高於群華人，自己懂洋話，近洋人，所以也高於群華人；但自己又系出黃帝，有古文明，深通華情，勝洋鬼子，所以也勝於勢力高於群華人的洋人，因此也更勝於還在洋人之下的群華人。」最後魯迅加以評點，指出：「倚徙華洋之間，往來主奴之界，這就是現在洋場上的『西崽相』。」這就是魯迅的「相識」。

而以西崽、巡捕、門丁、電車上的賣票人等為原型而概括起來的「揩油者」類型形象，也是與「西崽相」同一性質的奴才相。這種類型也具有雙重性格。魯迅以「賣票人」為代表，用兩三筆就描摹出他們的外部形象：「他一面留心着可指的客人，一面留心着突來的查票，眼光都練得像老鼠和老鷹的混合物一樣。」這裏「畫眼睛」的一筆，既有形態，也有神態，外部形象中已包括內在形象的表層，這之後，

1《且介亭雜文．二集「題未定」草（二）》。

魯迅又進而挖掘其「神髓」：「所取的是豪家，富翁，闊人，洋商的東西，而且所取又不過一點點，恰如從油水汪洋的處所，揩了一下，於人無損，於揩者卻是有益的，並且也不失為損富濟貧的正道。設法向婦女調笑幾句，或乘機摸一下，也謂之『揩油』，這雖然不及對於金錢的名正言順，但無大損於被揩者則一也。」而魯迅在描摹這一「社會相」時，下筆就開門見山地表明自己的「識見」：「『揩油』，是說明着奴才的品行的全部的。」這樣，「揩油者」就展現了多重的形象層次，而且形象層次又異常協調和密不可分，於是，一個具有浮雕感的類型形象，便成功地走向文學的畫廊。

魯迅曾說：「批評一個人，得到結論，加以簡括的名稱，雖只寥寥數字，卻很要明確的判斷力和表現的才能的，必須切帖，這才和被批判者不相離，這才會跟了他跑到天涯海角。」[1] 魯迅的類型形象確有跟原型跑到天涯海角無法擺脱的藝術魅力，而這種美學力量，就在於他所創造的藝術形象，與被批判者的名與實，形與神都極為「切帖」。某些雜感缺乏藝術生命力，在美學上也正是從這裏失足的。正如魯迅所指出的：「現在卻大抵只是漫然的抓了一時之所謂惡名，摔了過去：或『封建餘孽』，或『布爾喬亞』，或『破鑼』，或『無政府主義者』，或『利己主義者』……等等；而且怕一個不夠致命，又連用些甚麼『無政府主義封建餘孽』，或『布爾喬亞破鑼利己主義者』，怕一個人説沒有力，約朋友各給他一個；怕説一回還太少，一年內連給他幾個：時時改換，個個不同。這舉棋不定，就因為觀察不精，因而品題也不確，所以即使用盡死勁，流完大汗，寫了出去，也還是和對方不相干，就是用漿糊黏在他身上，不久也就脱落了。」[2] 魯迅還説，漫然地給批判者加上一個惡名並不是藝術，正如汽車夫發怒，

1 《且介亭雜文二集．五論「文人相輕」——明術》。
2 同上。

便罵洋車夫阿四一聲「豬玀」。這個「豬玀」，與所罵的「洋車夫」形神俱離，根本不能構成具有審美意義的類型形象。

魯迅指出謾罵不是戰鬥，而主張喜笑怒罵皆成文章，就是說，「罵」的內容與形式也應當是一種藝術。譬如他罵奴才們為「叭兒狗」，「喪家的資本家的乏走狗」，就不是一種「漫然的抓了一時」的惡名，而是提挈了某一人群的「全般」的具有審美意義的「社會相」類型形象。一九三零年左翼作家批判梁實秋時，馮乃超曾懷着戰鬥熱情在《拓荒者》上發表文章，罵梁實秋為「資本家走狗」。梁實秋見了之後馬上寫文章反駁，說他還不知是哪一個資本家的「走狗」哩！魯迅為了支援馮乃超的戰鬥，寫了《喪家的資本家的乏走狗》，寫完後他笑着對朋友說：「你看，比起乃超來，我真要『刻薄』得多了」，「可是，對付梁實秋這類人，就得這樣。……我幫乃超一手，以助他之不足。」[1] 馮乃超的「不足」，就是在戰鬥中只給了「走狗」的惡名，而未能提挈梁實秋「這類人」的形象的「全般」，因此，「走狗」還停留在一般性的抽象概念，缺乏具體可感性和形象內容，既沒有「走狗」的「臉譜」，也沒有「走狗」的「心譜」，因此便缺乏美學力量。而魯迅則用寥寥數語，勾勒了「遇到所有的闊人都馴良，遇見所有的窮人都狂吠，不知道誰是它的主子」的「喪家的乏走狗」形象，捕住梁實秋這種走狗類型的「神髓」，即「喪家」與「乏」兩個特徵。於是，「喪家的資本家的乏走狗」，對於某一類人來說，就不是一個容易甩掉的惡名，而是一個顛撲不破的諢名。提起這個諢名，人們便為這種「社會相」類型形象的逼似原型而感到可笑，並更深地了解到資本家走狗的奴才性、勢利性和其他階級特性。魯迅雜感的美學力量，正是寓

1 馮雪峰：《回憶魯迅》第六零、一三零頁。

於這種具體可感的類型形象的創造之中。通過這種美學手段，魯迅對社會進行無情的批判，便顯得十分含蓄，沉着，有力。

魯迅曾讚賞瞿秋白的雜感尖銳、明白、曉暢、真有才華，但也指出其「少含蓄」的弱點。[1] 瞿秋白也首肯這一弱點，而這一弱點，究其美學原因來說，就是瞿秋白對時弊的攻擊和對社會的批判，還不善於像魯迅這樣，採取一種塑造「社會相」類型形象的美學形式，使尖銳的社會批判內容濃縮在這種美學形式之中。沒有這種美學形式作為堤岸，感情的激流便容易一瀉無餘，使文章失之顯露。秋白同志所作的《狗樣的英雄》、《貓樣的詩人》，與魯迅筆下的「叭兒狗」等相比都缺乏形神俱似的類型形象感，他政治思想上的成熟還沒有同時達到美學表現形式上的成熟。而魯迅則在這兩方面都達到成熟的水平。由於魯迅所塑造的「社會相」類型形象達到與原型「形神俱似」的水平，特別是他的剖析社會相「神髓」的藝術天才，因此，這種類型形象，便產生了極為廣泛的批判意義和反省意義，以至像《阿Q正傳》發表後，很多人疑心是在罵自己，「叭兒相」發表後，也產生同樣的社會效果。所以魯迅特意聲明說：

這一回的說「叭兒狗」，怕又有人猜想我是指着他自己，在那裏「悻悻」了。其實我不過是泛論，說社會上有神似這個東西的人。因此多說些它的主人：闊人，太監，太太，小姐。本以為這足見我是泛論了，名人們現在那裏還有肯跟太監的呢，但是有些人怕仍要忽略了這一層，各自認定了其中的主人之一，而以「叭兒狗」自命。[2]

1 馮雪峰：《回憶魯迅》第六零、一三零頁。
2 《華蓋集續編．不是信》。

魯迅筆下的「叭兒狗」，不僅是生物界的叭兒狗；細腰蜂，武士蟻不僅是自然界的細腰蜂、武士蟻；二丑不僅是戲台上的二丑；梁實秋不僅是梁實秋；它們都有「相外之相」，都帶着極大的象徵性和寓意性，暗示着深廣的生活內容和深刻的社會真理，有的人可以通過這些有限的類型形象領略到無窮的真理，感到一種發現領悟真理的巨大美感喜悅，感到雜感藝術家所刻劃的形象真是意味無窮，咀嚼這種意味真是一種莫大的精神滿足。而有的人則可以感到一種美學力量的鞭撻，感到自己與形象中某一特徵的相似而羞愧，而震驚，而不得不時時想到它，感到它像自己的影子跟蹤自己走到天涯海角，如果一旦他有了懺悔之心，他就會心悅誠服地承認這種藝術形象曾經帶給他巨大的倫理力量和「移人情」的美學力量。

我們已經說過，魯迅所塑造的「社會相」形象內容，包括造相者的主體識見和主體美感態度。這也是強化形象美學力量的一個因素。魯迅描摹的是客觀的「社會相」，但這種描摹完全不是自然主義的複製，主體的情緒並未被客體所淹沒。相反，魯迅總是帶着強烈而深沉的主體情感和獨到的「識見」來浸透客體，溶化客體，使主體感受成為客體的一部份。魯迅說：「我早有點知道：我是大概以自己為主的。所談的道理是『我以為』的道理，所記的情狀是我所見的情狀。」[1] 還說他的雜感「就如悲喜時節的歌哭一般」，以「借此來釋憤抒情」[2]。正因為這樣，我們在魯迅的每一篇雜感中，除了看見他所塑造的客觀形象外，還看見另一個大形象，這就是魯迅本身的主體形象。每篇雜感都有魯迅形象在，都是魯迅思想化和情感化了的，魯迅個性化了的。這樣，雜感文學家的主體與他所描摹的客體，便表現成這樣一

1 《華蓋集續編．新的薔薇》。

2 《華蓋集續編．小引》。

種類似抒情詩的主人公與他所表現的客體的關係：一面是「詩人的主觀性、感受、嚮往、感情和印象等都直接擴展為對世界的概括」[1]；一面則是客觀的事物和形象「化為主體的血肉般的所有物，浸透到他的感覺中去，不是跟他的某一方面，而是跟他的整個存在結合起來」[2]。這樣，雜感藝術家的主體不僅是「社會相」類型形象的客觀塑造者，而且本身直接成為客體的一部份——對於客體的主觀感受。也就是說，作家一面忠實地依據原型對象造型，一面又站在比對象更高的位置上，即站在美學法庭的審判者的位置上來造型，這樣，魯迅的每一篇雜感文學作品便構成一種主客體渾成的藝術意境，使人感到雜感藝術的詩意和藝術的情感性。當我們看到魯迅所塑造的「墮民」相，看到這種「墮民」每逢過年過節到他所認為主人的家裏去道喜，有慶吊事情就幫忙，以得到主人一點犒賞，並把這作為一種遺產傳給後代，作為一種權利在非常貧窮時才賣給別人，我們感到可笑，而當我們看到魯迅的評論：「為了一點點的犒賞，不但安於做奴才，而且還要做更廣泛的奴才，還得出錢買做奴才的權利，這是墮民以外的自由人所萬想不到的罷。」我們又深感到悲哀，深感到心的慘然，並常常回味着這種形象所蘊藏的無窮的情感和哲理。

魯迅雜感與政論的區別，到此便更加清楚了：政論沒有「形神俱似」於生活原型的類型形象，也沒有主客體渾成的意境和濃厚的情感色彩。有的同志稱魯迅雜感也是詩，那麼，其詩意之所存，正在於它區別政論的這些特點上。

1 《盧卡契文學論文集》（一）第二六二頁，中國社會科學出版社，一九八零年。
2 《別林斯基選集》第三卷，第五九頁，上海譯文出版社，一九八零年。

四

魯迅雜感文學採取的是否定形式的現實主義方法，它的主要成就是在於暴露和諷刺社會的壞的方面——撕毀無價值事物方面。魯迅說：「喜劇將那無價值的撕破給人看。譏諷又不過是喜劇的變簡的一支流。」[1]因此，從藝術美的形態來說，魯迅雜感文學的主要部份，是屬於喜劇美。而他在雜感中所塑造的「社會相」類型形象，也主要是喜劇性的藝術形象。

魯迅雜感中的「社會相」類型形象，與小說、戲劇、敍事詩等藝術種類中的典型形象，具有相同點，也有相異點。相同之處是它們都是經過藝術家的概括、加工——經過典型化過程而創造出來的，並具有代表性意義、典型性意義的藝術形象，都反映了特定時代中某些具有普遍性的問題，具有普遍的反省意義和普遍的感染意義，而且往往有超越時代堤岸的長久性共鳴意義。例如阿Q這個典型形象所表現出來的阿Q精神，以及「吃白相飯」者的半殖民地性的流氓氣，在舊中國都是一種普遍性的民族災難。但是，類型形象與典型形象，又很不相同，兩者的異點，主要是：

1、典型形象，是個體形象，是黑格爾所說的，被馬克思主義經典作家所肯定的「這一個」。而類型形象，是集合形象，是「這一類」。由這個異點而派生出來的重要區別是：

2、典型形象的代表性主要是通過它的個性概括而得到顯示，而類型形象的代表性則主要是通過它

1《墳·再論雷峰塔的倒掉》。

的類型性概括而得到顯示。因此：

3、典型形象總是具體人物在一個極其強調的環境中，展開它的個性化的性格的歷史，命運的歷史，行為的歷史，情緒的歷史，它是一個「縱」的完整形象。而類型形象則往往沒有具體人物，即使有，也僅概括它的某方面的主要特徵，而不抒寫他們的性格、命運、情緒的歷史，因此，它是一個「橫」的片斷形象。

例如《水滸傳》中的李逵，典型形象是一個完整的具有性格發展史的縱的形象；而在雜感中的「李逵」，卻是「劫法場時，掄起板斧來排頭砍去，而所砍的是看客」[1]的橫的類型形象。魯迅小說《肥皂》中的「四銘」，是一個偽道學家的典型形象，在他身上，我們看到「這一個」的行為和情緒的一段歷史；而在雜感《關於女人》中的「正人君子」卻是一個偽道學家的類型形象，「他們罵女人奢侈，板起面孔維持風化，而同時正在偷偷地欣賞着肉感的大腿文化」。在魯迅小說中，最為豐滿、最為成功的典型形象是阿Q，它是一個完全個性化的、別的人物無法雷同和重演的獨一無二的個體形象。他的「精神勝利」，也是特有的充滿個性特徵的「精神勝利」，《阿Q正傳》展現了阿Q這種人物特殊性格、行為和命運的歷史。而在雜感中，魯迅也多次刻劃「自欺欺人」的帶有精神勝利性質的「社會相」類型形象，如《立此存照（三）》中的「浮腫病人」，就是這種形象。魯迅寫道：「中國人是並非沒有『自知之明』的，缺點只在有些人安於『自欺』，由此並想『欺人』。譬如病人，患着浮腫，而諱疾忌醫，但願別人糊塗，誤認為他肥胖，妄想既久，時而自己也覺得好像肥胖，並非浮腫；即使還是浮腫，也是一種特別

1 《三閒集．流氓的變遷》。

的好浮腫，與眾不同。如果有人，當面指明：這非肥胖，而是浮腫，且並不『好』，病而已矣。那麼，他就失望，含羞，於是成怒，罵指明者，以為昏妄。然而還想嚇他，騙他，又希望他畏懼主人（浮腫病的主人——引者）的憤怒和罵詈，惴惴的再看一遍，細尋佳處，改口說這的確是肥胖。於是他得到安慰，高高興興，放心的浮腫着了。」[1] 這與阿Q把「癩瘡疤」當成光榮的寶貝「並非平常的癩瘡疤」一樣，也是自我欺騙地把紅腫當成「艷若桃花」的一種精神勝利病。這種「浮腫病人」不是「這一個」，而是「這一類」，但它仍然有很強的形象感。

柏格森在他的著名的《笑》一書中，對喜劇藝術發表了許多見解，有些見解與魯迅的見解很不相同，例如魯迅認為諷刺應當包含着熱情與善意，而柏格森則認為笑是通過羞辱來威懾人們，因此笑「不能出於善意」，這種觀點顯然是偏激的。魯迅很早就批評過柏格森。但柏格森在《笑》中也提出一些值得我們參考的見解，譬如悲劇藝術與喜劇藝術創造形象的不同特點，就很值得注意。

柏格森認為，「悲劇致力於刻劃個人而喜劇致力於刻劃類型。」[2] 並說：「高級喜劇的目的在於刻劃性格，也就是刻劃一般的類型……我們認為這個公式足以作為喜劇的定義。事實上，喜劇不僅給我們提供一些一般的類型，而且它是各門藝術當中唯一以『一般性』為目標的藝術。」[3]

柏格森解釋說，悲劇藝術和其他藝術「總是以個人的東西為對象的」，他們表現的是一種出現一次就永不重演的東西，如詩人歌唱的是他自己而不是別人的某一精神狀態，而且這個精神狀態以後再也不

1 《且介亭雜文末編．附集》。
2 柏格森：《笑》第一零一頁，中國戲劇出版社，一九八零年。
3 同上，第九一頁。

會重現；而戲劇家（指悲劇——引者）搬到我們眼前來的是某一個人的心靈的活動，是情感和事件的一個有生命的組合，我們無法給這些情感加上一般的名稱，在別人心裏，這些情感就不再是同樣的東西。這些情感是個別化了的情感。因此，「悲劇」詩人很少會想到他的主角周圍聚上一群可以說是主角的簡化版的配角，悲劇主人公代表他那一類的獨一無二的個體。而喜劇卻不同，它不是致力於個別性，而是致力於共同性。柏格森說，「在喜劇中，共同性就在作品本身之中。喜劇刻劃的是我們遇見過，在前進道路上還將遇到的一些人物。喜劇記下的是相似的東西。它的目的在於把一些類型顯示在我們的眼前，在需要時，喜劇還創造一些新的人物類型。它和其他藝術的區別就在這裏。」[1] 他還認為，由於喜劇詩人的目的是表現一些類型，也就是一些可以複製的性格，因此，許多喜劇的標題用的是複數名詞或者集合名詞，如「恨世者」、「慳吝人」、「女學者」、「可笑的女才子」、「令人生厭的社會」等。

柏格森對喜劇藝術美學特徵的說明，在批評古典主義喜劇藝術的範圍內是正確的，而在這範圍之外是否正確還有待於我們進一步研究。但是，柏格森對喜劇藝術創造類型的說明，卻有助於我們理解典型形象與類型形象的差異，有助於我們理解魯迅雜感文學中的類型形象的美學特徵。這就是：與典型形象作為一個獨一無二的個體、致力於個別性、致力於某一個的情感活動和心靈活動不同，類型形象作為一種可複製的性格，它致力於類型共同性，致力於某一類人群相似性格的概括。

魯迅雜感中的類型形象，就不是「某甲」、「某乙」這種獨一無二的個體形象，即使是點出個別人的名，如梁實秋，魯迅也是指「梁實秋這類人」。因此，這種形象展現在我們面前的不是某一個人的複

1　柏格森：《笑》第九九—一零零頁，中國戲劇出版社，一九八零年。

雜的心靈活動或某一種個別化了的不可重現的情感，而是一種「複製的性格」，即一個類型的人群中，既是某甲的性格，也是某乙、某丙的性格。它是一類人的具體性格的抽象組合，而組合之後又顯出具體形象。因此，魯迅的「社會相」類型形象是類型的「共相」，正因為這樣，它才成為一種標本似的複數名詞或集體名詞。瞿秋白很早就指出魯迅雜感的某些人名，可作普通的名詞讀，其美學依據也正在於此。

雜感中的類型形象的表現特點，很像戲劇中的「人像展覽式」結構的劇種。西方某些戲劇理論家從戲劇結構的角度，把戲劇劃分為若干類型，但大體上有三種，即開放式結構、閉鎖式結構（包括回顧式和終局式）和「人像展覽式」結構。開放式結構的戲劇把情節從頭到尾原原本本地表現在舞台上，而閉鎖式結構則集中只寫高潮至結局，集中表現戲劇性危機，對於過去的事件和人物關係則用回顧和內省方式隨着劇情發展而逐步交代出來。而「人像展覽式」，卻是像一張社會畫，形形色色的人物展示他們的生活風貌和性格特點，劇情進展緩慢，只顯現出社會一角的生活橫斷面，劇中人物往往都代表着一定的社會類型。如《日出》，有玩世不恭的陳白露，投機鑽營的潘月亭，狡黠毒辣的李石清，庸俗愚蠢的顧八奶奶，善良簡單的方達生，兇狠殘忍的黑三，失去人的地位與尊嚴的黃省三和「小東西」。這些人物便構成舊社會形形色色的人像展覽，也可以說是世相展覽。魯迅的雜感也是一種人像展覽、世相展覽的形式。半殖民地半封建舊中國的種種「世相」、「人像」，我們都可以在魯迅雜感中找到一個輪廓，可以說，魯迅雜感是一部舊中國「世相大全」、「人像大全」。儘管它無法像戲劇藝術那樣通過回顧和內心活動刻劃人物性格，也不像戲劇人物那樣具有性格史與命運史，但它與這種結構的戲劇一樣，通過類型人像的概括與展覽，深刻地反映了社會的面貌和本質，達到對社會醜惡的批判與抗爭，並使人從這種人像展覽中得到審美滿足。

五

塑造「社會相」類型形象並不是一件容易的事，這必須具備三個條件：一是對社會有很細緻的觀察和很深刻的認識，能夠從複雜的社會人群中分解出不同的類型。二是善於把歷史與現實社會融合起來進行綜合性思考，把「史識」與「今識」結合起來，捕獲住社會相的神髓。三是要有高度的藝術概括力和再現力，可不必抒寫，而用「概述」仍給人以形象感。而這三個條件，都必須有一個前提：作家必須是真切地關心社會，觀察社會，並對社會改革充滿熱情。

現代散文史上的某些名家，如周作人、林語堂等到了後期，他們蓄意迴避人間煙火，迴避社會鬥爭，把「言志」與「載道」、「個性」與「時代性」對立起來，把藝術作為單純的自我表現，排斥對社會和時代的關心，因此，他們的雜感，一者（周）追求恬淡，一者（林）追求閒適，缺乏魯迅那種對世事熱烈的感憤。他們的雜感都有「幽默」，但魯迅的幽默帶着戰士的氣質和熱情，飽含着對世事的關心，熔鑄着正直的革命人道主義的愛憎和深廣的憂憤，因此，在藝術上他特別注意形形色色的人形鬼態，把那些醜惡的「社會相」無情地展覽出來，加以辛辣的諷刺和針砭，用戰士的笑把它撕毀。因此，這種笑不是純然的笑，空洞的笑，而是帶着戰鬥氣息和革命因素的笑。這正如赫爾岑所說的，在笑中含有革命性。[1] 魯迅把喜劇因素注入他的每篇雜感，注入他的每一個類型形象，他用笑的爆炸性力量摧毀他所批

1 《電影藝術譯叢》一九七九年，第二期，第三二頁。

判的對象，給社會既定的不合理的觀念以動搖，因此，我們說魯迅的幽默是戰士幽默，是獨具特色的「魯迅風骨」的笑。而林語堂、周作人的笑，則是「紳士風度」的笑，是「為笑笑而笑笑」的笑，他們的幽默和魯迅的入世幽默不同，是一種超脱世間的出世幽默，充滿着名士的悠閒氣味。因此，魯迅的幽默是一種熱烈型幽默，而周作人、林語堂的幽默，則是一種冷漠型的幽默。

周作人、林語堂後期片面地追求抒發性靈的自我表現，片面地追求「返歸自然」，他們不贊成儒家「文以載道」的廊廟文學，這一點魯迅也是贊成的，但是他們卻走向另一極端，反對一切有載道性質的文學，他們所提倡的性靈文學，據林語堂說，就是道家文學，因此，林語堂稱莊子為「中國之幽默始祖」。並説：「真有性靈的文學，入人最深之吟詠詩文，都是歸返自然，屬於幽默派，超脱派，道家派。」[1] 因此，這個時期，他們特別注意魚蟲草木的「自然相」，而不注意「社會相」。他們對社會鬥爭既懷憎惡與恐懼，也就談不上用自己的藝術去描繪「社會相」形象。即使在前期，儘管周作人、林語堂也積極參加新文化運動，攻擊社會弊端，但是，他們在藝術上，也沒有像魯迅那樣自覺地刻劃「社會相」類型形象，並用這種美學形式展開對社會的批判，因此，他們的不少作品，儘管給人們以知識感，給人感到他們對於社會的憤懣，但是，他們始終沒有像魯迅那樣，給我國現代文學的藝術寶庫，留下富有典型意義的「社會相」類型形象系列。因此，可以說，魯迅雜感創造那麼多的「社會相」類型形象，在我國文學史上是獨一無二的，在世界文學史上也是一種前無古人的偉大創舉。

魯迅與周作人都談草木魚蟲、蒼蠅螞蟻，但在魯迅筆下，它們都是代表着某種社會類型的象徵性和

1 林語堂：《行素集》第二頁。

寓意性極強的「社會相」形象，而在周作人筆下，則是一種缺乏社會意義的「自然相」和「生物相」。

以蒼蠅而言，魯迅筆下的蒼蠅概括了兩種「相」，一是與「有缺點的戰士」相對照的「完美的蒼蠅」，這是一種髒而自鳴得意的無恥的流氓相。魯迅描繪道：「戰士戰死了的時候，蒼蠅們所首先發見的是他的缺點和傷痕，嘬着，營營地叫着，以為得意，以為比死了的戰士更英雄。但是戰士已經戰死了，不再來揮去他們。於是乎蒼蠅們即更其營營地叫，自以為倒是不朽的聲音，因為它們的完全，遠在戰士之上。」[1] 一種則是「奴才相」：「嗡嗡地鬧了大半天，停下來也不過舐一點油汗，倘有傷痕或瘡癤，自然更佔一些便宜；無論怎麼好的，美的，乾淨的東西，又總喜歡一律拉上一點蠅矢。」[2] 這種舐一點油汗，佔一點便宜的蒼蠅，正是「揩油者」一類的奴才相。魯迅畫這種「相」時，既有原型（蒼蠅）的形體特徵，又捕住象徵對象（指油者）的奴才性神髓，從而刻劃出一種使人難忘的社會相類型形象。而周作人在一九二四年所寫的《蒼蠅》（他的代表作之一，周作人自選的《知堂文集》和章錫琛編選並得到周作人同意的《周作人散文鈔》均選入此文。）這篇文章，羅列不少有關蒼蠅的典故，發了許多有關蒼蠅的議論，先說蒼蠅的種類，次說蒼蠅的故事，從古希臘路吉亞諾思寫《蒼蠅頌》，訶美洛思把蒼蠅比作勇士，到中國的《詩經》和日本的俳諧把蒼蠅作為詩的對象，反覆說明的只是一點很淺的意思，被人們所憎惡和討厭（包括一九二一年被周作人的短詩所咒罵過的）的蒼蠅，也有固執和大膽的品性，也有可愛之處。除此之外，人們更多的是從這篇雜感中得到一點有關蒼蠅的趣聞，但是這種趣聞所包含的趣味只是一種低級的小市民的趣味，只能給人笑笑而已。因此，儘管旁徵博引，我們卻感到文章患着思想

1 《華蓋集．戰士與蒼蠅》。
2 《華蓋集．夏三蟲》。

和情感的貧血症，人們無法看到或想到「蒼蠅」之外的任何深遠的社會內容和社會真理。這裏周作人筆下的蒼蠅，還只是一種「生物相」，它給人的笑，沒有革命因素。

林語堂的雜感也有周作人同樣的弱點。特別是他的後期，除了思想不夠豐富之外，在藝術上也缺乏形象的浮雕性。比如他也寫「豪豬」，但它筆下的「豪豬」比起魯迅所刻劃的「豪豬」形象就較為遜色。林語堂在《冬天的豪豬》中寫道：「叔本華有一段寓言很好，如下，有一冬天之夜，天降大雪，林中的豪豬冰凍不堪。後來大家尋到一間破屋，一齊進去。起初，大家覺得寒冷，所以圍作一團，大家分暖。只因豪豬隻隻身上都是刺，一碰之後，不得不大家分開。分開之後，又覺得寒顫，又想團聚分暖。如此分後再合、合後再分，往返數次才找到一種適當的距離，既不相刺，又可稍微分暖，就此相安無事，一夜過去。叔本華的意思是說，這就是人類的社會。」[1]這裏雖然注意到豪豬的情狀是人類社會情狀的縮影，但卻沒有進一步分解和刻劃豪豬的形象特徵，因此，也未能構成豪豬的類型形象。而魯迅也借用「豪豬」來影射社會，但他卻沒有隨故事的完結而完結，他以豪豬之間保持適當的距離互相取暖為生發點，揭露出封建社會中「禮讓」的虛偽實質，進而，勾勒出豪豬式的上流社會的紳士類型形象：他們一方面像豪豬身上長着刺，由於彼此都長着刺，因此不能不「禮讓」，守着中庸的距離，以免互相刺痛；另一方面他們又像豪豬，一遇到沒有刺的庶人，就會擠過去而取暖，用牙角或棍棒來維持社會秩序和對付被他們視為「無禮」的處於社會底層的人們。這樣，我們就透過「豪豬」這個象徵性形象更具體地認識到舊社會統治階級的虛偽和殘暴，以及中國「禮讓」的虛偽實質。魯迅的雜感之筆，真有點石成金的巨大

1　林語堂：《行素集》第九六—九七頁。

美學力量，細腰蜂、蒼蠅、豪豬這些大小動物，經魯迅點化，都變成包含着極其豐富的社會內容的藝術形象。

六

魯迅雜感文學創造「社會相」類型形象的成功，給我們的啟示，最重要的有兩點：

1、不同的文學種類其典型性的要求是不同的。我們在強調藝術形象的個性特徵時，不應排斥藝術形象的「類型性」特徵。如果類型形象對於原型具有「形神俱似」的水平，那麼，他就是成功的藝術形象。典型形象是美的，而類型形象也是美的。因此，我們應當充分估量塑造類型形象的雜感文學的美學價值，高度評價雜感文學的歷史地位。

2、藝術實踐不必拘泥於已有的《文學概論》、《小說作法》所界定的成規，如雜感一直未被列入文學的正宗，但魯迅卻通過自己的鍥而不捨地努力，創造出具有巨大美學力量的「雜感文學」。偉大的作家藝術家，總是重視已有的形式，又創造新的形式，他不會因為某種教科書上沒有這種形式條文而停止自己的探索。他有足夠的人格氣魄和藝術氣魄，去打破傳統的思想和寫法，發前人所未發，不為因襲的觀念所束縛。魯迅正因為具有雄偉的人格力量和藝術氣魄，因此，他贏得了自由，贏得了具有世界意義的偉大成功。

一九八一年七月

選自《文學的反思》人民文學出版社，一九八六年十一月

魯迅與中外文化

——在中國社會科學院紀念魯迅逝世五十週年國際學術討論會開幕式上的發言

我國正處於現代化建設的歷史進程中，而且我們已意識到現代化是一個整體性的過程。我們不僅要建設現代化的社會主義的物質文明，而且要建設現代化的社會主義精神文明。在精神文明建設中，研究魯迅的文化思想觀念，對於我們具有特別重要的意義，但我們研究這個課題，不僅是從現實的利益出發，而且是科學地研究魯迅所必須的。魯迅首先是一個偉大的文學家，但不是一個單純的文學家。從純文學的角度看，世界上與魯迅同樣輝煌的作家是不少的。但是，卻很少有像魯迅這樣，能以自己偉大的思想與一個民族的社會改革過程如此緊密地聯繫起來，並如此深遠地影響一個民族的精神世界，以至成為民族的傑出代表和贏得「民族魂」的崇高的榮譽。因此，魯迅不是普通的文學家，而是以文化巨人和思想家的光輝理性參與歷史的非凡文學家。他既是我國舊文化的偉大批判者和改造者，又是我國新文化偉大的開拓者和創造者。在「五四」運動的思想啟蒙中和左翼革命文化運動的戰鬥中，在新舊文化的大交替時代中，他都是最傑出的主將和旗手，他的全部思想成果，成為這種社會改革的一種槓桿和歷史前進的文化動力，從而為中國人民立下不朽的功勳。魯迅所開闢的文化方向已成為中華民族無可爭議的方向。昨天是我們的方向，今天仍然是我們的方向。

一、對傳統文化的逆向思維

魯迅確實是中華民族偉大的英雄。但是，魯迅與其他的民族英雄又有很不同的特點，他的英雄性集中地表現在他為中國人民的精神覺醒和思想解放所作出的特殊貢獻。因此，可以說，他是建設中華民族的國魂和民魂的英雄。魯迅的一生，對帝國主義與封建主義作了最英勇的鬥爭，他的革命性和在革命中的不妥協性是中國知識分子中最為傑出的。但他的鬥爭特點，是通過文學這一特殊的形式，為爭取中國人民從封建主義和殖民主義的精神奴役中解放出來，也從自己在宗法制社會中養成的愚昧、麻木、守舊、封閉等凝固化的精神狀態中解放出來，因此，他把注意點放在對束縛中國人民精神解放的文化的批判上，特別是對我國傳統的封建文化體系的批判上。

近現代中國進步的知識分子對傳統的文化反省和文化批判包括三個層面：一是對傳統政治結構的反省和批判；二是對傳統文化理論體系和觀念體系的批判；三是對傳統文化在社會心理中的歷史積澱和它所造成的精神創傷，即民族性弱點的反省和批判。魯迅在這三個層面上都作了傑出的貢獻，尤其是在第三個層面，他的貢獻更是前無古人的。

魯迅對傳統文化理論體系和觀念體系作了我國古代知識分子未曾有過的全面反省。中國古代的知識分子並不是一點也沒有反省精神和批判勇氣的，但他們傾向於以「理」與「勢」相分離的觀點去看待傳統和現實。「勢」是指政治上的具體制度、人事關係與政治態勢等；「理」則是指存在於「勢」背後支撐並制約着「勢」的那一套理想模型、意識形態和文化價值觀念。在我國古代知識分子心目中，「理」

高於「勢」，但又需要通過一定的「勢」表現出來。「理」是文、武、周公、孔、孟等聖人制定的萬古不易的真理，因此絕不可能發生錯誤，但「勢」是屬於具體實踐的問題，因此有可能吻合於「理」，但也有可能發生偏差。知識者即所謂「士」的階層的全部使命就是防止「勢」對「理」的偏離，並且在偏離發生的時候挺身出來糾正它。持着這種「理」與「勢」相分離的觀點，中國古代讀書人幾乎沒有對自己認同的文化理論體系與價值觀念體系以及理論模式進行反省的習慣與能力。聖人說過的話沒有人敢站出來說是錯的。他們總是跪在「理」的面前，並且心甘情願地成為「理」的奴隸。他們的批判勇氣總是在肯定「理」的前提下，展開對「勢」的批判，從東漢的太學生運動到晚明東林黨人的反抗，都可以看到古代知識分子不惜拋頭灑血地為讓偏離了的「勢」再次回到「理」的軌道而奮鬥。但是，他們對「理」的近乎盲從的相信和不加反省的認同，使歷代知識分子的努力只能被限制在維護傳統秩序的「綱紀世界」的範圍內。從思想和學術多元化發展的意義上說，古代知識分子對「勢」的反省和批判，只是形成古代社會「天地君師親」中，「君」和「師」兩種勢力的相互制約和協調的作用，並沒有帶給我們民族以真正的進步。明清之際的王船山、戴震等思想家，對理學表示很大的懷疑並展開批判，戴震甚至極為尖銳地指出理學「殺人」，但他們也只是針對「宋儒」的程朱理學而發的。這種對封建文化的某個局部的突破是很寶貴的，但它並不是對傳統的整個「理」的文化體系進行懷疑。而魯迅與這些古代知識分子不同，他是對我國封建性的「理」進行整體性的總反省，以至揭示以仁義道德為核心的「理」的體系的吃人本質，從而給封建的思想文化體系以全面的總批判。

魯迅的總反省，不僅區別於古代知識分子，而且也區別於近代我國知識分子。鴉片戰爭之後，由於戰火打破了我國政治、經濟、文化封閉性宗法制的和諧，先進的中國知識分子引進西方文化的參照系統，我們的民族才開始了自我認識、自我反省的歷史，也就是說，自我的批判理性系統才開始形成。在這之前，儘管早在十七世紀的頭一年（一六零一年）利瑪竇就給萬曆皇帝獻上五洲圖，十七、十八世紀中西文化也有所交流，但總的說來，中國仍然極為封閉，沒有任何民族危機感和文化危機感，關起門來仍然可以自我讚嘆，因此，也談不上自我認識。直到兩次鴉片戰爭失敗，才逼出我們民族的自我反省。這種自我反省開始是魏源以及洋務派的思想家曾國藩、李鴻章、張之洞等人，認識到自己的槍支火炮不如西方，他們把失敗歸結為軍事經濟實力的落後，拒絕對自己的思想文化體系進行反省。甲午海戰前後，另一些先進的知識分子如王韜、鄭觀應、康有為等已進一步認識到我們民族政治體制上的落後。但康有為在政治體制上產生的批判理性，還是一種「托古改制」式的順向思維，他們對於得以建築封建專制政治結構的封建文化的批判是極不徹底的。戊戌維新後三年，梁啟超發表了《新民說》，才標誌着改良派在失敗的教訓面前進一步反省文化機制本身，才認識到我們的民族文化體系和民族振興事業之間的矛盾，並意識到，應當改造國民的性格，注意人的更新問題。可以說，梁啟超已進入文化觀念的自我反省和自我批判。而魯迅比梁啟超深刻的地方，突出地表現為三個方面：一是魯迅看到封建專制的政治結構與封建文化基礎的一致性，從而對封建文化採取一種徹底批判的逆向思維，並把這種批判貫徹到底。魯迅的反省，是中華民族的偉大兒子對自己的父輩文化所作的第一次全面審判。二是魯迅不僅展開文化觀念的批判，而且找到批判的價值尺度，這是對人的尊嚴與價值的充分尊重。他發現一個最講道德的國家卻是一個充滿着畸形的、不健康的道德的國家，這就是因為缺乏一種衡量道德行為的正確的、合理的價值尺度，即尊重人，有利於人的生存和發展的尺度。因此，他一開始就把傳統文化放到「吃人」的高度上進行批判。也正是在這點上，魯迅找到了建設新文化的出發點。三是魯迅已超越文化理論、文化觀念的表層，而深入到民族文化的心理結構的深層，他發現封建之「理」即封建意識形態已經不僅僅作為一種思想理論形態束縛人們的頭腦，而且已經積澱為民族的無意識並腐蝕着民族的靈魂和造成民族的巨大的心靈創傷。這種腐蝕幾乎使每個中國人的身上都有阿Q和祥林嫂的影子，而內心都有一種極為可怕的精神重擔而不能自省和自拔，民族的自我意識和自我反思能力幾乎被窒息、被泯滅了。而這恰恰是我們民族災難的歷史命運最深刻的根源之一，如果不從這裏入手，我們的民族幾乎無望。因此，社會改革與靈魂的救治是無法分開的，而且從某些意義上，靈魂的救治是比社會制度的改革更為艱難也更為深遠的歷史任務。不了解這一點，恐怕就不能說是真正了解中國。在歷史上，中國歷代農民戰爭付出了巨大的血的代價，但社會改革的目標，卻總是以循環的方式回復故道，這種歷史悲劇是很值得深思的。魯迅從年輕時代起就開始思考這個問題，因此，他早就站在很高的文化高度上尋求救國的良方，很早就認識到嚴重的問題在於改造民族的精神素質，振奮民族的精神。在他看來，精神素質的改造是民族改造的根本。因此，他在青年時代就發表了「首在立人」的重要意見。這個意見開始超越當時的某些思想家只注重社會結構的進化的局限，而充分地注意到人自身的進化，特別是人的精神素質、文化素質的進化。這種思想發展到了「五四」開始的時候，他就從人的角度對傳統進行反思。而《狂人日記》，就是他和當時的文化先驅者對傳統文化的一個總的判斷。魯迅對國民性問題認識的不斷深化，正是他從人的角度反思傳統不斷深化的反映。直到一九三零年，他接受了馬克思主義思想之後，還發表了《習慣與改革》，指出：「體質和精神都已硬化了的人民，對於極小的一點改革，也無不加以阻撓。」他還痛切的感到，要改革，就必須努力療治多數人的「精神硬化」病，要從靈魂中掃除改革的障礙。習慣的力量、多數的力量是可怕的，改革之難就在於克服長期形成並普遍存在的「精神硬化」病。魯迅的一生，正視我們民族精神上的弱點，並把療治這種弱點，看做人的現代化和社會現代化的真正開端。

由於魯迅着眼於民族靈魂的解剖與再造，因此，他的作品表現出兩個很重要的特點：

1、魯迅的作品很少描寫和揭露人對人的殘酷壓迫與殘酷剝削的外部行為，很少展示這種行為的血淋淋的外觀事實，而是全力地揭露在傳統文化規範下人性的被異化、被扭曲和人的精神世界的瓦解、崩潰，也就是傳統文化在中國人民靈魂中所造成的巨大的精神奴役內傷。魯迅與當時的進步作家，都看到社會的病苦，都努力揭露這種病苦以引起社會療治的注意。但是，魯迅超越當時一般作家之上的，則是他能自覺地選擇了從人的靈魂如何變形、變態、變質這個特別深刻的角度來揭露社會的病苦，以控訴舊制度對人的精神世界所造成的巨大災難。魯迅不是把重心放在揭露趙太爺、魯四老爺對阿Q、祥林嫂的壓迫行為和外部的兇相上，而是展示封建文化觀念在阿Q、祥林嫂心靈中的投影，展示他們的人格病態、精神病態和心理病態，使人看到在封建文化氛圍下中國人民的幾乎無事的悲劇，幾乎看不到任何血痕的「被食」——「食人」（無意識地參與吃人）——「自食」（抉心自食，自己吃自己）的最悲慘的命運，從而提供了改革社會必須改革國民靈魂的有力根據。

2、由於魯迅對傳統文化的認識深刻，因此，他能夠透過表層文化現象的莊嚴，發現其在國民心理的沉積中所造成的荒誕性。魯迅的小說、雜文充滿着富有我國民族特色的諷刺和幽默，這種諷刺和幽默，是剝開傳統文化莊嚴、神聖的外表而看到民族文化心理結構的荒謬性本質之後的痛苦的笑。魯迅的幽默與當時產生的帶有小趣味的幽默不同。這些趣味性的幽默，還停留在文化的表層上，它沒有力量撕毀社會的醜惡和療治精神的病症。而魯迅的幽默則是一種深邃智慧的穿透鏡，他透過表層的理性結構看到人性的非理性本質，看到在最莊嚴、最神聖的理性外觀形式掩蓋下的最荒謬的、與人的目的產生反向發展的非理性的精神病態特徵。魯迅所創造的這種幽默是東方式的諷刺與幽默，是他的憂患意識的藝術折射，是東方人特有的機智與深沉的性格的藝術表現。

魯迅在揭露民族性弱點時有兩點是值得注意的，一是他沒有對民族失去信心，他對國民性弱點的揭露無論是出發點還是歸宿點，都是對我們的民族最深刻的愛。魯迅曾說，「我們生於大陸，早營農業，遂歷受遊牧民族之害，歷史上滿是血痕，卻竟支撐以至今日，其實是偉大的。但我們還要揭發自己的缺點，這是意在復興，在改善。」（《致龍炳圻》一九三六年三月四日）他揭露這些弱點，只是為了引起療治的注意，這種注意，一是整個社會的注意，一是每一個個體的注意。社會有責任，個人也有責任。「為主為奴，操之在我」，阿Q精神的悲劇，除了社會造成其不幸之外，還有他個人的「不爭」。中國古代社會專制那麼嚴酷，但總有許多埋頭苦幹，拚命硬幹，捨身求法，為民請命的脊樑存在，因此，只要社會與個人都意識到自己的責任，共同反省，我們的民族是很有希望的。二是魯迅自身參與反省，和民族共反思。他時時解剖自己，聲明自己身上也背負着「古老的鬼魂」（《寫在「墳」的後面》），由於他嚴格地解剖自己，因此，他對傳統文化的解剖顯得更加真切，更加擊中要害。

魯迅對改造民族性格如此高度重視，給我們一個很大的啟示，這就是，在一個民族的現代化進程中，首先應當重視人的現代化，應當重視人的精神文明程度的提高和昇華。一個民族，在它展開偉大的騰飛面前，自然應當作出充分的文化心理準備，這種準備，很重要的一點是敢於正視那些影響騰飛的民族性弱點，敢於進行理性的自我反省，在反省中清理民族文化心理中普遍積澱着的落後的東西，即那些阻礙騰飛的精神阻力。如果不敢自省，不敢反思，不敢對民族劫難進行懺悔，就不能拋開自己的精神重擔，就不可能完成歷史性的偉大飛躍。因此，一個對今天與明天都充滿信心的民族，是不怕審視過去的腳印的；一個熱愛這個民族的個人，是不怕與民族一起承擔過去的痛苦和責任的。我們完全可以確信，在對過去的反思中，我們將會更切實地參與建設社會主義物質文明和精神文明的偉大工程，我們民族飛翔的翅膀將不再那麼沉重。

二、未完成的課題：尋找傳統轉化的機制

魯迅對傳統文化的反省、解剖和批判，只是找到一種新的價值尺度，找到新文化最基本的出發點，並不是完成了新文化的總體建設。在「五四」時期，在中國當時具體的歷史條件下，中國的大工業生產體系還沒有建立，整個社會還處於小生產的汪洋大海之中，封建主義的傳統還十分強大，社會還非常封閉，在這種土壤中，中國自身不可能自發地、獨立地產生一種先進的文化理論體系和文化觀念體系。也就是說，原來自身的社會基礎和文化基礎還不足以產生一種適合於民族更新需要的全新的文化結構和全新的精神文明系統。因此，創造新的精神文明系統的工作就不能僅僅通過對舊文化的認識和批判，還必須借助外來文化的助力。正是這樣，近代以來，先進的中國知識分子總是不斷地向國外尋找真理，想借他山之石，來建構我國的新的文化大廈。魯迅實際也承認當時的文化先驅者靠自身的力量還不足以產生民族復興所急需的新文化體系；因此，他對外國文化採取一種開放的態度。他堅決主張「拿來主義」，反對「閉關主義」，主張對待外國文化應有一種雄大的「漢唐氣魄」，有一種「放開度量，大膽地、無畏地，將新文化盡量地吸收」的氣魄（《看鏡有感》）。魯迅採取這種態度，從近目的來說，是為了打破傳統文化的穩定性結構；從遠目的來說，是為了使我們的祖國逐步建立起全新的文化系統。魯迅意識

到，在一個封閉的未莊文化的系統內，是不可能改造阿Q的，更不可能建設全新的未莊文化。只有借助外來文化的力量，首先打破「未莊通例」，然後才能談得上建設新文化。因此，魯迅與那些一味歌吟中華民族的同化力的某些近代思想家不同，他將傳統文化的同化力量稱為「黑染缸」，因為同化力量總是把外來的先進的生產方式和文化成果解釋得無不符合於「聖道」，從而使它們發生程度不等的變質。這種同化力，反映了我們的傳統文化是封閉式的穩定結構。對於這種結構的改造，如果沒有相當強大的域外文化力量的衝擊，是很困難的。魯迅充分地意識到這點，因此，他希望用異域文化來打破我國傳統文化的封閉性結構和穩定性結構，以使我們的傳統文化發生「結構重組」。這種結構的重新組合，不是全盤拋棄傳統，不是全盤西化，而是以雄大的氣魄去容納中西文化的衝突，使我們傳統中的各種文化要素發生變化，並在新的結構系統中獲得新的位置，新的系統質。魯迅當時對傳統文化採取的策略是一種「置之死地而後生」的帶有極端性的策略。魯迅採取這種策略是不得已的。因為他最了解中國國情，最了解傳統的「根柢」是怎樣地「堅固」，也了解中國只有宣佈要拆毀屋頂才肯開窗的守舊心理與折衷心理，這種對祖輩文化的真知和痛切之感使他的批判不得不採取片面化的「偏執」形式。如果不經過片面性的批判，就不可能克服傳統的巨大惰性力而完成對傳統的改革。「五四」時期，魯迅在極端化的形式中完成了對傳統文化的一次真正的反省和批判。可以說，如果沒有魯迅的「偏激」就沒有昨天的重大突破，也就沒有我們今天的「從容不迫」。當人們誠惶誠恐地按照兩千多年的思維模式，以孔夫子的所是為是，以孔子的所非為非，是無從談論全面地、科學地評價儒家文化的。我們現在能對「五四」進行冷靜的評價，正是「五四」運動為我們創造了條件。如果只認識到魯迅的偏激而未能充分地理解這種偏激的歷史具體性和歷史正義性，就未能真正認識魯迅文化批判的偉大意義。事實上，我們如果能像魯迅那樣深刻地了解傳統文化的弱點，那種堅決地、毫不妥協地對封建文化展開批判，那樣真誠地改造我國民族文化心理的黑暗面與其他病症，那樣清醒地主張「拿來主義」並身體力行，熱情持久地介紹、吸收世界上一切先進的文化，那麼我們祖國還會比現在好得多。正因為這樣，今天我們紀念魯迅，應當感謝魯迅先生與當時的另一些文化改革的先驅者的「偏激」。

在充分肯定魯迅的歷史功績時，我們應當完成他未能完成的文化探索。這就是傳統如何向現代化轉化的問題。生活在我國具體社會情況下的思想家，他們在價值取向上雖然可以徹底地反傳統，但在實際行為中，他所從事的文化工作又不可能完全拋棄傳統。他們的歷史命運注定必須從傳統出發，以傳統文化作為自己的邏輯起點。他們不可能跳到西方的文化基地上去建設民族的新文化，也不可能完全靠「移植」外國文化來代替自己的創造。這種價值取向與實踐方向的矛盾所構成的永恆性的困惑，規定了文化思想家們一生都處於上下求索的痛苦之中。也促使他們覺悟到：僅僅停留於對傳統文化弱點的認識和批判是不夠的，關鍵還在於必須找到傳統向現代轉化的內在機制，這就是要在打破傳統文化的系統結構之後，重新組建在中國傳統文化基點上的中西文化的互補結構。這種新文化既不是堅守傳統文化，也不是照搬西方文化。它是在中國自己的本土上建設起來的一種適合於中華民族現代化進程的新文化結構，即融合東西方優點的具有互補性質的新文化結構。這種結構承認原有文化基礎的歷史繼承性，確認文化的進化是在現有文化基礎上的進化，而且確認，只有把原有的大門打開，才可能有真正的文化進化和文化飛躍。如果把原有的文化放置在封閉性的圈子之內，文化就不能構成新的矛盾內容，也就失去文化發展的內在根據，即失去文化的動態性。可以說，魯迅一生探索的內容，包含着這種內容。在探索中，魯迅無論是對待我國的傳統文化還是對待外國文化都充分地體現出民族主體性的原則。他把民族主體的利益作為價值尺度去選擇文化。這個尺度就是無論何種文化，都應當有利於「我」（主體）活下去，即有利於我的祖國、我的民族活下去，有利於一個古老的民族生存和發展下去。魯迅用這個尺度來對待民族傳統的文化，也用這個尺度去對待外國文化。他在一九二七年之後，成為中國共產黨最親密的戰友，正因為中國共產黨承擔着拯救民族的歷史重任，使他看到民族新興的希望。這之後，他選擇了馬克思主義科學，也正因為馬克思主義有利於民族活下去，有利於救治苦難中的祖國。但是，魯迅不是神，建立這種新的文化結構，塑造中國人民新型的文化性格，是一個漫長的歷史實踐過程，魯迅僅僅開闢了尋找的方向，並未完成尋找的過程和找到最後的答案。魯迅的未竟事業，還有待於我們去完成，但無論如何，我們不能在魯迅已認識到的高度上後退，而應在魯迅已達到的認識的水平上，在魯迅為我們開闢的方向上繼續探索，去完成魯迅留給我們的文化使命。

三、開闢文學研究的文化視角

魯迅是我國現代出現的最偉大的文化巨人。但是，我們的魯迅研究，從文化的角度去考察還很不夠。我們過去的研究已取得大量的成果，然而，我們在很大的程度上還是從政治的審視角度去感受魯迅。從這個角度去感受是必要的，但我們還可以更自覺地從「文化巨人」這個角度去感受魯迅。開闢這個審視點，更自覺地從這個角度去加以認識，加以思考，把魯迅研究的重心轉移到魯迅的文化觀念和文化實踐上，我們將會有許多新的發現。

我國解放後的魯迅研究雖然取得很大成就，但它建立起來的文學研究框架，基本上是一種政治泛化的框架，或者說是政治發散式的研究框架。這種框架的特點一是把政治參照系作為唯一的參照系；二是把政治標準作為評判文學的主要標準甚至是唯一的標準；三是以政治歷史的分期來代替文學史的分期，把政治歷史的分期作為文學史分期的基本依據。在這種研究框架的規範下，我們對魯迅道路的描述基本上是政治定性的描述，即說明魯迅從民主主義者向共產主義者的轉變，從非馬克思主義者向馬克思主義者的轉變，從進化論者向階級論者的轉變。這種描述是符合魯迅的實際和思想發展輪廓的。但是，如果僅僅停留在政治描述，甚至以政治描述代替文化描述，就產生一些問題，例如把魯迅早期的、前期的思想界定為非馬克思主義性質，就很難充分地估計這個時期魯迅反封建的民主思想的偉大意義，也不能充分估量魯迅對我國傳統文化心理的黑暗面進行解剖的偉大意義。而對魯迅後期的文化思想的某些內容又不得不加以迴避，例如，魯迅對張獻忠的批判，如果僅從政治角度着眼，我們總是很難說清一個馬克思主義者何以對一個農民領袖作出如此尖銳的批判，但是，如果從文化的審視點來考察，我們就能了解，魯迅恰恰是把張獻忠的文化心理作為典型的小生產文化心理來加以解剖的，魯迅看到農民在未接受先進的文化之前，他們一旦掌握某種權力或掌握一部份人的命運時會有怎樣野蠻的心態，和各樣殘暴的行為。魯迅後期所寫的《阿金》，如果從政治的角度來看，也很難發現其深刻的內涵，而如果從文化的角度來看，我們則會發現在半殖民地條件下一個小市民所具有的各種可鄙的文化心理。此外，用政治描述來代替文化描述還有一個重要問題，就是很難說明魯迅作品豐富的文化內涵。從政治角度去觀照，只能說明作品的某一部份內涵，而很難說清另一部份內涵。例如《阿Q正傳》，我們從政治角度來看，阿Q與趙太爺屬於兩個階級，他們的關係是被壓迫與壓迫的關係，兩者之間的對立和衝突是極為尖銳的。但是，如果從文化的角度去觀照，我們則會發現阿Q與趙太爺文化心理上的內在統一性。阿Q得意的時候，與趙大爺一樣具有「主子性」，他決不放棄統治別人、淩辱別人的機會，他欺負比他更弱小的小D和小尼姑就是例證。而趙太爺失意的時候，也是「奴隸性」十足，以至低三下四地稱呼他最瞧不起的阿Q為「老Q」。兩個階級中的文化表現如此相似，主子根性和奴才根性如此互相轉化，說明阿Q和趙太爺具有同樣的封建性的農民文化心理，說明他們都是以未莊文化作為內在統一的基礎。這也說明，中國民族的劣根性，不僅是奴性，而且是主人與奴隸之間惡性循環的「主奴根性」，即失勢時逆來順受，自甘於屈辱而無抗爭精神；得勢時則以強淩弱、欺負自己的同胞，在獸面前顯示出「羊」性，在「羊」面前顯示出獸性，而獨缺少人的個性、主體性。從政治上看，趙太爺與資本家（如茅盾《子夜》裏所寫的趙伯韜）同是剝削階級，自然有許多相同點，但從文化角度看，越太爺與被剝削的阿Q的相同點大於與趙伯韜的相同點。趙太爺與趙伯韜的差別是一個階級中兩種文化系屬的差別，而趙太爺與阿Q的差別則是一個文化體系下兩個階級的差別。我們如果僅從政治上着眼，就不可能正視政治衝突中的文化統一性，也不能正視文化衝突中的政治一致性。而魯迅恰恰深刻地洞察到這種互相交織的複雜的精神現象，而不作類似「天下烏鴉一般黑」的簡單判斷。再以《孔乙己》來說，如果側重於政治觀照，我們就會發現一個下層知識分子怎樣被壓迫、被淩辱，但是，如果從文化上加以觀照，我們又可以看到中國舊知識分子的心態，看到他們即使在非常落魄的時候也還是以面子為綱，也還是不願意換掉那一套破長衫。

總之，文化的描述不同於政治的描述。忽視文化角度的探索，將使整個魯迅研究構架產生重大缺陷。魯迅先生作為一個文化巨人，無論是他通過文化所起的思想啟蒙作用，還是通過文化所起的革命作用、戰鬥作用，都是極為輝煌的。他所留給我們的百科全書式的精神遺產，如果不是從文化角度去看，我們就很難充分理解，很難充分說明魯迅的基本貢獻和他的特殊的功績。

如果我們在魯迅研究中，自覺地建立文化審視點，在原來的政治角度、文學視角的基礎上，更自覺地開闢文化視角，我們將會進一步發現魯迅世界中的一個未完全被我們所把握的世界，一個未完全被我們所發現、所充分開掘的文化寶庫。我們在紀念魯迅先生逝世五十週年的時候，從魯迅與中外文化的關係這個角度來研究魯迅，就是一個自覺的新的開端，我們相信，這個開端將使魯迅研究獲得新的生機，將在魯迅研究的事業中注入新的活水。讓我們接過魯迅的偉大旗幟，在祖國偉大的改革進程中，積極地改造我們民族的精神氣質，努力塑造新型的文化性格，為祖國的現代化事業，為建設社會主義精神文明的偉大工程，作出自己的貢獻。

選自《傳統與中國人》北京三聯書店，一九八八年五月

《孔乙己》的美學力量

一

《孔乙己》是魯迅繼《狂人日記》之後創作的一篇極其精練又極其成功的短篇小說。它的特點是高度的濃縮性，即把深廣的社會現實內容濃縮在很短的，不到三千字的篇幅裏。它既是魯迅的代表作之一，又是中國短篇小說中優秀的範本，具有很高的典範意義，我們從中可以吸取一種在其他小說中不容易得到的美學營養和創作營養。

《孔乙己》產生之後，直接間接分析這篇作品的數量已經超過《孔乙己》作品本身的字數幾十倍了，但是，今天，我們讀《孔乙己》仍然可以咀嚼出新的意味，甚至可以發現它更深的社會意義和美學意義，而不至於落入老生常談。這可以說是一種奇蹟。只有高度濃縮的真正優秀的短篇，才經得住這麼多人分析、研究、推敲。

《孔乙己》，如果用美術領域裏的東西來作比方，它就像工藝美術中的精細的象牙雕刻。在一塊很小的象牙和玉石上，雕刻出一個世界，展示出一個社會，讓人們越琢磨越有意味。這種通過有限的形象使人領悟到形象之外無限廣闊深遠的社會內容，正是藝術的一種特殊性能。這種性能正是有些美學家所說的「無限的有限呈現」。

《孔乙己》發表後，在中國與世界的現代文學中都產生了深廣的影響，一直得到高度的評價。例如，巴金說過：「魯迅先生的短篇集《吶喊》和《彷徨》以及他翻譯的好些短篇小說都可以說是我的啟蒙先生。」又說：「他那篇《孔乙己》寫得多麼好！不過兩千幾百字。」（巴金：《談我的短篇小說》）日本的增田涉也給予高度的評價，他認為，《孔乙己》、《阿Q正傳》和《鑄劍》，是魯迅三篇最優秀的小說。他特別推崇《孔乙己》，說它是「魯迅最完美的藝術作品」。（增田涉：《魯迅的印象》）

二

《孔乙己》的思想內容是非常豐富而且非常深刻的。它通過一個被舊時代所拋棄、所吞沒的下層知識分子的典型形象孔乙己的悲慘命運，暴露慘無人道的中國封建專制社會踐踏人的尊嚴、剝奪人的權利的罪惡，顯示封建社會吃人的本質。

這篇文章寫於一九一八年冬天。

這時魯迅思想上有一個重大的發現，即發現中國民族乃是食人的民族，中國社會幾千年的歷史乃是在仁義道德掩蓋下吃人的歷史。魯迅揭示道：中國人從來沒有做人的資格，而只有經歷了兩個非人的時代：一是做穩了奴隸的時代；一是做奴隸而做不得的時代，即做牛馬的時代。因此，在魯迅看來，中國人民爭取民主的權利，第一步是應當爭得做人的資格，推倒吃人的筵席。「五四」時期，魯迅的小說，有很大的部份是表現這個主題。《孔乙己》也是表現這個主題。如果說《狂人日記》在很大的程度上是用象徵手法從宏觀的角度表現中國人民被吃的歷史，那麼，《孔乙己》則是從微觀的角度上表現一個下層知識分子失去人的尊嚴與資格，被社會所吃的悲劇。

孔乙己沒有起碼的做人的權利，人們可以隨便淩辱他，嘲笑他，在社會上是一個貧窮而悲慘的「多餘人」。魯迅描寫道：「孔乙己是這樣的使人快活，可是沒有他，別人也這麼過。」孔乙己在社會中是多餘的，他沒有任何一點人的地位。社會給他帶上纍纍的創傷，他一上場就是帶着傷痕的：

> 孔乙己一到店，所有喝酒的人便都看着他笑，有的叫道：「孔乙己，你臉上又添了新傷疤了！」

這種傷疤是有象徵意義的，它大於肉體上的傷疤，而包括心靈上的傷疤，看不見的傷疤。社會不僅公開污辱他，損害他，而且用封建的思想意識和封建的科舉制度毒害他，麻醉他，使他完全麻木，盲目地掙扎一輩子，被別人踐踏也自我踐踏了一輩子。

他最後不僅滿身傷痕，而且被打折了腿，用手走路（走到酒店已滿手是泥）。他已從人變成了豬狗牛馬似的四腳動物，喪失了人與動物的最後一點自然區別，喪失了人的最後一點資格，總之，從人異化成非人。

他死了，死得靜悄悄，一點也沒有驚動社會；他的死，就像樹上靜悄悄地飄下一片落葉，誰也沒有注意他。沒有人同情他，懷念他，只有酒店老闆還記得他，那是因為在年終結賬時還記得他欠下的十九文錢，如果不是這十九文錢，他大約要被遺忘得更加乾淨。他的生命價值，是連十九文錢都不如的。嚴酷的封建社會把一個下層的知識分子吃得乾乾淨淨，把一個人的價值與尊嚴剝奪得乾乾淨淨。喪失人的資格，作為被吃的材料，這是中國下層知識分子的命運，也是中國人民的悲慘命運。通過孔乙己的命運對中國封建社會提出血淚的控訴，這正是《孔乙己》深刻的社會批判意義。

三

《孔乙己》對社會的批判不僅是很深刻的，而且帶有很大的美學力量。就其美學性質來說，《孔乙己》是一個平常性的社會悲劇，帶喜劇性的社會悲劇。在英雄悲劇與平常悲劇中，魯迅特別善於創造平常悲劇。魯迅說：「這些極平常的，或者簡直近於沒有事情的悲劇，正如無聲的言語一樣，非由詩人畫出它的形象來，是很不容易覺察的。然而人們滅亡於英雄的特別的悲劇者少，消磨於極平常的，或者簡直近於沒有事情的悲劇者卻多。」（《幾乎無事的悲劇》）平常悲劇，由於他的對象是最大量的、幾乎無事的東西，因此，它也最容易被忽略，被遺忘，被淹沒；這樣，發現對象的典型悲劇意義，也就更難。真正的藝術大師，就是善於在幾乎無事的、人們習以為常的社會現象中發現不尋常的社會本質意義。像孔乙己的追求、失敗、創傷、死亡，都是極其平常的，幾乎無事的，但是，魯迅卻在這種極平常的形象中揭示一種可怕的東西：他們處在一個並非人間的地獄中，正在一步步地被社會所吞沒。到處都有這樣悲慘的社會存在，但許多人卻把這種存在視為合理的，而魯迅以自己的小說驚醒人們：這種社會存在是一種不合理的罪惡，是一種「被吃」的悲劇。

但《孔乙己》並不是一個純粹的悲劇，而是一個喜劇性的社會悲劇。可悲與可笑在小說主人公身上融為一體，淚和笑在作品中同時存在，笑使淚更加濃烈，喜劇因素強化了悲劇深度，強大了悲劇的社會批判力量。

小說中多次出現了笑聲，而孔乙己本身就是一個喜劇性的悲劇人物。這種喜劇性來源於兩個方面：一是來自孔乙己自身，他是矛盾的，是一個穿着長衫而站着喝酒的唯一的人。長衫是士族的標誌。他早已被上層士族所踐踏所損害，卻一心想爬上士族的行列，但是，社會總是把他的追求粉碎，把他從士族的行列推開，讓他和最底層的人群站在一起。他早已貧窮到連十幾文酒錢也付不起，但還是要保持士族的架勢。他早就被社會所遺棄，而自己卻完全未意識到被遺棄的地位。總之，他已經被社會所異化，變成了讀書人的異己物，甚至是普通人的異己物，但自己卻未能意識到這種異化，仍以一個讀書人自居，強撐住士族架子，這正如別林斯基所說的，生活的現象同生活的實質和使命發生矛盾。正是這種矛盾產生了喜劇效果，同時也產生更強烈的悲劇效果：他被麻痹得實在太深了，他從靈與肉都快被社會吮吸乾了，但他還很盲目可笑，這是一個悲慘的小人物，沒有起碼的清醒和能力來認識自己處於悲慘世界之中的可笑，是令人傷心落淚的可笑！

二是別人對他的哄笑。這是一連串的笑，笑他的傷疤，笑他的竊書，笑他的落第，笑他的挨打，甚至笑他的死。而在這種笑裏，卻包藏着最悲慘、最深刻的悲劇內容。在一個國度裏，一些同胞（而且是善良的同胞）在地獄邊上掙扎，在慘苦的世界中被吃，另一些同胞卻還在「取笑」，這種笑裏是包含着怎樣的麻木、無知和荒唐呢？一個民族的傷痕是可悲的，但是當這個民族已無力治療這種傷痕，甚至還圍觀、欣賞這種傷痕，那才更加可悲。魯迅在批判專制制度下的奴隸性時說：「暴君的臣民，只願暴政暴在他人的頭上，他卻看着高興，拿『殘酷』作娛樂，拿『他人的苦』做賞玩，做慰安。」這種拿自己同胞的苦做賞玩的奴才性，是專制的結果，是一個民族最值得痛心的悲劇。魯迅描寫閒人們的哄笑，甚至是對着孔乙己的痛苦之處和善良之處哄笑，這就寫出了中國社會最值得悲哀之處。《孔乙己》的悲劇性和與此相應的社會批判力量，由於描寫這些淺薄與荒唐的笑聲而得到有力的強化。有心的讀者，開始感到可笑，過後則感到深深的憂傷。用喜劇因素強化悲劇深度，這是魯迅的小說表現出來的一種重要的美學風格。

《孔乙己》的悲劇深度，還因為魯迅設置的一個重要情節而得到強化，這就是打折孔乙己的腿的，不是別人，恰恰是士族出身的丁舉人，孔乙己夢寐以求的也正是要使自己變成這樣的人。這就告訴我們，如果孔乙己不是走向悲劇的末路，而是走上丁舉人那種飛黃騰達的道路，也就是說，他不是在社會上落入奴隸的地位，而是爬上主子的地位，那麼，他大約也會像丁舉人那樣，決不放掉老爺的稱號，而且大約也會把殘暴落到悲苦無告的小人物身上，他大約也會製造吃人的悲劇。這樣，小說就清楚地告訴人們：孔乙己的悲劇，不僅是個人的悲劇，而且是社會的悲劇，孔乙己即使爬上統治階級，社會還是沒有出路。社會唯一的出路，是打掉吃人的筵席，推翻黑暗的社會制度。《孔乙己》的悲劇深度在這裏就達到更深的層次。

四

《孔乙己》的藝術技巧是很高明的。

茅盾說：「在中國新文壇上，魯迅君常常是創造『新形式』的先鋒：《吶喊》裏的十多篇小說幾乎一篇有一篇新形式，而這些新形式又莫不給青年作者以極大的影響。」（《讀吶喊》）

《孔乙己》也是一種獨特的形式，它與《狂人日記》的日記體，《故鄉》的自述體，《阿Q正傳》的傳記體都不同，是以站在櫃台旁邊的一個小夥計的所見所聞為藝術佈局的出發點的一篇敍述體小說。

它的特點是以很短小的篇幅展示很深廣的社會內容，塑造栩栩如生的性格，展開深刻的社會批判。篇幅要短，內容要豐富，思想要深刻，這裏往往會發生形式與內容的矛盾。而藝術技巧也總是在克服這種矛盾中表現出來。

《孔乙己》所以能夠短小而深廣，除了語言本身的精練，人物對話的個性化之外，還有更重要的原因。不到三千字的篇幅能夠具有那麼豐富的思想容量和美學容量，僅僅靠語言的錘煉功夫是不夠的，這裏需要作者有高明的寫作技巧。高爾基曾說：「寫作訓練兩種：一是剝樹的內皮，二是用樹皮編東西。剝樹的內皮，指的是積累材料，善於觀察，聽聞，善於體會一切人（清廉正直的人和作惡多端的人）的心情，善於從好人身上尋找壞的東西，從壞人身上尋找好的東西，即人所固有的屬性。用樹皮編東西，指的是安排材料，使任何細節都能各守其位，恰到好處，沒有一絲多餘的感覺，一切都要使讀者的眼、耳、鼻、舌感同身受。」（摘自《致雅可甫列夫的信》，一九三零年二月十五日）

《孔乙己》在兩個方面都表現出很高的藝術手段。

首先，在「編樹皮」上，即在藝術佈局（編排材料）上，《孔乙己》是很精巧的，從美學角度上說，是作者選取了一個最好的審美觀察點，它以站在咸亨酒店櫃台旁邊的一個小夥計的耳聞目睹為藝術佈局的出發點，以他的眼睛為審視孔乙己及其周圍社會的觀察點。這樣，就可以選取在小夥計目擊範圍內的材料，詳其所見，略其所聞，大幅度地捨棄孔乙己前半生的經歷和酒店後面小夥計無法見到的其他場面，只留下櫃台前幾個最具有典型意義的鏡頭，使作品顯得緊湊、精粹。選材的精當，首先是靠藝術構思的恰當。《孔乙己》能夠短而精，正是得益於藝術佈局。

選取小夥計的所見所聞為藝術佈局的出發點，還有一個好處，是可以增強作品的真實性和生動性。小夥計雖然也取笑孔乙己，但也有對孔乙己同情的一面，因此由他來講述故事，最能表現悲喜劇交融的氣氛。如果《孔乙己》的第一人稱「我」，不是小夥計，而是作者自己，那麼小說的氣氛可能就會顯得過於沉重，因為作者對孔乙己的遭遇痛切太深了。而且，也很難表現酒店裏那些生動的細節和真實的場面，因為，讀者必定要懷疑作者為甚麼老是到酒店裏去。如果這個我，不是小夥計和作者，而是酒店掌櫃，那就更難有喜劇氣氛，也更難寫出悲劇氣氛；因為他對孔乙己缺乏起碼的同情，他必定要渲染那些不該渲染的場面，例如酒店背後被打的場面等。如果小說是孔乙己的自述體，那就會更難具備悲喜劇性質了。總之，魯迅選取了一個最好的藝術佈局的中心，這也正是魯迅藝術匠心的所在。

《孔乙己》的藝術技巧正表現在「剝樹皮」方面，即開掘之深的方面。這種深，主要是指靈魂的深。魯迅很注意顯示靈魂的深，他稱陀思妥耶夫斯基是「人的靈魂的偉大審問者」，就因為他顯示了靈魂的深。魯迅說：「審問者在靈魂中揭發污穢，犯人在所揭發的污穢中闡明那埋藏的光耀。這樣，就顯示出靈魂的深。」（《窮人》小引）魯迅還說，陀思妥耶夫斯基「他把小說中的男男女女，放在萬難忍受的境遇裏，來試煉它們，不但剝去了表面的潔白，拷問出藏在底下的罪惡，而且還要拷問出藏在那罪惡之下的真正的潔白來。」（《陀思妥耶夫斯基的事》）這也正是高爾基所說的剝樹皮而剝到樹的深層。魯迅自身的創作，也非常注意顯示靈魂的深，《孔乙己》在這方面表現得很清楚。

孔乙己作為喜劇性的悲劇人物，他的性格不是單一的，他既有迂腐和卑瑣的一面，也有善良與正直的一面，在魯迅筆下，孔乙己身上表現出許多無價值的東西，但是，魯迅在為他佈置的精神苦刑中，也拷問出他們身上有價值的東西來。如孔乙己，魯迅把他拉出來，讓人們拷問他的偷竊，但又在這種拷問中問出他的正直與誠實。魯迅描寫道：

孔乙己一到店，所有喝酒的人便都看着他笑，有的叫道，「孔乙己，你臉上又添上新傷疤了！」他不回答，對櫃裏說，「温兩碗酒，要一碟茴香豆。」便排出九文大錢。他們又故意的高聲嚷道，「你一定又偷了人家的東西了！」孔乙己睜大眼睛說，「你怎麼這樣憑空污人清白……」「甚麼清白？我前天親眼見你偷了何家的書，吊着打。」孔乙己便漲紅了臉，額上的青筋條條綻出，爭辯道，「竊書不能算偷……竊書！……讀書人的事，能算偷麼？」

魯迅這裏間接地寫出他偷書的「罪過」，然而也寫出他的誠實：他懂得「臉紅」，在辯白中實際上又老實地承認自己的偷竊，這不也是「不清白」中的「清白」嗎？

由於魯迅顯示出孔乙己靈魂深處的東西，拷問出孔乙己迂腐醜惡掩蓋下的清白與善良來，因此，小說對社會的批判也深化了。因為讀者終於可以認識到：像孔乙己這種悲苦無告的下層知識分子，他的靈魂深處本來是誠實與潔白的，是不會偷竊的；但是，社會把他剝奪得一乾二淨，逼得他走上偷竊的路，不誠實的路，孔乙己在那種不正常的社會中不得不逆轉自己靈魂的方向，演出靈魂的悲劇。因此，讀者便可得出結論，孔乙己的悲劇之源，固然有他自身的主觀原因，但是從根本上說，主要還是黑暗社會所造成的。封建的社會制度，是孔乙己悲劇的真正製造者。

第四輯

八十年代共論魯迅

「吃人」筵席的發現

——與林崗共論魯迅

一九二一年胡適給《吳虞文錄》作序，把吳虞喻為「中國思想界的清道夫」。應該說，不止吳虞，當時新思潮的倡導者包括陳獨秀、魯迅、胡適、李大釗、周作人等，都是思想界的清道夫。在有數千年積垢的傳統之路上，他們確實在奮力掃除。他們清除的第一批文化渣滓是甚麼呢？用當時的語言形容，就是「吃人的筵席」。

存在於中國大地上的「吃人」有種種不同。在個別場合是指綿延不絕的殘酷而野蠻的風俗，但更多的場合則是指對獨立人格和個人精神的束縛、否定和閹割，而有的時候，這兩者是重合起來的。因為在極度無視個人的尊嚴與食肉寢皮的風俗之間常常是無法劃分清楚界限的。作為日常行為方式的風俗往往折射着缺少「人」的文化的缺陷。正如周作人《吃烈士》一文說：「中國人本來是食人族，象徵地說有吃人的禮教，遇見要證據的實證派可以請他看歷史的事實，其中最冠冕的有南宋時一路吃着人臘去投奔江南行在的山東忠義之民。」又說：「前清時捉到行刺的革黨，正法後其心臟大都為官兵所炒而分吃，這在現在看去大有吃烈士的意味，但那時候也無非當作普通逆賊看，實行國粹的寢皮食肉法，以維護綱常，並不是如妖魔之於唐僧，視為十全大補的特品。若現今之吃烈士，則知其為——且正因其為烈士而吃之，此與歷來之吃法又截然不同者也。」[1] 文化精神上缺乏個性的尊嚴，野蠻的吃人風俗的流行就不足為奇了。也許這兩點之間冥冥相契，故取而喻之。「五四」時代，對「固有之精神文明」的種種「吃人」作了深刻的抨擊與刻劃。大體上説，有三個層次：「吃人」——食人者「吃人」，由上對下施以嚴酷的壓迫與凌辱；「吃人」——被人吃者也食人，自己既是被壓迫的對象，同時又去壓迫更不如己者，既是被吞噬者，又去吞噬比自己更弱的弱者，即《狂人日記》上説的「我亦吃人」；「吃人」——自食，對個性的自我壓抑，自我撲滅。這種不假外求，自我毀滅的自食，是中國人最可怕的「吃人」。「吃人」的方法雖有種種，但它的根本目標卻不變：取消「人」，讓人變成奴隸或主子。

魯迅在《狂人日記》中創造了一個有高度象徵性的藝術境界，暗示中國社會是食人者「吃人」的昏暗世界。狂人帶着變態的眼光，觀察到家族裏的親人以及相識者要準備策劃陰謀把他吃掉。大哥、陳老五、佃戶、趙貴翁，甚而至於趙貴翁的狗，無不藏着一顆昏暗漆黑的食人之心。這個家族，整日裏幹的只有一件事，就是如何吃人。狂人對他生存的環境深有戒備和敏感的直覺，「我翻開歷史一查，這歷史沒有年代，歪歪斜斜的每頁上都寫着『仁義道德』幾個字。我橫豎睡不着，仔細看了半夜，才從字縫裏看出字來，滿本都寫着兩個字是『吃人』！」[2] 狂人所生活的那個小家族，其實就是傳統中國大社會的縮影。小家族裏的眾生要從肉體上吃人，其實就折射着傳統中國大社會的文物制度和意識形態對個性的扼殺與吞滅。就像那個小家族要吃掉與他們不一樣的狂人那樣，大社會也無時不在盡力撲殺個人的人格尊嚴與主體性：剪滅異端而同歸於「一」，除掉「大不敬」而同歸於「順」，凡是發「狂」者都在被食

---

1 《周作人早期散文選》第五八頁，上海文藝出版社，一九八四年。

2 《魯迅全集》第一卷，第四二五頁。

之列。魯迅後來說他寫《狂人日記》的意圖是暴露中國家族制度的罪惡，這是很貼切的解釋。中華帝國的支柱就是宗法家族制度，魯迅用簡潔的「吃人」兩字，就把它的本質形容出來。家族制度及其惰性的長期存在，構成對中國社會向現代形態過渡的巨大障礙，魯迅第一個以小說的形式對中國人生作出這樣的評論，向知識界和關心中國進步的人們提出這個問題，這表明他對中國社會有着極其深刻的觀察。

除了小說，魯迅還在他的許多論文、雜感裏控訴權勢者對弱小者、不幸者的摧殘。寫於《狂人日記》之後四個月的《我之節烈觀》一文裏，魯迅對歷史悠久並且愈演愈烈的反人道、滅絕人性的節烈風俗提出激烈的抨擊。強迫並在道德上鼓勵女子節烈，一成烈女就入正史，就樹牌坊，無論從哪方面說，這種做法是不尊重個性選擇的，也是違反人性的。但正是這種慘無人道的風俗在中國冠冕堂皇地「發揚光大」了兩千年。它不斷地得到權勢者的維護與褒揚，不斷地得到無聊文人的稱讚。它充分地體現了無視人權，壓抑人性，不惜以弱小者作殉葬犧牲的卑劣國民性——「主子意志」和「吃人」習慣。魯迅嚴正地說，要求女子節烈是「世上害己害人的昏迷和強暴」，「製造並玩賞別人苦痛的昏迷和強暴」。「社會上多數古人模模糊糊傳下來的道理，實在無理可講；能用歷史和數目的力量，擠死不合意的人。這一類無主名無意識的殺人團裏，古來不曉得死了多少人物；節烈女子，也就死在這裏。」[1] 一部份人壓迫另一部份人這種人類的不幸，和人的歷史一樣長久，但它們的具體表現形態卻有所不同。有時候是一個階級對另一個階級的壓迫，例如資本主義迅速發展的十八、十九世紀，英、法、德等國資產階級對無產階級的壓迫是相當殘酷的。有時卻是一個利益集團對另一個利益集團的壓迫，例如史書記載的比比皆是

1 《魯迅全集》第一卷，第一二四—一二五頁。

的勢力集團的傾軋和角鬥。有時則是「普通沉淪」對個性的壓迫，這就是魯迅在《我之節烈觀》中所講到的壓迫。從根本上說它是一種文化的壓迫。這種壓迫，超越階級、利益集團、性別的界限，而瀰漫滲透到人生的所有角落。不分年齡、階級、地位的差異，所有女性都受到「節烈」的壓迫。這種壓迫，力量更為深厚、持久和殘酷，因為它是文化的選擇，每一個人都無所逃於天地之間。「五四」時期有了對人的根本覺悟，新思潮倡導者反抗的壓迫，不僅是階級的壓迫或利益集團的壓迫，而且是文化的壓迫。他們所作的對「固有之精神文明」的批判，比階級的批判要深刻得多。陳勝（涉）、吳廣與天下相為號召的只是「滅暴秦」，反抗苛捐雜稅和超肉體忍耐的徭役，它僅僅涉及舊秩序解體時候的秩序重建問題。「五四」文化批判所要求的絕不是舊秩序的重建，而是文化的重建，即價值觀念的再估價與再選擇。只有站在這種立場上，才能估量「五四」先覺者對壓迫所作的批判的意義。

「五四」時代對壓迫所作的抨擊與批判具有特別的深刻性，它在於指向衍生無數具體的不合理現象的思想根源——傳統文化價值觀念。不僅魯迅是這樣的，陳獨秀、胡適、李大釗、吳虞、周作人等人也是這樣。李大釗在《東西文明根本之異點》一文說：「觀以倫理，東方親子間之關係切，西方親子間之關係疏。東人以犧牲自己為人生之本務，西人以滿足自己為人生之本務。故東方之道德在個性滅卻之維持，西方之道德在個性解放之運動。更觀以政治，東方想望英雄，其結果為專制政治，有世襲之天子，有忠順之百姓。政治現象毫無生機，幾於死體，依一人之意思，遏制眾人之慾望，使之順從。」[1] 站在今人的立場，李大釗的看法稍嫌簡單，但他對中國的見解依然是相當有道理的：傳統文化根本上就缺乏

1 《守常文集》第三九頁，上海北新書局，一九五零年。

獨立的個性價值觀和人權意識。他在另一個地方從分析家族制度入手將這個問題講得更清楚。

看那二千餘年來支配中國人精神的孔門倫理——所謂綱常，所謂名教，所謂道德，所謂禮義，那一樣不是損卑下以奉尊長？那一樣不是犧牲被統治者的個性以事治者？那一樣不是本着大家族制下子弟對於親長的精神？所以孔子的政治哲學，修身齊家治國平天下，「一以貫之」全是「以修身為本」；又是孔子所謂修身，不是使人完成他的個性，乃是使人犧牲他的個性。犧牲個性的第一步，就是盡「孝」。君臣關係的「忠」，完全是父子關係的「孝」的放大體；因為君主專制制度，完全是父權中心的大家族制度的發達體。至於夫婦關係，更把女性完全沒卻；女子要守貞操，而男子可以多妻蓄妾；女子要從一而終，而男子可以細故出妻；女子要為已死的丈夫守節，而男子可以再娶；就是親子關係的「孝」，母的一方還不能完全享受，因為伊是隸屬於父權之下的；所以女德重「三從」，「在家從父，出外從夫，夫死從子」。總觀孔門的倫理道德，於君臣關係，只用一個「忠」字，使臣的一方完全犧牲於君；於父子關係，只用一個「孝」字，使子的一方完全犧牲於父；於夫婦關係，只用幾個「順」、「從」、「貞節」的名辭，使妻的一方完全犧牲於夫，女子的一方完全犧牲於男子。孔門的倫理，是使子弟完全犧牲他自己以奉其尊上的倫理；孔門的道德，是與治者以絕對的權力，責被治者以片面的義務的道德。[1]

1 《守常文集》第五零頁，上海北新書局，一九五零年。

準確地說，傳統秩序不是絕對的「各守本份」式的等級秩序，而是有彈性的等級秩序。有的學者看到它的彈性的一面，就把它誇大成不存在着個性壓迫的民主式的秩序，筆者對此不敢苟同。[1]有彈性的等級制度秩序並不等於沒有對個性的壓迫，同樣，等級制（階層制）的存在，也不一定就存在着對個性的壓迫。問題在於等級制之外，是否還存在法律保護下公平競爭的機會？是否存在着可憑每個人的良心與理智掌握他自己生命的可能性？如果有，那這樣社會雖然存在等級制，但這種等級制只體現社會生活組織的合理化精神，這種等級制，用韋伯的話説，就是「科層制」。如果沒有，那麼這種社會的等級制必然憑自然秩序或安排的秩序形成的，它對個體來説是先驗的，不可更改的。個體在它裏邊，是被定義、被掌握的。不論等級制有多大程度的彈性，並不影響它對個性的壓迫。

周作人有很豐富的民俗學、社會學、人類學知識，這些知識配合他對傳統文化無視個性的體察，形成他文化批判的特點：他常常借當時社會發生的事件給予民俗學或社會學的評論，讓人從變態的日常事件中體味出文化的扭曲。周作人早期散文廣為流行，影響比較大，這同他能夠透過人情世態向人們提出文化扭曲問題的筆法很有關係。例如他的《祖先崇拜》、《「重來」》、《生活之藝術》，《拜腳商兑》、《風紀之柔脆》、《薩滿教的禮教思想》、《奴才禮讚》等散文，就結合種種具體世相，對中國人被嚴重扭曲人格觀念、性意識、審美觀等等，給予揭露和批評。那麼多的墮落，那麼多的不平，那麼多的扭曲，都是因為無視「人」的尊嚴。

1 錢穆：《中國傳統政治》，見《中國通史集論》，學風出版社版。

中國婦女恐怕還有三分之二裹着小腳，其原因則由於「否則沒有男人要」；如此情形，無論文章上學說上辯證得如何確切，事實上中國人仍不得不暫時被稱為世界上唯一的拜腳——而且是拜毀傷過的腳的民族。[1]

周作人這些話都是有感而發的。當時北京報紙，不時登出變態的男士讚美女性殘廢的雙足的新聞。四川督辦以維持風化為名，槍斃一個犯奸的學生，說是「以昭炯戒」。周作人抨擊這些偽君子：

> 他們的思想總不出兩性的交涉，而且以為在這一交涉裏，宇宙之存亡，日月之盈昃，家國之安危，人民之生死，皆系焉。只要女學生齋戒——一個月，我們姑且說，便風化可完而中國可保矣，否則七七四十九之內必將陸沉。這不是野蠻的薩滿教思想是甚麼？[2]

在一個人被閹割的社會，不僅有以醜為美的倒錯病，有禁慾與泛性奇妙結合的變態病，還有喪失人格、無藥可救的奴才病。這種自甘於跪在權勢者膝下討飯的奴才觸目皆是：

> 要嚴格的統計全數人口的比例，去和別國比較，還沒有人這樣辦過，我不知道到底成績如何，但略為玄學一點照我們的感覺說去，中國似乎當得起是最富於奴才的國。例如，可以不別

1《拜腳商兌》，見《周作人早期散文選》第四七頁，上海文藝出版社，一九八四年。

2《薩滿教的禮教思想》，見《周作人早期散文選》第六五—六六頁，上海文藝出版社，一九八四年。

舉吧？姑且舉遠一點的，即如溥儀出宮時那班忠良的商民。……倘若奴才少有幾個，中國怎麼會精神文明得像現在這個樣子，怎麼會這樣的幸福安吉？[1]

使思考的人痛苦，使沉淪的眾生更加沉淪的世態，不正是反映着文化的病態與扭曲嗎？這些病態與扭曲最根本的一點就是閹割了「人」，束縛了個性——「吃人」。

「五四」時代的先覺者不僅體察到自上而下的壓迫，而且還把取消個性的扭曲暴露得更深一層：被壓迫的人也去壓迫別人，被別人吃的人也去吃別人；自己是更強者的奴隸，又是更弱者的主子。眾生滿足於或奴或主、或主或奴的境地，不想爭做一個「人」，不想逃脫那種境地，也不能逃脫。這是先覺者以銳利的批判眼光告訴我們的「吃人」種種之二。魯迅的《燈下漫筆》說得異常沉痛：「我們自己是早已佈置妥帖了，有貴賤，有大小，有上下。自己被人凌虐，但也可以凌虐別人；自己被人吃，但也可以吃別人。一級一級的制馭着，不能動彈，也不想動彈了。」[2] 他引《左傳》昭公七年的話，「天有十日，人有十等。下所以事上，上所以共神也。故王臣公，公臣大夫，大夫臣士，士臣皂，皂臣輿，輿臣隸，隸臣僚，僚臣僕，僕臣台。」這段話所表述的是絕對等級制的思想，等級制後來演變得更具彈性，但人的狀況也更加可悲，正如魯迅深刻地評論的那樣：

但是「台」沒有臣，不是太苦了麼？無須擔心的，有比他更卑的妻，更弱的子在。而且其

1　《奴才禮讚》，見《周作人早期散文選》第九一—九二頁，上海文藝出版社，一九八四年。
2　《魯迅全集》第一卷，第二一五—二一六頁。

子也很有希望，他日長大，升而為「台」，便又有更卑更弱的妻子，供他驅使了。[1]

主子和奴才沒有絕對的分野和界線，視具體情形而定。有時候表現其奴性，有時候表現其主性，偏偏就沒有表現其「人」性的時候。一般來說，傳統社會結構有三條途徑加強和保證這種忽主忽奴的彈性。第一就是家族制度，因為它存在一個親代與子代的繼承問題，長輩對晚輩的壓迫通過肉體生命的自然淘汰而轉換，但無論怎樣轉換，個性是不能從家族制度中生長出來的。第二條途徑就是秦漢以來的官僚制度。官僚吃俸祿於國家，通過皇帝的授權進行統治，他也用得來的權力增殖家產，謀取錢財。因此，官僚具有依賴性和寄生性，他們的宦海沉浮取決於上級和皇帝的好惡。皇帝一句話，從萬戶侯就可以直跌入囚犯的行列，而布衣之士也可以青雲直上。這些依賴性和寄生性的職業統治者最明顯的兩副嘴臉就是對上迎逢巴結和對下神氣活現。主性與奴性集於一身。第三條途徑是科舉制，它為每一個企望「兼濟」天下的村野之士開設通往權力殿堂的道路，提供大批「候補」官僚，在上層與下層之間實現利益的溝通。但是，這些實現統治的彈性「措施」並不等於承認個性，相反，個人在這個秩序中不論你做甚麼必須認同一個大前提，這就是後面要說到的禮治秩序。

魯迅把相互壓迫的國民稱做「殺人團」，落入這種悲慘境地的國民，你壓迫我，我壓迫他人，互相殺戮，互相吞噬。沒有人逃得出忽主忽奴的惡性循環的股掌之中。每一個人有時是屠戶，有時是牲口；既殺人，也被殺，總之，「天網恢恢，疏而不漏」，生老病死於這個人吃人的屠場。《狂人日記》後半

1 《魯迅全集》第一卷，第二一五—二一六頁。

部寫了狂人的覺悟，他意識到自己不幸生於這「吃人」的家族，「未必無意之中，不吃了我妹子的幾片肉，現在也輪到我自己……」「四千年來時時吃人的地方，今天才明白，我也在其中混了多年」。狂人「有了四千年吃人履歷的我」的覺悟，代表了偉大的覺醒，中國人要告別過去，要毀壞這屠場，掀掉這「人肉筵宴」。

最殘暴的「吃人」莫過於自食。無論被別人「吃」或去「吃」別人，都是發生於不同個體之間的壓迫，而自食則以自己為吃的對象，陷入自我毀滅，它是更深層次上的「吃人」。四千年來時時吃人，吃來吃去，習慣成自然，將野蠻的習慣積澱於自身，卻認為它天經地義；由外在的東西轉化為內在的東西，化為自覺行動，實際上進行自我摧殘但熟視無睹，當作理所當然而坦然接受。自我的殘戕使個人完全喪失精神自主性，變成高度麻木無知、逆來順受的木偶。魯迅筆下的祥林嫂就是這樣一位不能掌握自己命運、麻木到骨髓的人物。她一生備嘗艱辛，守寡之後被迫出來做傭人，又被原婆家的人劫去賣入深山。好容易經營起小家庭，生下一子，不久男人死於病，兒子死於狼，被迫再度出來當傭人。生活對於她可謂不公平之至，但她的精神世界卻翻不出半絲波瀾，如同一溝死水。她咀嚼着她的悲哀過日子：「我真傻，真的」，不斷地嘮叨自己悲慘身世，供那幫冷漠的聽客玩賞，用含辛茹苦一年勞動所得捐一條門檻，「給千人踏，萬人跨」，以贖清死丈夫的「罪孽」。甚至在生命走近盡頭的時刻，她關心的只是「人死了之後有沒有靈魂」。祥林嫂的死，固然有環境壓迫的因素，社會應當負責。但她自身與環境的壓迫認同，也是有責任的。她的死，不過是早已開始的精神自殺的必然結果，社會給她的不堪忍受的重負，包括精神的和物質的，她都把它們內化為自己的義務。通過這一轉化，賦不合理予合理性，但同時卻加速了自己的死亡。祥林嫂性格所揭示的，不僅是環境的壓迫，還有主動放棄人權而與環境認同的「自食」

問題。祥林嫂性格應該說不止是她個人的，也是全民族的。

沒有自我意識，放棄自己應有的權利，不追求應該追求的理想，一切聽憑環境擺佈，心安理得地過着螻蟻式的人生，借用魯迅《墓碣文》的說法，「抉心自食」。[1]自己本有心而不悟其價值，反而將它挖而食之。如果束縛僅僅來自環境的強迫，那個性只是深藏於層層重壓之下而並未泯滅，一旦解開束縛，它就會生長起來。但如果束縛不但來自環境，也來自內心，那即使解開束縛，個體還是不懂得如何掌握自己。因為他把最嚴酷的束縛自覺當成最自然的狀態。《墓碣文》中的「我」繞到墓後看見死屍，「胸腹俱破，中無心肝，而臉上卻絕不顯哀樂之狀」。[2]「自食」式的「吃人」最可怕在於它讓個體自動泯滅個性，結束「人」的狀態，把外在規範變成內在欲求，把外在束縛變成心靈束縛，把砒霜當成白糖。魯迅曾經用一句話點破「吃人」的傳統文化：「沒有爭到過『人』的價格。」[3]排除了「人」的歷史，只剩下可憐巴巴的「兩個時代」：一是「想做奴隸而不得的時代」；二是「暫時做穩了奴隸的時代」。[4]概而言之，種種的「吃人」顯示了國民身上根深蒂固的弱點：主性與奴性，姑且合而稱之為主奴根性。所謂主性，是指那些無視基本人權，橫行無忌、虐殺無辜的劣根性；所謂奴性，是指那些自甘為奴隸，泯滅自我和良知，甘心情願處於非人的地位或處境的劣根性。無論為主或為奴，它們都典型地體現了對「人」的撲殺、壓縮、抑制。在由主子與奴隸組成的世界，不允許真正的「人」存在；在瀰漫

1 《魯迅全集》第二卷，第二零二頁。
2 同上。
3 《魯迅全集》第一卷，第二一二頁。
4 同上，第二一三頁。

着主奴根性的文化氛圍裏，不允許個性精神存在。這個世界只認識兩類怪物，一類主子，一類奴隸，而不認識真正意義的「人」。

國民性格的扭曲和病態，傳統是難辭其咎的。「五四」新思潮的倡導者們在反思國民性，深挖國民的主奴根性的同時，還探討了形成這種國民性的歷史文化的原因。他們幾乎一致意識到禮治秩序對個體的巨大壓抑和對社會生活進步的巨大障礙。「吃人的禮教」這一斷語在「五四」時代廣為流傳，說明當時已把「吃人」與禮教緊緊聯繫起來。雖然當時的論述在邏輯上不算嚴謹，但看得出來，先行者們已經不限於從現象上檢討國民性弱點，他們還通過反思國民性來尋求對傳統文化的重新認識，並通過探討國民性與傳統文化之間的聯繫來尋求文化建設的新起點。他們一邊反思國民性，一邊檢討儒家所代表的那個傳統。「打倒孔家店」的口號，就反映了理性批判中的感情傾向。實際上，「五四」新文化運動就是以向禮治秩序的挑戰為其開端的。陳獨秀發表《憲法與孔教》、《孔子之道與現代生活》；吳虞發表《家族制度為專制主義之根據論》、《吃人與禮教》、《儒家主張階級制度之害》；李大釗發表《孔子與憲法》、《自然的倫理觀與孔子》，以及魯迅為人熟知的一系列「隨感錄」與雜文等。這些文章雖然有民國以後黑暗的軍閥政治的現實背景，但它們依然是文化層面的反思。禮治秩序，用當時的語言說，即禮教，在模塑中國人的主奴根性中確實扮演了一個不同尋常的角色。

中國禮教，有「夫死不嫁」（見《郊特牲》）之義。男子之事二主，女子之事二夫，遂共目為失節，為奇辱。禮又於寡婦夜哭有戒（見《坊記》），友寡婦之子有戒（見《坊記》）及《曲禮》。國人遂以家庭名譽之故，強制其子媳孀居。不自由之名節，至悽慘之生涯，年年歲歲，使許多年富有為之婦女，身體精神俱呈異態者，乃孔子禮教之賜也！[1]

孔二先生的禮教講到極點，就非殺人吃人不成功，真是慘酷極了！一部歷史裏面，講道德、說仁義的人，時機一到，他就直接間接的都會吃起人肉來了。就是現在的人，或者也沒有做過吃人的事；但他們想吃人，想咬你幾口出氣的心，總未必打掃得乾乾淨淨！[2]

余謂孔子為歷代帝王專制之護符，聞者駭然，雖然，無駭也。孔子生於專制之社會，專制之時代，自不能不就當時之政治制度而立說，故其說確足以代表專制社會之道德，亦確足為專制君主所利用資以為護符也。歷代君主，莫不尊之祀之，奉為先師，崇為至聖。而孔子云者，遂非復個人之名稱，而為保護君主政治之偶像矣。[3]

「五四」時期的這些檢討，站在今人的立場來看，當然還嫌分析不完全科學，這包括他們使用的概念有的並不準確，某些論證也欠周密，特別是由於孔子與禮治秩序的闡述有過不同尋常的聯繫這一歷史原因，孔子就被當成「禍首」，因而議論起來就顯得偏激些。但是，他們試圖通過自覺地反省傳統文化來尋得國民性的病根，這一思路無疑是值得繼承的。甚至可以說，在這方面，「五四」先驅者的努

1 《孔子之道與現代生活》，見《陳獨秀文章選編》上，第五四頁，三聯書店，一九八四年。
2 《吃人與禮教》，見《吳虞集》第一七一頁，四川人民出版社，一九八五年。
3 《李大釗選集》第八零頁，《自然的倫理觀與孔子》，人民出版社，一九七八年。

力，只是個開端。「五四」以後，因為局勢轉變，這一自覺的開端過早地結束了。解放以後，奪取政權的勝利更加強了創造新制度可以根除傳統惡劣影響的錯覺，把文化層次的問題簡單地還原為舊政權的問題，於是隨着政權問題的解決，對文化傳統的理性批判工作也就停頓下來。今天，筆者所要做的就是繼承「五四」的思路，對傳統文化與國民性的關係給予更嚴密的論證。因為我們覺得，作為一種文化傳統的禮治秩序，它並不那麼簡單地就是封建制度的問題，實際上不能在它和封建制度之間簡單地劃上等號就了事。它比封建制度更內在、更深層。正因為這樣，當革命把封建制度推翻，建立起新制度之後，禮治秩序並不隨之消失，它還以各種方式滲透入新制度之中，像暗影一樣追逐、附着於本物身上。因此，在我們重新認識主奴根性之時，也需要重新認識禮治秩序，這樣才能對這種國民性給予更恰當的解釋。如果說「五四」時期的先驅者的文化批判過於執着感情的話，我們今天就應該更着重於理智的分析。

選自《傳統與中國人》北京三聯書店，一九八八年五月

尋求解脱的代價

——與林崗共論魯迅

一、生的悲哀

「五四」時期思想文化界對國民性的檢討，除了深刻地反省主奴根性外，另一個反省主題就是關於「阿Q性」問題。對阿Q性的深入反思，主要是由魯迅作出的。他通過他的不朽小說《阿Q正傳》為我們貢獻了一個阿Q。這不是一般的貢獻，而是貢獻了一項對中國獨特的發現。過去人們按照「阿Q模式」來生活，不但感覺不到其中的悲哀，而且還覺得超脫，覺得高邁，覺得看破了紅塵而沾沾自喜。沒有人指出，「阿Q模式」是有嚴重問題的，沒有人站出來大喝一聲：「精神勝利法是要不得的！」直到有了《阿Q正傳》，人們才豎起一面自省的鏡子。誇張兼漫畫化的筆法，同情與憤怒相交織的態度使阿Q這顆「國民的靈魂」異常清晰地凸現出來。每個人都可以在這裏邊發現自己，都可以在這裏邊反思自己的生活道路。於是，沉默和得意被打破了，代之以驚恐和緊張。魯迅後來在俄譯本序裏明白說出《阿Q正傳》的意圖是要畫出一個像壓在大石下的草一樣已有四千年之久的「沉默的國民的魂靈」。讀者的反應和魯迅的表白都可以作證，小說是要給我們勾勒一個以供自我認識的國民的靈魂。這個靈魂到底是甚麼呢？小說畢竟是訴諸審美和形象的，它的豐富意蘊要經由批評的發掘才能還原到邏輯的理性的層次。這項批評的發掘工作並未完結。我們對阿Q性的認識，是為我們對自己民族的傳統的「理性自覺」的程度所左右的，只有充分的「理性自覺」，《阿Q正傳》中勾勒國民靈魂的意義，才會為我們把握。

魯迅把「阿Q模式」或「阿Q性」概稱為精神勝利法。那麼，精神勝利法的內核是甚麼呢？阿Q以甚麼思路為背景支持這個「法」呢？還是先看一看阿Q的所作所為，它會給我們啟示。阿Q的一生是徹底大失敗的一生，從他出現在未莊，被地保叫到趙太爺家，吃了個大嘴巴的時候起，一直到在公堂上劃了圓圈抬出去「大團圓」時止，他一生備受損害與欺凌。當然，他在「中興」即革命的時候真是得意過幾天——未莊也有幾個閒人怕他，但那都是好景不長、利令智昏的得意。與他備受損害與欺凌的客觀狀況極不相稱的是，他主觀上並未意識到自己的大失敗，而且每次客觀上的失敗他都能迅速地翻為心理上的勝利。對阿Q來說這是真正的、自足的勝利。他愈失敗就愈勝利，失敗不僅是勝利的起點而且是勝利的根據。他靠的只是一件法寶——精神勝利法。

有一次阿Q跟未莊的閒人打起來，「被人揪住黃辮子，在壁上碰了四五個響頭，閒人這才心滿意足的得勝的走了。阿Q站了一刻，心裏想，『我總算被兒子打了，現在的世界真不像樣……』於是也心滿意足的得勝的走了。」與敵手相逢，力量不支而橫遭敗績，這是不奇怪的。而暫時的敗績並不等於永無希望，應當是總結失敗的教訓，從頭開始，直到取勝。可是阿Q並不謀求發展，通過改變外在世界實現自己的願望，而是反求諸己，將不切實際胡思亂想當成現實，認甚麼就是甚麼，忘去挨打的痛苦，將敵手視作兒子，自己就是老子，於是就滿足了主觀幻想裏的優勢。後來，閒人不准他說兒子打老子，要他被打之後說人打畜生。阿Q似乎山窮水盡了，他雙手「捏住了自己的辮根，歪着頭，說道：『打蟲豸，好不好？我是蟲豸——還不放麼？』」閒人給他碰了五六個響頭，以為他這回遭了瘟，一定會真心實意地認輸了。「然而不到十秒鐘，阿Q也心滿意足的得勝的走了，他覺得他是第一個能夠自輕自賤的人，除了『自輕自賤』不算外，餘下的就是『第一個』。狀元不也是『第一個』麼？『你算甚麼東西』呢？」阿Q掌握了這個克服制敵的妙法之後，便成了世上永遠得意自足的勝利的英雄，人生的厄運與悲哀，與他無緣；對待失敗與不幸，他永遠是兵來將擋，水來土掩，不過兵來將擋與水來土掩並不是主體的行動，而只是毫無根據、毫無效果的主觀幻想勝利。阿Q帶着他這件征服世界、征服怨敵的幻想「法寶」走向人生，走進社會。他得到甚麼呢？顯然甚麼也不會得到——除了自欺欺人。這件「法寶」就像毒餌，誘他上鈎，並且漸漸地把毒素注入他的體內，吞噬他的靈魂，引導他走上末路，直到墳墓。臨行「大團圓」的時候，阿Q不是還想說一句「二十年之後又是……」嗎？可惜屠刀已下，世界頓時一團漆黑，阿Q再也無法重溫幻想勝利的美夢了。阿Q的生命史可以劃分為極不平衡的兩個層面：在行動的、物質的、客觀的層面，他愈來愈走下坡路，一生備嘗艱辛與欺凌，除了人生的辛酸與恥辱，我們不能找到其他任何東西；可是在幻想的、精神的、主觀的層面，他愈來愈高昂奮發，他沒有任何辛酸感與恥辱感，永遠是一副勝利者的英雄模樣。如果說人生真的有甚麼悲哀的話，任何肉體的、精神的痛苦與磨難都算不了甚麼，因為痛苦與磨難並不等於主體的被征服，只要內心不被征服就有一絲奮鬥求生的希望和可能。阿Q才算真正的悲哀，因為阿Q的生的悲哀是無可救藥的，悲哀到連他自己都不知道悲哀為何物。對着阿Q那副不變的勝利者的模樣，你除了為他深感悲哀之外還能做些甚麼呢？

精神勝利法不僅是個體處理自己同外部世界關係時的一種精神現象，而且（準確地說），它也是一種宇宙觀和人生觀。這種宇宙觀和人生觀認定，人對周圍世界的看法和判斷只取決於內心裏自己同自己達成的契約。比如，阿Q明明挨了閒人的揍，五、六個響頭撞得牆上還發出聲來。但阿Q至死不肯承認失敗，恰恰相反，他認為勝利卻在他一邊。這反映出阿Q意識深處的思路，客觀性的刺激由於只有幻象或虛擬的意義，因此它就完全掌握在自我手裏，自我想怎樣構成這個幻象就怎樣構成這個幻象，被構成的幻象就轉化成客觀性的刺激，幻象代替了刺激。正因為這種阿Q式的宇宙觀、人生觀在主觀與客觀之間的關係問題上採取了孤立的、特殊的論點，根本否認主觀要受客觀的約束與檢驗，客觀對主觀的意義被貶到無限小，所以它才能順理成章形成對待外來刺激的「妙法」；改變了內心中自己同自己達成的契約，改變世界在自我內心中的形象就等於改變了世界。精神勝利法通俗地講就是神話式的用幻想，一廂情願的暢想去改造世界的方法。因此，那種於事無補的幼稚的自我滿足在這種宇宙觀、人生觀那裏就可以看成是真實的自我對周圍世界的勝利。世界沒有獨立的實在，實在是由名去名它的，因為人名了它，它才看起來是實在，於是改變了它的名，就是改變了實在，這就是精神勝利法的全部訣竅。

從科學的立場看，人類能夠在經驗活動的層次證實有一個獨立於認識者意志之外的世界存在，而且人類經由實踐能夠逐步接近真理。因此，人類認識獨立實在的時候，雖然可以充分地想像與假設，可以在經驗材料的組合上自由運用概念和概念聯合，但它最終要受到檢驗的制約。如果與經驗不符，人類是不能修改經驗以屈就概念體系的，而要修改，重構自己的概念體系以謀求它與經驗的符合。這就是說，主觀方面的自由是有限度的，不能像脱繮的野馬隨意馳騁，主觀能動性運用得得當與否，最後由經驗這位法官裁斷。唯其有限度，唯其有繩墨，唯其有裁斷，人類才能創造出推動文明進步的知識系統。以這一點反觀阿Q的精神勝利法，我們清楚地知道，它對人類的認識的模式作了兩樣修改。首先，它不承認經驗——實踐檢驗活動的客觀性。取消了這個環節，主觀和客觀之間的關係就非常隨意和漫無節制，任何毫無價值的幻想都被當成真實的而加以尊奉；任何來自客觀世界的信息都可以摒之耳目之外。其次，它把人類的主觀能動性誇張到無限的程度，以致這一人類驕傲的秉性墮落為卑劣的隨意性。對人類的主觀方面作無限誇張，表面上似乎非常重視開發主體價值，重視你自己的思維個性，其實不然。無限誇張的結果不是導致主觀能動性的正常展開和成熟，而是催促它走向死亡。就像阿Q那樣，根本不具備正確評價客觀世界的能力。主觀方面的無限膨脹導致個人喪失清醒的理智，思想不反映客觀實際，個人因「無心」而返回自然，變成無主體性的自然存在物，等同於無知無識的物。精神勝利法其實是通過無限誇張主觀能力而最終取消個性主體性，撲滅自己而歸於自然。

阿Q作為一個小説人物，是作者虛構出來的，自然不存在於真實的世界。可是故事的全部意味絕不僅僅是供娛樂消遣的。這個虛構人物悲慘的命運集合了我們民族那種阿Q式的對待生存挑戰的態度和方式（當然也可以説它是人類性的，不過可能在漢民族身上阿Q的「根」特別深）。通過阿Q這個形象的概括與放大，千百年來習慣成自然的文化心理習性突然以可笑的文學形式出現在我們面前，使我們意識到習慣成自然的精神勝利法的荒謬性。除了《阿Q正傳》，在中國還有大量的民諺、俗語、笑話、史實、文學作品，反映出眾生的阿Q相——生的悲哀。不過，新文化運動之前，由於對國民性格沒有深刻而徹底的反思，人們一般以欣賞、讚嘆、取樂的態度對待阿Q式的人生，幾乎沒有持尖鋭批判態度的，反而以為在這一切實際上很幼稚的做法裏蘊涵了甚麼了不起、輕易不示人的「秘法」。

比如，某人被盜而丟了一筆錢財，就會在心理上自我安慰，排解憤懣，説是「散財消災」；吃了虧又無從伸冤時就想起「君子報仇，十年不晚」；與仇人對罵而力不及對手，即以「雞不和狗鬥」來收場。這些事項都是在普通日常生活裏可以經常看到的。不過所遇到這些事在人生裏均屬微不足道，不妨以酸葡萄精神來「苦中作樂」。又如，中國傳統中的避諱，也體現了阿Q精神，它是對對象的敬畏與精神勝利法雜糅起來的怪物。明明死了，卻說「仙去」，明明被逐，卻說「巡狩」；尊祖或聖人或皇上的名字要避免直說出來，不得已的時候即要缺筆；將軍屢戰屢敗，則改成屢敗屢戰，彷彿一改就英勇許多。阿Q也是避諱的，頭上有癩瘡疤，於是諱「亮」、「光」、「明」等，別人一說，也要紅臉，傷了他的尊嚴。又如，宋史說到徽、欽二帝被金人捉去當俘虜的時候，卻改成「徽欽北狩」——二位皇上往北方打獵去了。但宋徽宗卻肯說實話；「天遙地遠，萬水千山，知他故宮何處？」（《燕山亭》）

《資治通鑒．唐紀》記載郭子儀一件逸事：「子儀嘗奏除州縣官一人，不報，僚佐相謂曰：『以令公勳德，奏一屬吏而不從，何宰相之不知體！』子儀聞之，謂僚佐曰：『自兵興以來，方鎮武臣多跋扈，凡有所求，朝廷常委曲從之；此無他，乃疑之也。今子儀所奏事，人主以其不可行而置之，是不以武臣相待而親厚之也；諸君可賀矣，又何怪焉？』」以情理推之，郭子儀不至愚蠢到這地步：他的提議不獲准反而證明人主對他「親厚」。大概是以他的身份不好在僚佐面前交賬，只得聊作戲言，安慰自己。據說晚清時洋人進京，不肯屈從跪拜禮，有傷天朝國威，於皇上的面子也很不好過。臣下只好曲解說，洋人沒有膝蓋，跪不下，妥協了之。又，晚清戰敗議和時，不讓洋人走正門，從傍門進出，這叫沒他們的面子。這些做法雖然在事實方面不能戰勝對手，但在精神上卻作了自我安慰。

中國古代文士在坎坷潦倒之際也很有點酸葡萄精神，面臨嚴峻挑戰的關頭，他們很少想起與命運搏鬥，幾乎不見有魯濱遜的開拓氣概，也沒有亞哈船長（《白鯨》中的男主角）的奮鬥精神，他們更多地求助於老莊，求助於精神退回到自我的自足。

功名竹帛非我事，存亡貴賤付皇天。

——鮑照

時運不濟，命途多舛，馮唐易老，李廣難封，屈賈誼於長沙，非無聖主；竄梁鴻於海曲，豈乏明時？所賴君子安貧，達人知命。

——王勃

我有平生志，醉後為君陳：人生百歲期，七十有幾人；浮榮及虛位，皆是身之賓。唯有衣與食，此事粗關身。苟免飢寒外，餘物盡浮雲。

——白居易

考一考這些文士的生平，有很多與他們的詩文對不上號的地方。他們的實際生活，並不像詩文所寫那樣清高。鮑照出身貧寒，自稱臣「北州衰淪，身地孤賤」[1]，但他並非不慕權貴，為亂軍所殺之前依附臨海王劉子頊，做過幾任前軍參軍，「投軀報明主」是他的理想，只因生在門閥特權之世而適出身微賤，終其生不能如願以償，所以就更多懷才不遇的牢騷。王勃也是如此，死時年僅二十八歲，他根本沒有正正經經「安貧」、「知命」，在《澗底寒松賦》中表白說「徒志遠而心屈，遂才高而位下」。在內

1 《侍郎仁疏》。

心極想得意而實際不得意時，就以「安貧」、「知命」來安慰自己。白居易則恐怕更甚，他的「平生志」是「應帝王」、「作宰輔」。歷任諫官的時候，屢屢上書言政；言政還嫌不夠，要詩為「補察時政」服務，他以身作則，寫了大量兼「勸」兼「刺」的新樂府。他那套儒家烏托邦在實際政治中並未能行得通，屢受打擊、貶官。晚年侍奉佛老，「身之賓」的說法，不過用來慰藉備受創傷的心靈，把晚年的心情誇張為「平生志」來自命清高。

中國人生中的「阿Q陰影」，往往體現在兩個方面。一方面，內心想實現某個目標但又無能力去實現，或即使努力了仍無法達到時，就極力辯解說那個目標沒有價值，用否認目標的價值來證明自己站在一個更高的境界。其實他的內心深處依然認同那個目標。潛在的認可與表面的否認同時存在於一個人的內心。經常需要自己欺騙自己，這是人生可哀的一個方面。另一方面，在慾望受到打擊的時候，極力從自身一方找理由，否認受到打擊，否認失敗。兩者的表現有所不同，前者多從否認對象的價值入手，後者多從肯定自身的理由入手，但實質都一樣，致力於自欺欺人。這種「阿Q陰影」，否定實踐活動的客觀性，導致了主觀與客觀關係的紊亂。

文人直接表白自我心情時，多少還有點掩飾。而小說故事往往更充分地表現了這種紊亂。因為無意識的流露更能清楚地反映民族文化心理。清初小說家李漁寫過一篇小說《鶴歸樓》，插有一則短故事以為全篇的「綱領」，轉錄如下：

> 近日有個富民出門作客，歇在飯店之中，時當酷夏，蚊聲如雷，自己懸了紗帳，臥在其中，但聞轟轟之聲，不見嗷嗷之狀。回想在家的樂處，丫鬟打扇，伴當驅蚊，連這種惡聲也

無由入耳，就不覺怨悵起來。另有一個窮人，與他同房宿歇，不但沒有紗帳，連被單也不見一條。睡到半夜，被蚊虻叮不過，只得起來行走，在他紗帳外面跑來跑去，竟像被人趕逐的一般，要使渾身的肌肉動而不靜，省得蚊虻着體，富民看見此狀，甚有憐憫之心。不想那個窮人不但不叫苦，還自己稱讚，說他是個福人，把「快活」二字叫不絕口。富民驚詫不已，問他：「勞苦異常，那些快樂？」那窮人道：「我起先也曾怨苦，忽然想到一處，就不覺快活起來。」富民問他：「想到那一處？」那窮人道：「想到牢獄之中罪人受苦的形狀，此時上了押床，渾身的肢體動彈不得，就被蚊虻叮死，也只好做露筋娘娘。學我這舒展自由、往來無礙的光景，怎得能夠？所以身雖勞碌，心境一毫不苦，不知不覺就自家得意起來。」富人聽了，不覺通身汗下，才曉得睡在帳裏思念家中的不是。

若還世上的苦人都用了這個法子，把地獄認做天堂，逆旅翻為順境，黃連樹下也好彈琴，陋巷之中盡堪行樂，不但容顏不老，鬚鬢難皤，連那禍患休嘉，也會潛消暗長。

李漁十分欣賞這位窮人的「憶苦思甜」法。其實並不「甜」，被蚊虻叮得睡不成覺，哪有甜的道理？只因為他身懷絕技，諳熟那個「把地獄認做天堂」的法子，才自認快活。幸好這位窮人遇到的是蚊子。儘管苦中作樂，叫一夜快活，但那只不過一夜不睡。除此之外，不受甚麼損失。但如果遇到的不是蚊子呢？或許像阿Q那樣要大團圓了，保不準他也會來一句，「二十年之後又是一條……」。

精神勝利或精神逃遁，表現在中國人生的各個方面，國民自覺不自覺地用它對付生活的痛苦和生存的挑戰，但在漫長的古典時代，人們並未察覺所謂精神勝利法實際上只是精神陷阱。掉入這個陷阱，就走上自我毀滅的窮途。直到「五四」時代，新思潮的倡導者才對它進行了徹底的反思與批判。除魯迅外，「五四」前後東西文化問題論戰時，陳獨秀、李大釗均撰文指出中國傳統文化「靜」的精神，[1]這些批評兼指儒道。雖然不算十分深入，但已經反省了民族傳統文化中那種以退縮、迴避、逃遁、歸隱等方式對付生存挑戰的基本精神。胡適在《中國古代哲學史》中對莊子哲學有許多精深而中肯的批評，下文還要提及。與對於禮治秩序主奴根性的批評一樣，對精神勝利、精神逃遁與老莊式宇宙觀、人生觀的批評，構成「五四」時期文化批評，對傳統反思的另一大基本主題，它們的深刻意義在於指出中國人生精神中的自我毀滅的悲哀方面，促使世人從這些千年的美夢中覺醒過來。

從生理的角度看，精神勝利或精神逃遁確實具有有機體自我防衛和保護的功能。有機體為了防止外界的刺激引起情緒上的過份波動，以至失去各種生理系統的平衡而導致紊亂，不得不作出自我欺騙以化解外界的刺激。因此，人類的自我欺騙不僅有文化的因素，也有本能的因素，它是人類的通病。但文化的作用在於修正或引導本能，並把它抑制在一定的限度內。可惜老莊式的宇宙觀、人生觀未能真正實現其作用。由於過份地重視有機體的自保與自衛，使得本能中的自保與自衛在文化中極大地膨脹，並為文化的選擇所加強，成為中國人生中對付挑戰的「文法規則」。文化的選擇把本能的定勢推向極端，忘卻了自己對本能進行修正和引導的使命，結果使有機體從自保和自衛出發，走向自毀和自滅。作為人生的

1 陳獨秀：《東西民族根本思想之差異》。「東洋民族以安息為本位，儒者不尚力爭，何況於戰？老氏之教，不尚賢，使民不爭，以佳兵為不祥之器。……安息為中國民族一貫之精神。」李大釗：《東西文明根本之異點》：「東人持厭世主義（Pessimism）以為無論何物皆無競爭之價值，個性之生存不甚重要。……東人既以個性之生存為不甚重要，則事事一聽之天命，是謂定命主義（Fatalism）。……東方聖人是由生活中逃出，是由人間以向實在，而欲化人間為實在者也。……東方教主告誡眾生以由生活解脫之事實，其教義以清靜寂滅為人生之究竟。」

「文法規則」，總有周全的哲學論據去支持它的；我們要了解「文法規則」——精神勝利法——就要了解和分析支持它的哲學論據。

二、有限與無限

美國神學家保羅．蒂利希用「終極關懷」這個詞指稱人乞求擺脫與生俱來的有限性，渴望最終「獲救」而作出的理智奉獻或委身。「終極關懷」本身包含了對人生意義問題的解答。[1]人本身是個謎，在諸謎之中最有意思的是人注定要委身於「終極關懷」，這是一個萬古恆同的命題。古代如此，當代如此，可以斷定，將來也是如此。每一個人都在自己生命歷程開始的時候，以自我選擇作出回答。自古就有的宗教、巫術、主義等實際上都以各自的方式啟發和引導眾生歸屬自己認定的人生價值論，委身自己所倡導的「終極關懷」。用比喻的語言，宇宙好比茫茫大海，人生在大海上面漂流，不作任何選擇，不指向任何「終極關懷」，就等於沒有任何目標和方向。完全順從海流的流向，作出選擇，委身於某種「終極關懷」——宗教也好，主義也好，長生之術也好——就等於給你一個目標和方向，有了目標和方向你就不會覺得生存是盲目的，無意義的。人之所以追求「獲救」，實際上就是自己賦予自己的生存一種意義，通過「賦予」而走出生存的困境。不過，在實際上人不可能不選擇，不可能不賦予自身意義，除非有勇氣走出人類社會，把自己還原為動物或野蠻人。因為只要在文明社會，生存本身就是選擇。人來到這個

1 賓克萊：《理想的衝突——西方社會中變化着的價值觀念》第六章，商務印書館，一九八三年。

社會就落入了為擺脱自身有限性而掙扎的生存困境。

人為甚麼注定要選擇，注定要以某種人生理想論來作為自己人生價值的依歸呢？從最淺的道理說，任何個體都是有限的。「生年不滿百，嘗懷千歲憂」。數十年的人生匆匆走過，其間還有無數老、病的生理痛苦的困擾，無數挫折、失敗、庸碌等精神痛苦的困擾，真正體驗到快樂與滿足的時日並不多。但個體又是追求無限的，他意識到生的短暫即意味着他企求超越自身的有限性。如果他滿足於有限的生命，也就是說，他不知道他是有限的，那就和動物一樣了。有限與無限作為生存的基本衝突同時被人意識到，同時存在於生命之內。這種有限和無限的糾纏與衝突使人類落入生存困境，注定要通過思考與選擇來平息生命的內部衝突。叔本華說：「大自然的內在本質就是不斷的追求掙扎、無目標無休止的追求掙扎；那麼，在我們考察動物和人的時候，這就更明顯地出現在我們眼前了。欲求和掙扎是人的全部本質，完全可以和不能解脱的口渴相比擬。但是一切欲求的基地卻是需要、缺陷，也就是痛苦；所以，人從來就是痛苦的，由於他的本質就是落在痛苦的手心裏的。」[1] 人生的有限性與無限性相衝突，相激盪產生的生之痛苦，的確是人類最普遍的精神現象。當然，委身某種「終極關懷」，選擇某種人生理想能否最終解決有限與無限的衝突，這是帶有神秘性質的人生體驗問題，不是邏輯論證能完成的任務。但是，有限與無限的矛盾的確是所有宗教教義、準教義、人生價值論、巫術思想的出發點。它就像一個永恆的提問，所有的神學家、思想家、先知、傳道士、巫師都圍着它打轉轉，以自己的一得之見來回答這個永恆的疑問。不同的人物有不同的答案，但那些基本答案卻構成一個民族的傳統文化的基本部份，產

1 《作為意志和表象的世界》第四二七頁，商務印書館，一九八二年。

生深遠影響。

我們曾討論到周秦之際的「文化的突破」，其中講到的是儒家，這其實是敍述上安排的方便。發生在中國的「文化的突破」，至少應該包括道家。從歷史上觀察，儒道兩家影響最大，法家講究的統治術和嚴刑峻法思想在秦漢以後便融入政治化的儒家裏面，可以不論；墨家在先秦時期很流行，但後人無傳，幾乎煙消雲散；其他各家闡發的都是些枝節問題，構不成古典傳統中的基本部份，充其量不過是傳統巨流中的細流。儒家給予中國社會影響最大，因為它成就的不僅是一種理論，一種思想，而且是一種制度，它能使它的思想落實到制度並提升制度，因而構成維繫整個社會正常運轉的秩序框架。後人可以不贊同儒家的思想，可以自尋出路，但他沒有辦法改變主要由儒家闡釋的這個秩序框架。當然，這不是說儒家的理論思想部份，即它的人生價值論沒有影響。儒家的人生價值更多地體現在它為社會設定的制度框架之中。與儒家不同，道家對中國社會的基本制度方面毫無影響，它的用力處不在這方面。道家是不能「用」世的。史書載漢文、景之世「無為而治」，這個「治」只是政策權宜的意思，制度還是儒家的。但道家能用「生」。在個體性人生這方面，道家「勢力範圍」很大。道家的創始者老子與莊子對人生的有限與無限思考得非常深入，他們有一套比孔孟還要周全的哲學論證來支持他們自認為「應該是」的人生方式。他們提倡的這種人生方式比起儒家更具有普遍性和可實行性，後來又通過佛教的流傳和融合變得更易於深入民間。因此，它能潛移默化深入到各個階層的人生。要談論到中國人生，不能不提到道家。

老子對人的生存困境思考得極深極細。班固《漢書．藝文志》説道家出於史官，但從文獻上看，沒有學理師承或沿襲的痕跡。不像孔子以繼承周統為使命，從承襲、訂正、闡釋先朝典章文物制度成就自己的學說。《老子》五千言基本上是老聃個人對人生作冥思苦想而得出的結論。他在中國思想史上獨自開闢了一個源頭。因為他緊扣着人生的永恆疑問，系統而獨創地提出自己的答案。老子通過獨特的方式——個人性的冥想創立學說——來參與到春秋戰國之際的「文化的突破」。

所有自成系統的人生哲學，都要以「形而上」的哲學論據來支持「形而下」的理想人生方式。「形而上」的論證是為「形而下」的實踐服務的，《老子》亦不例外。五千言大道理中最核心、最具有獨創性的哲學概念就是「道」。由「道」往下向人生落實，才派生出主張「無為」的治道、「無心」的生道與「貴生」的養生術。派生出來的這些具有實踐意義的具體方式，都從屬於核心概念「道」，都來源於核心概念「道」。關於老子哲學這兩部份的關係，張岱年說：「老子的貢獻，在其宇宙論；其人生論，是從其宇宙論衍生來的。」[1] 陳鼓應說：「『道』是老子哲學的中心觀念，他們整個哲學系統都是由他所預設的『道』而展開的。」[2] 又說：「老子的整個哲學系統的發展，可以說是由宇宙論伸展到人生論，再由人生論延伸到政治論。」[3]

那麼，「道」到底是甚麼呢？「道」是老子對宇宙本根，即宇宙究竟所以然的一種預設，它的用意不在回答宇宙是物的還是心的。在《老子》文脈裏，「道」有時近乎物的性質，有時近乎心的性質，隨文意而轉移。因為「道」只是老子對宇宙本根的設定，而不是對物理實在的一種研究結果，我們沒有辦法用科學手段去檢驗它的真偽，從科學的角度贊同他的說法或反駁他的說法，只能就「形而上」論「形

1 《中國哲學大綱》第二八三頁，中國社會科學出版社，一九八五年。
2 《老子譯註及評介》第二頁，中華書局，一九八三年。
3 同上，第一頁。

而下」。先看看老子自己是怎樣界定「道」的。關於「道」老子也說得神神秘秘、恍恍惚惚。

二十五章：

有物混成，先天地生。寂兮寥兮，獨立而不改，周行而不殆，可以為天地母。吾不知其名，強字之曰道，強為之名曰大。

老子論「道」，處處拿現實世界作背景來對比暗示。人能以經驗體察到現實世界（天、地），「道」卻比它先，超越於經驗體察的範圍，「道」比現實世界（天、地）更具有無限的性質和絕對的含義：萬物相互對待，而「道」高高在上獨立不改；萬物都有生死榮枯的變遷，而「道」則永行不消竭。唯其如此，「道」的存在狀態更非感覺經驗所能及。

十四章：

視之不見，名曰夷；聽之不聞，名曰希，搏之不得，名曰微。此三者，不可致詰，故混而為一。其上不皦，其下不昧，繩繩不可名，復歸於無物。是謂無狀之狀，無物之象，是謂惚恍。迎之不見其首，隨之不見其後。

王弼在「故混而為一」句下註：「無狀無象，無聲無響。故能無所不通，無所不往，不得而知，更以我耳目體不知為名。故不可致詰，混而為一也。」「道」因為是絕對的、無限的，任何有限的語言均不能把它形容出來。

二十一章：

道之為物，惟恍惟惚。惚兮恍兮，其中有象；恍兮惚兮，其中有物；窈兮冥兮，其中有精；其精甚真，其中有信。

「道」有象、物、精、信的一面，又有無形、無聲、無嗅、超感覺、非感覺的一面。總之，老子強調「道」亦有亦無，非無非有的特徵。因為「道」有這樣的特徵，連人的語言表達對它都無能為力。《老子．第一章》：「道可道，非常道，名可名，非常名。」陳鼓應將此句譯為：「可以用言詞表達的道，就不是常『道』；可以說得出來的名，就不是常『名』。」[1]任何語言表達都意味着人對事物進行分門別類。比方說「人」，就間接地暗示還有其他動植物；說「我」，就間接暗示還存在「你」、「他」以及非我的所有存在。老子對「道」也是廣設譬喻，多方申說，但仍覺得不能盡意，以為人有語言之妙，仍不能窮內心意味。語言就是割裂，開口便落俗套。但不要忘記，老子的「道」也是用語言說出來的，如果真的相信語言不能曲盡「道」的美妙，他就不應該寫下五千言。因為他落入悖論之中：先說言詞不能表達「道」，然後又用言詞申說他的「道」。

老子還在具體方面發揮他這種把存在世界「大而化之」的思想。第二章：「天下皆知美之為美，

1 《老子譯註及評介》第六二頁，中華書局，一九八三年。

斯惡已；皆知善之為善，斯不善已。故有無相生，難易相成，長短相形，高下相傾，音聲相和，前後相隨。」知道美之為美，就把它（美）同惡區別開來，所以言美則暗示惡；知道善之為善，就把它（善）同不善區別開來，所以言善則暗示不善。在指出人類價值判斷具有主觀性質這一點，老子是有功勞的。但價值判斷又不完全是純主觀的，它是主觀與客觀以一定方式合作的產物。老子將價值判斷中的主觀因素加以無限誇大，以為知美，這就是惡；知善，這就是不善。這就十分荒謬了，尤其荒謬的是老子將基於價值判斷具有主觀性的認識推及實在判斷，「高下」、「長短」等亦是可以隨意「渾渾」的。抽去標準，說「高下」、「長短」是相對的，這當然不錯，但在同一個檢驗標準之下，長、短、高、下都可以有絕對的答案。人類的科學知識正是以這種一絲不苟的嚴肅態度和實驗作風才獲得長足進步的。如果真像老子所說，我們就只能抱着「務虛」哲學，而永遠不會有「務實」的科學。

當然，老子把存在世界抹去任何區別「大而化之」，這是有用意的。從論證上說，他既設定一個亦有亦無，非無非有的「道」，規定宇宙的本根和究竟所以然，他就不得不進一步說明存在世界也是如「道」一般沒有區別、沒有界限。最高的真實只是神秘的「道」，但是這一切又是為引出下文——「絕聖棄智」的人生觀所必需的哲學論據，錢鍾書《老子王弼註·三》：「顧神秘宗以為大道絕對待而泯區別，故老子亦不僅謂知美則別有惡在，知善則別有不善在；且謂知美、『斯』即是惡，知善、『斯』即非善，欲息棄美善之知，大而化之。」[1]「息棄美善之知」，推而廣之，息棄所有精確地認識自然與人類自身的知識，這才是最高的「智」——進入道的境界的「智」。既然宇宙的究竟所以然是「寂兮寥兮」、

1 《管錐編》第二冊，第四一一頁，中華書局，一九七九年。

「惚兮恍兮」、「窈兮冥兮」，存在的世界又是一團混沌的假象，人世的努力，有甚麼用呢？逆潮而動不如順潮而動，與其違反自然，不如「我自然」。人世的一切都是「道」制約的，即使你想違反「道」，違反自然，也是徒勞的。老子通過他精心構想和預設的「道」，向生靈發出召喚，號召眾生向「道」回歸，向「道」靠攏，切勿庸庸碌碌地迷失自己。陳鼓應說：「老子哲學的理論基礎是由『道』這個觀念開展出來的，而『道』的問題，事實上只是一個虛擬的問題。『道』所具有的種種特性和作用，都是老子所預設的。老子所預設的『道』，其實就是他在經驗世界中所體悟的道理，而把這些所體悟的道理，統統附託給所謂『道』，以作為它的特性和作用。當然，我們也可以視為『道』為人的內在生命的呼聲，它乃是應合人的內在生命之需求與願望所開展出來的一種理論。」[1]

人是世上唯一一種清楚地知道他將來要死的生物，對死的發現使人類陷入普遍的生存困境。一方面，因為任何個體都知道他的存在是暫時的，於是圍繞着周圍的一切也是暫時的，一旦個體不存在，圍繞着他的其他存在便毫無意義。另一方面，正是對生命的暫時性、有限性的發現和覺悟，使得個體不能安於暫時性和有限性的生存現狀，從生命內部發出強大的追求無限，追求永恆，追求不朽的激情。用無限、用永恆、用不朽灌注我們實際上只有短短幾十年的生命，把從混混沌沌不知自己為何物的低境界提升到個體的自足存在的高境界。也就是說，活着，不僅意味着一個血肉之軀的存在，而且意味着合目的的創造進程。從老子預設「道」的苦心孤詣，我們可以理解到二千年前的老子對人的生存困境有多麼強烈的感受和直覺。生是絕對的痛苦，生命的暫時性不僅有時間的含義，而且因為它的時間含義徹底地

1 《老子譯註及評介》第一頁，中華書局，一九八二年。

否定了我們欲求的滿足，滿足轉眼變成不滿足，快樂轉眼又被不快樂否定。人的滿足感、快樂感被人自身對生命暫時性的體悟頃刻間轉化為不滿足、不快樂的感覺。生命就是這樣落入永遠痛苦，與生相伴的痛苦糾纏裏面。生年不永的哀嘆需要安頓，人生痛苦經驗需要解脫，無論從積極的轉化生命的層面還是從消極的解脫痛苦的層面，「道」的設定都是為了解決這個共同的生存困境，解決人生有限和無限的衝突。老子沒有過多地從個體方面申說生命暫時性的感嘆和痛苦經驗的悲哀，他在它們的對立面虛擬一個與它們相反的「道」，就像創造一個遙遙相對的彼岸向眾生招魂。老子「形而上」的「道」所具有的無限性、永恆性、超越性和絕對快樂境界，無一不是反襯「形而下」的人生界的有限性、暫時性和絕對痛苦。

人生的有限與無限的衝突，是最像哲學的哲學問題。老子對此作了深刻的思考，他通過虛設一個泯區別、絕對待的大而化之的「道」，把它作為宇宙的最高真實和究竟所以然，召喚眾生向「道」回歸的方式解決這個問題。其實，化解人生有限與無限的衝突可以有許多方式，老子哲學只是其中之一，它具有很濃的東方色調。同時，老子在道家哲學的展開上只是開了個頭，還有許多白點等待後來者填補。比如，上文說到的，老子較少論到個體體驗即是明顯的罅漏。

莊子承繼老子的思路，把老子原來顯而未彰的觀點加以發揮放大，特別重視個體人生對有限、暫時的體驗，並從這些實實在在的人生經驗出發，引導眾生歸向超邁的「道」的境界。莊子很善於在具體的寓言，譬說中融會老子「道」的思想，把亦有亦無、非無非有的「道」轉化成美學形象，企求通過神秘體驗讓人從中獲得共鳴。《莊子》不僅給人理論的說服力，而且還把它的理論具體化為人生情景。惟其如此，我們對道家哲學的偏見與盲目就看得更清楚。

莊子和老子一樣，都是對生命有大愛的人，這種愛與其説根源於對生命本身的珍視，倒不如説根源於對生命有限性與暫時性的異常強烈的直覺。所以他對生命的熾熱感情，是通過否定生命的現存形態表現出來的，《齊物論》這樣形容人生：

一受其成形，不亡以待盡。與物相刃相靡，其行進如馳，而莫之能止，不亦悲乎！終身役役而不見其成功，苶然疲役而不知其所歸，可不哀邪！人謂之不死，奚益！其形化，其心與之然，可不謂大哀乎？人之生也，固若是芒乎？其我獨芒，而人亦有不芒者乎？

人一旦受形有身，知道個體的存在是暫時的，不能復歸於道的境界以等待生命的極盡，自我與外物相互摩擦而不能停止，終身就像被服勞役一樣，疲憊痛苦不堪而不知回頭。這樣的人生，有甚麼意義呢？人的心靈隨着形體勞碌奔波，這不是可以説大悲哀嗎？人的生，為甚麼這麼昏昧呢？莊子對此岸人生的描繪表現出他的智慧與偏見。實際上人生是否被外物所役，關鍵不在於自我是否參與與執着客觀界，而在於自我能否賦予它超乎現實的意義。莊子的話固然有極大的煽動力，但也包含危險的苗頭。推到極端，人生就變成他借長梧子的話形容的那樣：

夢飲酒者，旦而哭泣；夢哭泣者，旦而田獵。方其夢也，不知其夢也。夢之中又佔其夢焉，覺而後知其夢也。且有大覺而後知此其大夢也，而愚者自以為覺，竊竊然知之。君乎，牧乎，固哉！丘也與女，皆夢也；予謂女夢，亦夢也。（《齊物論》）

人生到頭來統統都是一場虛幻的夢。不過，像老子以「道」的超邁無限反襯現實人生的庸俗有限一樣，莊子也以對生命現實形態的貶低暗示一個理想境界。他越貶低現實形態的人生，就越可以感受到他對生命的大愛。因為他的真實意圖並不是想否定生命，而是以他獨特的方式化解人生有限與無限的衝突。

《莊子》首篇《逍遙遊》虛構了兩個寓言故事，暗示兩種截然相反的生活態度和人生觀。其實它們是莊子內心有限與無限的激烈衝突的投射。特別是大鵬鳥的寓言，賦予了老子形而上的「道」具體的美學形象。先看大鵬的寓言：

北冥有魚，其名為鯤。鯤之大，不知其幾千里也。化而為鳥，其名為鵬。鵬之背，不知其幾千里也；怒而飛，其翼若垂天之雲，是鳥也，海運則將徙於南冥。南冥者，天池也。齊諧者，志怪者也。諧之言曰：「鵬之徙於南冥也，水擊三千里，摶扶搖而上者九萬里，去以六月息者也。」野馬也，塵埃也，生物之以息相吹也。天之蒼蒼，其正色邪？其遠而無所至極邪？其視下也，亦若是則已矣。

與大鵬相比，蜩和學鳩的生活天地就十分低俗，不及大鵬萬分之一。但牠們卻不自知可笑，反而譏笑大鵬：

蜩與學鳩笑之曰：「我決起而飛，搶榆枋而止，時則不至而控於地而已矣，奚以之九萬里而南為？」適莽蒼者，三餐而反，腹猶果然；適百里者，宿舂糧；適千里者，三月聚糧。之二蟲又何知！

二蟲所以不及大鵬，是因為牠們執着於自我欲求，滿足於暫時的俗生活。「搶榆枋而止」的狹窄天地限制了二蟲的視野，牠們將虛幻的有限生命當成實實在在的，而這在莊子看來是十分沒有價值的。執着於自我欲求實際上是無知而且可笑。真正的生活應該像大鵬那樣：徹底擺脱自我欲求的束縛，獲得身心的解放，只有這樣才能生活在無限的宇宙，生活在絕對自由的宇宙。不過，從寓言意義上看，大鵬與二蟲之間並沒有絕對的不可逾越的界限，假如二蟲能夠破除自我中心，自小知轉變為大知，牠們也能像大鵬一樣飛離塵世，臻至高邁的明道境界。

人生需要超越，有限性與無限性的衝突需要通過自己的人生去化解它，但，是不是一定要像莊子寓言所暗示的，一定要完全破除自我中心，克除主體欲求的方式才能做到？老莊對此給予肯定的回答。《逍遙遊》：「至人無己，神人無功，聖人無名。」老莊所提示的，不失為濟世良方，但這種濟世良方的副作用卻是很大的。與萬物神遊，固然值得欽羨，但為躋身於與萬物神遊的道者行列，要無視許多人生的挑戰，要迴避許多創造的機會，一句話就是要自欺。最終要為此付出生存的代價。玄言高論，講得頭頭是道，但人生卻是實在的，挑戰是不能迴避的，不能去之而強為之去，結果反為玄言高論所害。

莊子注重從個體人生體驗方面説明「道」的超邁境界，這就開啟了另一條從主觀和心的方面論證宇宙本根和宇宙究竟所以然的道路。老子從虛設「道」的存在入手，做了道家人生論的奠基工作；佛教禪宗則從心的方面入手，做了同樣工作。在兩者之間，莊子可說是橋樑或過渡。陳鼓應說，莊子哲學「直接激發了魏晉玄學及禪宗的思辨」。[1] 確實，虛設形而上的存在物作論證，遠不如從心的方面來得簡明。老子講得很模糊，不易領會的地方，莊子用寓言直觀地表現出來，但純從心理方面立論，就更容易說清楚。例如：《老子》二章說到美惡對等和「有無相生」等「六門」時，王弼註：「喜怒同根，是非同門，故不可得而偏舉也。」從主觀方面註釋老子客觀論證，所說的問題都是一樣的，但王弼的話簡明得多。

佛教哲學從人的主觀方面直探宇宙的本根，它不作外在於心的形而上預設。如果說它們的論證有多少形而上預設的性質，那就表現在對人的認識結構的認識上面。在佛教唯識宗教義裏面，將人的心靈構造分九個層次，簡稱之為「九識論」，如果用梯形圖表示如下：[2]

1 《莊子今註今譯》，見《修訂版前言》，中華書局，一九八三年。

2 轉錄自《境涯革命》，野崎至亮著，光書房，昭和五十七年。

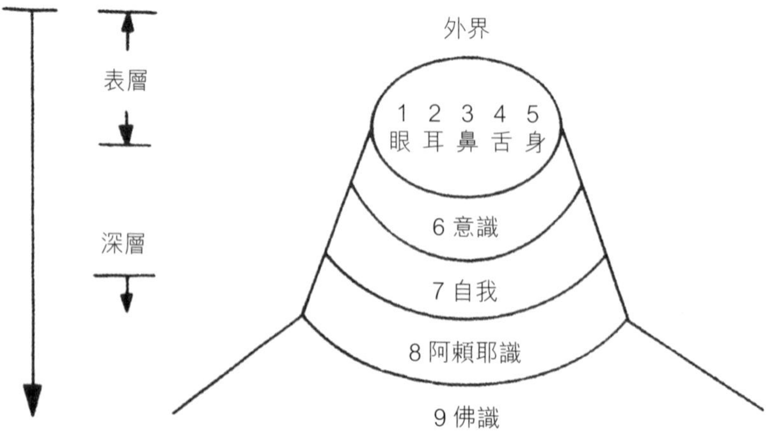

按照佛哲學的分析，眼、耳、鼻、舌、身這五識是心的窗口，人通過這個窗口與外界接觸，窺望並了解宇宙的所以然。所以造化天然規定人是受動的，「愛別離苦」、「怨憎會苦」、「求不得苦」、「五陰盛苦」這四苦説明人的感覺系統被外界牽引受動的情況。但人感覺到的各種苦、愁、惱或愛、樂顯然是不真實的。不但同一件事各個人所感不同，即使同一個人，在不同心境、不同年齡所感亦不同，所以不能把五官感覺當作宇宙的本根。作為第六識的意識只起着綜合五官感覺的作用，它本身也不是真實的。第七識自我，又稱末那識，有點像普通心理學上説的自我意識和深層心理學上的自我之意，兼指人的思維、思考，萌生我之為我的識。末那識引導人把自己作為中心，在接觸外界時產生物我分別與善惡取捨，同時末那識還藏隱着許多自私和陰暗的污垢，比如性慾本能等。人之有「我見」、「我愛」、「我慢」、「我癡」這四煩惱，最根本之處在於末那識的誘惑。顯然不能把對宇宙本根的認識建立在末那識之上。第八識阿賴耶識，阿賴耶為梵語譯音，意為「積」或「積存」的意思。佛教教義認為人有輪迴，前世、前前世乃至無量劫以前，你所幹下的善事和惡事，即所有「宿業」，都積存於阿賴耶識之中，這其中當然也包括有生以來所有歷練與經驗。對人來説，它起着「記憶」的功能。第九識佛識，梵音為「阿瑪喇」，意為沒有污垢、潔淨無塵的意思。它藏在人心的最底層，不經過一番冥想、禪定、悟道的工夫，絕對不會浮現上來，發揮出來；它超越個人，無限廣大，實際上它就是無邊廣大的宇宙的最高真實和本根，宇宙的究竟所以然就在於法力無邊的佛識。

佛教哲學從這種對心靈構造的認識引導出極端唯心主義的結論。把宇宙本根和究竟所以然安放在本心，因而外界客觀存在就變成心靈的附庸和隨從；心及其變化調度指揮着客觀外界事物。人只要鼓動起法力無邊的本心，宇宙便彷彿被玩弄於股掌之上。用梁啟超的話借指佛哲學宇宙觀倒是很貼切的：「境者心造也。一切物境皆虛幻，惟心所造之境為真實。同一夜也，瓊筵羽觴，清歌妙舞，繡簾半開，素手相攜，則有餘樂；勞人思婦，對影獨坐，促織鳴壁，楓葉繞船，則有餘悲。同一風雨夜也，三兩知己，圍爐茅屋，談今道故，飲酒擊劍，則有餘興；獨客這行，馬頭郎當，峭寒侵肌，流潦妨轂，則有餘悶。……然天下豈有物境哉，但有心境而已！戴綠眼鏡者，所見物一切皆綠；戴黃眼鏡者，所見物一切皆黃；口含黃連者，所食物一切皆苦；口含蜜飴者，所食物一切皆甜。一切物果綠耶？果黃耶？果苦耶？果甜耶？一切物非綠、非黃、非苦、非甜，一切物亦綠、亦黃、亦苦、亦甜，一切物即綠、即黃、即苦、即甜。然則綠也、黃也、苦也、甜也，其分別不在物而在我，故曰三界惟心。」[1] 人認識外界事物或者作審美觀賞，當然有不同程度和不同方式的主觀因素滲透其中，構成認識或構成審美靜觀，主觀和客觀兩方面缺一不可，但是把主觀方面誇大到「三界惟心」、「萬法惟識」的程度，當然是自欺欺人。傳說兩僧在辯論風吹幡動，一僧說，「風動」，另一僧說「幡動」，各有各的理相持不下，六祖大師出來主持公道：「非風動，非幡動，仁者心自動。」這種一躍以超異同的省力回答，同《高僧傳》卷二載鳩摩羅什說「心有分別，故鉢有輕重」如出一轍。

既然主觀的心具有扭轉乾坤、再造宇宙的神力，那麼真正的佛心（即佛識）是怎樣的呢？真正的佛心同老子的「道」境界一樣，「惚兮恍兮」、「寂兮寥兮」，沒有一切分別，除去所有揀擇，泯滅任何愛惡，具體說來，就是沒有任何塵世的雜念，像明鏡一樣澄澈透亮，一塵不染。

---

1 《梁啟超選集》第一零四—一零五頁，上海人民出版社，一九八四年。

萬法本閒人自鬧。[1]

一切法皆從心生。心無所生，法無所住。[2]

一心不生，萬法無咎。[3]

至道無難，唯嫌揀擇見，但莫愛憎，洞然明白。[4]

內心本來有一塊可以達到至境的「洞天福地」，因為迷亂的心攪得自己亂了方寸，遠離了寂靜本心。因此世界就沸沸揚揚，好不熱鬧；因此人生就充滿痛苦；於是，達到極樂彼岸的方法就是要在內心恢復本心的地位，克去那些世間邪念，使那個平時我們無從察覺的澄澈明淨的佛識統治並充實我們所有精神空間。

老子和莊子說在你的身外有一個沒有差別、大而化之的「道」作為宇宙最高真實而存在，佛教哲學說這個宇宙最高真實不在心外，而在你的內心深處。作為本體論證，兩者的目的和意義都是一樣的，只是所採取的方法有別。唯物和唯心的對立．在這兩家本體論證中毫無意義，相反，思想史表明，唯物和唯心親密地結成了「統一戰線」，共同塑造老莊式的人生觀。

人生的有限性與無限性的糾纏，暫時和永恆的交織，引出對宇宙本根和究竟所以然的無窮冥想，引出此岸世界與彼岸世界截然兩分。如果抱着維特根斯坦那種邏輯實證主義的態度，就應該對這類不該說

1 《五燈會元》卷二，南陽慧忠禪師，中華書局，一九八四年。
2 同上。
3 《五燈會元》卷十九，徑山宗杲禪師，中華書局，一九八四年。
4 《五燈會元》卷一，僧璨：《信心銘》，中華書局，一九八四年。

的問題保持緘默，但人類怎麼能做到完全而充分的理性？哲學，尤其是人生哲學，就是要對那個不該說的東西說三道四，所有教人怎樣為人處世，怎樣灑掃應對，怎樣舉手投足的小道理，都是從說三道四的大道理裏面引出來的。影響大道理背後的那個東西正是人類自己，因為人生的有限性與無限性問題的提起，從根本上說是個非理性的問題，不可能以理性的方式去解決，所以不能說而強為之說，就有了種種形而上的大道理。甚至連維特根斯坦倡導的對不該說的問題保持緘默本身亦是一種大道理，不過他意在劃清理性與非理性的界線，希望人們更多地以理性支配生活，不要跌入非理性的泥潭。

大道理的成立，即把宇宙本根說成此而不說成彼的哲學見解，雖有幾分隨意，比如《老子》五千言最初就是個人深思的結果，但它一旦被廣泛接受，就會通過制約一系列小道理而發生持久的影響。就像給定一個基本框架，形形色色的小道理就只能在框架內活動，大道理規定着小道理的基本風格。老子預設了一個泯差別、等異同、同對待的無為的「道」；佛教哲學預設一個潔淨無塵、等同大化的「佛識」；它們的人生論（小道理）都從這裏衍生出來：「道」無為，人也應該無為；「道」沒有差別、異同、對待，人生也應該去除差別、異同、對待；「佛識」沒有塵，人也應該擯除自我欲求的誘惑；「佛識」沒有愛憎、善惡，人也應該沒有愛憎、善惡。就是說，佛老宇宙論的這種基本特徵決定佛老人生論退縮、返回自身的基本風格。無論具體的人生表現得多麼勇敢剛毅與懦弱戀生，其根本上是精神龜縮的行為，在碾除自我中達到個體的永生，強調以個體泯滅自我的精神努力來開創屬於自己的精神彼岸，在碌碌紅塵中脫度自己。這種自我（獨立人格）晚熟而智慧早熟的宇宙觀，給中國人生投下可怕的陰影。對於生活在貧窮、疾病、天災、人禍紛至沓來的這個世界的大多數眾生，他們首先要面對的是生存鬥爭，以自己的努力改善生存環境；而這一切，沒有自我的執着，沒有慾望的釋放，只能敗多勝少，只能苟延生命。要過「悟道」的生活，使精神活動臻於優游自在，無妨無礙的境地，貴族式的物質條件是必不可少的。落後的古代農業，到底能供給多少人過這樣的生活呢？極其超越的智慧，落在一個完全不適合它發生正面作用的現實基礎，在嚴峻的生存挑戰面前一味退縮，在痛苦面前一味以精神的自我努力化解它；人生就是這樣被漸漸引入歧途。

三、通往無限的歧途

《楊子．說符》：

> 人有濱河而居者，習於水，勇於泅，操舟鬻渡，利供百口。裹糧就學者成徒，而溺死者幾半。本學泅，不學溺，而利害如此。

偉大的古代思想家，為人生問題深思熟慮，創立博大精深的哲學體系，當然懷有超度眾生的宏願。但事情的後果往往有違賢哲們的初衷，就像上面那個故事說的，眾徒慕「操舟鬻渡，利供百口」而來，「本學泅，不學溺」，奈何「溺死者幾半」！初意讓人解脫痛苦，提升生命，生活得更加優游自然，奈何滋生出苟延殘喘、不思奮發的烏龜式的人生！我們今天不是要把卑劣國民性格的責任統統往千年以前的賢哲們身上推，他們當初也未必會料到有如此局面。倘若起老莊於地下，他們看到阿Q那副神態動作，那副飄飄然欲仙的樣子，一定痛心疾首。賢哲是不能為後來承擔罪名的，責任必須由今人來承擔，而認識傳統人生觀及人生方式的局限性，正是今人承擔歷史責任的方式之一。

無妨無礙優哉游哉超越塵世的無限至境是令人羨慕的。理由很簡單，文明帶來的一切並不都是幸福。技術的進步，禮儀規範的成熟，古代國家形態的出現，更加劇了人類對財富和地位的爭奪，戰爭這種人類相互殘殺的怪物正隨着文明的進步而升級，流血、死亡、飢餓像空氣一樣充斥人間。殘酷的現實慘狀更加劇人對自身有限性的體悟，人們越是深深地體悟到有限性的人生危機，就越要渴求進入無限的境界化解危機。傳說釋迦牟尼二十九歲放棄貴族王子生活出家證道，其原因是在一個偶然的機會裏他和僕人作了「四門遊觀」，即出王城的四個城門，看到老人、病人、死人、僧人，他突然感到自己的青春也要衰老的，即使貴為王子，也是會被歲月之流衝進老人、病人、死人的行列的。正是這種人生的恐懼感和危機感，使釋迦牟尼萌發了出家證道的動機。然而，企求歸企求，人生的實情歸人生的實情。強要進入佛老所描繪的無限化境，就像魯迅說的那樣，拔着自己的頭髮而想離開地球，想得愈切，所受的皮肉之苦便愈多。因為人不可能泯滅主體自我而創造出健全的生活。沒有欲求的釋放，沒有自我的參與，個體固然可以幻想自己生活在一個沒有矛盾、沒有差別、沒有痛苦的混混沌沌的自足天地，但客觀的矛盾，生存的挑戰總要找上門來的。逃之不得，除之不能，而又不肯放棄「得道成仙」的妙想，不得已只好欺騙自己，以自身的損害或毀滅為代價，換得客觀挑戰與「得道成仙」妙想之間的暫時平衡。以「天人合一」的無限開始，以自殘自滅的歧途告終。

具體地說，解脱人生痛苦通往無限至境的歧途分做兩個方面。其一，「心齋」：在精神上碾滅自我意識，泯滅主體欲求，對精神性的自我生命「大徹大悟」。其二，「貴生」：即全軀保命，講究服食、房中術等長生久視之道。如果說人是靈與肉、心與身完整結合的話，中國傳統文化對它們採取完全不同的「策略」：對於人的靈和心的那一面盡量抑制、去除、泯滅它們；而對於肉與身的那一面則盡量扶持、講究和讓它滿足。所以，與肉、與身相連的感官享受的一切——烹飪、服飾、宮室、園林、長生術、房中術——在中國異常發達；而與靈和心相連的精神性的一面——獨立人格、自我意識、自我超越——則極度萎縮。用《老子》第三章「虛其心，實其腹，弱其志，強其骨」的話，最能把傳統文化的這種靈肉反差表現出來。「心齋」和「貴生」這兩個極端並不矛盾，相反，它倒很貼切地體現了佛老所界定的無限化境的精神實質。因為解脫所追求的不是基督教那種外在超越，而只是所謂「成仙」，通俗地說，就是生活得優哉游哉。「心齋」則哀樂不能入，「貴生」則滿足感官享受，兩者都十分優哉游哉，並不違背得道成仙的初衷，它們都是佛老宇宙論圖式落實在人生界的生存方式。下面分別詳細解釋之。

老子和莊子都曾經把無限而神秘的「道」具體化，讓它體現在人的身上，以一個描繪出來的理想人的舉止談吐風度來為世作則。這樣，「道」就不是形而上的虛託或亦有亦無、非無非有不可捉摸的東西，而是體現為有血有肉的人的行為、態度，至少給世人提供有形有貌的一個外觀形象。通過這種理想人的描繪，架接「道」同人生實踐相聯結的橋樑。《老子》十五章對體道之士的描繪傾向渾樸恬靜，不如《莊子．大宗師》的「真人」那樣超邁淩越。莊子以浪漫的筆法，融入文學的幻想，更兼其驚世駭俗的詞采，筆下的理想人自然別開生面：

> 古之真人，不知說生，不知惡死；其出不訢，其入不距；翛然而往，翛然而來而已矣。不忘其所始，不求其所終；受而喜之，忘而復之，是之謂不以心捐道，不以人助天。是之謂真人。

若然者，其心志，其容寂，其顙頯；淒然似秋，煖然似春，喜怒通四時，與物有宜而莫知其極。

老子這樣形容心目中理想人：

古之善為士者，微妙玄通，深不可識，夫唯不可識，故強為之容：豫兮，若冬涉川；猶兮，若畏四鄰；儼兮，其若客；渙兮，若冰之將釋；敦兮，其若樸；曠兮，其若谷；混兮，其若濁。孰能濁以靜之徐清，孰能安以久動之徐生？

莊、老筆下的理想人物雖有不同，但剝除其神神秘秘的文學形容和誇張，精神實質確有共同之處：即強調順應自然。這裏的「自然」，不僅是一個名詞，說那些體道之士如自然萬物那樣混樸不用智巧；而且也是一個狀詞，形容體道之士自然而然對待周遭事變。這些與宇宙（即「道」）合一的「微妙玄通」、「獨與天地精神往來」的理想人就是塵世人生的嚮往和楷模，他們的生活才是最富價值和最有意義的。為了達到這一最高的善，道家和佛哲學啟發眾生從兩方面入手。第一，去知識，滅心智，自忘形骸。第二，無欲求，無衝動，精神自足。無智無識，沒有充足的理智，就不能認識周圍的世界，為阿Q式的精神逃遁準備條件；無欲求，陶醉於精神上的自得其樂，就走上了自我欺騙的歧途。兩者互為作用便是阿Q精神勝利法。

一般來說，佛老並不反對智，那些悟道的「真人」或禪師總是被譽為具有超凡智慧的人。但佛老所說的智慧只與神秘的「道」和「佛識」有關，而且「道」的秘密與「佛識」都是先天就埋藏在人心內，不過平日被自我和各種邪見所蔽，不能發揮出來罷了。通過一番證道的修煉功夫，先驗智慧便會自然而然發揮出來。如果說佛老的智慧也算知識的話，它應歸入人生哲學一類的神秘知識。它們和今人所說的科學實證的知識，改進生活環境的技術知識以及典章制度的知識是十分不同的。同時他們認為自己闡發的神秘知識才算唯一真正的知識，後一種知識簡直就是等而下之的小道，甚至是有妨他們的「大道」的小道。《莊子．天下》擔心，「道術將為天下裂」，純正的「道術」將被這些小道搞得四分五裂。

推求客觀的知識，首先要求實事求是的態度，以主體精神面對客觀規律，承認客觀規律是不以意志為轉移的。儘管人類認識能力有限，推求到的知識也是受限制的，但它們確實是反映了事物運動的規律，因而它們描繪的範圍是絕對的。但是佛老人生觀十分排斥求實的態度，排斥面對客觀的主體精神和拒絕承認知識的絕對性，而認為這一切都是有害於冥冥中的悟道，有害於進入「已而不知其然」[1]的境地。因為追求確實的知識，首先就把本來不分彼此的宇宙分了彼此，以自己的一孔之見來窺視大道，不但不能得到大道，反而自己被成見所蔽了。《莊子．齊物論》：

> 物無非彼，物無非是。自彼則不見，自是則知之。故曰彼出於是，是亦因彼。彼是方生之說也，雖然，方生方死，方死方生；方可方不可，方不可方可。因是因非，因非因是。是亦彼也，彼亦是也。彼亦一是非，此亦一是非。

1《莊子．齊物論》。

世界就是這樣一團混沌：沒有不是「此」，亦沒有不是「彼」；彼是出於此，此亦出於彼，而且世上的事物隨起就隨滅，隨滅就隨起，說它不可，它就變成可，剛說它可，它就變成不可；有理由認為是，就有理由認為非；有理由認為非，就有理由認為是。所以說，此就是彼，彼就是此；彼有它的是非，此亦有它的是非。這種極端的相對主義是中國傳統「人生辯證法」的精髓。它貌似全面，貌似辯證，但它抽去了人認識世界、認識事物的基點——客觀的求實態度。人生的要務就不是以清醒的理智燭照萬物，認識自己，不是致力於發現事物的運動規律，發明技術改進生活，而是以無可無不可的滑頭主義與世沉浮，以一團混沌的玄言高理來陶然自樂。佛老人生觀基本出發點是建築在極端相對主義宇宙觀上的：除了「照之於天」的玄言是真知外，其他各家見解都是既有理由認為它是，又有理由認為它非的東西。「天下莫大於秋毫之末，而大山為小；莫壽於殤子，而彭祖為夭。」（《齊物論》）

心智的運作使人對客觀事物下判斷，一下判斷就打破了宇宙的「本然」面貌，產生各種分別、是非、善惡。佛老人生觀認為這樣就墮入成見之中。特別是認知心靈的運作追求征服自然界，把對事物所下的判斷訴諸行動，形成為技術，這樣就產生了「機事」。有了「機事」，人就有「機心」，迷於「機心」，就永遠達不到那個「本來面目」。為了使眾生進入宇宙的本然，看到那個「本來面目」，就應該放棄自己的「機心」，毀掉「機事」，過一種自然而簡樸的生活，完全不用認知心靈，不需要知識，只要自然而然就行了。《莊子．天地》有一則有名的寓言，充分表現傳統人生觀對知識、認知的擯斥：

> 子貢南遊於楚，反於晉，過漢陰，見一丈人方將為圃畦，鑿隧而入井，抱甕而出灌，搰搰然用力甚多而見功寡。子貢曰：「有械於此，一日浸百畦，用力甚寡而見功多，夫子不欲乎？」

為圃者仰而視之曰：「奈何？」曰：「鑿木為機，後重前輕，挈水若抽；數如泆湯，其名為槔。」為圃者忿然作色而笑曰：「吾聞之吾師，有機械者必有機事，有機事者必有機心。機心存於胸中，則純白不備；純白不備，則神生不定；神生不定者，道之所不載也。吾非不知，羞而不為也。[1]

用轆轤提水，當然比抱甕取水效率高，圃者也知道這一點。但他就是不為，害怕「機心」存於胸中，搞得心神不寧，不能與萬物合而為一。

通往無限化境只有一條道路，就是「絕聖棄智」。不要像子貢那樣以人工妄為來投機取巧，不要執着於是是非非的爭論。天下的風氣這樣頹喪，民眾遠離了淳樸的大道，世間紛起各種糾紛、爭奪，相互非議，相互欺侮，追究根源都是由於人們愛用智巧。拋棄了智巧，不用思慮，閉目沉靜於內心冥想，天下自然就太平。佛老教人悟道參禪，滅心智而至於坐忘，這是他們的不二法門。《莊子·在宥》借廣成子的話說明怎樣可以達到「至道」：

無視無聽，抱神以靜，形將自正。必靜必清，無勞汝形，無搖汝精，乃可以長生。目無所見，耳無所聞，心無所知，汝神將守形，形乃長生。慎汝內，閉汝外，多知為敗。

1 李約瑟在他的《中國科技史》「緒論」中曾引這則寓言，來説明傳統文化對技術進步的鄙視與阻礙。中國不能產生現代科技，這是個很大的論題，但道、佛的宇宙觀可以提供部份解釋。

不要與「外物」發生關係。目有所見，耳有所聞，心有所想，就會魂不守舍。感官與「外物」相聯繫的所有途徑都要「閉」起來，「多知」有害「至道」。不要「多知」而要「無知」，最好的辦法就是讓自己一團混沌。《老子》二十章現身說法：「俗人昭昭，我獨昏昏；俗人察察，我獨悶悶。」四十九章說聖人的統治術是「渾其心」和「孩之」。《關尹子．三極》說的也是這一秘傳：「利害心愈明則親不睦，賢愚心愈明則友不交，是非心愈明則事不成，好醜心愈明則物不契，是以聖人渾之。」《無能子．修真第七》倡言對那些民之有心者，「研之以無，澄之以虛」，這樣天下就「莫能與之爭」。《莊子．天地》這種「若愚若昏」的修養術和統治術稱做「混沌氏之術」。佛氏亦教人不要有「取捨」，世間本空，分別亦空，以心智分別世界只能招來貪慾的虛妄。而堵住慾流的最可靠的心靈堤壩就是「嫌揀擇」、「無分別」、「等對待」。

老子很喜歡把人處於無知無識、若愚若昏的狀態比作嬰兒，以為這是修養達成的很高境界。十章：「專氣致柔，能如嬰兒乎？」二十章：「沌沌兮」，「如嬰兒之未孩。」二十八章：「常德不離，復歸於嬰兒。」四十九章：「聖人皆孩之。」五十五章：「含德之厚，比於赤子。」老子這個譬喻用得十分貼切，恰到好處地概括出佛老宇宙觀、人生觀所追求的哲人狀態。所以，它除了純譬喻的運用外，還有一重文化象徵意義。嬰兒時期不但是人的人格未成熟時期，而且也是知識真空或接近真空的時期。人成長的自然趨勢是人格的成熟和知識的豐富，就是說成年期是對嬰兒及兒童期的否定，人有這樣一個否定才進入健全的階段。佛老人生價值觀希望人們的人格和知識都永遠停留在嬰兒時期，實際上就是從文化上號召人們倒退回搖籃時期，回到嬰兒階段。佛老為眾生準備的一套文化，可以說是讓眾生嬰兒化的文化。嬰兒與無知連在一起，而無知，則是通往極樂天堂的階梯。

無知無識是進入天國的第一步，但這還不夠，還必須「無欲」，徹底喪失對「外物」的任何興趣。按照佛教教義，人之所以為貪欲束縛，起因於人分別世界。《維摩詰所說經》指出：「欲貪以虛妄分別為本。」虛妄分別本身就已經錯了，欲求訴諸行動就錯上加錯。當然，要強在認知與欲求之間分因果，也許是做不到的。因為它們是互相包含而且又互為因果。但無論怎麼說佛老人生論和所安排的人生方式，既要除知，又要滅欲。《老子》六十七章自翊有「三寶」，第三寶就是「不敢為天下先」。十三章說：「及吾無身，吾有何患？」三章說：「常使民無知無欲，使夫智者不敢為也。」老子這方面的思想較多地體現在他「退一步而求生」的「辯證法」中。老子初欲教人後起佔先，即世俗所謂吃小虧佔大便宜。如七章「後其身而身先，外其身而身存」；又如二十二章「曲則全，枉則直，窪則盈，敝則新，少則得，多則惑」。當然，後起能否佔先，吃了小虧能否佔大便宜，這是一個實行的問題。老子在「無欲」這個問題上，只提起一個頭。他既說不為「天下先」，又要「佔先」這是他不能自圓其說的地方。可能因為老子初意不全在人生論上，他的這些「辯證法」思想亦兼暗指統治技巧和戰爭技巧。

到了莊子和釋氏，「無欲」、「寡欲」、「清心」的人生論被大加發揮。《莊子・齊物論》借南郭子綦的寓言，為人樹立起一個形如槁木、心如死灰的體道之士的形象。他所以能「安時而處順，哀樂不能入」（《養生主》），是因為他掌握一件「秘密武器」——「吾喪我」，破去自我，與萬物神遊，就臻於「物化」的境地。《莊子・大宗師》：

> 顏回曰：「回益矣。」仲尼曰：「何謂也？」曰：「回忘仁義矣。」曰：「可矣，猶未也！」他日復見，曰：「回益矣。」曰：「何謂也？」曰：「回忘禮樂矣。」曰：「可矣，猶未也！」

他日復見，曰：「回益矣。」曰：「何謂也？」曰：「回坐忘矣。」仲尼蹴然曰：「何謂坐忘？」顏回曰：「墮肢體，黜聰明，離形去知，同於大通。此謂坐忘。」

坐忘就是遺忘一切。顏回忘了仁義，忘了禮樂。孔子覺得「猶未也」，直到把甚麼都忘了，忘了自己肢體慾望，忘了自己機智聰明、才與天合一。又，《莊子．人間世》：

若一志，無聽之以耳，而聽之以心。無聽之以心，而聽之以氣。聽止於耳，心止於符。氣也者，虛而待物者也。唯道集虛。虛者，心齋也。

專心致志，讓精神回到自身，捨外專內。但用內在的心思欲求還不行，要順任自然，以自己的氣感應自然的氣，也就是說要忘記一切，這就是「心齋」。在《莊子》的寓言和比喻裏，肢體殘缺的人往往智慧極高。例如，《德充符》篇的王駘、申徒嘉、叔山無趾等等。莊子寫他們正因為形體殘缺，才得到精神上的「全」，外面的「殘」與內心的「全」聯繫在一起。莊子這種寓言比喻內含一層很深的暗示意義：形體健全自以為大丈夫，就汲汲於用世，四出奔走，與物相刃相靡，當然就沒有好下場；形體殘缺，用世不成，收束自己的心智與欲求，專志於內心冥想，結果形體缺陷反促成精神生命的健全，達到生死一如，是非平齊的境界。《抱朴子》內篇《道意》一段話最能體現「無欲」與「得福」的關係：「人能淡默恬愉，不染不移，養其心以無欲，頤其神以粹素。掃滌誘慕，收之以正。除難求之思，遣害真之累。薄喜怒之邪，滅愛惡之端，則不請福而福來，不禳禍而禍去矣。」

佛教對人的自我內心有很深的認識，這一點我們在前面已經討論過了。按照其教義，人的自我，即末那識，簡直被定義為最黑暗、最骯髒的東西，它是人痛苦、煩惱的根源和阻礙人進入極樂天國的罪人。例如，人生的「愛別離苦」、「怨憎會苦」、「求不得苦」、「五陰盛苦」和對於老、病、死的憂慮和恐懼，完全是因為自我支配着人生，把人拖入塵世的苦海深淵。因此，捨棄自我，莫起欲念自然就成了不易的途徑。除分別法，捨揀擇見，泯愛惡心，亦即是要捨棄自我，從意志衝突、執着和參與中撤離出來。佛教又主張「即心成佛」，能否成佛，關鍵在於能否戰勝你自己。佛教指給世人通往天國的天路歷程，實際上就是一場對自我的宣戰，並最後擯除自我的歷程。「天下本無事，庸人自擾之」，你動了欲念去擾了甚麼東西，就會引出無窮是非、愛惡，你不去擾它，一念不生，你自己就太平無事，天下就安靜無爭。所以，不要有痛苦，不要有行動，關鍵是不要有欲求。如《天隱子．坐望七》：「何謂不行？曰：心不動故。」

李澤厚說：「莊子是通過『心齋』『坐忘』等等來泯物我、同死生。超利害、一壽夭，而並不是通過主動選擇和現實行動來取得個人獨立的。」[1] 取消主動選擇和現實行動，企求以此進入虛設的無限通道和極樂至境，這不僅是莊子的特點，而且是佛老所代表的傳統宇宙論、人生論及其引導的人生方式的特點。這一套解脫之道，雖不像禮治秩序那樣能夠透過具體的典章文物制度直接模塑人，但它能透過一套自成體系的人生理論潛移默化地灌輸到人生中，它相對地隱而不見，但也因此見得深廣與頑固。

上文已經說過，阿Q精神勝利法的內核是把外部世界看成是意識內部自己同自己達成的契約。這種

1 《中國古代思想史論》第一八八頁，人民出版社，一九八五年。

奇特的性格和心理其實蘊涵了兩個方面：它首先把世界看成可依主觀想像、幻想而轉移的；其次主動棄除改變生存環境以適合生存和發展的興趣和能力。不錯，阿Q也去尼姑庵「革命」，上城裏偷東西果腹充飢，但這些行動毫無一絲主動選擇的精神，充其量只能算作謀生本能的機械動作。既不求正確地認識世界，也不求以主動選擇和行動實現欲求，這兩方面的「共同合作」滋生出阿Q式的性格和心理。毫無疑問，它們根源於佛老這條「根」。宇宙是一團混沌，事物都是沒有區別，這樣說也行，那樣說也行，於是阿Q就可以振振有詞，「我們先前比你闊多啦！」「兒子打老子……」，「狀元不也是『第一個』麼？你算是甚麼東西呢？」李漁筆下那個貧民就可以在蚊蟲叮身之時大叫「快活」。既然只有「形如槁木，心如死灰」、「嗒焉似喪其耦」，才能體驗到真正的生命快樂，才能真正天人合一。於是阿Q一貧如洗依然心安理得，乃至被抬出去殺頭，依然「臨危不懼」，想起「二十年之後又是一條……」於是李漁就有，「黃連樹下也好彈琴，陋巷之中盡堪行樂」的感嘆。

主體的尺度是人作出主動選擇和現實行動時唯一可靠的依據。茫茫混沌的宇宙，由於產生了相對於客體的主體，它才成了人的認識對象。作為主體性存在的人，對於這個認識對象，生分別法，萌揀擇見，然後才能有知，才可以言識；面對充滿騷動和衝突的世界，有了主體意識，才能識別善惡，才能依主體尺度判別利與害。選擇出於判斷，正確的選擇出於正確的判斷，而判斷之為正確就是依賴主體尺度為參照。取消主體與自我，就談不上主觀與客觀，更不能作出通過行動期望取得成功的判斷。傳統的宇宙觀和人生觀正是在這最基本的方面悖逆人類生活的自然趨勢，悖逆人最自然的人性，使人喪失主體與自我，走上通往無限的歧途。

老莊和佛教禪宗初意讓人沉迷於神秘境界，以獲得個體身心的徹底解放，成就徹底反叛現存秩序的獨立而飄逸的人格，但它們的教理在歷史發展中最終塑造了民族性的性格和心理的劣根性——阿Q精神勝利法。這確是一件令人深思的事情。當然，闡發一套宇宙觀和人生價值論，並不就等於某種民族性格和心理。但兩者之間又確有某種聯繫，精神勝利法背後的潛在思路就是佛老的宇宙觀和人生價值論，換言之，那套隱蔽的宇宙論和人生論在支配或誘發精神勝利法。就像一條「語法規則」，規定了千變萬化的言語表達方式。從歷史的推移變化上說，我們的確看到可悲的演變過程：精神勝利法從觀念形態的東西演變成民族性格的病症，從個別的思想與行為的形態演變為普遍的習以為常的思想與行為。越到後來，佛老哲理越失去其哲學論據的色彩，轉而流為自我欺騙與陶醉的狡辯，流為庸俗的「處世精義」。

遠在莊子及其門徒發揮老子的論旨，把關於「道」的思想應用於人生，自以為表露自己孤傲的人格的時候，就多少露出一點阿Q相：「呼我牛也，而謂之牛，呼我馬也，而謂之馬」（《莊子．天道》），「不樂壽，不哀夭；不榮通，不醜窮」（《莊子．天地》），「知其不可奈何而安之若命」（《莊子．人間世》）。這些話，正如張岱年說的，莊子的神秘境界，「只是一種空虛的自我安慰和自我陶醉」。[1]不過，莊子終究是偉人和天才，天才只創造法則讓別人遵守，他自己是不受限制的，也不準備實行自己一套理論。莊子妻死，曾否鼓盆鳴大道，於史無考。但《史記．莊子列傳》記他，「其言洸洋自恣以適己，故自王公大人不能器之。」楚威王請他去做官，他對來使說：「子獨不見郊祭之犧牛乎？養食之數歲，衣以文繡，以入太廟，當是之時，雖欲為孤豚，豈可得乎？」這些超越流俗的言行，究竟不失先驅的精神個性。如按他的理論，應該安之若素去做「牛」才能自圓其說。

1　《中國哲學大綱》第三零二頁，中國社會科學出版社，一九八二年。

常言說，大師之後，跳蚤繼起，旗手之下，庸人蟻聚。徵諸老莊思想庸俗化、實用化、普及化的史實，可驗證這種說法是不欺人的。《老子》書中關於政治方面的思想，即黃老道德在後世見諸施行轉而為申韓的刑名苛政，轉而為敲骨吸髓的「猛虎」政治和殺人盈野的特務政治。而老莊的宇宙人生哲理同樣不能避免這種命運，它們在後世轉變為庸俗的「處世指南」和精神勝利法。

大體上以晉人向秀、郭象註莊為標誌，這個庸俗化、實用化、普及化的過程就基本完成。郭本《莊子注》在晉以後，即成了最流行的權威註本。郭象傳達的莊生之旨，長期被認為是《莊子》的本意，後世的文人學士多通過郭註本讀《莊子》，由他們再把郭象的莊子形象傳達到平民百姓之中。郭象重新解釋《莊子》，突出兩個方面：一是把控制社會的基本秩序納入老莊「天道」、「自然」的範疇，人間的統治秩序不但是不可動搖的，而且也是個體應當順應、服從、歸化的，這樣便是符合「道」的無為要旨；二是把《莊子》裏面極端相對主義觀念和迴避矛盾、退縮自省的生活態度具體地發展為應付生活矛盾及衝突的方法，即發展為自欺欺人的精神勝利法。

老莊所預設的「道」，的確包含了他們對人生永恆命題——有限與無限——的冥思苦想，融匯了他們自己真切的人生經驗。作為一種哲學，他們致力的是個體人格的完成，超群脫俗的理想人格（不論它包含了多少不實際的幻想乃至妄想）始終是他們熱切追求的。因此，老莊特別是莊子洋溢着強烈的反叛世俗，傲視眾生的不羈不馴的獨立精神。但是到了郭象註莊的時候，這種精神卻消失殆盡，而代之以與世推移、隨遇而安的苟且精神。郭象的時代，中國社會「文化的突破」的階段早已過去，基本選擇變動的可能性已成陳跡，幾經選擇之後由儒家大體規定的禮治秩序已經牢牢地扎根，變成結構社會、組織生活的基本規範。在這種大勢之下，支持道家創始人追求凌越超邁的完善人格的那一套理論，不說它本身的玄言不實，即使能在人生中施行，它也面臨一個與現實「對話」，調整基本框架的問題。所謂儒道互補正是在這樣的基礎上實現的，經過庸俗化、實用化的老莊哲理，才能和儒——禮治秩序——實現互補。魏以前，很少有人稱引《莊子》，老子也只以「政治顧問」的形象出現在宮闈秘室。但魏晉玄學大盛，幾乎同時出現王弼註老，向秀、郭象註莊，這就透露了老莊哲理玄言同現實的這種對話。

郭象擴大了老莊關於自然的概念，把「尊尊」、「親親」，「男女有別，長幼有序」的人間秩序也看成自然。這樣，返歸自然，同入大化的郭象式老莊哲理，自然而然包括了認同和臣服於人世間的禮治秩序的內容。「臣能親事，主能用臣；斧能刻木而工能用斧；各當其能，則天理自然，非有為也。」[1]「明夫尊卑先後之序，固有物之所不能無也。」[2]「禮者，世之所以自行耳，非我制。」[3]「天地者，萬物之總名也。天地以萬物為體，而萬物必以自然為正，自然者，不為而自然者也。」[4]老莊說「道」，均強調其惚惚恍恍，若有若無的特徵，郭象說「天地」是「萬物之總名」，當然就包括三綱五常、仁義道德之類。因此，「不為」就不僅是老莊「無為」的意思，更兼含不違反現存秩序的意思。「無為者，自然為君，非邪也。」[5]「無為也，則天下各以其無為應之。」[6]亦即是對外於個體的「萬物」順其自然，以自然而然「應之」。郭象註莊往往參與己意，曲解莊子，來發揮他的新無為主義和苟且哲學。本來《逍

1《莊子．天道注》。
2 同上。
3《莊子．大宗師注》。
4《莊子．逍遙遊注》。
5《莊子．天地注》。
6 同上。

遙遊》篇中大鵬同蜩、學鳩的寓言，暗喻兩種人生態度與人生方式，莊子的褒貶取捨是十分明顯的。但郭象卻認為：「夫小大雖殊，而放於自得之場，則物任其性，事稱其能，各當其分，逍遙一也，豈容勝負於其間哉！」[1]換句話説，大鵬體大力大，牠飛九萬里，這是「大人者」的逍遙；蜩與學鳩體小力少，「搶榆枋而止」，安於時命，這是「小人者」的逍遙，兩者並無高下。「理有至分，物有定極，各足稱事，其濟一也。若乃失乎忘生之生而營生於至當之外，事不任力，動不稱情，則雖垂天之翼不能無窮，決起之飛不能無困矣。」[2]「苟足於其性，則雖大鵬無以自貴於小鳥，小鳥無羨於天池，而榮願有餘矣。故大小雖殊，逍遙一也。」[3]郭象透過他的解釋向人們兜售其「歸順哲學」和「馴化哲學」。在尊卑名份各有等差的禮治秩序中，每個人都被編排上一定的「定份」，充任固定的角色。統治者有統治者的「定份」，士大夫有士大夫的「定份」，愚民百姓有愚民百姓的「定份」，參與各種「定份」的人安於其位，天下就各得其樂，就各樂於各的「逍遙」。「大人者」，「終日見形而神氣無變，俯仰萬機而淡然自若」[4]就是他們的逍遙；「小人者」，「無羨於天池」，就是他們的逍遙。郭象註莊，不像一位發現真理的「先知」，而更像傳授甚麼「應世寶訓」的説客。郭象生年，當過主簿，官不大不小，也算掌實權的「秘書長」，深知「內聖外王」之不易，洞識治理愚民之艱難。老莊哲理恰好在這個時候就派上了用場，有裨實用。「苟知其極，則毫分不可相跂，天下又何所悲乎哉！夫物未嘗以大欲小，而必以小羨大，故舉小大之殊各有定份，非羨欲所及，則羨欲之累可以絕矣。夫悲生於累，累絕則悲去，悲去而性命不

1《莊子・逍遙遊注》。
2 同上。
3 同上。
4《莊子・大宗師注》。

安者，未之有也。」[1]

極端相對主義的宇宙觀和「喪我」、「克己」的人生價值觀，可以引導出截然相反的兩種人生：英勇無畏、視死如歸的人生和苟且偷生、自我陶醉的人生。佛學在明清時代曾經塑造出前一種人生，最典型的代表就是譚嗣同。但這只是極少數充滿危機感的先知先覺之士從中悟出的，而且真正身體力行去實踐它的人極少。老莊哲理和佛教教義在漫長的歷史中助長着塑造苟且偷生、自我陶醉的人生的作用。其中關鍵是禮治秩序成為不可動搖、不可迴避的事實，臨到每一個人頭上，誰也無法逃脱出這天地之間，直到近代社會結構陷入危機，才有人能突破這道防線。因此，創始人對人生永恆命題的思考和闡發的哲理，就在後來的歷史裏把眾生送上通往無限的歧途。郭象註莊實際上不只是他與莊子的對話，也是歷史變化的標誌。

擴大了自然的概念，很自然就把苟且偷生、苦中作樂、自我陶醉那一套納入人生中來。郭象註莊滿本都在闡揚與世沉浮的妥協人生。「人之生也，可不服牛乘馬乎？服牛乘馬，可不穿落之乎？牛馬不辭穿落者，天命之固當也。苟當乎天命，則雖寄之人事，而本在乎天也。」[2] 牛穿鼻、馬絡首而為人用這也是本之於天。喻於人事，則上治下，下事上，也是「天命之固當」，我們也應安之若素。「達生之情者，不務生之所無以為；達命之情者，不務命之所無奈何也，全其自然而已。」[3]「既稟之自然，其理已足。則雖沉思以免難，或明戒以避禍，物無妄然，皆天地之會，至理所趣。必自思之，非我思也；

1《莊子・逍遙遊注》。
2《莊子・秋水注》。
3《莊子・養生主注》。

必自不思，非我不思也。或思而免之，或思而不免，或不思而免之，或不思而不免。凡此皆非我也，又奚為哉？任之而自至也。」[1]「苟知性命之固當，則雖死生窮達、千變萬化，淡然自若，而和理在身矣。」[2] 這同阿Q被抬上無篷車，泰然自若，「似乎覺得人生天地間，大約本來有時也未免要殺頭的」有甚麼兩樣？郭象的教理和阿Q的所作所為表面上是放達死生，無可無不可，但我們切不可把它們看作為崇高目的視死如歸的無畏人生態度。前者是對自我生命自戮的惡果，是把具有自我意識和主體性的人還原為物的表現，而後者則是不能屈服的剛強人格的表現。

要達到物我兩忘的境界，個體固然要泯區別、等對待、齊物我、一生死、同壽夭。但塵世生活中，常常你要「無為」，物卻不許你「無為」；你要迴避矛盾，矛盾卻不迴避你；你要躲身虛妄的空間，造化卻把你推入紅塵滾滾的人世。這時候該怎麼辦呢？郭象教人以精神勝利法應之。既然世上所有的一切都是合理而自然的，你受到多少傷害或不平等待遇，只要你真心把它們看成合理而自然的，就不會為怨憤所傷，就會怡然自樂。「夫安於所傷，則傷不能傷；傷不能傷，而物亦不傷之也。」[3] 事實上已經被損傷了，但主觀上不把它當作損傷，則雖損傷而不損傷，這樣就永遠不受損傷——精神上不察覺損傷而已。「忘，故能有，若有之，則不能救其忘矣。故有者，非有之而有也，忘而有之也。」[4] 物我兩忘，才能最充足，最富有。如果專注於事物或為財富吸引，那就不算充足和富有。充足和富有是把甚麼都忘卻了的時候才是真的存在的。「夫安於命者，無往而非逍遙矣，故雖匡、陳、羑里，無異於紫極閒

1《莊子．德充符注》。
2 同上。
3《莊子．逍遙遊注》。
4《莊子．刻意注》。

堂也。」[1]知足常樂、隨遇而安者，處處都是他的天堂。所以孔子厄於匡、陳，文王拘於羑里，他們就像身處紫極閒堂一樣逍遙。郭象轉售給愚民百姓的這些妙法，就是典型的精神勝利法。這種妙法，在阿Q，是以連珠妙語和親身行跡表現出來，在郭象，則是以理論化的語言把它當作處世藥方介紹給人。一理論，一實行；一原因，一結果。但究其實都是一樣的。錢鍾書評鳩摩羅什「心有分別，故鉢有輕重」之說，「因果顛倒，幾何不如閉目以滅色相、塞耳以息音聲哉？」嚴復評點《老子》二十章云：「非洲鴕鳥之被逐而無復之也，則埋其頭目於沙，以不見害者為無害。老氏『絕學』之道，豈異此乎！」[2]

以一個「認」字來改變世界面貌的處世法——不見害為無害，不見傷為無傷，不覺苦為無苦的精神勝利法，經過郭象註莊始告成熟。它們或者表現在民諺俗語，或者表現在現實人生，或者表現在學者對人生哲理的探究。直到二十世紀三、四十年代，馮友蘭作「貞元之際所著書」，還深深地蒙受傳統宇宙觀、人生觀的影響，還把精神勝利法作為「處世法」向世人推薦。馮友蘭説，「有怒而無『所』怒，則其怒即無所着。如一人無緣無故打我一嘴巴，我因而怒，並時常對此人懷恨。此即有『所』怒，此怒即有所着。此人打我一嘴巴之事，是隨時即成過去，而此人則不能隨時即成過去。所以此人如成為我之『所』怒，我之怒如着在此人身上，則此事雖過，而我心中亦當留一怒，如此則我的怒即不能『冰消霧釋』，而我的心亦不能如『鑒空衡平』矣。」[3]怎樣才能「鑒空衡平」和「冰消霧釋」呢？「能把自己放在天地萬物中，與萬物一般看，則『我』的成份，可以去掉。一人打我一嘴巴時，我的心境正如我看

1 《莊子・秋水注》。
2 《管錐編》第二冊，第四一四頁，中華書局，一九七零年。
3 《新世訓》第一四零頁，開明書店，一九四一年。

此人打別人一嘴巴。如此則我雖有怒，而不為怒所累。」[1] 打嘴巴不過是個比喻，人生天地間大約還會遇到比打嘴巴嚴重得多的挑戰。猝然臨之而不驚，無故加之而不怒的鎮靜態度是值得佩服的。但鎮靜而同時抱有面對真理的勇氣時，才是真正的鎮靜，否則只是呆然、木然。被打了嘴巴而幻想此嘴巴打在別人身上，難保不像阿Q那樣即將「咔嚓」殺頭的時候，幻想這一聲「咔嚓」是殺在別人脖子上一樣。

從宇宙人生的大哲理到「有裨實用」的處世法，從追求無限的人生到走入歧途，首先是末流的變本忘源的結果。但末流的變本忘源放在歷史裏觀察，它就不單是後人對創始人的大哲理任意曲解的問題。曲解固然是曲解，但曲解體現社會對理論的需求，因為存在着曲解的需求，曲解才不可避免地發生。如果要追溯起這裏面複雜的歷史原因的話，除了上面提到過的社會方面的原因——沒有人能夠真正突破「文化突破」之後形成的禮治秩序，思想和理論要想超越這個基本社會規範是不可能的，它只有和現實合作，重新建構自己的基礎，才能延續自己的血脈——此外，我們還可以補充一點個人方面的原因。退一步説，道家創始人追求的無限超越的人生即使並不是不可能的，但只要它是真實而不自欺，它就需要個體具備這樣的前提：解決物質生活條件，至少不憂衣食。設想一下，在生產技術那麼落後的古代，能給多少人提供享受貴族式生活的條件？魯迅作《魏晉風度及文章與藥及酒之關係》時（一九二七年），還相信陶淵明真的是窮到衣服破爛不堪，還能吟出「採菊東籬下，悠然見南山」的佳句，但後來就不相信了。魯迅説：「魏晉人的豪放瀟灑的風姿，也彷彿在眼前浮動。由此想到阮嗣宗的聽到步兵廚善於釀酒，就求為步兵校尉；陶淵明的做了彭澤令，就教官田都種秫，以便做酒，因了太太的抗議，這才種了一點

1 《新世訓》第一四零—一四一頁，開明書店，一九四一年。

杭。這真是天趣盎然，決非現在的『站在雲端裏吶喊』者們所能望其項背。但是，『雅』要想到適可而止，再想便不行。例如阮嗣宗可以求做步兵校尉，陶淵明補了彭澤令，他們的地位，就不是一個平常人，要『雅』，也還是要地位。『採菊東籬下，悠然見南山』，是淵明的好句，但我們在上海學起來可就難了。沒有南山，我們還可以改作『悠然見洋房』或『悠然見煙囱』的，然而要租一所院子裏有點竹籬，可以種菊的房子，租錢就每月總得一百両……吃飯呢？要另外想法子生發，否則，他只好『飢來驅我去，不知竟何之』。」[1]這段話寫於一九三四年。誰都知道雅是高致的，都想享雅的福氣。但紅塵碌碌，一日三餐，開門七件事，柴米油鹽醬醋茶，談何容易。在《隱士》一文，魯迅又説，「凡是有名的隱士，他總是已經有了『悠哉游哉，聊以卒歲』的幸福的。倘不然，朝砍柴，晝耕田，晚澆菜，夜織屨，又哪有吸煙品茗，吟詩作文的閒暇；陶淵明先生是我們中國赫赫有名的大隱，一名『田園詩人』，……然而他有奴子。漢晉時候的奴子，是不但侍候主人，並且給主人種地，營商的，正是生財器具。所以淵明先生，也還略略有些生財之道在，要不然，他老人家不但沒有酒喝，而且沒有飯吃，早已在東籬旁邊餓死了。」[2]玄言高理是動聽的，奈何人生本身卻十分殘酷。築起一道精神的高牆來與卑賤的人世隔絕也許是令人羡慕的，但這堵精神的高牆如果沒有物質材料來架構它，那它只是虛幻和自欺的。每日憂衣憂食在紅塵中勞碌奔波的眾生，以及那些終日見形、俯仰萬機的「大人者」，受着傳統宇宙觀、人生觀的模塑與影響，心裏想着「雅」又無「雅」的福氣，於是上策便是在塵世中解脱，「立地成佛」。無視現實，無視客觀性，這樣難免就露出阿Q相來。末流的變本忘源是高言玄理不可避免的命運。

1《魯迅全集》第六卷，第一六三——一六四頁。

2 同上，第二二三頁。

然而，傳統的宇宙觀、人生觀同卑劣的國民性格之間的複雜關係，不僅存在着末流的變本忘源這一面，而且還存在着跡以顯本的一面。國民性格只是表現出來的「跡」，「跡」的背後隱藏着一個「本」。沒有「本」，「跡」就無從顯示出來。一個民族的哲學，強有力地塑造該民族，其根本的原因就是哲學充當了民族靈魂的角色，它是這個民族的思想、行為、性格、心理的最內在的「本」。一旦歷史的演變讓本來屬於學者圈的學術思想登上歷史舞台，充任主角，它就在社會的各個角落顯示出自己的「跡」。比如，阿Q精神勝利法就同佛老宇宙觀和人生價值取向存在着深層的同一：以無視客觀性來達成個體身心的解脫。沒有佛老教人急吞囫圇之棗，爛煮糊塗之麵的「頓門捷徑」，怎麼會有阿Q這個寶貝呢？正因為佛老教人「吾喪我」就可以臻於極樂天國。天堂和地獄的差別，關鍵在一個「認」字，境由心造，你心想甚麼境，就有甚麼境了。從安頓生命情志的躁動和追求進入無限境界的迫切心情，到「關起門來做皇帝」，其間並沒有萬里長城。它們的差別也只是「本」同「跡」的差別，從「本」到「跡」不過是歷史順理成章的演變，何況莊子那些「安貧樂道」的門徒就已經有些阿Q相了。

在形成一套系統的「處世法」方面，郭象的《莊子注》起着異乎尋常的作用。郭象註雖有許多離開莊意的發揮，但這些闡發是順着莊子的思路而來的。如果老莊不提供給他這樣一個思想源頭，郭象也就不會和《莊子》發生共鳴，他看中《莊子》並且給它作註，就證明它裏邊有可供發揮引申的地方。思想史的發展往往是這樣的，首先有一、兩個大師出來，闡述某些問題，顯出基本的思路和趨向，他們為解決自己提出來的問題劃定了基本範圍，但他們的論斷又沒有窮盡這些問題。於是後繼者應運而生，他們在創始者劃定的常規範圍內繼續完善其結論，他們都是從大師那裏得到靈感，循着大師的思路繼續推進的。郭象就是一位應運而生的後繼者。即使他負有把莊子庸俗化、實用化的責任，但我們也應把這種庸俗化、實用化看成老莊式的宇宙觀、人生觀的自然而然的演變。

例如，郭象「修正」《莊子》原意最大的地方是他把倫常規範納入老莊的自然之道。這一點當然是莊子沒有說過的。但老莊又都把「道」的特徵設定為自自然然，無所作為，「道」在萬物之中又在萬物之上。老子說，「道法自然」[1]；莊子說，「夫道，有情有信，無為無形；可傳而不可受，可得而不可見；自本自根，未有天地，自古以固存；神鬼神帝，生天生地……」[2]本着這種精神，把人為創設的典章文物制度納進去，當然是符合邏輯的。莊子追求的是個體身心的徹底解放，擺脫一切物役，物物而不為物所物。但要做到「物物」，即要身處「物」中而不能身處「物」外，這個「物」當然就包括典章文物秩序。所以，郭象以己意解《逍遙遊》，固然可以說他曲解，但這種曲解何嘗不是「歪打正着」、無意得之呢?有莊子的「物我兩忘」，才有郭象的「逍遙一也」；有莊子的「曳尾於塗中」，才有郭象的「曲而從之」；有莊子子貢與丈人的寓言，才有郭象的「夫惑不可解，故尚大不惑，愚之至也」[3]。

凡充當末流的，沒有幾人得到好名聲。因為大師已在白紙上畫了一幅很美的畫了，末流又要在這幅畫上添幾筆，越添越亂，越亂就越醜。所以格外地苛責末流而開脫大師，也屬人之常情。苛責是可以的，但一味開脫卻不夠誠實。歷史的殘酷性在於人們注定要一代又一代在固定的一張紙上討生活，末流和等而下之的更末流不得不在這上面留下痕跡。當我們今天面對東塗西抹、亂七八糟的這幅畫時，首先給我們的是整體的感覺，這裏面不存在功臣和禍首之分，大師和末流共同參與了「創作」。假設沒有末

1 《老子》二十五章。
2 《莊子．大宗師》。
3 《莊子．徐無鬼注》。

流在旁邊幫上幾筆，說不定大師早就被人遺忘而默默無聞了。反過來，如果大師開頭不是這樣畫而是那樣畫，那千年以下我們也許看到另一番景象。「本」和「跡」是一體的，相互聯繫起來考察，才會看得更清楚。

達成個體身心的徹底解放，進入佛老所界定的無限化境，除了「心齋」的妙法外，還有一法曰「貴生」。「心齋」的那一套，把對神秘的人生理想的追求墮落為精神勝利法；而「貴生」的一套則派生出另一種效果，它不是通過主觀精神的努力達到自欺的「坐忘」，而是通過感官慾望的極端滿足來達到現世的「成仙」。

《老子》十三章：「吾所以有大患者，為吾有身；及吾無身，吾有何患？」欲「吾有身」而又無「患」，又屢言「貴生」、「生生之厚」，這已經顯露出感官滿足至上的端倪。後來楊子「為我」、「重生」、「拔一毛利天下而不為」的思想也是老子「貴生」思想的片面發展。老子對修身之道只是開了個頭，略標旨趣而未示科條。《莊子》裏面講到「至人」、「真人」、「神人」、「大宗師」進入「喪我」境界時，亦混入某些氣功、導引的神秘術，不過莊子講得若恍若惚，若有若無，也不可視為定論。例如，《養生主》篇「緣督以為經」一語，郭慶藩《莊子集釋》引其父郭嵩燾語說，「船山云：奇經八脈，以任督主呼吸之息。身前之中脈曰任，身後之中脈曰督。……緣督者，以清微纖妙之氣，循虛而行，止於所不可行，而行自順，以適得其中。」李澤厚也以為，「所謂『心齋』、『坐忘』和『至人之呼吸以踵』之類，恐怕與氣功中的集中意念以調節呼吸等等有關」。[1] 但無論老子或莊子都是欲言又止，不肯說得更具體，

1 《中國古代思想史》第一九一頁，人民出版社，一九八五年。

和後來道教煉氣、燒丹、服食、羽化、保精除病、養氣防老的法術，真是小巫見大巫。所以，葛洪於《抱朴子．釋滯》篇頗有不滿之言：「五千文雖出老子，然皆泛論較略耳，其中了不肯首尾全舉其事，有可承按者也。但暗誦此經，而不得要道，直為徒勞耳。又況不及者乎！至於文子、莊子、關令尹喜之徒，其屬文華，雖祖述黃老，憲章玄虛，但演其大旨，永無至言。或復齊死生，謂無異，以存活為徭役，以殂歿為休息，其去神仙已千億里矣，豈足耽玩哉？」大約在漢晉時期，道流就呈分流演變之勢。「憲章玄虛」的沉迷於主觀精神的自我陶醉和自我欺騙，從事於長生方術者則大玩其法術。感官離開精神和理智的制約和指導而單獨成一體，這種趨向瀰漫中國基層社會造成濃重的「巫風」和庸俗化。在本質上它們是迷信和愚昧的，另一方面感官的恣意妄為也使中國文化中與感官快樂相關的方面如烹調——食文化異常發達。當然在實際人生中，這兩者可能結合起來，因為其目的都是為了現世的「成仙」。從正面意義上說，延伸了感官的所有功能——烹調，服飾、宮室、園林等等；從負面意義上，千方百計減少老、病、死對生的危害——燒丹、煉氣、服食、羽化、風水、堪輿、驅鬼術，以及素女之術。

「得道成仙」的觀念是中國人生中極為牢固和影響深廣的觀念，它之所以能成立，乃是因為人生的「靈」與「肉」的分離。如果我們可以把「神」的觀念看成是超越意向，那「仙」的觀念則是現世意向。如果人生是具有超越意向的，或者說是「神式」的，那它本身就不是目的，目的被設定為遙遠的上帝，為了逼近和實現自我所設的目的，目的本身就像一根鞭子或一個警告，時時激勵和啟示自我去超越已經實現的一切，超越，再超越，直至無限，通過設定外在的目標來提升自我生命。這樣的人生也講求感官滿足和享受，但它們已被放在次級範圍內，局限在一定限度和受到束縛。但現世意向或「仙式」的人生則很不同。生，即活着本身就是目的，活得更精緻，活得更藝術，總之活得感官通泰自然，也就是說，活到「生趣盎然」的程度，就算達到目的。為生而生，感官的尺度就成為唯一的標準。童顏鶴髮、長生不老，可以說是一種「仙」；開懷暢飲、圍爐共嘸，也是一種「仙」；洞房花燭，月圓花好，也是一種「仙」。「仙」與「不仙」關鍵不在於參與不參與現世生活，而在於是否把生本身看成人生唯一與終極的目的。「仙」的人生我們大致可以界定為為生而生的人生。俗語說，「一人得道，雞犬升天」。我們在舊時代的一些升天圖裏確實看到，一位飄飄然的得道之士冉冉上升，在他的周圍，那些阿貓阿狗、雞、鵝、魚、鴨也一道冉冉上升。畫的意圖很清楚，這些阿貓阿狗、雞、鵝、魚、鴨升上去是準備給大仙用的。離開人間升到極樂天國都忘不了抓一把「食料」以滿足口福，畫畫人的人生價值觀可證俗語說得不假。

從正面滿足感官慾望這點說，中國的烹調術和中國人的好吃大概最有代表性。烹調術堪稱世界一流。流傳下來的《隨園食譜》是厚厚的一本書，菜式繁多，製作精妙，令人嘆為觀止。《紅樓夢》裏描繪老爺、太太、公子、小姐開宴會，山珍海味，無所不有，裏面提到有名字的菜式也有上百種之多。今天經濟發展，物質豐富，所以烹調術和好吃習性又有所發展，久已失傳的「食補」、「食療」又被發掘出來；曾被「革命」得無蹤無影的「地方風味」，又奇蹟般地復活過來；紅學研究中又添一個新項目——紅樓食法研究，紅樓點心、紅樓菜更添風雅。更有甚者，是大飲大食之風，屢禁不絕。或者珍禽異獸、山珍海味，吃得精緻文雅；或者大魚大肉大碗酒、杯盤狼藉，吃得粗野豪放。孟子說，「食色性也」。食是無可厚非的。但作為文化現象看待，依然給人很深的啟示。在中國，食直接同「成仙」聯繫在一起，食法裏面就有異乎尋常的意義，它不僅是給有機體添加卡路里，而是口慾的滿足代表極樂仙境，所以，中國人生不惜代價滿足口慾，以體驗「仙」的味道。如果有人不習慣的話，一定覺得這種人生太俗，太不值得。不錯，這種人生表面看來很精緻，很切近人情。但正是它太看重生命，所以才把生命糟蹋得那麼粗俗，以為生命就是吃，就是口慾的滿足。俗語又有「民以食為天」的說法，這句話有兩層含義：市井細民只知道食，食就是他們的宗教，他們的神；朝政的首務是讓民有所食，最好的政治就是豐衣足食的政治。食的尺度在這句話裏不僅體現在口慾方面，而且伸延到政治領域。

滿足和玩賞口、目、耳、鼻、身的感官享受，諸如「目中有妓、心中無妓」，「佛在心上頭，酒肉穿腸過」等等，只是現世意向的人生的一個方面。感官的慾望不但求滿足，而且求袪災禍。老、病、死便是感官的大敵。道流仙士千方百計練精，氣、神，防的就是老、病、死；愚民百姓求神拜佛，講求墳山風水，為的也是迎福免禍，壽比南山。現世意向的人生的基本特徵就是人生被感官支配，感官的快樂就是人生的全部快樂，感官的痛苦就是人生全部的痛苦。因此，在感官不但企羨享樂放任而且還驚懼毀滅和災禍的時候，很自然就發展出一套袪邪的道術，於是，迷信和愚昧就大行其道。莫說古代科學和技術那麼不發達，即使今後大大地發展起現代的科學技術，東方式的迷信和愚昧依然不會絕跡，它會從古代的迷信形態演變為現代巫風形態，因為科學和技術永遠不能改變人的感官本性。

似乎從秦始皇派童男童女遠涉重洋求長生不死藥的傳說開始，羽化登仙的主題在中國人生中就不絕如縷。通過種種神秘術，最終獲致「升仙」就是人生的最高理想。《陰符經》記黃帝得「神仙之術」、「少女之術」、「金丹之術」、「治國之術」、「用兵之術」等「五事」，「先固三宮，後治萬國，鼎成而馭龍上升於天也」。《抱朴子．金丹》篇說：「服神丹，令人壽無窮已，與天地相畢，乘雲駕龍，上下太清。」又介紹所謂「神丹」的製法與食法說，「第一之丹名曰丹華。當先作玄黃，用雄黃水、礬石水、戎鹽、鹵鹽、礜石、牡礪、赤石脂、滑石、胡粉各數十斤，以為六一泥，火之三十六日成，服之七日仙。又以玄膏丸此丹，置猛火上，須臾成黃金。又以二百四十銖合水銀百斤火之，亦成黃金，金成者藥成也。金不成，更封藥而火之，日數如前，無不成也。」服此類「神丹」，「合丹當於名山之中，無人之地，結伴不過三人，先齋百日，沐浴五香，致加精潔，勿近穢污，及與俗人往來。又不令不信道者知之，謗毀神藥，藥不成矣。」葛洪集道流之大成，《抱朴子》一書，科條繁密，不勝枚舉。除服食採補之外，還有種種袪邪免禍的神秘術。《天隱子．後序口訣》向人們推薦另一種氣功導引的神秘術：「每日自夜半子時至日中午時，先平臥，舒展四肢，次起身導引，喘息均定。乃先叩當門齒，小鳴；後叩大齒，大鳴。以兩手摩面及眼，身覺暖暢。復端坐盤足，以舌攪華池，候津液生而漱之，默記其數，數及三百而一嚥之。凡嚥津，候呼定而嚥，嚥畢而吸，如此則吸氣與津順下丹田也。但子後午前食消心空之時，頻頻漱嚥，無論遍數，意盡則止。凡五日為一候，每候當焚香於靜室中，存想自身，從首至足，又自足至丹田，溯上脊膂，入於泥丸，想其黃氣紛紛然，如雲直貫泥丸，想畢復漱嚥。乃以兩手掩兩耳，搭其腦，如鼓鳴，三七下，伸兩足端坐俯首，極力直頸，兩手握固，叉於兩脅下，接腰胯骨傍。乃左右聳兩肩甲，閉息頃刻，氣盈面赤即止，凡行七遍，氣從脊膂上徹泥丸。」此外還有《胎息經》的「胎息」之術，教人如「胎中嬰兒，神住氣住」，「專氣抱神，如嬰兒然，則一團純陽，返老還童」，可達長生。又有採補之術，荒誕不經，虛妄之至，如《至遊子．容成》篇引清靈真人語：「吾見行此絕種而死，未見其生者也。」種種神秘術，有的有幾分醫學道理，大多數純屬愚蠢。所謂長生不老，羽化登仙，只是「忽聞海上有仙山」的神話。感官的恐懼往往使人喪失理性，迷失自己。求有身無患而至於殘生賤身，求免除老病死而至於加速死亡。《紅樓夢》第二回冷子興演說寧國府道：「……賈敬襲了官，如今一味好道，只愛燒丹練汞，別事一概不管……一心想作神仙……又不肯住在家裏，只在都中城外和那些道士們胡羼。」又，第六十三回，「忽見東府裏幾個人慌慌張張跑過來說：『老爺賓天了。』眾人聽了，嚇了一大跳，忙都說：『好好的並無疾病，怎麼就沒了？』家人說：『老爺天天修煉，定是功行圓滿，升仙去了。』」一干人坐車來到賈敬修煉的玄真觀，請來大夫。「大夫們見人已死，何處診脈來，素知賈敬導氣之術，總屬虛誕，更至參星禮斗，守庚申，服靈砂等，妄作虛為，過於勞神費力，反因此傷了性命的，如今雖死，腹中堅硬似鐵，面皮嘴唇，燒的紫絳皺裂，便向媳婦回說：『係道教中吞金服砂，燒脹而歿。』眾道士慌的回道：『原是秘製的丹砂吃壞了事，小道們也曾勸說：「功行未到且服不得」，不承望老爺於今夜守庚申時，悄悄的服了下去，便升仙去了。這是虔心得道，已出苦海，脫去皮囊，自了去也。』」賈敬「升仙」，實屬「求仁得仁，又何怨焉」。

一般的愚民百姓沒有那份閒暇去燒丹煉汞，更沒有那份福氣去吞金服砂，於是各種各樣的神祇、鬼怪以及墳山、風水、黃曆、流年便出來大行其道。無論作為迷信對象還是作為法術，它們的現世功利目的十分明確，就是為免除感官的恐懼。現世意向的人生同這些低級崇拜物和法術結成密切的關係，不可分離。一方面，離開了精神與靈魂的提升、引導，單純出於感官祛邪免禍的需要，使得這些神祇和鬼怪完全指向現世的功利目標，而沒有任何神性；另一方面，功利性的神祇又把人生緊緊地約束在現世意向的層次。中國的道觀便是現世意向人生的象徵和縮影。殿堂裏羅列着數百數千的神祇偶像，既有所謂民間英雄的偶像，又有道教中出色人物的偶像，更有陰曹地府和無數天兵天將的偶像，簡直就是三教九流，雞狗並列，無不可以塑成偶像。但是這些偶像又十分低俗，充滿着現世意向。若把它們分門別類，則大致別為壽夭，生育、功名、金錢、嫁娶、病痛、來世等等，完全就是感官慾望的物態化，感官慾望的表現和延長。進入道觀如同置身塵世，與其說得到宗教的解脫，不如說感官得到一次虛幻的滿足。民間佛教也是一樣，求神拜佛、求壽得子的這一面在後來佛教的發展中，遠遠壓倒「參禪悟道」的那一面。民間流傳較廣的《太上感應篇》、《文昌帝君陰騭文》、《關聖帝君覺世真經》，就完全以感官享樂誘人為善，以感官恐懼誡人勿作惡。經文的感官化傾向十分明顯。《太上感應篇》：「太上曰：禍福無門，惟人自召。善惡之報，如影隨形。是以天地有司過之神，依人所犯輕重，以奪人算（算，謂壽數及享用衣食等類）。算減則貧耗，多逢憂患；人皆惡之，形禍隨之，吉慶避之，惡星災之，算盡則死。又有三台北斗神君，在人頭上，錄人罪惡，奪其紀算。」又，《文昌帝君陰騭文》：「諸惡莫作，眾善奉行，永無惡曜加臨，常有吉神擁護。近報則在自己，遠報則在兒孫，百福駢臻，千祥雲集，豈不從陰騭中得來者哉！」以仁義道德治世，走到了窮途末路，竟用對付頑童的辦法，恐嚇與誘惑兼下，糖丸和皮鞭並用，訴諸人的感官，推售仁義道德。

「貴生」——感官負面的祛災免禍，即對老、病、死的恐懼——很自然地造成了民間迷信的巫風。人生沉湎於墳山、風水、堪輿，宅基的講求之中，迷醉於求神拜佛和對神靈的禱告，行為被黃曆、命數、因緣緊緊地束縛住，科學理性的生長自然受到限制，超越人生也就沒有辦法扎根。周作人曾批評中國民間「巫風」，他說，「中國民間對於鬼神的迷信，或者比日本要更多，且更離奇，但是其意義大都是世間的，這如結果終出於利害打算，則其所根據仍是理性，其與人事相異只在於對象不同耳。大抵民眾安於現世，無成神作佛的大願，即頃刻間神靈附體，得神秘的經驗，亦無此希求。」[1]與崇拜對象沒有真正感情上的密契，所求不過俗世的得福免禍。所以各種儀式對中國人只不過是一個不得已而為之的形

1 周作人：《關於祭神迎會》，見《藥堂雜文》第一零四頁，新民印書館，一九四五年。

式，各種祭神迎會就顯得禮有餘而情不足。陳西瀅的《西瀅閒話》也曾對中國民間的迷信風氣痛下針砭，記一少年裝鬼，鬧得安徽舉省若狂二三年。[1]

近代以來，科學知識的傳播與技術的進步，已經遠遠超過古代，但在東方文化圈內迷信的風氣還是很盛，迷信並沒有隨着科學的推廣而絕跡，占卦算命、風水堪輿還照樣在現代都市大行其道。這種現象當然與現代社會內部本身的矛盾有關，例如現代組織和企業制度的發展常使個人產生一種被吞沒、不能掌握自己的感覺。失去安全感而瀰漫孤獨感，這就為對個人未來作出各種許諾的占卦算命提供生長的社會土壤。但是，迷信對於東方人來說，常常兼含另一重文化意義，即要克服深入骨髓的感官恐懼。因為在東方人的人生價值觀裏「貴生」意識十分強烈，無論科學怎麼進步，對老、病、死的恐懼怎麼也擺脫不了。

四、痛苦的意義

讓我們先討論一個屬於前提性的問題，然後再以我們的尺度批評佛老的人生價值觀。

從老莊和佛教的宇宙論引導出來的「心齋」和「貴生」的人生觀，不論它們通過甚麼具體途徑，最根本的是要達到解脫人生的一切痛苦，包括肉體的和精神的、感官的和心靈的。就是說，解脫痛苦是這種人生的目的，而痛苦則是它們的人生理論注目的中心，無論老子有身的「大患」，莊子「物役」的悲哀，

1 陳西瀅：《捏住鼻子說話》，見《西瀅閒話》，新月書店，一九二八年。

還是釋氏的「四苦八苦」。這些古代聖人都十分清楚地知道生本身就是一件痛苦的事情。滿足是暫時的，不滿足是永恆的；不滿足的暫時克服只換來一瞬間的滿足，接下去又是無窮無盡的不滿足。因為欲求是沒有止境的。生命與其被無盡的大痛苦折磨，人生與其被慾火煎熬，不如尋出種種途徑，解脫痛苦而臻於極樂。古代賢哲探索人生奧秘，安頓生命情志的用心良苦，顯示出千載之下令人欽佩的人道情懷。

醫學和心理學的說法證實解脫痛苦對人來說確有幾分道理。神經系統將外界的刺激分別成肯定和否定兩種。每個人都可以通過自己的日常體驗證實，有一些刺激使他經驗快樂、高興、喜歡、愉悅等肯定性的情緒反應，而另一些刺激卻使他經驗到憤怒、仇恨、恐懼、沮喪、痛苦、憂慮、悲哀等否定性的情緒反應。快樂和痛苦這兩種情緒狀態都是由腦下部邊緣系統控制的。中國傳統醫學早就發現，否定性的情緒反應對人的有機體不利，長久地陷於痛苦的折磨就會使人得病，《內經》說，「怒傷肝」、「喜傷心」、「思傷脾」、「憂傷肺」、「恐傷腎」，[1]就是這個道理。中醫診斷病情，特別重視情緒的原因。在治療方面，除藥物治療外，還特別講究情緒的自我調節和心神調理。人類的神經對外界刺激的承受能力是有限度的，如果不尋求慰藉來自我修復，那麼刺激很可能就轉化為打擊，在超過承受極限時，就使有機體內運轉秩序陷於紊亂。人類的許多病或病態行為，實際上就是由此而來的。人類為了避免這種不幸，應該尋求慰藉。傳統宇宙觀、人生觀提供給人的解脫之道，其生理學上的根據就在這裏。

但是不幸也正是出在這裏：東方的賢哲似乎過份關心個體的解脫痛苦，過份看重痛苦和煩惱施與人生的負擔，而忘記痛苦本身也是人生向上進取的起跑點。無論是老莊的「惚兮恍兮」、「寂兮寥兮」、

1 《陰陽應象大論篇第五》，見《內經釋義》，上海科學技術出版社，一九八二年。

亦有亦無、非無非有的「道」，還是禪宗的「本無」，作為一種宇宙論，自然是比較精巧的，它們引導出來的人生價值論，也有幾分道理。但其實行的效果卻是非常糟糕。寥寥無幾的功德圓滿者，只不過得到個體身心的解脫，而整個民族卻養成不思創造、不知進取的惰性。這種性格和心理特別不能適應現代化的潮流，文化滯後現象正在造成可怕的惡果。如果要從根本上批評佛老的人生論，以振作萎縮的人生，我們就需從另一方面認識痛苦對於人生的意義，全面地估價痛苦對於人生的價值。

否定性的情緒反應從病理的角度說固然有損於有機體，但從進化的角度說，則是大有益於生物的個體和群體。高等神經系統能夠將外界刺激區分肯定與否定，這本身就是造化給予的巨大恩賜。正確對待否定性刺激，作出主動選擇，則有可能改善環境，保護生存，創造更高水平的活動。反過來，一味迴避痛苦，麻木感官，不去接受挑戰，就絕不可能取得這種效果。一般地說，緊張的刺激使有機體處於失去平衡的狀態，但也正是在失衡的基礎上，才會作出積極而有效的反應。高級神經系統能夠「分析」刺激，依據自己的條件與情狀來判斷一個刺激是否有利，並且通過肯定或否定的情緒體驗知覺到這個判斷，這是進化史上劃時代的進步。能夠「分析」刺激，體驗到痛苦，這本身就是選擇的即肯定進化的，而不是反選擇即否定進化。美國科學家曾對老鼠作如下試驗：在儀器的一定地方電擊老鼠，老鼠不但沒有迴避，相反，倒促使了老鼠增加探索該地區的時間。這就是說，老鼠把受到電擊這一緊張刺激當成一個嚴峻的挑戰，從而作出想了解潛在的有害情境的嘗試。試驗者認為，老鼠的行為「可能具有進化的意義，但是無論如何，在這裏我們可以看到積極追求激起的高級水平」。[1] 反過來說，老鼠還可以逃離該地區的

1 克雷奇等：《心理學綱要》下冊，第三八三頁，文化教育出版社，一九八二年。

方式處理這一刺激，但這種迴避行為就不能創造上述積極追求的高級水平的活動了。又比如，假設人類的遠祖古猿學會解脱，真正解除了憤怒、驚恐、畏懼等情緒反應，喪失了「分析」刺激的能力，優哉游哉地生活在大森林裏，那麼等到冰河時期來臨，森林面積迅速縮小，牠們卻不會感受到環境的壓力，也就不會被迫走出森林，覓取其他食源，牠們肯定只能在天災面前等死。動物尚且會堅持調查牠們認為十分畏懼的東西，尚且會以創造性的行為回應天災的挑戰，人為甚麼就應該龜縮在「精神之殼」裏面「無知」、「無欲」呢？人為甚麼不應該在改進生存環境的奮鬥中證明自己的聰明智慧，而要把智慧聰明用於種種神秘術來達到齊生死、一壽夭呢？

美國科學家還對人作過如下試驗。他們支付給被試者以相當高的報酬，讓他們逗留在缺乏刺激的環境裏。環境是完全無害的，一間小的備有舒適的帆布床的隔音室，但要求被試者持續躺在帆布床上（除了進餐和上廁所）不做任何事情，房間的燈光是開着的，但被試者帶着半透明的護目鏡不能看東西，其他裝置防止被試者摸觸物體或聽到任何有規律的聲音。起初，被試者睡大覺，但這種情境迅速變得難以忍受。兩三天之後，他們就行使他們始終有的自由行動權，逃脱單調的實驗環境。[1] 當然，不同的人對上述實驗環境的忍耐時間長度不等，有的長些，有的短些。實驗證明，人在清醒的條件下對無信息輸入的絕對安靜情境是不能忍受的。相反，人是需要刺激的，只有刺激才能激起內心動機，從而發出某項行動。當然，佛老人生論那套解脱痛苦的辦法，並不能簡單地比諸上述的實驗，解脱痛苦並不等於不要任何信息的輸入。但是，「心齋」、「坐忘」、「涅槃」、「無為」等境界，確實表現出盡可能地排斥

1 克雷奇等：《心理學綱要》下冊，第三八零頁。

刺激的趨向，它們不是通過創造試驗環境，而是通過主觀精神的努力來達到這個目的。把一切都忘記了，連自己的存在也忘記了，自然就哀樂不能入。刺激依然存在，不過對於這樣的精神個體不起任何作用，不激起任何動機，不發出任何行動罷了。人需要刺激，需要行動，需要實現心中的意志目標，這是人類最自然的本性，這在科學家的實驗中表明得很清楚。但佛老那一套解脱痛苦的辦法明明違反人的自然本性，卻標榜為順應自然，同歸大化。我們只能把它們理解為玄言高理的邏輯。張岱年説：「無為的思想，是包含一種矛盾的。人的有思慮，有知識，有情慾，有作為，實都是自然而然。有為本是人類生活之自然趨勢。而故意去思慮，去知識，去情慾，去作為，以返於原始的自然，實乃違反人類生活之自然趨勢。所以人為是自然，而去人為以返於自然，卻正是反自然。欲返於過去之自然狀態，正是不自然。」[1]

人類為應付生存問題而創造的一套文化，大體上説，是幫助人類朝着選擇和進化的方向提高生活水平的。比如工具的發明，技術的應用，理想的指導作用等等，都能使人類由較低的生活程度進化到較高的生活程度。由刀耕火種、茹毛飲血的社會而遊牧社會，而農耕社會，而工業化社會，而信息社會。但是，這僅僅是大體而言，文化成果的運用是否都能使人類提高生活，還在於人類自己的努力。同時有一些文化創設並不都起選擇和進化的作用，它們還會意想不到地起反選擇、反進化的作用。例如，醫療技術的極大進步，雖有助於人類延長壽命、抵禦疾病和增強體質，減輕生存競爭，緩和適者生存的自然律作用於人類的殘酷性，降低人類的死亡率。但也因此使不良基因的攜帶者遺傳給後代的機會大為增加，

1 《中國哲學大綱》第三零三頁，中國社會科學出版社，一九八二年。

因為在良好醫療條件下他們也能結婚和撫育後代。如果沒有醫術的保護，不良基因的遺傳機會是極少的。事實上，醫術的進步在今天反倒引出了人口質量和人口數量的嚴重問題。新問題的出現迫使人類研究新辦法，尋求新途徑去解決。從這個意義上説，醫術固然有促進進化的作用，但在人類的具體運用之下，又帶有反進化的色彩，它雖然較好地解決個體自然生命的問題，但又給人類帶來原來意想不到的問題。

解脱痛苦的傳統宇宙論人生論也是這樣，它企求人們用主觀的努力和智慧化解內心情緒反應的不平衡，創造更高級的生命。正如梁啟超所説的：「我忽然而樂，忽然而憂，無端而驚，無端而喜，果胡為者？如蠅見紙窗而競鑽，如貓捕樹影而跳擲，如犬聞風聲而狂吠，擾擾焉送一生於驚喜憂樂之中，果胡為者？若是者，謂之知有物而不知有我，知有物而不知有我，謂之我為物役，亦名曰心中之奴隸。」[1]為了不被「物役」，不做「心中之奴隸」，徹底擺脱喜怒哀樂的情緒困擾，而「心齋」，而「坐忘」，而「涅槃」，而「無為」，痛苦固然是迴避了，個體的心神安寧固然是做到了，但卻為此喪失正確評價刺激的能力，喪失正視危機與挑戰的能力，雖有刺激，雖有挑戰卻視而不見，充耳不聞，不能激起更高級的追求，創造更好的生存環境，最終反而有損於整個民族。佛老的宇宙觀人生觀被中國人應用到人生，它最多只能給個體陶醉於自我的自足，但卻抑制和阻礙了民族的進化，由「少知寡欲」而至於近代的一敗塗地。從這個意義説，佛老宇宙觀人生觀是反選擇、反進化傾向很強的文化。被石頭絆倒在地，當然少不了神情的懊惱和皮肉之苦，但倘若如阿Q，一想「人生天地間大約不免」如何如何，可能會舒服坦然得

1 《梁啟超選集》第一零五—一零六頁，上海人民出版社，一九八四年。

多。但不花力氣去搬掉石頭，絆腳石依然在那裏，直到碰得頭破血流。又如，牛頓坐在蘋果樹下，看着蘋果往下掉，忽而起了研究它究竟所以然的念頭。假如這時莊子走過來告訴牛頓，「此亦一是非，彼亦一是非」，別白費腦筋，有甚麼好研究的？牛頓聽信了這位東方智者的箴言，不研究了，那萬有引力定律的發現又不知往後推遲多少年。不正視痛苦，不敢迎接挑戰，不發揮造化給予人的無窮盡的主體能力，並落實在現實的人生中，就會使人類創造的文明停滯甚至向後倒退。

胡適批評莊子極端相對主義人生觀說：「譬如我說我比你高半寸，你說你比我高半寸。你我爭論不休。莊子走過來排解道：『你們二位不用爭了罷，我剛才在那愛拂兒塔上（Eiffel Tower 在巴黎，高九百八十四英尺有奇，為世界第一高塔）看下來，覺得你們二位的高低實在沒有甚麼分別。何必多爭，不如算做一樣高低罷。』……莊子這種學說，初聽了似乎極有道理，卻不知世界上學識的進步只是爭這半寸的同異；世界上社會的維新，政治的革命，也只是爭這半寸的同異。若依莊子的話，把一切是非同異的區別都看破了，說泰山不算大，秋毫之末不算小；堯未必是，桀未必非。這種思想，見地固是『高超』，其實可使社會國家世界的制度習慣思想永遠沒有進步，永遠沒有革新改良的希望。……他的學說實在是社會退步和學術進步的大阻力。」[1] 胡適的批評是很有道理的。佛老人生論的大前提就是糊裏糊塗一鍋漿的「道」和「本無」的觀念。世界本來就是「空」，本來就是說不清楚的糊塗事，自然就沒有必要研究它。但科學的理性卻與這種滑頭態度相反，一是一，二是二，一切訴諸標準和實踐。人類生活的改進和提高，就是靠這種老老實實的理性態度和一點一滴積累下來的知識。

1 《中國哲學史大綱》卷上，第二七八—二七九頁，一九一九年北京大學叢書本。

建立在極端相對主義基礎上的傳統人生理想，是有很大欺騙性的，直到二十世紀四十年代，有的哲學家還把它們發展成「天地境界」理論。認為：「照在天地境界中底人的看法，所謂順境逆境者，都是人從人的觀點所作底區別。人各從自己底觀點，以說其處境是順或是逆。同一境可以對此人為順，對彼人為逆。例如德國戰敗法國後，德國人的順境，正是法國人的逆境。從天的觀點看，境無所謂順逆。從天的觀點看，任何事物，都是宇宙大全的一部份，都是理的例證。任何變化，都是道體的一部份。任何事物，任何變化，都是順理順道。從此觀點看，則任何事物，任何變化，都是順而非逆。在天地境界中底人知天，知天則能從天的觀點，以看事物。能如此看事物，則知境無所謂逆。對於所謂逆境，他亦順受。他順受並不是如普通所說『逆來順受』。他順受因為他覺解境本來無所謂逆。」[1] 人性裏面有許多弱點，不敢正視現實便是其中之一。因為如果人百分之百地正視現實，神經系統一定承受不了這個壓力，人遲早會被逼瘋。東方的哲人很明白人性的弱點，他們沒有勇氣和這種弱點作鬥爭乃至超越它。相反，造出種種理由來為它開脫，「天地境界」的理論，算是最新的理論化的表述。其實，從自然科學的觀點看，自然界和社會的各種變化，無所謂順或者逆，它們只是存在着的狀態或事實。順和逆都是那種狀態或事實聯繫到人而產生的。只看到順而看不到逆，而強名之曰「天的觀點」，那是迴避否定性情緒反應，作出「聰明」的自我保護的結果。「天地境界」的人生貌似高超，不食塵世煙火，其實，只見得怯弱、妥協、精神勝利、退縮。

大行不加、窮居不損這一套「妙門」，施諸個人，是人生不求上進，「安貧樂道」，施諸社會，是

1 馮友蘭：《新原人》第一三一至一三二頁，商務印書館，一九三五年。

愚民政策和政治欺騙。「五四」時期，新思潮的倡導者對它們作了激烈的抨擊。魯迅說，「中國的文人，對於人生——至少是對於社會現象，向來就沒有正視的勇氣。」[1]「這閉着的眼睛便看見一切圓滿，當前的苦痛不過是『天將降大任於斯人也，必先苦其心志，勞其筋骨，餓其體膚，空乏其身，行拂亂其所為。』於是無問題，無缺陷，無不平，也就無解決，無改革，無反抗。」[2]又說，「中國人的不敢正視各方面，用瞞和騙造出奇妙的逃路來，而且以為正路。在這路上，就證明着國民性的怯弱，懶惰，而又巧滑。一天一天的滿足着，即一天一天的墮落着，但卻又覺得日見其光榮。在事實上，亡國一次，即添加幾個殉難的忠臣，後來每不想光復舊物，而只去讚美那幾個忠臣；遭劫一次，即造成一群不辱的烈女，事過之後，也每每不思懲兇，自衛，卻只顧歌詠那一群烈女。彷彿亡國遭劫的事，反而給中國人發揮『兩間正氣』的機會，增高價值，即在此一舉，應該一任其至，不足憂悲似的。」[3]胡適批評莊子人生哲學：「初看去好像是高超得很，其實這種人生哲學的流弊，重的可以養成一種阿諛依違、苟且媚世的無恥小人；輕的也會造成一種不關心社會痛癢，不問民生痛苦，樂天安命，聽其自然的廢物。」[4]

魯迅在《安貧樂道法》一文說：「勸人安貧樂道是古今治國平天下的大經絡。」[5]窮人給老闆賣命，自然會生出反抗，於是就有人出來，「教人對於職業要發生興趣，一有興趣，就無論甚麼事，都樂此不

1《論睜了眼看》，見《魯迅全集》第一卷。
2《魯迅全集》第一卷，第二零四頁。
3 同上，第二零四頁。
4《中國哲學史大綱》卷上，第二七七頁，一九一九年北京大學叢書本。
5《魯迅全集》第五卷，第五三九頁。

倦了」。[1]又有，窮人窮得一文不名，處境艱難，於是有人出來說：「大熱天氣，闊人還忙於應酬，汗流浹背，窮人卻挾了一條破席，鋪在路上，脫衣服，浴涼風，其樂無窮，這叫作『席捲天下』。」[2]對於這些勸人安貧樂道的「新方子」，魯迅說：「大約眼前有福，偏不去享的大愚人，世上究竟是不多的，如果精窮真是這麼有趣，現在的闊人一定首先躺在馬路上，而現在的窮人的席子也沒有地方鋪開來了。」[3]

人生憂患識字始。《聖經》上說亞當和夏娃本來在伊甸園生活得無憂無慮，忽然受了蛇的誘惑，吃了智慧樹上的果子，於是被上帝逐出樂園。這個寓言故事，包含着一重深刻的象徵意義：把智慧定義為痛苦。世界就是這樣，人生就是這樣，人沒有甚麼逃避的辦法。承受痛苦，正視痛苦，這是他們邁向人生的第一步，從這一步走出去，才談得上前途和未來。人生注定要在無盡的大痛苦大煩惱中創造自己的未來，注定要承受無盡的大痛苦大煩惱，才能走出一條通往生存和發展的路，創造出更美好的生存環境。哲人解脫的許諾和方士的神秘術，除了自欺和死亡之外，我們不會得到任何東西，勇敢追求的人生必須靠自己來創造。胡適說：「人生固然不過一夢，但一生只有這一場做夢的機會，豈可不努力做一個轟轟烈烈像個樣子的夢？豈可糊糊塗塗懵懵懂懂混過這幾十年嗎？」[4]魯迅說：「世上如果還有真要活下去的人們，就先該敢說，敢笑，敢哭，敢怒，敢罵，敢打，在這可詛咒的地方擊退了這可詛咒的時

1 《魯迅全集》第五卷，第五三九頁。
2 同上。
3 同上，第五四零頁。
4 《胡適文選》二集，第二五七頁，上海亞洲圖書館，一九三一年。

代！」[1]個人是這樣，民族也是這樣，不能承擔痛苦，就不能正視自己的處境，迷醉於現在的和過去的光榮，就不會作出正確的選擇，就不會立於世界民族之林。近代工業和商業已經把遠隔重洋的國家和民族聯繫在一起，人類也越來越意識到相互合作和支援的重要，但這並沒有改變一個基本事實：挑戰依然是嚴峻的。偉大的國家和民族之所以偉大，並不在於它們已經創造出甚麼，已經達到甚麼發展程度，而在於它具有永不止竭的創造欲求和創造力，這才是生命的真諦。

從比較的角度說，禮治秩序及其道德規範同佛老的宇宙論、人生論大不相同，或者可以說兩個極端。前者注重共相的方面，後者注重個相的方面。但它們又構成一個相互補充、相互配合的整體。如果說禮治秩序從強制的外在規範方面取消、壓縮、抑制自我和主體的話，那麼，佛老的人生理論、人生方式則可以說是從內在個體人生方面取消、壓縮、抑制自我和主體。來自外面的壓力使人喪失獨立人格，對個體來說，根本就喪失可以由個人組織和實現自己生命過程的文化環境和社會條件；來自內面的壓力使人喪失主體的意識，對個體來說，根本就喪失個人組織和實現自己生命過程的主體能力。兩方面的默契合作，真是使中國人無所逃於天地之間。應了「天網恢恢，疏而不漏」的古話。如果要說傳統，這兩方面就是中國最深遠、對國民性格和心理影響最大的傳統。但它們都體現了深層的價值取向的共同性：殊途同歸，千慮一致，都是要取消「人」。

選自《傳統與中國人》北京三聯書店，一九八八年五月

1 《魯迅全集》第三卷，第四三頁。

後記　有眼應識金字塔

劉劍梅

因為在美國大學課堂裏講授中國現當代文學，魯迅是我必須講解的第一個課題，所以總是得讀魯迅的書和參考海內外的一些魯迅研究著作。又因為是近水樓台，我總是先讀父親（劉再復）的書和李澤厚伯伯談論魯迅的文章。國內的學者也許只讀到我父親的《魯迅美學思想論稿》、《魯迅傳》等，其實他在國外雖未專門研究魯迅，但對魯迅的認知比在國內更為深刻。從一九九一年在東京大學發表《魯迅研究的自我批判》始，他就告別了瞿秋白的兩段論（進化論——階級論），認同李澤厚的三段論（提倡啟蒙——超越啟蒙——回歸啟蒙），認定魯迅的偉大之處在於「彷徨無地」（汪暉書名）之後又回到人間並屹立於大地而繼續戰鬥。在國內時，父親就和林崗從中國文化深層內涵的視角論述魯迅與儒、道（莊）的關係，到了國外，他又有許多新的感悟。既然有近水樓台，我就借周青豐學弟的熱情編就劉再復的《魯迅論》，徵詢父親意見，他也同意，並把他和李澤厚伯伯的一篇最新對話發給我。我先睹為快，覺得這篇對話真是難得，我把它視為魯迅研究的一項最新的重要研究成果。其中關於魯迅與中國文化關係的論述，關於魯迅現代感與西方知識分子現代感的區別，關於魯迅與中國現代文學諸子（特別是周作人、張愛玲）的差異等等，給我很大的啟發。編選父親與李伯伯、林崗的「共悟魯迅」，讓我感到非常愉快，覺得編輯過程中，自己有了提高。

除了工作需要之外，對於魯迅，我也衷心熱愛。與父親交談時，常聽父親說，魯迅是個天才，他沒有任何舊文人的酸氣與矯情，人格很有詩意。他的作品境界很高，既有思想深度，又有情感力度，勝過「魏晉風度」。他在中國現代文學中樹立一座精神金字塔，我們不可「有眼不識金字塔」。他還説，魯迅翻譯了日本評論家廚川白村的《苦悶的象徵》，其實他自己的作品正是中國近現代苦悶的總象徵，那是對於同胞不覺醒的大苦悶，那是看到民族劣根性難以改造的深重苦悶。我很認同父親對於魯迅的評價，自己在閱讀中也覺得，讀魯迅的書可以讓自己少一點浮華和膚淺，多一點清醒和真知，所憎所愛，也可以少一點差錯。最有意思的是，每次我在馬里蘭大學講授中國現當代文學史時，最後總是會問我的美國學生，你們最喜歡的中國現當代作家是哪一位？他們都會不約而同地回答，是魯迅。這些從小生活在美國文化中的大學生們，不知不覺地被魯迅所吸引，通過學習魯迅而真正明白了甚麼是中國的「民族魂」。

我要感謝周青豐、王強、董曦陽、張金亮等年輕朋友對我父親作品的真誠摯愛，不計報酬地日夜工作，把我父親的書籍一本一本推出，也把《魯迅論》推出。還要感謝我的表叔葉鴻基教授，他幫我編選打印，沒有他的幫助，我就無法完成此項工作。對於一切人間情意，我和父親無以報答，只能心存感激。

二零一一年二月二十日於美國馬里蘭

劉再復著作出版書表（整理：葉鴻基）

序	類別	書名	出版社	出版年份	備註
1	文學理論與批評	《性格組合論》	上海文藝出版社（上海）	一九八六	
2	文學理論與批評	《性格組合論》	新地出版社（台灣）	一九八八	
3	文學理論與批評	《性格組合論》	安徽文藝出版社（安徽）	一九九九	
4	文學理論與批評	《性格組合論》	中國人民大學出版社（北京）	二零零九	
5	文學理論與批評	《文學的反思》	人民文學出版社（北京）	一九八六	
6	文學理論與批評	《文學的反思》	福建教育出版社（福建）	二零一零	
7	文學理論與批評	《放逐諸神》	天地圖書有限公司（香港）	一九九四	
8	文學理論與批評	《放逐諸神》	風雲時代出版公司（台灣）	一九九五	
9	文學理論與批評	《罪與文學》	牛津大學出版社（香港）	二零零二	與林崗合著
10	文學理論與批評	《罪與文學》	中信出版社（北京）	二零一一	與林崗合著
11	中國古代文化與古代文學	《傳統與中國人》	三聯書店（北京）	一九八八	與林崗合著
12	中國古代文化與古代文學	《傳統與中國人》	三聯書店（香港）	一九八九	與林崗合著
13	中國古代文化與古代文學	《傳統與中國人》	人間出版社（台灣）	一九八八	與林崗合著
14	中國古代文化與古代文學	《傳統與中國人》	安徽文藝出版社（安徽）	一九九九	與林崗合著
15	中國古代文化與古代文學	《傳統與中國人》	牛津大學出版社（香港）	二零零二	與林崗合著
16	中國古代文化與古代文學	《傳統與中國人》	中信出版社（北京）	二零一零	與林崗合著
17	中國古代文化與古代文學	《論中國文化對人的設計》	湖南人民出版社（湖南）	一九八八	與林崗合著
18	中國古代文化與古代文學	《雙典批判》	三聯書店（北京）	二零一零	

19	中國古代文化與古代文學	《賈寶玉論》	三聯書店（北京）	二零一四	
20		《〈西遊記〉悟語 300 則》	中國藝文出版社（澳門）	二零一九	
21		《西遊記悟語》	湖南文藝出版社（湖南）	二零二零	
22		《紅樓夢悟讀系列》（六種）	三聯書店（上海）	二零二零	
23		《白先勇、劉再復紅樓夢對話錄》	中華書局（香港）	二零二零	與白先勇合著
24		紅樓四書 《紅樓夢悟》	三聯書店（香港）	二零零六	
25			三聯書店（北京）	二零零六	
26			三聯書店（香港）	二零零八	增訂版
27			三聯書店（北京）	二零零九	
28		《共悟紅樓》	三聯書店（香港）	二零零八	與劉劍梅合著
29			三聯書店（北京）	二零零九	
30		《紅樓人三十種解讀》	三聯書店（北京）	二零零九	
31			三聯書店（香港）	二零零九	
32		《紅樓哲學筆記》	三聯書店（北京）	二零零九	
33			三聯書店（香港）	二零零九	
34	中國現當代文學	《魯迅與自然科學》	科學出版社（北京）	一九七六	與金秋鵬、汪子春合著
35			爾雅出版社（台灣）	一九八零	
36		《魯迅美學思想論稿》	中國社會科學出版社（北京）	一九八一	
37		《魯迅傳》	中國社會科學出版社（北京）	一九八一	與林非合著
38			人民日報出版社（北京）	二零一零	
39			福建教育出版社（福建）	二零一零	

40	中國現當代文學	《論中國文學》	中國作家出版社（北京）	一九九八	
41		《論高行健狀態》	明報出版社（香港）	二零零零	
42		《書園思緒》	天地圖書有限公司（香港）	二零零二	楊春時 編
43		《高行健論》	聯經出版事業公司（台灣）	二零零四	
44		《現代文學諸子論》	牛津大學出版社（香港）	二零零四	
45		《李澤厚美學概論》	三聯書店（北京）	二零零九	
46	思想與思想史	《橫眉集》	天津人民出版社（天津）	一九七八	與楊志杰合著
47		《告別革命》	天地圖書有限公司（香港）（共印八版）	一九九五—二零一五	與李澤厚合著
48			麥田出版社（台灣）	一九九九	
49		《思想者十八題》	明報出版社（香港）	二零零七	
50			中信出版社（北京）	二零一零	劉劍梅 編
51		《共鑒「五四」》	三聯書店（香港）	二零零九	
52			福建教育出版社（福建）	二零一零	
53		《教育論語》	福建教育出版社（福建）	二零一二	
54	散文與散文詩 散文	《人論二十五種》	牛津大學出版社（香港）	一九九二	
55			中信出版社（北京）	二零一零	
56		《漂流手記》	天地圖書有限公司（香港）	一九九三	漂流手記（1）
57			風雲時代出版公司（台灣）	一九九五	
58		《遠遊歲月》	天地圖書有限公司（香港）	一九九四	漂流手記（2）
59		《西尋故鄉》	天地圖書有限公司（香港）	一九九七	漂流手記（3）

編號	散文與散文詩				
60	散文	《獨語天涯》	天地圖書有限公司（香港）	一九九九	漂流手記（4）
61			上海文藝出版社（上海）	二零零一	
62		《漫步高原》	天地圖書有限公司（香港）	二零零零	漂流手記（5）
63		《共悟人間》	天地圖書有限公司（香港）	二零零零	漂流手記（6）與劉劍梅合著
64			上海文藝出版社（上海）	二零零一	
65			九歌出版社（台灣）	二零零四	
66		《閱讀美國》	明報出版社（香港）	二零零二	漂流手記（7）
67			福建教育出版社（福建）	二零零九	
68		《滄桑百感》	天地圖書有限公司（香港）	二零零四	漂流手記（8）
69		《面壁沉思錄》	天地圖書有限公司（香港）	二零零四	漂流手記（9）
70		《大觀心得》	天地圖書有限公司（香港）	二零一零	漂流手記（10）
71		《隨心集》	三聯書店（北京）	二零一二	
72		《我的心靈史》	三聯書店（香港）	二零一九	
73		《我的思想史》	三聯書店（香港）	二零二零	
74		《我的錯誤史》	三聯書店（香港）	二零二零	
75	散文詩	《雨絲集》	上海文藝出版社（上海）	一九七九	
76		《深海的追尋》	湖南人民出版社（湖南）	一九八三	
77			新地出版社（台灣）	一九八八	
78			廣東旅遊出版社（廣東）	二零一三	

79	散文與散文詩	散文詩	《告別》	福建人民出版社（福建）	一九八三	
80			《太陽·土地·人》	百花文藝出版社（天津）	一九八四	
81				新地出版社（台灣）	一九八八	
82				廣東旅遊出版社（廣東）	二零一三	
83			《潔白的燈心草》	天地圖書有限公司（香港）	一九八五	
84			《人間·慈母·愛》	人民文學出版社（北京）	一九八八	
85				廣東旅遊出版社（廣東）	二零一三	
86			《尋找的悲歌》	天地圖書有限公司（香港）	一九八八	
87				廣東旅遊出版社（廣東）	二零一三	
88			《讀滄海》	安徽文藝出版社（安徽）	一九九九	
89				福建教育出版社（福建）	二零零九	
90		散文選本	《劉再復散文詩合集》	華夏出版社（北京）	一九八八	
91			《生命精神與文學道路》	風雲時代出版公司（台灣）	一九八九	陳曉林編
92			《尋找與呼喚》	風雲時代出版公司（台灣）	一九八九	陳曉林編
93			《劉再復精選集》	九歌出版社（台灣）	二零零二	
94			《我對命運這樣說》	三聯書店（香港）	二零零三	舒非編
95			《漂泊傳》（海外散文選）	青年書局（新加坡）、明報月刊出版社（香港）聯合出版	二零零九	
96			《遠遊歲月——劉再復海外散文選》	花城出版社（廣東）	二零零九	
97			《師友紀事》（散文精編1）	三聯書店（北京）	二零一零	白燁、葉鴻基編

98	散文選本	《人性諸相》（散文精編2）	三聯書店（北京）	二零一零	白燁、葉鴻基編
99		《讀海文存》	遼寧人民出版社（遼寧）	二零一二	
100		《歲月幾縷絲》	海天出版社（深圳）	二零一二	
101		《世界遊思》（散文精編3）	三聯書店（北京）	二零一二	白燁、葉鴻基編
102		《檻外評說》（散文精編4）	三聯書店（北京）	二零一二	白燁、葉鴻基編
103		《漂泊心緒》（散文精編5）	三聯書店（北京）	二零一二	白燁、葉鴻基編
104		《八方序跋》（散文精編6）	三聯書店（北京）	二零一三	白燁、葉鴻基編
105		《兩地書寫》（散文精編7）	三聯書店（北京）	二零一三	白燁、葉鴻基編
106		《天涯悟語》（散文精編8）	三聯書店（北京）	二零一三	白燁、葉鴻基編
107		《莫言了不起》	中和出版有限公司（香港）	二零一三	
108			東方出版社（北京）	二零一三	
109		《散文詩華》（散文精編9）	三聯書店（北京）	二零一三	白燁、葉鴻基編
110		《審美筆記》（散文精編10）	三聯書店（北京）	二零一三	白燁、葉鴻基編
111		《又讀滄海》	廣東旅遊出版社（廣東）	二零一三	
112		《天岸書寫》	廈門大學出版社（福建）	二零一四	
113		《四海行吟》	中華書局（香港）	二零一四	
114			中國人民大學出版社（北京）	二零一五	
115		《童心百說》	灕江出版社（廣西）	二零一四	
116		《吾師吾友》	三聯書店（香港）	二零一五	

學術選本

117	《劉再復論文集》	天地圖書有限公司（香港）	一九八六	
118	《劉再復集》	黑龍江教育出版社（黑龍江）	一九八八	
119	《劉再復——二〇〇〇年文庫》	明報出版社（香港）	一九九九	
120	《劉再復文論精選》上、下	新地出版社（台灣）	二零一零	
121	《人文十三步》	中信出版社（北京）	二零一零	林崗 編
122	《走向人生深處》	中信出版社（北京）	二零一零	吳小攀 訪談
123	《魯迅論》	中信出版社（北京）	二零一零	劉劍梅 編
124	《文學十八題》	中信出版社（北京）	二零一一	沈志佳 編
125	《感悟中國，感悟我的人間》	人民日報出版社（北京）	二零一一	對話集
126	《回歸古典，回歸我的六經》	人民日報出版社（北京）	二零一一	講演集
127	《高行健引論》	大山文化（香港）	二零一一	
128	《甚麼是文學》	三聯書店（香港）	二零一五	
129	《文學常識二十二講》	東方出版社（北京）	二零一六	
130	《我的寫作史》	三聯書店（香港）	二零一七	
131	《甚麼是人生》	三聯書店（香港）	二零一七	
132	《怎樣讀文學》	三聯書店（香港）	二零一八	
133	《讀書十日談》	商務印書館（北京）	二零一八	
134	《文學慧悟十八點》	商務印書館（北京）	二零一八	
135	《劉再復片段寫作選集》（四種）	香港城市大學出版社（香港）	二零二零	

136	劉再復文集	文學理論部	①《性格組合論》	天地圖書有限公司（香港）	二零二一	
137			②《罪與文學》	天地圖書有限公司（香港）	二零二一	與林崗合著
138			③《文學四十講》	天地圖書有限公司（香港）	二零二一	
139			④《文學主體論》	天地圖書有限公司（香港）	二零二一	
140		人文思想部	⑤《告別革命》	天地圖書有限公司（香港）	二零二一	與李澤厚合著
141			⑥《傳統與中國人》	天地圖書有限公司（香港）	二零二一	與林崗合著
142			⑦《教育論語》	天地圖書有限公司（香港）	二零二一	與劉劍梅合著
143			⑧《思想者十八題》	天地圖書有限公司（香港）	二零二一	
144			⑨《人論二十五種》	天地圖書有限公司（香港）	二零二一	
145		古典文學批評部	⑩《紅樓夢悟》	天地圖書有限公司（香港）	二零二二	與劉劍梅合著
146			⑪《紅樓人三十種解讀》	天地圖書有限公司（香港）	二零二二	
147			⑫《賈寶玉論》	天地圖書有限公司（香港）	二零二二	
148			⑬《雙典批判》	天地圖書有限公司（香港）	二零二二	
149		現當代文學批評部	⑭《高行健論》	天地圖書有限公司（香港）	二零二二	
150			⑮《魯迅論》	天地圖書有限公司（香港）	二零二二	

（不包括外文版）

劉再復簡介

一九四一年農曆九月初七生於福建省南安縣劉林鄉。一九六三年畢業於廈門大學中文系，被分配到中國科學院《新建設》編輯部。一九七八年轉入中國社會科學院文學研究所，先後擔任該所的助理研究員、研究員、所長。一九八九年移居美國，先後在美國芝加哥大學、科羅拉多大學，瑞典斯德哥爾摩大學，加拿大卑詩大學，香港城市大學、科技大學，台灣中央大學、東海大學等高等院校裏擔任客座教授、訪問學者和講座教授。現任香港科技大學人文學部客座教授。著作甚豐，已出版的中文論著和散文集有《讀滄海》、《性格組合論》等六十多部，一百三十多種（包括不同版本）。中文譯為英文出版的有《雙典批判》、《紅樓夢悟》。韓文出版的有《師友紀事》、《人性諸相》、《告別革命》、《傳統與中國人》、《面壁沉思錄》、《雙典批判》等七種。還有許多文章被譯為日、法、德、瑞典、意大利等國文字。由於劉再復的廣泛影響，冰心稱讚他是「我們八閩的一個才子」；錢鍾書稱讚他的文章「有目共賞」；金庸則宣稱與劉「志同道合」。

「劉再復文集」

① 《性格組合論》 劉再復
② 《罪與文學》 劉再復、林 崗
③ 《文學四十講》 劉再復
④ 《文學主體論》 劉再復
⑤ 《告別革命》 李澤厚、劉再復
⑥ 《傳統與中國人》 劉再復、林 崗
⑦ 《教育論語》 劉再復、劉劍梅

⑧ 《思想者十八題》 劉再復

⑨ 《人論二十五種》 劉再復

⑩ 《紅樓夢悟》 劉再復、劉劍梅

⑪ 《紅樓人三十種解讀》 劉再復

⑫ 《賈寶玉論》 劉再復

⑬ 《雙典批判》 劉再復

⑭ 《高行健論》 劉再復

⑮ 《魯迅論》 劉再復

www.cosmosbooks.com.hk

書　　名　魯迅論——兼與李澤厚、林崗共悟魯迅（「劉再復文集」⑮）
作　　者　劉再復
責任編輯　陳幹持
封面題字　屠新時
美術編輯　郭志民
出　　版　天地圖書有限公司
香港黃竹坑道46號
新興工業大廈11樓（總寫字樓）
電話：2528 3671　傳真：2865 2609
香港灣仔莊士敦道30號地庫（門市部）
電話：2865 0708　傳真：2861 1541
印　　刷　亨泰印刷有限公司
柴灣利眾街德景工業大廈10字樓
電話：2896 3687　傳真：2558 1902
發　　行　聯合新零售（香港）有限公司
香港新界荃灣德士古道220-248號荃灣工業中心16樓
電話：2150 2100　傳真：2407 3062
出版日期　2022年12月／初版

ISBN：978-988-8550-21-0